PETER JAMES

Peter James est né en 1948 à Brighton. Après plusieurs
années passées aux États-Unis en tant que scénariste
et producteur de cinéma, il est retourné s'installer en
Angleterre. Il compte parmi les auteurs de romans policiers les plus lus du Royaume-Uni, notamment grâce à
son personnage récurrent du commissaire Roy Grace.
Comme une tombe (Éditions du Panama, 2006), son
premier ouvrage le mettant en scène, a reçu le prix Polar
international 2006 du Salon de Cognac et le prix Cœur
noir 2007. En 2016, Peter James a reçu le prestigieux
Diamond Dagger Award pour l'ensemble de son œuvre.
La plupart de ses romans ont paru chez Fleuve Éditions,
dont *La Preuve ultime* en 2020, *La Mort de Lorna
Belling* en 2021 et *47, allée du Lac* en 2022.
Tous les livres de Peter James sont repris chez Pocket.

LA MORT
DE
LORNA BELLING

PETER JAMES

LA MORT
DE
LORNA BELLING

Traduit de l'anglais
par Raphaëlle Dedourge

fleuvenoir

Titre original :
NEED YOU DEAD

© Really Scary Books / Peter James 2017
Roy Grace®, Grace®, DS Grace®, DI Grace®
and Detective Superintendent Grace® sont des marques déposées
de Really Scary Books Limited.
© 2021, Fleuve Éditions, département d'Univers Poche,
pour la traduction française
ISBN : 978-2-266-32483-0
Dépôt légal : octobre 2022

À Carole Blake.
Mon amie et mentor qui n'est plus là.
Une étoile qui nous a quittés beaucoup trop tôt.
Tu brilleras toujours à mon firmament.
Repose en paix.

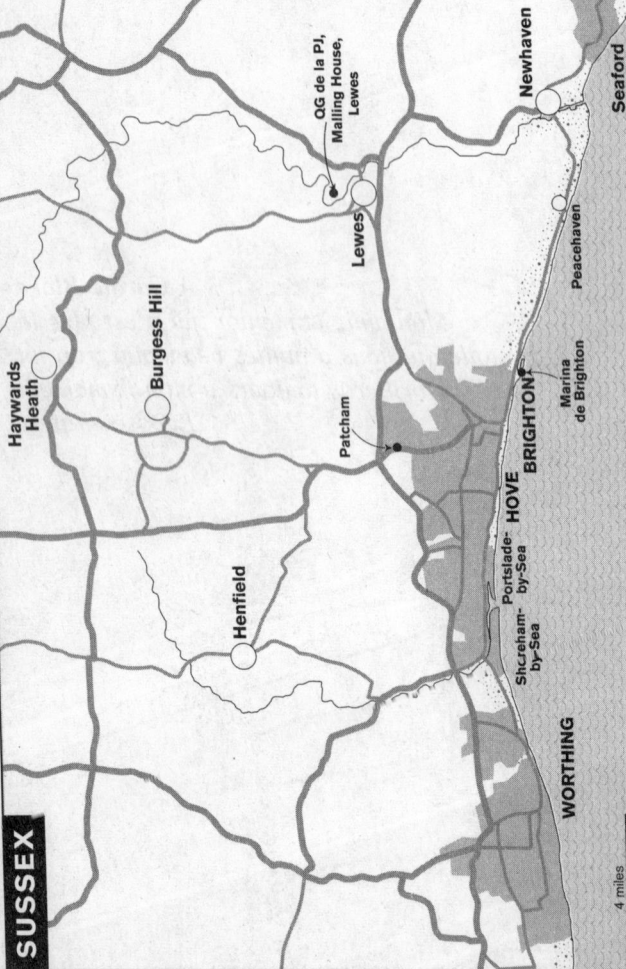

SUSSEX

Haywards Heath

Burgess Hill

Henfield

Patcham

QG de la PJ,
Malling House,
Lewes

Lewes

Newhaven

Seaford

Peacehaven

Marina
de Brighton

BRIGHTON

HOVE

Portslade-
by-Sea

Shoreham-
by-Sea

WORTHING

4 miles

6 kilomètres

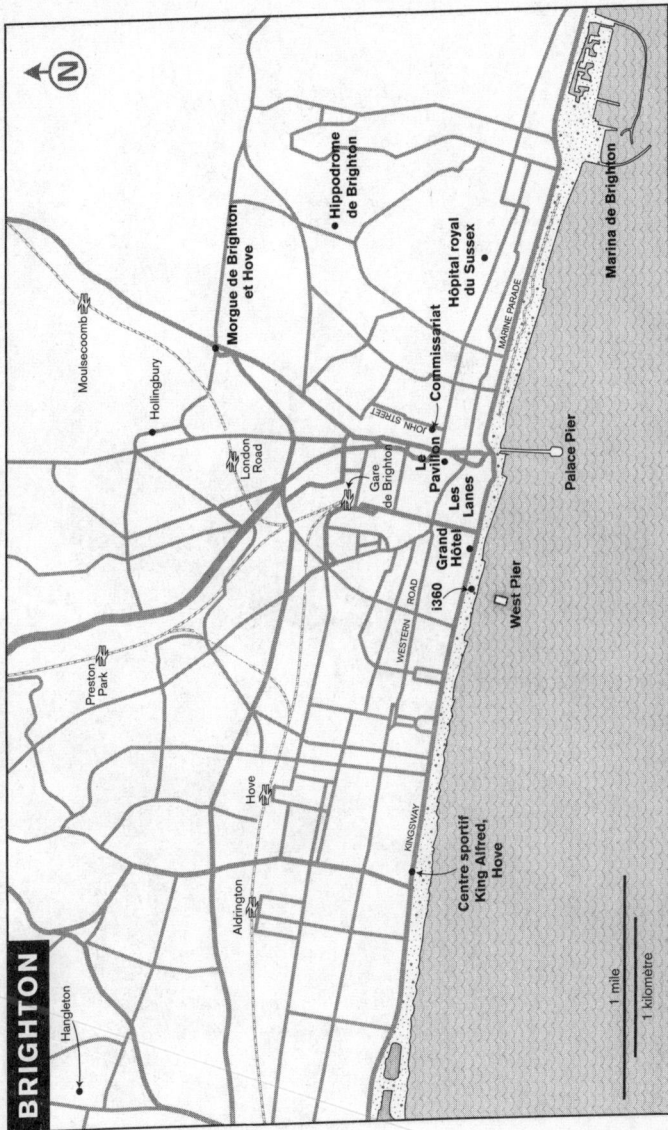

BRIGHTON

N

Hangleton

Preston Park

Aldrington

Hove

Moulsecoomb

Hollinbury

London Road

Gare de Brighton

Morgue de Brighton et Hove

Hippodrome de Brighton

JOHN STREET

Le Pavillon

Les Lanes

Commissariat

Hôpital royal du Sussex

i360

Grand Hôtel

WESTERN ROAD

West Pier

KINGSWAY

Centre sportif King Alfred, Hove

MARINE PARADE

Palace Pier

Marina de Brighton

1 mile

1 kilomètre

1

Jeudi 14 avril

Dans le salon où elle avait travaillé juste après l'obtention de son diplôme de coiffeuse, Lorna avait eu un client professeur d'anthropologie à l'université du Sussex. Il avait partagé avec elle une théorie de son cru, qu'elle avait trouvée pour le moins intrigante. Selon lui, à la préhistoire, les êtres humains communiquaient entièrement par télépathie, et le langage n'avait été créé que pour permettre le mensonge.

Au cours des quinze années suivantes, elle s'était rendu compte qu'il y avait du vrai dans cette hypothèse. Il y a les choses que nous montrons et celles que nous cachons. La vérité et les mensonges. Ainsi va le monde.

Elle l'avait appris à ses frais.

Et, aujourd'hui, elle en souffrait terriblement.

Tout en appliquant une couleur sur les racines d'Alison Kennedy, incapable de se concentrer sur son travail, incapable de bavarder, elle pensait à Greg. Ce qu'elle venait d'apprendre à propos de son amant l'avait dévastée. Elle avait hâte de terminer son travail pour pouvoir retourner à son ordinateur avant que son mari, Corin, ne rentre, dans une heure.

Ses six petits labradoodles, nés de la même portée de Milly, jappaient dans le jardin d'hiver, juste à côté de la cuisine qui, ces jours-ci, faisait office de salon de coiffure. Au grand désespoir de son mari, elle avait décidé de travailler chez elle pour pouvoir s'occuper de ces adorables créatures, avant de les vendre pour une coquette somme. Corin considérait cette source de revenus comme négligeable, mais il faut dire qu'il méprisait à peu près tout ce qu'elle faisait, des petits plats qu'elle lui préparait à sa façon de s'habiller. Ses chiots, eux, l'adoraient. Comme Greg, croyait-elle jusqu'à récemment.

Ses clientes et clients lui racontaient tous leurs secrets, comme si son fauteuil était un divan de psychanalyste.

Ils partageaient avec elle leurs problèmes relationnels les plus intimes, ce dont ils ne parlaient même pas avec leur conjoint. Alison était justement en train de lui raconter en détail ses aventures avec sa dernière conquête : son coach sportif.

Avons-nous tous quelque chose à cacher ? se demandait parfois Lorna.

Un peu plus tôt dans la journée, elle avait découvert quelque chose de très douloureux, par l'intermédiaire d'une cliente. Apprendre la vérité sur quelqu'un, surtout quelqu'un que l'on aime, peut faire atrocement mal. Au point qu'on regrette de savoir. Une vérité peut chambouler une vie entière. Et impossible de l'oublier, comme on effacerait un fichier de son ordinateur.

Quand Alison Kennedy s'en alla, peu avant 18 heures, Lorna s'empressa d'ouvrir son ordinateur portable, posé sur la table de la cuisine, pour observer, une fois encore, le couple amoureux sur la photo. Elle n'en croyait pas ses yeux. Elle était au bord des larmes, oscillant entre douleur et colère, ou plutôt entre colère et furie.

2

Jeudi 14 avril

Bâtard !
Sale menteur !

Lorna donnait des coups de poing dans le vide, en imaginant les mettre K.-O., « Greg », son sourire arrogant, son air suffisant et son hypocrisie.

Il lui avait fallu dix-huit mois pour se rendre compte que l'homme dont elle était folle amoureuse, avec qui elle prévoyait de passer le restant de ses jours, l'avait menée en bateau. Tout ce qu'il lui avait dit n'était que mensonge. Il menait une double vie. Elle s'en voulait de s'être laissé berner, une fois de plus.

Chaque fois qu'il lui avait expliqué que ce n'était pas le bon moment pour quitter sa femme, elle l'avait cru. *Belinda est malade* ; *Belinda est au bord de la crise de nerfs* ; *le père de Belinda est en phase terminale, je dois la soutenir* ; *le frère de Belinda est dans le coma après un accident de moto…*

Pauvre Belinda… D'autant plus qu'elle ne s'appelait même pas comme ça ! « Greg » venait de passer quelques jours de vacances aux Maldives avec « Belinda », les médecins leur ayant conseillé ce voyage pour qu'elle remonte la pente. Il avait promis à Lorna qu'il quitterait sa femme à leur retour. Ils avaient évoqué une date. Il avait hâte d'être délivré de Belinda, et elle, de son connard de mari.

Mais il la prenait pour une idiote ou quoi ?

Jusqu'à la veille, Lorna était heureuse. Elle avait enfin trouvé son âme sœur, celui qui, après l'avoir aidée à supporter toute cette violence, la sauverait de ce cauchemar.

À la dernière minute, Lorna avait fait de la place dans son planning pour Kerrie Taberner, sa première cliente de la journée. Celle-ci revenait des Maldives, bronzée et rayonnante comme jamais. Sur son téléphone, elle lui avait montré quelques clichés de l'île de Kuramathi, et là, pur hasard, Lorna avait vu le couple que Kerrie et son mari avaient croisé dans un bar un soir. Un couple très amoureux, selon les mots de Kerrie, ce qui est rare quand on est ensemble depuis longtemps, avait-elle ajouté.

L'homme sur la photo n'était autre que « Greg ».

« Greg » et « Belinda », bras dessus, bras dessous, sourire aux lèvres, les yeux dans les yeux. Sauf que ce n'était pas ainsi qu'ils s'étaient présentés. À elle, ils lui avaient donné leurs vrais prénoms.

Putain d'enfoiré ! Mais quel débile, aussi ! Il pensait quoi ? Qu'elle ne le démasquerait jamais, sur Facebook ou ailleurs ?

Ce qui lui faisait le plus mal, c'était qu'elle lui avait fait confiance.

Avec sa véritable identité, il ne lui avait fallu que quelques minutes pour découvrir, grâce à Internet, qui Greg était vraiment.

Elle était tellement bouleversée qu'elle regrettait presque de connaître la vérité. Son rêve venait de se briser. Elle ne vivrait jamais avec lui. Ce qu'ils avaient partagé était un leurre.

Assise à la table de la cuisine, dans la maison où elle habitait avec Corin, son époux depuis sept ans, elle fixait le gigantesque aquarium qui couvrait tout le mur. Des poissons multicolores nageaient, montant se nourrir à la surface. Son mari était aquariophile. Il connaissait toutes les espèces – les poissons arc-en-ciel, les gobies, les guppys, les xiphos – et les adorait.

Certains poissons avaient un air affligé, un peu comme elle. Et, comme eux, qui ne sortiraient jamais de cet aquarium, elle se sentait prise au piège de cette banlieue de Brighton, coincée avec un homme qu'elle détestait. Aujourd'hui plus que jamais, elle avait peur de ne jamais rien connaître d'autre.

Tout était tellement différent quand ils s'étaient rencontrés… Corin, charmant commercial en informatique, lui avait offert un merveilleux séjour à Sainte-Lucie, où ils avaient passé le plus clair de leur temps à se baigner, observer les poissons, bronzer, faire l'amour et manger. Ils s'étaient mariés quelques mois plus tard et la situation avait commencé à dégénérer. Peut-être aurait-elle pu se rendre compte, dès ces premières vacances idylliques, qu'il était psychorigide. À sa façon de plier ses vêtements, de mesurer la quantité de crème solaire avant de l'appliquer, de lui reprocher d'écraser le tube de dentifrice, de planifier chaque heure de la journée et de râler quand ils prenaient quelques minutes de retard sur ce qui était prévu… Mais elle n'avait rien remarqué, car elle était folle de lui, et, depuis, elle payait cet aveuglement au prix fort.

La première fois qu'elle était tombée enceinte, elle qui n'attendait que ça avait perdu le bébé après que Corin, en état d'ébriété, l'avait rouée de coups. La seconde fois, c'était parce qu'il l'avait poussée dans l'escalier, dans un nouvel accès de rage. En général, il lui demandait pardon, en pleurs, mais, parfois, il essayait de lui faire croire qu'il ne s'était rien passé, que c'était dans sa tête. Chaque fois, elle lui pardonnait, car elle se sentait piégée et ne voyait pas d'autre solution. Son amie Roxy lui avait expliqué qu'elle était en réalité sous l'emprise d'un manipulateur.

La situation était telle qu'elle notait dans son ordinateur toutes les fois où il la battait, en décrivant ce qu'elle ressentait. Et puis elle avait rencontré Greg dans un supermarché de West Hove. Leurs caddies s'étaient entrechoqués, ils avaient eu un coup de foudre et, une semaine plus tard, ils étaient amants.

Ils louaient un minuscule studio en bord de mer – leur nid d'amour, comme disait Greg. Ils s'y donnaient rendez-vous aussi souvent que possible, deux ou trois fois par semaine quand la femme de Greg, hôtesse chez British Airways, travaillait sur un long courrier. Au lit, l'alchimie était incroyable. Ils étaient accros l'un à l'autre. Une fois rentrée au domicile conjugal, Lorna tenait en pensant à leurs retrouvailles.

Leur relation était purement sexuelle, même si elle ressentait quelque chose de beaucoup plus profond. Puis un jour, blotti dans ses bras, « Greg » lui avait murmuré un « Je suis amoureux de toi » presque en s'excusant. Elle lui avait répondu qu'elle aussi était amoureuse de lui, qu'elle ne s'était jamais sentie aussi proche de quelqu'un.

Elle avait lu quelque part que, quand ça se passe bien, le sexe représente 1 % de la relation, mais 99 % quand ça se passe mal, comme c'était le cas avec Corin.

Tu veux savoir ce que ça fait, d'être 1 % pour quelqu'un qu'on aime ? songea-t-elle. *C'est horrible.*

Rien n'avait été vrai entre eux, sauf les orgasmes. Leurs orgasmes à eux deux.

Monsieur 1 %…

Mais que j'ai été conne !

Elle était furieuse. Furieuse contre elle-même. Furieuse que son monde s'écroule.

Elle regarda de nouveau la photo.

— Tu sais ce que je vais faire, Monsieur 1 % ? Je vais te pourrir la vie.

3

Samedi 16 avril

Il était 11 heures du matin, et Lorna, qui souffrait d'une sévère gueule de bois, buvait son troisième double espresso de la journée, à la table de la cuisine. Elle pensait avoir touché le fond, quand, soudain, elle reçut cet e-mail :

Chère madame Belling,

Vous avez jusqu'à ce soir pour me donner les clés de votre Mazda MX5 ou me rembourser les 2 800 £ que vous prétendez ne pas avoir reçues. Je connais votre petit secret. Filez-moi votre voiture, remboursez-moi, sinon…
Vous vous demandez sans doute ce qui se passera, hein ? Eh bien, continuez à vous poser la question. Je sais que vous avez un amant, salope.
Et je connais le nom de votre mari.
Faites le nécessaire. Soyez raisonnable, sinon, c'est moi qui ne le serai pas.

4

Samedi 16 avril

Cher monsieur Darling,

Je ne sais pas ce qui se passe, je viens de vérifier mon compte PayPal et je n'ai reçu aucun virement de votre part. Dès que l'argent sera là, ma voiture sera à vous. J'ai envoyé un e-mail à PayPal pour leur demander s'il y avait eu un souci de leur côté. Je vous transmettrai leur réponse. En attendant, soyez patient, je suis sûre que tout va s'arranger très rapidement. Et je peux vous assurer que je suis une personne honnête.
Bien cordialement,
Lorna Belling

5

Samedi 16 avril

Madame Belling,

Si vous considérez comme honnête une femme qui trompe son mari, alors je suis la reine d'Angleterre.
SD

6

Lundi 18 avril

La lieutenante Juliet Solomon, 32 ans, travaillait au poste de police secours de Brighton et Hove depuis près de dix ans. Elle adorait son métier, mais espérait quand même être promue capitaine bientôt. Bien que petite et menue, elle n'avait aucun mal à se faire respecter, et les confrontations ne lui faisaient pas peur.

Une tasse de thé fumait sur son bureau. Elle venait d'arriver et tapait le rapport d'une intervention effectuée la veille. Le propriétaire d'un café les avait appelés pour signaler qu'un homme s'était enfui sans payer, avec le sac à main d'une cliente. Ils avaient localisé le suspect et l'avaient pris en chasse à pied. Ils avaient réussi à l'arrêter et Juliet Solomon avait eu le plaisir de rendre le sac à sa propriétaire.

Baraqué, crâne rasé, lunettes, de deux ans plus jeune qu'elle, Matt Robinson, son coéquipier, était un policier bénévole. Il était en train de discuter au téléphone avec l'un des employés de son entreprise, Beacon Security.

Chaque urgence était la promesse d'une poussée d'adrénaline dont les jeunes policiers – et certains moins jeunes – ne se lassaient jamais. À police secours, impossible de savoir ce qui allait se passer dans les cinq minutes suivantes. La seule certitude, c'était que les gens qui composaient le 112 étaient en détresse – abstraction faite des dérangés et des bourrés.

L'*open space*, tout en longueur, se trouvait au rez-de-chaussée du commissariat de Brighton. Récemment réaménagé, il donnait d'un côté sur de magnifiques paysages avec une vue dégagée jusqu'à la Manche, et de l'autre sur un parking et un immeuble de bureaux décrépi. Les postes de travail étaient disposés le long des fenêtres. Les murs ivoire et bleu et la moquette gris anthracite apportaient une touche de modernité. Ce poste de police secours sentait bien meilleur que le précédent, qui puait la transpiration, le café froid et les plats réchauffés au micro-ondes.

La plupart des officiers portaient un uniforme noir, avec pantalon large et bottillons. Des gilets pare-balles et d'autres jaune fluo étaient accrochés par grappes aux murs. Les talkies-walkies posés sur les bureaux grésillaient en permanence. Les équipes se relayaient vingt-quatre heures sur vingt-quatre, par tranches de huit heures : matin, après-midi et nuit. À chaque relève, une réunion était organisée pour informer les nouveaux venus des incidents en cours et des problèmes potentiels.

Certains prenaient la route dès leur arrivée et d'autres, comme c'était le cas de Juliet Solomon à présent, s'installaient à leur bureau pour rédiger un rapport ou mettre leurs notes au propre, en attendant d'être appelés pour une mission plus ou moins urgente.

Il était un peu plus de 7 heures du matin quand Juliet reçut cet appel radio :

— Charlie Romeo Zéro Cinq, êtes-vous disponibles pour vous rendre au 73, Crestway Rise, derrière Hollingbury Road ? Appel d'une femme dont le mari vient de lui couvrir le visage de crottes de chien. Il menace de la tuer. Elle s'est enfermée dans les toilettes. Elle a raccroché, j'essaie de la rappeler. Urgence de niveau 1.

Tous les appels possédaient un degré d'urgence. Le niveau 1 nécessitait une intervention immédiate, le 2 une réaction dans l'heure, le 3 un rendez-vous, et le niveau 4 indiquait que le problème pouvait être résolu par téléphone.

Juliet se tourna vers Matt :

— On y va ?

— Rock'n'roll ! répliqua le volontaire.

Ils attrapèrent deux gilets jaunes, récupérèrent les clés d'une voiture et descendirent l'escalier quatre à quatre.

Moins de deux minutes plus tard, Juliet s'installait au volant d'une Ford Mondeo, sortait du parking souterrain et s'engageait sur London Road. Matt se pencha en avant pour allumer le gyrophare et la sirène, et il entra l'adresse dans le GPS, tout en suivant les informations par radio. La victime s'appelait Lorna Belling et Juliet savait à quel point ce type de situation pouvait être anxiogène et dangereux pour elle.

7

Lundi 18 avril

Un vendredi de septembre 1984, un homme réservé, avec un accent irlandais, s'enregistra dans la chambre 629 du Grand Hôtel de Brighton sous le nom de Roy Walsh. À son costume sombre, la réceptionniste avait supposé qu'il était en voyage d'affaires. Elle se trompait.

De son vrai nom Patrick Magee, il faisait partie de l'Armée républicaine irlandaise. Dans ses bagages se trouvait une bombe artisanale de neuf kilos enveloppée dans de la cellophane afin de duper les chiens détecteurs d'explosifs. Une bombe à retardement.

Peu avant de quitter sa chambre, deux jours plus tard, dans la matinée du dimanche 16 septembre, il avait dévissé une trappe sous la baignoire, activé le compte à rebours, glissé la bombe et soigneusement remis la plaque en place. Dans un peu moins d'un mois aurait lieu à Brighton la conférence annuelle du parti conservateur et Magee savait, grâce à ses recherches, que le Premier ministre Margaret Thatcher occuperait la chambre en dessous de la sienne.

Trois semaines et cinq jours plus tard, le vendredi 12 octobre à 2 h 54, l'engin explosa. Cinq personnes furent tuées et trente blessées. Certaines furent handicapées à vie, comme la femme du secrétaire d'État Norman Tebbit.

Le milieu du bâtiment s'effondra entièrement. Tandis que son mari, Denis, dormait, l'insomniaque Margaret Thatcher travaillait sur le discours qu'elle devait donner le lendemain. Le souffle emporta la salle de bains de sa suite, sans endommager la chambre ni le salon. Le Premier ministre et son époux s'en sortirent indemnes. Sous le choc, ils furent extraits des décombres et conduits dans un premier temps au commissariat central de Brighton, puis dans un immeuble résidentiel de la Malling House, le quartier général de la police du Sussex, à Lewes, où étaient logés les nouvelles recrues et les informateurs.

Dans la matinée, l'IRA publia la revendication suivante :

« Mme Thatcher sait désormais que la Grande-Bretagne ne peut pas impunément occuper notre pays, torturer ceux qu'elle a faits prisonniers et tirer sur notre peuple, dans nos rues. Aujourd'hui, nous n'avons pas eu de chance. Mais il suffira d'une fois. Vous, vous devrez avoir de la chance chaque fois. Laissez l'Irlande en paix et il n'y aura plus de guerre. »

Pour la plupart des policiers qui intervinrent cette nuit-là ou participèrent à l'enquête, cet attentat, qui faillit décapiter le gouvernement de l'époque, constitua le point fort de leur carrière. Le père de Roy Grace, appelé en urgence, fit partie de l'équipe qui escorta le Premier ministre et son mari jusqu'au QG de la police.

À la suite d'une expérience dans son enfance, le commissaire Roy Grace était sensible au paranormal. Lui qui se qualifiait volontiers d'agnostique était convaincu qu'il y avait autre chose. Pas un Dieu sur un nuage, comme le décrivait la Bible, mais quelque chose. Il avait consulté des médiums à de nombreuses occasions, notamment pour essayer de découvrir ce qui était arrivé à sa première femme, Sandy.

Les coïncidences l'avaient toujours intrigué, et parfois fait sourire. Il avait récemment quitté la zone industrielle de Hollingbury, où était basée la police judiciaire ces quinze dernières années, pour rejoindre le quartier général de la Malling House. Hasard ou pas, son bureau se trouvait désormais en face de la suite dans laquelle son père et ses collègues avaient installé Margaret et Denis Thatcher après la terrible explosion.

Son nouveau bureau, petit, étroit et austère, était autrefois une chambre. La fenêtre derrière lui, protégée par un store argenté, offrait une minuscule ouverture sur le paysage vallonné des Downs, entre deux bâtiments en brique.

À gauche se trouvait une série de prises et d'interrupteurs. Face à son bureau minimaliste se trouvait un second bureau, similaire, qui remplaçait la petite table de conférence ronde qu'il avait à la Sussex House. Il ne tarderait pas à s'habituer à ses nouveaux locaux, mais, pour le moment, les anciens lui manquaient. Malgré le fait que le chauffage ne marchait jamais et qu'il n'y avait pas de cantine. Le food truck Trudie's, qui vendait de délicieux sandwichs au bacon et aux œufs, n'était pas étranger à cette nostalgie.

Ici, le quartier était beaucoup plus vivant. En plus de la cantine, il y avait des dizaines de cafés et plusieurs supermarchés à moins de dix minutes à pied.

Juste avant de mourir d'un cancer à l'hospice des Martlets, où l'on s'était merveilleusement bien occupé de lui jusqu'à la dernière minute, le père de Roy lui avait dit quelque chose qui l'avait fait sourire. Jack Grace était un costaud, le genre de flic à qui personne ne cherchait des noises à moins d'être complètement bourré. À la fin, très amaigri, mais ayant toute sa tête et plein d'humour, il avait raconté à son fils l'enquête sur l'attentat de l'IRA et les problèmes inattendus qu'il avait causés.

La police avait épluché le registre du Grand Hôtel en remontant six mois en arrière, et avait appelé tous ceux qui y étaient descendus. Au premier coup de fil passé par son père, une femme avait répondu. Il lui avait demandé si elle pouvait confirmer que son mari avait bien passé un week-end dans cet hôtel. Elle lui avait répondu, choquée, qu'elle le pensait en Écosse, pour une partie de pêche entre copains.

L'enquête avait révélé une douzaine de situations d'adultère, qui s'étaient soldées par sept divorces. La police avait décidé, par la suite, de procéder de façon plus subtile.

Ce souvenir lui en rappela d'autres. Au cours de la vingtaine d'années qu'il avait passées dans les forces de l'ordre, Roy Grace avait appris que, pour travailler à la police judiciaire, il fallait accepter la nature imprévisible du boulot. Les meurtres étaient rarement perpétrés à des horaires décents. Que ce soit votre anniversaire de mariage, celui d'un ami ou d'un de vos enfants, voire des vacances planifiées des mois à l'avance, il fallait être prêt à tout annuler sans préavis.

Les séparations étaient fréquentes. Cette raison avait en grande partie poussé Sandy, sa première femme, à disparaître pendant une décennie. Roy était déterminé à ne pas refaire les mêmes erreurs avec Cleo, sa nouvelle épouse. Et en ce moment, il ressentait toutes sortes d'émotions contradictoires.

Les étagères face à lui étaient remplies de dossiers relatifs aux enquêtes sur lesquelles il travaillait. Parmi les suspects arrêtés ces douze derniers mois figurait le Dr Edward Crisp, vraisemblablement l'un des rares tueurs en série que Brighton ait connus. Les responsabilités et la charge de travail lui pesaient.

Sans compter, sur le plan personnel, que la mort de Sandy, à Munich, venait de lui révéler l'existence d'un fils de 10 ans. Bruno. *Son* fils.

Avec Cleo, ils avaient décidé qu'il devait venir vivre avec eux et leur bébé, Noah. Mais il était préoccupé par l'éducation que son ex-femme lui avait donnée, surtout pendant les deux ou trois ans où elle avait été héroïnomane. Il ne tarderait pas à en savoir plus. Il avait prévu de s'envoler pour Munich à la fin de la semaine afin de gérer les formalités et rencontrer son fils, qui vivait actuellement chez un camarade de classe. D'après Sandy, il parlait bien anglais. Mais comment vivrait-il son déracinement ? Quels étaient ses centres d'intérêt ? Roy avait des tonnes de soucis, mais sa priorité, c'étaient les funérailles de Sandy.

Il s'était d'abord dit qu'elle devait être enterrée dans l'intimité à Munich, où elle avait choisi de vivre avec Bruno. Sa grand-mère maternelle venait d'un village bavarois, il était possible qu'elle l'ait revue, même s'il en doutait, car ceux qui décident de disparaître reprennent rarement contact avec l'entourage de leur vie d'avant. Mais ses parents, arguant qu'ils étaient trop vieux pour aller jusqu'à Munich, l'avaient supplié de la faire rapatrier en Angleterre.

Il ne s'était jamais entendu avec Derek et Margot Balkwill, d'autant qu'après la disparition de Sandy, leur fille unique, ils s'étaient mis à soupçonner Roy de l'avoir assassinée. Ce n'était pas pour eux qu'il avait changé d'avis, mais, comme l'avait suggéré Cleo, pour Bruno, qui pourrait ainsi se rendre plus facilement sur la tombe de sa mère, s'il en avait envie.

Et tout en prenant ces décisions de la plus grande importance, il ne pouvait négliger les poursuites judiciaires qu'il devait superviser, avec son boss, le commissaire principal Cassian Pewe, sur son dos.

Pour compliquer les choses, la police judiciaire du Surrey et du Sussex manquait cruellement de personnel. Kevin Shapland, son adjoint à la tête de la brigade criminelle, était en congé annuel et Grace s'était proposé pour prendre sa semaine de permanence.

En temps normal, même en l'absence de Shapland, cette situation n'aurait pas posé de problème dans la mesure où il aurait partagé le boulot avec son collègue et ami, le commandant Glenn Branson. Mais Glenn était en vacances près de Malaga, dans la villa des parents de sa fiancée, Siobhan Sheldrake, journaliste à l'*Argus*. Il demanda donc à Guy Batchelor, un autre collègue de confiance, qu'il respectait beaucoup, de venir dans son bureau. Ensemble, ils arriveraient à gérer la charge de travail des deux jours, espérait-il, où il serait en Allemagne pour régler les affaires de son ex-femme et de son fils.

Il ne savait pas trop à quoi s'attendre en accueillant dans sa vie, et dans celle de Cleo, cet enfant dont il venait tout juste de découvrir l'existence.

Mais il n'avait pas le choix.

Si ?

Cleo lui avait promis que, d'une façon ou d'une autre, ils s'en sortiraient.

Il avait du mal à partager son optimisme.

8

Lundi 18 avril

Matt Robinson regardait les numéros des maisons défiler. Il remarqua un kiosque à journaux, une épicerie, puis un centre communautaire. Sous une pluie dense, ils s'engagèrent dans une montée. Le quartier était mal entretenu. Les maisons avaient été bâties dans les années 1950, dans des styles très disparates. La plupart avaient besoin d'un bon coup de peinture. Les petits jardins étaient quasiment tous à l'abandon.

— Dire que ça pourrait être une jolie rue… Pourquoi est-ce que personne ne s'occupe de son jardin ?

— Parce que c'est le genre d'endroit où on s'essuie les pieds en sortant ! plaisanta Juliet Solomon, un rien cynique.

C'était une blague que faisaient les policiers entre eux quand ils intervenaient dans des taudis, conscients que ce n'était pas drôle en soi. Trop souvent, ils tombaient sur des moquettes couvertes d'emballages, de nourriture moisie, de crottes de chien et de vomi, avec un bébé qui marchait à quatre pattes au milieu de tout ça. Et en général, un immense écran télé flambant neuf trônait dans le salon.

— Soixante-treize ! On y est !

Cette demeure n'était pas du même acabit. Il devait y avoir trois ou quatre chambres, la façade était bien blanche, la porte d'entrée bleu marine étincelante et, à voir les fenêtres, les propriétaires avaient dû se laisser convaincre par un commercial de passer au double vitrage. Les parterres étaient fleuris de jonquilles. Les piliers en brique du portail étaient surmontés d'imposants globes en granit. Dans l'allée, un modèle relativement ancien de MX5 Sport décapotable rouge vif affichait, sur son pare-brise arrière : « À vendre : 3 500 £ ».

Juliet se gara et Matt informa l'opératrice qu'ils étaient arrivés. Elle leur annonça qu'elle n'avait pas réussi à reprendre contact avec son interlocutrice.

Ils descendirent de voiture, mirent leur casquette et se dirigèrent vers la porte d'entrée. Matt avait l'habitude des différends conjugaux. Il en gérait au moins un par tour de garde. D'expérience, il savait devoir se montrer prudent. Une fois il s'était pris une droite dans le visage, et une autre fois un vase était passé à quelques centimètres de son crâne, à peine la porte ouverte.

Juliet sonna. Des chiens se mirent à aboyer. La policière souleva le clapet de la boîte aux lettres, regarda à travers et le laissa retomber. Matt posa instinctivement sa main sur sa bombe lacrymogène. Les aboiements s'intensifièrent, puis ils entendirent une femme crier :

— Du calme ! Venez par ici !

La porte fut ouverte par une jolie blonde bien habillée, légèrement décoiffée, entourée de chiots. Elle semblait nerveuse. Son mascara avait coulé. Elle avait du sang sous les narines et au niveau de la lèvre inférieure. Elle serrait fort son téléphone portable.

— Madame Belling ? s'enquit Juliet. Lorna Belling ?

La femme hocha la tête, comme incapable de parler.

— Je... Merci d'être venus. Je... Je suis désolée de vous avoir dérangés, finit-elle par murmurer.

— Je suis la lieutenante Solomon et voici mon collègue Matt Robinson. Votre mari est-il à l'intérieur ?

Elle secoua la tête.

— Non, je l'ai vu... enfin entendu... partir pour le travail il y a dix minutes.

— Pouvons-nous entrer et discuter un peu ?

— Je vous en prie, souffla-t-elle. Je vais mettre les chiens dans une autre pièce, je ne veux pas qu'ils s'échappent.

Elle ferma la porte, puis, quelques secondes plus tard, les invita dans un hall d'entrée parfaitement rangé. La moquette blanche était maculée de taches d'urine qui semblaient récentes. Les chiots continuaient à japper.

Les officiers la suivirent dans une petite cuisine dont l'un des murs était couvert par un immense aquarium avec des poissons tropicaux. Sur la table, ils remarquèrent des ciseaux de coiffeur, des flacons de shampooing et d'après-shampooing, des vaporisateurs et un ordinateur portable. La pièce était séparée par une porte vitrée coulissante d'une véranda dans laquelle chahutaient un chien adulte et une nuée de chiots. Les policiers remarquèrent également un second jardin, magnifique, avec un jacuzzi, des fauteuils en osier et des sculptures ornementales.

La femme les invita à s'asseoir à la table et posa son téléphone.

— Vous voulez un thé ou un café ?

— Non merci, répondit la lieutenante Solomon.

Soudain, une voix puissante sortit de son talkie-walkie. Elle baissa le volume et sortit son carnet.

— Alors, que s'est-il passé ?

La femme se leva, se dirigea vers le plan de travail et déchira une feuille d'essuie-tout pour s'essuyer les yeux.

— J'élève des chiots, des labradoodles, dit-elle en se rasseyant.

— Oh, j'adore cette race, j'ai toujours rêvé d'en avoir un ! s'exclama Juliet Solomon.

— Ils sont adorables, mais mon mari les déteste. Il était sur le point de partir à son travail, ce matin, quand l'un d'eux a réussi à s'échapper de la véranda et a fait ses besoins sur la moquette. Corin a ramassé la crotte et me l'a écrasée sur le visage. Ensuite, il m'a rouée de coups, et il a hurlé qu'il me tuerait en rentrant ce soir et qu'il mettrait les chiens dans un chenil. J'ai couru me réfugier à l'étage, je me suis enfermée dans la salle de bains et j'ai appelé la police.

— Selon nos rapports, c'est la troisième fois que vous appelez en quelques mois. On est là pour vous aider.

Lorna Belling hocha la tête et chassa ses larmes.

— Je suis désolée, ça doit être pénible pour vous, mais je suis à bout et il me fait vraiment peur.

— Vous n'êtes pas pénible du tout.

Lorna reçut un texto et jeta un coup d'œil pour voir de quoi il s'agissait.

— Votre mari, il travaille où ? lui demanda Matt Robinson.

— Dans une boîte informatique, South Downs IT Solutions, dit-elle en consultant de nouveau l'écran de son téléphone.

Juliet Solomon nota le nom de la société.

— Et comment il s'y rend ?

— En train. On lui a retiré son permis pour conduite en état d'ivresse.

— C'est pour ça que vous vendez votre voiture ?

— Non, enfin… C'est moi qui veux la vendre. Il me faut un break pour les transporter, fit-elle en désignant la portée de chiots. Et d'ailleurs, la vente de la voiture ne se passe pas bien, je suis victime d'un escroc.

— Vous en avez parlé à nos collègues ?

— Oui, ils sont au courant, mais ça n'a rien à voir avec…

Elle tourna ses paumes vers le ciel, désemparée.

Robinson s'éloigna pour passer un appel radio.

— À qui appartient cette maison ? demanda Juliet.

— À moi. Corin s'est fait licencier juste après notre rencontre. Il s'est installé chez moi et on s'est mariés. C'était il y a sept ans. Depuis, on a renégocié l'hypothèque, mais je suis toujours majoritaire.

— Pourquoi est-ce que vous ne lui demandez pas de partir, Lorna ? lui demanda gentiment la policière.

— C'est prévu, mais c'est jamais le bon moment. Il y a pour 5 000 £ de poissons tropicaux là-dedans, ajouta-t-elle en désignant l'aquarium, et il n'y a que lui qui sait s'en occuper.

— Vous n'avez jamais eu envie de faire des sushis ? lâcha l'enquêtrice.

Lorna éclata de rire et, pour la première fois, se détendit.

— Si seulement…

— Voulez-vous que je vous mette en contact avec nos spécialistes en violences conjugales ? Ils pourraient vous aider.

— Oui, je veux bien, merci, dit-elle d'une voix blanche, après réflexion.

Matt Robinson revint s'asseoir.

— Nos collègues sont prévenus. Ils arrêteront votre mari dès son arrivée sur son lieu de travail.

— Non, ne faites pas ça ! s'exclama Lorna en portant la main à sa bouche.

— Vous ne pouvez pas continuer à vivre comme ça, lui expliqua Juliet.

Lorna éclata en sanglots, puis regarda l'heure à sa montre.

— Mon Dieu ! Ma première cliente, mon rendez-vous de 8 heures va arriver !

Les policiers se levèrent.

— L'un de nos référents violences conjugales va vous contacter, OK ?

Lorna hocha la tête.

— Et si votre mari revient chez vous, ne le laissez pas entrer, appelez immédiatement la police.

Ils regagnèrent leur véhicule et Juliet Solomon se tourna vers son collègue.

— Tu sais ce que c'est, le plus triste, Matt ? La plupart des victimes ont peur de partir parce qu'elles ont peur de se retrouver seules. Du coup, elles trouvent toutes sortes d'excuses pour rester ou ne pas mettre leur partenaire à la porte.

— Comme cette histoire d'aquarium ?

— Exactement.

9

Lundi 18 avril

Une heure plus tard, juste après que sa cliente fut partie, Lorna reçut un coup de fil.

— Allô ?

— Lorna Belling ?

— Oui.

— Bonjour, je m'appelle Cassandra Montagnini, je suis référente violences conjugales. Pouvez-vous parler librement ?

— Oui, merci pour votre appel.

Sa cliente suivante n'arriverait que dans une demi-heure. Elle avait deux autres rendez-vous, puis un déjeuner qui promettait d'être très intéressant…

Va te faire foutre, « Greg ».

— Comment vous sentez-vous, Lorna ?

— Ça va.

— Les policiers qui sont passés vous voir m'ont parlé du dernier incident. Voulez-vous qu'on vous aide ? Je peux faire en sorte que vous vous sentiez un peu mieux.

— Je veux bien, merci.

— OK. Avez-vous le temps maintenant ?

— Ma prochaine cliente arrive dans une demi-heure. Je suis coiffeuse.

— Voulez-vous que je vous rappelle plus tard ?

— Non, là, c'est bon.

— Et quand votre cliente arrivera, on arrêtera et on reprendra plus tard, d'accord ?

— Oui, merci.

— Quelles sortes de coups avez-vous reçus ce matin ?

— Il m'a frappée au visage et à la poitrine, j'ai peut-être une côte fêlée. D'habitude, il cogne à des endroits qui ne se voient pas. Il a aussi essayé de me mettre une crotte de chien dans la bouche et me l'a étalée sur le visage. J'ai très peur de lui. Il se conduit comme ça quand il pète un câble, ce qui est de plus en plus fréquent, ces jours-ci.

— De quoi avez-vous peur, Lorna ?

— Les flics ont dit qu'ils allaient l'arrêter. Il sera dans un état de rage épouvantable en rentrant et ce sera encore pire.

— Je vais discuter avec eux. Ils m'ont dit qu'ils l'attendraient à son bureau. Je vais faire en sorte que vous soyez en sécurité au moment où il sera libéré, d'accord ?

Lorna la remercia de nouveau.

— Et sinon, comment vous sentez-vous ?

— Je suis très déprimée, pas au point de me suicider, mais je me sens mal en permanence.

— Avez-vous envisagé la possibilité de partir ?

Si elle avait envisagé cette possibilité ? Cela faisait dix-huit mois qu'elle planifiait sa nouvelle vie avec

Greg. Qu'elle attendait qu'il la sorte de là. Mais aux dernières nouvelles, ça ne risquait pas de se produire. Elle était de retour à la case départ.

— Oui, se contenta-t-elle de répondre.

— Vous prenez soin de vous, Lorna ?

— Oui, je promène les chiens ou je vais à la gym quasiment tous les jours.

— Votre mari est connu des services de police. Il a été arrêté à deux reprises pour violences à votre égard.

— Exact, mais c'est la première fois que je discute avec quelqu'un comme vous.

Lorna fit une pause et entendit que son interlocutrice pianotait sur un clavier.

— Vous avez d'autres problèmes, avec votre mari ?

— Non, même si on roule pas sur l'or. Il avait un super-boulot de commercial, mais quand on lui a retiré son permis pour conduite en état d'ivresse, il s'est fait licencier. Il en a trouvé un autre vers Burgess Hill, mais son salaire n'est pas mirobolant et il ne contribue pas vraiment aux dépenses courantes.

— Et à part les violences, comment vous traite-t-il ?

— Il me surveille en permanence. Il m'appelle et m'envoie des textos toute la journée pour savoir ce que je fais, qui je vois, et pourquoi je ne suis pas à la maison les rares fois où je sors. J'ai acheté un deuxième téléphone sans le lui dire, pour être un peu tranquille.

— Lorna, vu ce que vous venez de me dire, j'aimerais envoyer quelqu'un chez vous pour mesurer les risques que vous encourez. Cela vous irait ? Si ces risques sont élevés, je transmettrai votre dossier à un conseiller indépendant en matière de violences conjugales. Vous seriez d'accord ?

— Euh… je ne sais pas… je crois que ça me va. En fait, oui, c'est une bonne idée.

— Peut-être devrions-nous vous installer autre part avant le retour de votre mari. Qu'en pensez-vous ?

— Je… Je ne peux pas… J'ai des clients… Je ne peux pas annuler leurs rendez-vous. Et on a des poissons tropicaux. Il faut qu'il puisse s'en occuper. Et moi, j'ai six chiots.

— À ce stade, la priorité, c'est votre sécurité, Lorna.

— Oui, c'est gentil de dire ça, mais je ne peux pas partir, pas pour le moment. Dans quelques semaines, les chiots seront casés, ils ont tous été réservés, mais je dois les garder encore un peu.

— Bon, je vais demander à un conseiller de vous appeler dès que possible. Vous serez joignable dans les heures qui viennent ?

— Oui, jusqu'au déjeuner.

Lorna raccrocha et lut le texto qu'elle avait reçu sur son nouveau téléphone personnel, dont très peu de gens avaient le numéro.

Son visage s'illumina provisoirement, le temps qu'elle découvre, sur son ordinateur, un nouveau mail de celui qui faisait de sa vie un enfer :

Vous feriez mieux de me répondre, car je n'ai pas l'intention de lâcher l'affaire. Vous avez demandé à votre opérateur téléphonique de me bloquer, soit. Mais non seulement je sais où vous êtes, où vous vivez, mais je sais aussi ce que vous trafiquez dans votre petite garçonnière. Rien que pour ça, vous feriez mieux de me rembourser. Ma patience a des limites, madame Belling.

10

Mercredi 20 avril

Ils en avaient fait tellement, des galipettes, à l'époque ! La clandestinité de leurs retrouvailles dans ce minuscule studio sommairement meublé, les heures volées, l'excitation de se revoir, le cœur brisé chaque fois qu'ils devaient se séparer…

Leur garçonnière se trouvait au troisième étage d'un immeuble décrépi du bord de mer à Hove, en face du centre sportif King Alfred. L'ascenseur ne marchait jamais, le hall d'entrée et les cages d'escalier sentaient l'humidité, l'installation électrique était vétuste, voire dangereuse, mais ça, ils s'en fichaient. Ils avaient un endroit pour se retrouver, un lit double un peu bancal, un petit frigo pour garder le vin blanc au frais et une salle de bains pour se laver avant de retrouver leurs conjoints respectifs. Afin qu'ils s'y sentent bien, elle avait disposé quelques photos d'eux, des bougies parfumées et une peau de mouton au sol.

C'était Lorna qui avait trouvé ce pied-à-terre, idéal à bien des égards : il était facile d'accès pour tous les deux ; il y avait toujours des places pour se garer dans les rues du quartier ; le loyer, qu'ils se partageaient, était ridiculement bas parce que le bâtiment faisait partie d'un projet de réhabilitation ; le propriétaire était bien content d'être payé en espèces ; et comme il n'y avait pas de vis-à-vis, ils pouvaient faire leur vie à l'abri des regards.

À l'époque, Lorna s'était dit qu'ils ne le loueraient pas longtemps. Greg lui avait promis de quitter Belinda et elle s'était dit que, d'ici quelques mois, ils s'installeraient vraiment ensemble. Cela faisait un an et demi qu'il la faisait patienter, mais tout ça, c'était terminé.

Greg.

Ce studio tant aimé, qu'elle détestait à présent.

L'autre fêlé qui essayait de la faire chanter.

Corin.

De l'histoire ancienne.

Elle avait un plan. Elle avait pris une décision pendant le week-end. Elle allait rendre visite à sa sœur, Melanie, en Australie, et voir si elle pouvait s'installer là-bas. Melanie avait un an de moins qu'elle, mais elles avaient toujours été très proches, comme des jumelles. Récemment divorcée d'un riche agent de change, elle vivait dans une magnifique villa sur la plage de Tamarama, s'amusait comme jamais et la suppliait de la rejoindre.

Lorna était désormais prête à mettre les voiles et à commencer une nouvelle vie. Sans le dire à Corin, elle avait mis en vente sur eBay tout ce qu'elle possédait de valeur : ses sacs à main et ses bijoux, dont la montre Cartier qu'elle avait héritée de sa mère. Si à l'origine elle avait mis en vente sa voiture pour acquérir un break, elle garderait en fin de compte l'argent pour ce grand voyage.

La transaction ne se passait pas comme prévu, mais tout rentrerait bientôt dans l'ordre.

Concernant les chiots, elle avait reçu une avance pour chacun d'eux et, dans quelques semaines, ils seraient tous dans leurs nouvelles familles. Une connaissance de sa meilleure amie Roxy, après avoir elle-même perdu son animal de compagnie, avait demandé à adopter la mère. Tout était quasiment en place. Cette excitation l'aidait à surmonter la colère qu'elle ressentait envers Greg. Elle n'arrêtait pas de faire des recherches sur Sydney et de regarder des photos des plages de Tamarama, Bronte, Bondi et Coogee.

Le bleu de l'océan et la lumière.

Corin avait le don de faire disparaître le soleil quand Greg, *a contrario*, avait illuminé sa vie jusqu'à…

Enveloppée dans son peignoir, elle se préparait à sa confrontation avec le traître. Le ciel était noir, la pluie tombait dru et la fenêtre laissait passer un courant d'air. La circulation était dense sur Kingsway, en contrebas.

Elle regarda l'immeuble en brique du centre sportif dans lequel elle avait appris à nager, enfant, puis observa leur minuscule appartement. La moquette était rose, ou plutôt vieux rose, comme l'avait fait remarquer Greg. Les murs étaient couverts d'un crépi sale et le plafond, couleur nicotine. Sur le lit branlant, elle avait posé un couvre-lit en fausse fourrure acheté peu après leur rencontre. L'espace était meublé d'un petit canapé, d'un fauteuil avec un ressort apparent et d'une kitchenette avec table. On accédait à la salle de bains par une double porte à persiennes. Le tuyau de douche se fixait manuellement au robinet de la baignoire, qui était d'un rose suranné, tout comme le lavabo et les toilettes.

L'installation électrique était vétuste. Chaque fois qu'ils allumaient la lumière, des étincelles jaillissaient de l'interrupteur. Dans la salle de bains, la prise que Lorna utilisait pour son sèche-cheveux n'était plus aux normes, selon Greg. Elle avait, à deux reprises, signalé le problème au propriétaire, mais celui-ci faisait la sourde oreille.

Et maintenant, elle avait hâte de quitter ce lieu.

La chanson de Van Morrison *Days Like This* passait sur son lecteur CD. Sourire aux lèvres, elle se mit à dodeliner de la tête en rythme, puis leva les poings en reprenant le refrain à tue-tête :

— « *Days like this ! Yeah !* »

Soudain, elle reçut un texto sur son téléphone privé.

Je suis en route, j'arrive dans 29,272 min ! J'ai envie de toi, commence à te déshabiller...

Merde, merde, merde.

Elle consulta sa montre. Il était 17 h 25 et elle ne l'attendait pas avant 18 h 30. *Merde !*

Elle courut dans la salle de bains et se regarda dans le miroir. Elle était toute décoiffée et son maquillage avait été appliqué à la Pollock. Elle ouvrit les deux robinets et, tandis que la baignoire se remplissait, fit les retouches nécessaires en surveillant l'heure. Elle voulait être sublime pour leur confrontation.

Elle brancha délicatement le sèche-cheveux. Quand elle l'alluma, la prise crépita. Elle tourna l'appareil vers le miroir pour le désembuer. Quelques minutes plus tard, quand la baignoire fut pleine, elle retira son peignoir, se glissa dans l'eau et se savonna en repensant, rêveuse, aux deux dernières heures.

Soudain, alors qu'elle avait l'impression que quelques minutes seulement s'étaient écoulées, Greg apparut dans son champ de vision, costume bleu marine, chemise rayée et cravate de travers. Il tenait à la main un bouquet de fleurs défraîchies qu'il avait, de toute évidence, acheté dans une station-service.

— Ma puce, mon Dieu que tu m'as manqué !

Quand il se pencha pour l'embrasser, elle détourna la tête.

— Hein ? fit-il en se relevant, les sourcils froncés.

— Va te faire foutre !

— Qu'est-ce que tu as, ma chérie ?

— Tu t'es bien amusé aux Maldives avec ta pauvre petite « Belinda » ? Elle·est moins déprimée, maintenant ?

— C'était horrible, je te l'ai dit, je me suis ennuyé à mourir. On a à peine échangé quelques mots en quinze jours et je me suis réveillé chaque matin en regrettant de ne pas être avec toi.

— Vraiment ?

— Bien sûr, Lorna. C'était nul, même si j'étais au paradis, parce que je n'étais pas avec la bonne personne.

— Jette un coup d'œil à mon ordinateur, il est ouvert sur la table. Tu me prends pour une imbécile ? Va voir ! Je l'ai laissé ouvert.

Il sortit de la pièce et revint quelques secondes plus tard.

— Où tu as trouvé ça ?

— Peu importe, Greg. Alors comme ça, tu t'es ennuyé ? C'est pas l'impression que ça me donne. Vous avez plutôt l'air très amoureux, Belinda et toi.

— Écoute-moi, je t'en prie. Je comprends que tu puisses avoir cette impression.

— Ah bon ?

— Oui.

— Non, tu n'as aucune idée de ce que je ressens.

— Écoute-moi…

— Non, pour une fois, c'est toi qui vas m'écouter. J'ai cru à tous tes mensonges, mais maintenant, je sais qui tu es. Tu pensais vraiment que je ne le découvrirais jamais ? Tu me prenais vraiment pour une idiote ?

— Baby !

— Ne m'appelle pas « baby » ! Je ne suis plus ton 5 à 7. C'est fini, tout ça.

— Mais je t'aime, baby.

— Non, tu ne m'aimes pas, tu aimes juste me baiser.

— C'est pas vrai, crois-moi !

— Je t'ai cru trop longtemps. Qu'est-ce que je me sens bête d'avoir gobé tes mensonges !

— Lorna, je t'en prie, ne dis pas des choses comme ça.

— Qu'est-ce que tu aimerais que je te dise ? Des cochonneries sous la couette ? Et tu voudrais que je te laisse me raconter n'importe quoi ? Pendant des mois, tu m'as promis de m'aider à échapper à l'emprise de Corin. Pendant des mois, tu m'as baratinée avec ta pauvre petite Belinda.

— C'est pas vrai !

— Bien sûr que si. Et elle ne s'appelle même pas Belinda. Tu m'as menti sur ton nom et sur ce que tu

fais dans la vie. Tu as combien d'autres maîtresses ?
J'étais celle du mercredi, c'est ça ?

— Je t'aime vraiment, Lorna.

Elle secoua la tête.

— Non. Si tu m'aimais, tu m'aurais dit la vérité
depuis longtemps. Je t'ai fait confiance. Je t'ai cru. Il y
a une part de vrai dans tout ce que tu m'as raconté ?

Il la fixa longuement.

— Je vais t'expliquer…

— Non, c'est moi qui vais te montrer à quel point
je suis folle de rage. Je vais te pourrir la vie, sombre
connard. Avec le premier coup de fil, je détruirai ta
carrière, et après le second, tu pourras dire adieu à ton
couple.

Il blêmit.

— Non, Lorna, je t'en prie, écoute-moi.

Elle se boucha les oreilles.

— Je n'ai plus de place dans mon cerveau pour tes
explications de merde, désolée.

— Je t'aime vraiment.

— Je te déteste.

— Ne dis pas ça.

— Tu ne peux pas savoir à quel point je te hais.
Casse-toi d'ici et sors de ma vie !

— Je te promets que je vais me rattraper.

— Promettre ? Tu penses vraiment que je peux
encore croire à tes promesses, Greg ?

— Je vais tout t'expliquer, répéta-t-il.

— Non. Quand tu auras franchi la porte, je téléphone
pour mettre fin à ta carrière.

— Lorna, baby, laisse-moi une dernière chance, je
veux juste tout t'expliquer.

— Tu vois ce savon ? Il est comme toi, dit-elle en le serrant fort, jusqu'à ce qu'il lui échappe des mains. Fuyant. Mais lui, au moins, il me fait me sentir propre. Avec toi, je me sens sale, ajouta-t-elle avec un regard démoniaque.

— Lorna, je t'en prie.

— « Lorna, je t'en prie », répéta-t-elle d'une voix méprisante. Tu sais le pire ? C'est que je vais prendre plaisir à te détruire. « Allô, Belinda ? Tu ne me connais pas, mais je peux décrire la bite de ton mari sous toutes ses coutures. Je peux même t'envoyer une photo d'elle, mais j'imagine que tu la connais. Sauf si tu as oublié à quoi elle ressemble, vu que vous ne faites plus l'amour depuis des lustres. Enfin, c'est ce que Greg me dit. »

— Lorna, soyons raisonnables.

— Raisonnables ? J'ai l'impression d'entendre Corin. Tu sais ce qu'il m'a fait, lundi ? Il a essayé de me foutre de la merde de chien dans la bouche. Il m'engueule tous les matins, et c'est pareil tous les soirs. Certains jours, je me considère comme chanceuse s'il s'est limité aux insultes. En général, il me frappe.

Elle désigna un hématome sous son œil droit.

— Ça, c'est ce qu'il m'a fait hier soir. À sa sortie du commissariat, il m'a suivie jusqu'ici et il a pété les plombs. J'ai survécu parce que je croyais à tes promesses. Je pensais qu'on allait se mettre ensemble, tous les deux.

Elle se mit à pleurer.

— Putains de mensonges.

— Viens, ma chérie, on va discuter autour d'un verre. J'ai apporté du champagne. Du Pol Roger, ton préféré, dit-il en attrapant une serviette.

Alors qu'il lui passait le drap de bain autour des épaules, elle se mit à le frapper à la poitrine.

— Va te faire foutre !

— Hé ! s'exclama-t-il en se cognant contre le lavabo.

— Va te faire foutre, bâtard !

— Lorna, calme-toi, tu délires !

Elle se leva et se remit à le boxer.

Il l'attrapa à la gorge et elle se mit à hoqueter.

— Qu'est-ce que tu vas faire, m'étrangler ? soufflat-t-elle, surprise, mais sans cesser de le rouer de coups.

Il la repoussa pour tenter de la garder à longueur de bras.

— Lorna, arrête ! Je t'en prie, calme-toi !

Elle attrapa un flacon de shampooing, souleva le bouchon et aspergea son visage.

— Espèce de tarée ! hurla-t-il, à moitié aveuglé.

Il la saisit par les épaules et la repoussa. Elle tomba dans la baignoire, faisant déborder l'eau de tous les côtés.

— Je vais te détruire, sale menteur. Tu te crois intouchable, hein ? Je vais le passer tout de suite, ce coup de fil, dit-elle en se relevant.

— T'as pas intérêt ! hurla-t-il, furieux.

Il pressa une main contre son front, la forçant à se coucher dans la baignoire jusqu'à avoir, momentanément, la tête sous l'eau. Il relâcha alors la pression.

Elle émergea, paniquée, essoufflée.

— Qu'est-ce que tu essaies de faire, connard ? Me tuer ?

Elle tenta de se redresser de nouveau.

Perdant son sang-froid, il attrapa le sèche-cheveux de la main gauche et le pointa vers elle.

— Si tu bouges, tu meurs.

Lorna prit de nouveau son élan pour sortir du bain. Fou de rage, il la repoussa violemment de sa main droite. La tête de Lorna heurta le mur et il y eut un bruit retentissant, comme un coup de feu. Elle s'effondra et il vit, au niveau du point de contact, un carreau fêlé et une trace de sang.

Merde, merde, merde.

Le sèche-cheveux s'alluma soudain et il perdit pied. Tout devint flou, tout devint rouge. Rouge sang. Il se retourna et rentra dans un mur. Changeant de direction, il renversa une chaise. Il n'avait plus qu'un objectif : fuir.

Il trouva la porte, l'ouvrit et se jeta dans le couloir, toujours avec ce brouillard rouge devant les yeux. Il dévala l'escalier de secours, se cognant contre chaque mur. Une fois dehors, côté Vallance Street, la sortie qu'il privilégiait, il baissa sa casquette et chaussa ses lunettes noires, précaution qu'il prenait quand il lui rendait visite. Il entendit le bruit de la circulation. L'air était humide et froid, légèrement salé.

Il marcha longtemps, puis s'éloigna du bord de mer. Il continua et remarqua qu'il se trouvait désormais sur une grosse artère. *Il faut que je retourne dans une rue plus calme, pour ne pas être vu*, songea-t-il. *Je dois retrouver mon calme et réfléchir.*

Mon Dieu, qu'avait-il fait ?

Retourne la voir et excuse-toi. Demande-lui pardon, comme son mari chaque fois qu'il la tabasse.

Elle lui pardonnerait, n'est-ce pas ?

À quel point était-elle blessée ?

Il tourna à gauche et se rendit compte qu'il marchait vite, qu'il courait presque, la tête baissée, les poings serrés, pressé comme s'il était en mission. Sauf qu'il n'avait ni mission ni destination.

Retourne au studio. Excuse-toi. Explique-lui. Essaie de la calmer. Dis-lui que tu as eu une journée de merde au boulot, que ça ne te ressemble pas, que tu n'as jamais frappé une femme de ta vie.

Il l'aimait sincèrement. Il fallait qu'elle soit patiente, qu'elle lui laisse le temps. Cette photo, ce n'était vraiment pas ce qu'elle pensait. Bon, il n'avait pas été tout à fait honnête avec elle, mais il pouvait lui expliquer le contexte, si elle acceptait de l'écouter.

Il rentra dans quelqu'un.

Quelqu'un de dur.

— Désolé, souffla-t-il, avant de comprendre qu'il s'agissait d'un horodateur.

11

Mercredi 20 avril

Darling pouvait se fondre dans n'importe quelle foule. Petit et mince, il parvenait à passer inaperçu même lorsqu'il était seul. Et quand la colère bouillonnait en lui, c'est-à-dire la plupart du temps, il se comportait comme le roseau de la fable.

Pour tous ceux qui le croisaient, il avait l'apparence d'un homme doux et inoffensif, mais, à l'intérieur de lui, la tempête faisait rage.

Il en voulait à la Terre entière d'être toujours celui qui donnait sans jamais recevoir en échange, comme s'il était en dette depuis qu'il était né. Les autres s'étaient moqués de lui dès l'enfance, à cause de son nom – *Darling, mon chéri !* La plupart du temps, il était convaincu d'être victime d'une conspiration.

Il en voulait à Tony Suter, P-DG de Suter and Caldicott Garden Buildings, de l'avoir « remercié » après dix ans de bons et loyaux services. Certes, il avait fait quelques erreurs quand il était commercial régional, mais ils auraient pu lui offrir une seconde chance.

Ses précédents employeurs non plus ne lui avaient pas fait de cadeaux.

Et sa direction actuelle avait « oublié » de lui dire qu'il ne toucherait de commission qu'après le règlement du client. Les bâtards.

Mais, pour l'instant, c'était cette salope de Lorna Belling qui le rendait fou. Cela faisait des années que Trish, sa femme, rêvait d'une MX5 Sport, et elle allait fêter son cinquantième anniversaire dans quelques semaines. Il avait décidé d'utiliser ses allocations de chômage pour lui en offrir une, même si, entre eux, ce n'était pas l'amour fou. Une façon pour lui de faire la paix, mais surtout un investissement, vu qu'il la revendrait à profit une fois qu'elle serait morte. Il avait trouvé le modèle parfait sur eBay : dix ans d'âge, la carrosserie rouge qu'elle convoitait, troisième main et seulement 45 000 km au compteur. Il l'avait testée. Elle était nickel. La propriétaire demandait 3 500 £. Il en avait proposé 2 800 et elle avait accepté. Marché conclu. Il avait fait le virement sur PayPal. La vendeuse, une certaine Lorna Belling, avait un bon profil. Sauf que c'étaient sans doute de faux avis, se disait-il maintenant.

Donc la connasse prétendait ne pas avoir reçu l'argent. Elle mentait, mais elle ne savait pas à qui elle avait affaire.

Caché dans l'ombre au pied de l'immeuble dans lequel se trouvait la garçonnière de l'infidèle, au troisième étage, il vit son visiteur sortir.

La petite pute allait regretter d'avoir tenté de l'escroquer. *Seymour Darling, il ne faut pas le chercher.*

12

Mercredi 20 avril

Une heure s'était écoulée et il était plus calme, maintenant. Il longea le bord de mer en passant devant les parcs et les cabines, puis se dirigea vers le centre sportif. Il avait une idée en tête. Il allait s'excuser et réussir à la convaincre qu'il allait quitter sa femme pour elle. Vraiment, cette fois.

Il était désolé d'avoir perdu son sang-froid. Cela ne lui arrivait jamais et elle le savait. Il l'avait tellement soutenue, ces derniers mois, à passer des après-midi et débuts de soirée enlacés, au lit, à discuter de son monstre de mari et de leur avenir ensemble.

Ma carrière, mon Dieu ! Pourvu qu'elle n'ait pas passé ce coup de fil...

Il fallait qu'il retourne auprès d'elle pour l'en empêcher.

Ils s'étaient tous les deux emportés et ça ne leur ressemblait pas. Mais c'était elle qui avait commencé ! Ils s'en sortiraient. Il comprenait sa colère, mais ses vacances ne s'étaient pas passées comme elle l'imaginait. Il lui raconterait et tout redeviendrait comme avant. Il était amoureux d'elle et voulait vivre avec elle. Elle était son âme sœur, il le lui avait répété et elle lui avait dit, les yeux dans les yeux, qu'elle ressentait la même chose.

Arrivé devant l'immeuble, il entra par la porte principale et prit l'escalier, plutôt que l'ascenseur, Lorna ayant une fois été coincée à l'intérieur pendant trois heures.

Il entra dans le studio, referma la porte derrière lui et l'appela d'une voix inquiète :

— Lorna ? Ma chérie ?

Silence.

Il faisait sombre, aucune lumière n'était allumée et il n'y avait pas non plus de musique. Ce silence le glaça, d'autant qu'il ne savait pas où elle se trouvait.

— Lorna ?

Il appuya sur l'interrupteur. Rien.

— Lorna ! dit-il d'une voix plus forte, en se dirigeant vers la salle de bains.

Était-elle partie ? Rentrée chez elle ?

Pourvu qu'elle soit encore là !

En entrant dans la salle de bains, il sentit une odeur de plastique brûlé. Où était-elle, nom de Dieu ?

La peur l'assaillit. Il retourna dans le salon et composa son numéro. Quelques secondes plus tard, son téléphone sonna, quelque part dans la salle de bains.

Cela n'augurait rien de bon.

Elle l'avait toujours avec elle, en mode silencieux, pour qu'ils puissent discuter quand elle parvenait à s'éloigner de Corin.

Il alluma la lampe torche de son portable et retourna dans la salle de bains, très lentement.

Il dirigea le faisceau vers la baignoire.

Vit le fil.

Et fut tétanisé.

Lorna était allongée là où il l'avait laissée, mais son visage était sous la surface de l'eau. Elle était d'une beauté saisissante et d'une immobilité effrayante.

Le sèche-cheveux était dans l'eau.

Non, pas ça !

Son cœur lâcha.

En remontant le fil électrique, il remarqua que la prise était noircie.

Il s'empressa de débrancher l'appareil.

— Lorna ! Lorna !

Mon Dieu ! Était-ce lui ? Avait-il fait tomber l'appareil dans l'eau, dans son accès de rage ?

Il essaya désespérément de se remémorer ce qui s'était passé.

Non, impossible… Il n'avait pas fait ça, hein ? Pourvu qu'il n'ait pas fait ça !

Il la sortit de la baignoire et la tira jusqu'au salon, où il s'agenouilla à côté d'elle. Il faisait suffisamment jour dans cette pièce pour qu'il distingue son visage.

— Lorna ? Lorna ?

Il colla sa bouche contre la sienne et, se rappelant sa dernière formation aux gestes de premiers secours, il se mit à alterner les compressions thoraciques et le bouche-à-bouche. Deux insufflations, trente compressions. Deux insufflations, trente compressions. Deux insufflations, trente compressions.

Jusqu'à ce que la panique s'installe.

13

Mercredi 20 avril

L'anxiété de Roy Grace était, elle aussi, bien installée. Le lendemain après-midi, il rencontrerait son fils, dont il ne savait pas grand-chose, à Munich. Les quelques informations qu'il avait provenaient de l'avocat allemand et d'Anette Lippert, la mère d'Erik, l'ami chez qui Bruno était hébergé. Ils s'étaient appelés brièvement deux fois, sans trop savoir quoi se dire, mais n'avaient pas réussi à Skyper.

Il ne connaissait pas la date de naissance de Bruno et n'avait vu que de rares photos de lui. Anette lui en avait envoyé une prise deux ans plus tôt, dans un parc, avec sa mère, Sandy. Sur ce cliché, il apparaissait sous les traits d'un beau garçon, bien habillé, avec une expression de profonde tristesse que ne dissimulait pas le sourire qu'il affichait pour l'occasion. Anette lui avait affirmé que Bruno parlait bien anglais.

Dans sa lettre d'adieu, Sandy expliquait que c'était parce qu'elle était enceinte qu'elle avait quitté Roy sans le prévenir, le laissant la chercher désespérément pendant dix ans.

Roy ne savait pas du tout ce qui l'attendait avec Bruno. Comment celui-ci réagirait-il en voyant son père pour la première fois ? Comment vivrait-il son déracinement en Angleterre ? Comment s'adapterait-il à sa nouvelle famille ? Devait-il l'emmener à l'enterrement de sa mère ?

Il avait demandé l'avis d'une pédopsychiatre, amie de Cleo, qui lui avait expliqué que ce serait important pour lui de tourner la page et d'avoir un endroit où se recueillir.

Et Roy avait un autre problème à gérer. Sandy n'avait pas précisé si elle voulait être enterrée ou incinérée, comme c'était souvent le cas en Allemagne. Ils avaient abordé le sujet des funérailles lors d'un dîner, il y avait des années de cela, quand une amie de Sandy avait brutalement perdu son mari, noyé. Selon ses souvenirs, Sandy avait expliqué que ça lui était bien égal, qu'elle était d'avis que l'esprit quittait le corps et qu'elle s'en fichait de ce qui advenait à l'enveloppe corporelle, une fois vide. Roy et ses beaux-parents avaient décidé qu'un enterrement offrirait à Bruno quelque chose de plus tangible qu'un nom sur le mur du crématorium ou une plante dans un jardin du souvenir.

Il se trouvait à présent dans son bureau, un dossier juridique posé devant lui. Il était censé préparer un important rendez-vous qui aurait lieu dans une demi-heure avec Emma-Jane Boutwood et Emily Denyer – Gaylor, de son nom de jeune fille – pour discuter des aspects financiers du procès de Jodie Bentley, surnommée la Veuve noire, mais il était incapable de se concentrer sur autre chose que sur son voyage à Munich.

Marié à Cleo, avec qui il avait un fils, Noah, il menait une vie tranquille – du moins jusqu'à ce que Sandy refasse surface dans un hôpital à Munich, à la suite d'un accident, puis se suicide, laissant cette lettre l'informant qu'il avait un fils, Bruno.

Un fils qu'il n'avait jamais rencontré et dont il devait désormais s'occuper. Pour la vie.

Il décrocha son téléphone et appela Jason Tingley, nouvellement promu commissaire, qui avait un fils de l'âge de Bruno prénommé Stan. Le monde dans lequel les préadolescents évoluaient ne ressemblait en rien à celui qu'il avait connu.

Stan aimait certes le foot, mais il ne s'exprimait qu'avec des mots inconnus de son vocabulaire, il passait son temps sur Instagram et Snapchat, ne regardait pas la télévision, jouait à la FIFA et à un RPG sur sa PlayStation et possédait sa propre chaîne YouTube. Tingley proposa d'inviter Bruno chez eux pour que les deux garçons se rencontrent. Peut-être allaient-ils bien s'entendre, songea Grace, qui avait deux priorités en tête : lui trouver une école qui lui plaise et faire en sorte qu'il se fasse des amis.

Autre chose l'inquiétait et l'obsédait : la mise en garde énigmatique de Sandy à propos de leur fils.

Je t'en prie, quand je ne serai plus là, occupe-toi de notre fils, Bruno. Je me fais du souci pour lui, tu verras ce que je veux dire.

Qu'insinuait-elle exactement ?

14

Mercredi 20 avril

— Lorna ! Lorna ! Ne me fais pas ça, baby !

Il transpirait abondamment. Il la secoua violemment, puis regarda sa montre. Trente minutes s'étaient écoulées. Lorna avait les yeux ouverts. Ses beaux yeux bleus, souvent tristes, étaient embués dans une expression de surprise.

Il tremblait.

Nom de Dieu. Ce n'est pas possible !

Ça devait être un rêve, un cauchemar. Il n'arrivait pas à réfléchir normalement.

Il ne faut pas que je panique.

— Réveille-toi, baby, murmura-t-il.

Il crut percevoir un léger mouvement dans son regard.

— Baby ?

Avait-il rêvé ?

— Lorna ?

Il lui fit de nouveau du bouche-à-bouche et des compressions.

On sonna à la porte.

Il s'immobilisa.

On frappa à la porte.

Il retint son souffle et jeta un coup d'œil à l'heure. 19 h 35. Qui pouvait bien passer à cette heure ? Personne ne venait jamais ici.

On tapa de nouveau.

Le visiteur devait savoir qu'il y avait quelqu'un à l'intérieur.

Il entendit un froissement de papier. Quelqu'un était-il entré ? Il se retourna et vit qu'un document avait été glissé sous la porte. Il s'approcha sur la pointe des pieds et se baissa pour le ramasser. Il s'agissait d'une lettre standard signée par une entreprise d'électricité.

Chers occupants,

Nous faisons actuellement des travaux dans votre immeuble. À la demande de votre propriétaire, nous vous avons appelés aujourd'hui pour prendre rendez-vous afin de rénover l'installation électrique de votre appartement. Merci de nous rappeler au numéro ci-dessous.

Bien cordialement,
Gordon Oliver

Il se rendit compte qu'il venait de laisser ses empreintes digitales sur la feuille. *Imbécile*. Pris de tremblements, il la plia et la glissa dans l'une des poches de son pantalon, puis retourna auprès de Lorna. Elle lui sembla plus belle que jamais, avec sa poitrine généreuse.

Son corps entier était en proie à la terreur.

Il colla de nouveau ses lèvres contre les siennes, puis tenta de la ranimer.

Toujours rien.

Il la regarda dans les yeux.

Rien non plus.

Son pouls, peut-être ?

Non.

Derrière lui, dans l'obscurité de la rue, il entendit des crissements de pneus et des coups de klaxon, puis le cri d'une mouette. Ses pensées partaient dans tous les sens.

Concentre-toi.

Les Experts *! Mets-toi à la place de la police scientifique.*

Il se rendit dans la kitchenette et enfila les gants en plastique jaune que Lorna utilisait pour faire la vaisselle. Il retourna auprès d'elle, glissa un bras sous ses genoux et l'autre dans son dos et la souleva. Dieu qu'elle était lourde ! Beaucoup plus lourde morte que vivante. Il la porta jusqu'à la salle de bains, où l'odeur de plastique brûlé semblait encore plus prononcée, et la remit maladroitement dans la baignoire. L'eau déborda, éclaboussant son pantalon de costume et ses bottines noires cirées. Le visage de Lorna s'inclina vers le bas et, d'une certaine façon, il ressentit du soulagement à ne plus avoir à soutenir son regard.

Mais ça ne ressemblait plus à un accident.

Il la repositionna de façon que l'arrière de son crâne soit positionné au niveau de la tache de sang sur le carrelage.

Pouvait-on prélever des empreintes digitales et de l'ADN sur un corps mouillé ?

Fébrile, il attrapa une éponge, l'humidifia et la passa sur son visage, dans son cou, puis frotta son corps, pour effacer toute trace de lui.

— Je suis désolé, ma chérie.

Il fallait qu'il réfléchisse.

Où avait-il laissé des traces permettant de l'identifier ?

Quand il eut terminé de nettoyer son corps, il alla chercher de l'eau de Javel dans la cuisine et astiqua la baignoire. Il allait retirer la tache de sang sur le carreau fêlé, mais se ravisa. Autant la laisser. Il ne voulait pas montrer que quelqu'un avait fait le ménage.

Il sortit le sèche-cheveux de l'eau en le tenant par le fil. L'embout était noirci. Il attrapa une serviette pour essuyer toute empreinte digitale, puis mit l'appareil dans la main droite de Lorna et le laissa tomber entre ses cuisses.

Ça ressemblait à un suicide ou à un accident. Elle s'était électrocutée et s'était cognée contre le mur. Voilà.

Il était tellement sous le choc qu'il ne savait plus que penser.

Qu'avait-il touché depuis qu'il était arrivé ? La porte d'entrée. Le clavier de l'ordinateur de Lorna pour regarder la photo. Quoi d'autre ?

Avait-il laissé des traces sur son corps ? Il reprit l'éponge pour frotter derrière ses genoux et dans son dos, puis nettoya le lavabo, la chasse d'eau et le siège des toilettes.

Et maintenant ?

Concentre-toi !

Il rinça soigneusement l'éponge, puis observa l'appartement dans les moindres détails. Ce nid d'amour avait été le centre de sa vie, l'endroit où il avait toujours hâte de se réfugier pour retrouver la femme qu'il aimait.

Il ouvrit le frigo, dans lequel il avait mis la bouteille de champagne, l'essuya et la reposa.

Quoi d'autre ?

Une photo encadrée d'eux était posée sur la table, à côté d'un saladier. Ils se trouvaient en haut de la colline de Wolstonbury, avec vue sur la campagne du Sussex. Il hésita à sortir la photo, mais un cadre vide semblerait suspect, non ?

Il posa le cadre sur son imperméable, qu'il avait plié sur le fauteuil. En sortant, il le cacherait sous son manteau. Une fois dans sa voiture, il déchirerait la photo, puis la jetterait dans une poubelle, et le cadre dans une autre. Il se rendit compte qu'il avait soudain les idées claires.

Il ne faisait toujours pas nuit dehors. Les jours avaient rallongé d'un seul coup depuis le changement d'heure. Il allait devoir attendre encore une demi-heure, mais ce n'était pas grave, il avait dit à sa femme qu'il rentrerait tard du boulot.

Il retourna dans la salle de bains.

— Lorna, si tu savais à quel point tu t'es trompée, dit-il d'une voix calme. J'avais vraiment l'intention de quitter ma femme. C'est vrai que je t'ai menti parfois, mais je voulais vraiment qu'on vive ensemble.

Mon Dieu, qu'ai-je fait ? songea-t-il.

La police croirait-elle à un suicide ?

Les yeux embués de larmes, il inspecta la petite pièce. Merde ! La prise du sèche-cheveux gisait dans le lavabo. Il la rebrancha et effaça d'éventuelles empreintes.

Qu'avait-il oublié ? Il ressortit de la salle de bains et regarda la petite table où ils avaient partagé tellement de repas, à moitié nus, extatiques, après l'amour. En général, ils se faisaient livrer une pizza, des plats chinois ou thaïs. Il posa son regard sur les deux chaises, le fauteuil, le frigo, la kitchenette, le lit. Y avait-il d'autres photos ? Il vérifia. Deux reproductions bon marché de paysages de Brighton contribuaient à l'ambiance du studio.

Le portable de Lorna constituait un problème. Son ordinateur aussi.

Son téléphone était un modèle bas de gamme, à carte. Le mari de Lorna n'était pas au courant de son existence. Selon elle, il était tellement jaloux qu'il avait certainement installé un logiciel de localisation sur son autre portable. Quand elle le rejoignait, elle laissait donc son iPhone chez elle et se déplaçait avec celui-ci.

Il le prit et l'étudia quelques instants. Son cœur battait la chamade. Ses mains tremblaient. Il passa en revue les numéros composés. Il n'y en avait qu'un : celui de son iPhone personnel. Puis il regarda les appels reçus. Tous étaient masqués, mais il se souvenait l'avoir appelée à ces moments-là, à deux exceptions près : quelqu'un l'avait contactée trois jours plus tôt, jour où ils ne s'étaient pas vus, et à 11 heures, le matin même. Il se demanda qui ça pouvait être. Sans doute sa meilleure amie, Roxy, qui était, à sa connaissance, la seule personne au courant de leur relation.

Que savait-elle au juste, Roxy ?

Il ouvrit les textos et n'en trouva aucun. Comme il s'y attendait, elle les effaçait au fur et à mesure, de peur que son mari ne tombe sur cet appareil. Elle ne gardait rien qui puisse l'incriminer.

Il empocha le portable. Il était peu probable que quelqu'un d'autre que sa meilleure amie et lui-même en connaisse l'existence. Une fois dans sa voiture, il retirerait la carte SIM, la jetterait dans une bouche d'égout et l'appareil dans une poubelle.

Il retourna dans la salle de bains et murmura à Lorna à quel point il était désolé.

Une fois dans le salon, il sortit une Silk Cut de son paquet et l'alluma. Mais rien ne calmait ses nerfs. Il la termina et l'écrasa dans le seul cendrier qu'ils possédaient : un souvenir que Lorna avait rapporté de Madère. Il cracha sur le mégot pour l'éteindre complètement, le mit dans une poche et regarda l'heure.

Il avait tout le temps nécessaire. Il devait l'utiliser à bon escient, ne devait laisser aucune trace de son passage.

Réfléchis !

Ils n'avaient pas fait l'amour depuis près d'un mois, car il avait participé à une formation juste après son retour de vacances. Il avait lu dans un journal que les punaises de lit pouvaient être porteuses d'ADN pendant près de quarante jours. Vu que cela faisait un mois environ qu'il n'avait pas mis les pieds ici, il décida de laisser la literie en l'état, pour ne pas donner l'impression que l'appartement avait été nettoyé de fond en comble.

Il entreprit ensuite d'essuyer les poignées de porte, les interrupteurs, le lecteur CD, les verres, la bouilloire, la machine Nespresso qu'il avait offerte à Lorna, les tasses et tous les couverts.

Comment faire pour tout effacer ? Quelle était la prochaine étape ? Une idée commençait à germer dans son esprit. Il s'assit et fuma une nouvelle cigarette, qu'il empocha après l'avoir éteinte.

Il se leva et arpenta la pièce. Avec un peu de chance, cette idée pouvait fonctionner. Il n'avait pas de plan B. Mais, pour bien faire, il lui fallait l'obscurité totale.

Merde. Il allait devoir encore patienter.

Il parcourut les actualités sur son téléphone. Nouvel attentat terroriste au Moyen-Orient. Un chirurgien épuisé, face à la caméra. Il éteignit son portable, s'assit, se releva et alla voir Lorna.

Qu'avait-il fait ?

Il fallait qu'il se calme. Qu'il ne fasse aucune erreur. Il eut soudain la nausée, souleva le couvercle et le siège des toilettes, s'agenouilla et vomit violemment. En voyant les débris dans la cuvette, il se souvint d'un comique qui avait dit que quoi que l'on ait mangé, on vomissait toujours des peaux de tomate et des dés de carotte. À l'époque, il avait trouvé ça marrant. Plus maintenant.

Plus rien ne serait jamais marrant.

L'odeur le révulsa et il eut un nouveau renvoi, puis un troisième, composé majoritairement de bile.

Plusieurs minutes passèrent avant qu'il n'ait la force de se relever. Il tira la chasse une première fois, essuya les morceaux encore collés, la tira de nouveau, puis utilisa le gel nettoyant pour bien récurer sous le rebord.

Il se rinça la bouche à l'eau froide et jeta un coup d'œil à Lorna.

Il fut tenté d'ouvrir la bouteille de champagne qu'il avait achetée en chemin, mais il renonça, ne voulant pas prendre le risque de conduire en état d'ivresse. Il se demanda soudain s'il l'avait bien essuyée.

Il retira le prix et le code-barres, glissa l'étiquette dans sa poche, frotta la bouteille et la remit au frigo.

L'hypothèse du suicide pouvait marcher, mais il ne pouvait pas compter que sur ça. Il repensa à son idée.

Il avait soigneusement effacé toute trace de sa présence, sans trop en faire, mais il lui fallait autre chose. Et s'il mettait la police sur la piste du mari ? Elle avait annulé leur rencontre de lundi parce que ce connard l'avait de nouveau agressée. Violences conjugales ?

Bonne idée.

Et il savait comment faire, grâce à une information que Lorna lui avait confiée à propos de Corin.

15

Mercredi 20 avril

Il savait qu'il ne devait rien oublier, mais, merde, que c'était dur ! Les pensées dégringolaient dans sa tête, comme les livres d'une étagère pendant un tremblement de terre.

Elle n'était pas morte quand il l'avait laissée, si ? Combien de temps était-il parti ? Une heure ? Plus ? Suffisamment longtemps pour que quelqu'un entre et… la tue ?

Son mari ?

Fixant le sol, il eut l'impression que les vers de Rudyard Kipling étaient gravés à ses pieds :

Si tu restes ton maître alors qu'autour de toi
Nul n'est resté le sien, et que chacun t'accuse ;
Si tu peux te fier à toi quand tous en doutent,
En faisant cependant sa part juste à leur doute ;
Si tu peux rassembler tout ce que tu conquis,
Mettre ce tout en jeu sur un seul coup de dés,
Perdre et recommencer du point d'où tu partis
Sans jamais dire un mot de ce qui fut perdu ;

Voilà ce qu'il fallait qu'il fasse. Garder la tête froide. Ne pas s'effondrer. Attendre. Il savait tout ça. Les accidents, ça arrive. Il y a des avantages et des inconvénients à vivre dangereusement.

Les traces, ça s'efface. Les odeurs aussi. Et les plus forts arrivent même à effacer les souvenirs.

Ce qui ne tue pas rend plus fort. Il se demanda qui avait écrit ça. En tout cas, c'est ce qu'il devait faire. Rester fort. Voilà.

Il n'arrivait toujours pas à se concentrer, à anticiper.

Il fallait qu'il sorte de cet état de panique, sinon il ferait des erreurs.

Il n'avait pas d'autre option que de reprendre une vie normale.

Enfin, ce n'était pas tout à fait vrai. Il y en avait une autre.

Mais elle était inconcevable.

16

Mercredi 20 avril

Roy Grace regarda sa montre, conscient que l'expression se vérifiait : l'enfer est pavé de bonnes intentions. Il était 20 h 30 et, une fois de plus, il aurait dû être rentré chez lui depuis longtemps. Sirotant un café froid, il attendait un appel du ministère public pour discuter d'une pièce à conviction essentielle à un procès. Il n'était pas fier de lui.

Il programma un tweet de « Bon Anniversaire » au lieutenant Jack Alexander, qui aurait 26 ans le lendemain, puis se concentra de nouveau sur son travail.

Dans deux semaines, il était convoqué à la cour pénale de Londres pour une plaidoirie concernant sa dernière affaire en date, celle de Jodie Bentley, qu'il considérait à titre personnel comme une sociopathe, actuellement en détention provisoire à la prison de Bronzefield. Il avait la preuve qu'elle avait assassiné un de ses amants, puis son mari, mais il était convaincu que son tableau de chasse était plus rempli que ça. Il lui faudrait des heures pour lire attentivement son dossier. Richard Charwell, l'avocat de Jodie, ne lui était pas inconnu. Par le passé, Charwell l'avait ridiculisé à la barre en révélant qu'il avait montré une pièce à conviction – en l'occurrence, une chaussure – à un médium. Grace avait eu beau remporter la manche lors du contre-interrogatoire, l'assassin avait failli s'en sortir et sa réputation avait été ternie.

Intelligent et manipulateur, cet avocat était extrêmement doué pour mettre le jury dans sa poche. Si Grace ne voulait pas que sa cliente passe entre les mailles du filet, il allait devoir fournir des preuves irréfutables.

Le ministère public avait retenu le chef d'accusation pour meurtre, le dossier contre Jodie Bentley était solide, mais pas en béton, et un avocat malin comme Charwell saurait se glisser dans le moindre interstice. Grace savait cette femme coupable. Devant des jurés réceptifs, il se sentait capable de les convaincre au-delà de tout doute raisonnable, en tant que témoin. Or c'était le boulot de l'avocat d'entretenir ce doute. Pour lui, c'était un jeu. Pour la police, il s'agissait de mettre un assassin derrière les barreaux afin de l'empêcher de récidiver.

Mais les jurés étaient imprévisibles, plus encore dans ce climat anti-police et anti-establishment, alimenté par les politiques et par la police elle-même lors d'une série de poursuites judiciaires avortées contre des personnalités. Il ne savait pas quel angle d'attaque utiliserait Charwell, mais ce qui était sûr, c'est que son supérieur immédiat, le commissaire principal Cassian Pewe, s'empresserait de récolter les louanges en cas de succès et de lui faire porter le chapeau en cas d'échec.

Grace était conscient de ne pas être un magicien. Tout ce qu'il pouvait, c'était faire de son mieux. Il haïssait les meurtriers. Autant les voleurs pouvaient restituer une partie de leur larcin, autant les assassins ne pouvaient rien réparer. Et ils ne se contentaient pas de prendre la vie de leurs victimes : ils détruisaient à jamais celle de leurs proches.

Avec 85 % de criminels arrêtés, le taux d'élucidation du Royaume-Uni était élevé par rapport aux 55 % des États-Unis. Mais Grace veillait à ne jamais être trop content de lui-même. Dans les anciens quartiers généraux, une équipe entière était dédiée aux affaires non résolues, et chacune était synonyme d'échec pour lui.

Dans le Sussex, trente meurtres attendaient d'être élucidés. Trente dont la police avait connaissance, et Grace se demandait souvent combien leur échappaient. Les enquêtes pour meurtre n'étaient jamais classées tant qu'une personne liée à la victime était vivante. Dans certains cas, le délai allait bien au-delà.

Quand Roy Grace avait rejoint la police judiciaire, il s'était juré de passer la barre des 85 %.

Tous les meurtriers font une erreur. Il suffit de la trouver.

17

Mercredi 20 avril

Bien sûr, il pouvait mettre le feu à l'appartement, ce qui détruirait toutes les preuves. Mais il était conscient des dangers. Le bâtiment était vieux, l'incendie se propagerait très rapidement et serait susceptible de provoquer la mort de plusieurs occupants. Hors de question.

Peu avant 21 heures, après les trois heures les plus longues de sa vie, il enfila son manteau, jeta un dernier coup d'œil en utilisant la fonction lampe de son téléphone, glissa l'ordinateur et le cadre sous son bras, et ramassa les fleurs et les deux sacs-poubelle contenant tout ce dont il voulait se débarrasser. Il mit à l'intérieur les gants en plastique et se dirigea vers la sortie.

Depuis qu'ils se voyaient dans cet immeuble, il n'avait croisé que trois personnes : une vieille dame en peignoir, visiblement un peu dérangée, qui cherchait son chat, et des étudiants d'origine asiatique tellement épris l'un de l'autre qu'ils ne l'avaient sans doute pas remarqué.

Cela ne l'empêcha pas d'ouvrir la porte avec méfiance, en utilisant son mouchoir, et de tendre l'oreille avant de mettre le pied dehors. Son cœur battait fort et il avait les oreilles bouchées. Préférant de nouveau éviter l'ascenseur, il descendit les trois étages à pied et marqua un temps d'arrêt au rez-de-chaussée.

C'est à ce moment-là que son téléphone sonna.

Seul dans le hall d'entrée mal éclairé, il le sortit pour voir qui l'appelait. Son écran était noir. Il comprit alors qu'il s'agissait du portable de Lorna.

Il le regarda : identité refusée.

Il eut envie de décrocher pour savoir qui appelait et à quel sujet, mais se ravisa.

Était-ce Roxy ?

Très certainement. Personne d'autre n'avait ce numéro, n'est-ce pas ?

Les sonneries finirent par cesser.

Il attendit, au cas où un message serait laissé sur la boîte vocale, mais les mots « Appel manqué » s'affichèrent.

Il patienta encore, au cas où la personne rappellerait, puis se souvint qu'une fois, alors qu'elle était dans la salle de bains, Lorna avait reçu un appel. Elle lui avait demandé de décrocher si c'était Roxy, pour lui dire qu'elle la rappellerait. Il pianota les touches du Samsung de Lorna, dont il n'était pas familier, pour accéder au carnet d'adresses. Comme il le pensait, il comprenait une seule entrée : sa meilleure amie.

Si c'était elle qui venait d'appeler, pourquoi cachait-elle son identité ? Et si ce n'était pas elle, qui était-ce ? Un mauvais numéro ? Du démarchage ? Peu probable sur un téléphone à carte. Son mari ?

Il ne l'avait jamais rencontré, mais d'après ce que Lorna lui en avait dit, il était du genre à fouiller dans ses affaires pendant qu'elle dormait ou en son absence, et comme il s'y connaissait en informatique, il devait savoir comment installer un logiciel espion.

Il remit le téléphone dans sa poche, remonta son col, baissa la visière de sa casquette et sortit par Vallance Street. Il tourna ensuite à droite, remonta jusqu'à Kingsway, où il tourna de nouveau à droite, passant devant l'entrée principale de l'immeuble, avant de tourner une troisième fois à droite dans Hove Street et de rejoindre sa vieille BMW. Il démarra, plongé dans ses pensées. Il fallait qu'il se débarrasse de l'ordinateur, du téléphone et de la carte SIM, du cadre et de la photo ainsi que des sacs-poubelle. Mais pas ici. Quand le corps de Lorna serait découvert, peut-être dès le lendemain, avec le passage de l'électricien, les flics fouilleraient sans doute toutes les poubelles du quartier.

Il se dirigea vers le bord de mer et tourna à droite vers Shoreham, longeant les lagons de Hove. Il était à la recherche de poubelles. Un kilomètre plus loin, il découvrit une benne de chantier devant un vieil entrepôt. Il s'arrêta, vérifia qu'il n'était pas filmé et jeta un premier sac.

Il reprit la route et tomba sur une voie d'accès au port. Parfait. La zone serait plongée dans l'obscurité totale. Il roula jusqu'à l'embarcadère et se gara sur un parking désert, au milieu de hangars.

Il vérifia de nouveau qu'il n'y avait pas de caméra, se rendit jusqu'au bord du quai et jeta l'ordinateur de Lorna à l'eau. Après un plouf discret, celui-ci disparut dans les profondeurs sombres.

Il envisagea la possibilité de se débarrasser du téléphone aussi, mais c'était plus prudent de le faire ailleurs. Il était peu probable que des plongeurs tombent dessus, mais à quoi bon prendre le risque ?

De retour dans sa voiture, il traversa une petite zone industrielle, où il balança ses mégots par la fenêtre. Après avoir rejoint la route principale, il vit une autre benne, devant un immeuble délabré. Il s'arrêta en mordant sur le trottoir.

Il ouvrit le cadre et, à la lueur d'un lampadaire, ne put s'empêcher de regarder la photo de Lorna et lui. Il avait la gorge nouée. Elle était magnifique, avec ses longs cheveux blonds, sa mèche soulevée par le vent et son sourire incroyable, tantôt espiègle tantôt sexy. En haut de Wolstonbury, en cette magnifique journée d'été, le monde semblait leur appartenir.

Vêtue d'un dos-nu blanc et d'un jean, elle avait passé un bras bronzé autour de son cou et l'avait attiré à elle de façon que leurs joues se touchent pour la photo. Le paysage de campagne était dégagé et désert. C'était l'un des endroits où ils osaient sortir ensemble, l'été.

Merde, merde, merde.

Il déchiqueta la photo, puis vérifia qu'il n'était pas dans le champ d'une caméra de surveillance. Il ouvrit la portière, prit le second sac-poubelle et attendit qu'un camion passe avant de se diriger vers la benne. Une voiture arriva en sens inverse et il dut faire un pas de côté. Un autre véhicule passa, puis un vélo. Il avait l'impression que tous les regards étaient braqués sur lui.

Il jeta le sac et éparpilla les morceaux de la photo, avant de glisser le cadre sous le coussin d'un canapé. En retournant à sa voiture, il remarqua une bouche d'égout. Parfait. Il sortit la carte SIM du Samsung et la glissa à travers la grille. Puis il se souvint, *in extremis*, de la lettre de l'électricien, qu'il avait mise dans sa poche. Il la déchira et la glissa également à travers la grille. Il démarra, toujours fébrile, sans savoir où aller.

Il tourna à droite dans le dédale de Southwick et remarqua une poubelle au bout d'une rue commerçante. En face se trouvaient des maisons mitoyennes. De nombreux magasins disposaient désormais de caméras de surveillance, aussi bien à l'intérieur qu'à l'extérieur. Avant de sortir de sa voiture, il regarda attentivement autour de lui. Il en remarqua une devant une boutique de coupes et trophées, mais aucune au bout de la rue. Du côté des appartements, rien non plus, et personne aux fenêtres.

Il essuya le téléphone, ouvrit sa portière et le fit volontairement tomber par terre. Il le piétina de ses talons, jusqu'à l'entendre craquer plusieurs fois. Une fois qu'il fut sûr d'avoir rendu l'appareil irrécupérable, il se baissa pour le ramasser, toujours à l'aide de son mouchoir, le jeta à la poubelle et retourna s'asseoir au volant.

Pour le moment, tout se passait bien. Il refit mentalement la liste : ordinateur, téléphone, carte SIM, photo, cadre, mégots. La prochaine étape serait la plus compliquée.

Et il allait redémarrer quand son téléphone sonna. C'était sa femme. Il respira à fond et décrocha.

— Bonsoir, ma chérie.

— Tu es où ? Ça fait des heures que je t'attends.

— Je suis coincé au boulot, je t'ai dit que je rentrerais tard.

— J'ai encore un problème avec la télé de la cuisine. Sky ne marche pas. J'arrive pas à regarder les émissions que j'ai enregistrées.

— OK, mais je peux pas faire grand-chose à distance. Je regarderai ça en rentrant.

Une moto approcha. Il mit sa main sur le micro pour éviter qu'elle l'entende.

— J'ai la télécommande dans la main. J'appuie sur Sky juste après avoir allumé l'écran, c'est bien ça ?

— Ma chérie, je ne peux pas m'en occuper maintenant.

— Bon, tant pis. Tu veux que je te garde un truc à manger ?

— Non… euh… je prendrai quelque chose en route.

— Tout va bien ? Tu as une drôle de voix.

— Je dois te laisser, je m'occuperai de Sky…

— Attends… c'est bon ! Ça marche !

— Super, dit-il d'une voix blanche.

Après avoir raccroché, il se rendit compte qu'il était en nage, comme s'il sortait de la douche. Quel désastre… Comment avait-il pu en arriver là, lui qui se mettait très rarement en colère et qui n'avait jamais levé la main sur une femme… ? Qu'est-ce qui lui avait pris ? Il commençait à mesurer l'énormité de la chose. Son potentiel dévastateur sur sa vie, pas juste sur sa carrière et son couple. Comment sa fille allait-elle grandir, avec un père meurtrier ? Il prendrait perpétuité. Et sans parler de la prison, il serait à jamais hanté par ce qu'il avait fait.

Suis-je un meurtrier ?

Il fallait qu'il réfléchisse à chacune des étapes.

La priorité était d'effacer ses traces.

Il ne devait faire aucune erreur. Et pour commencer, il devait se calmer, arrêter de transpirer, d'avoir l'air coupable.

Il mit le contact.

On parle souvent de la fragilité de la vie. On dit qu'elle ne tient qu'à un fil. Aujourd'hui, la sienne avait pris un virage à 180 degrés. Il lui fallait un plan B.

Sauf qu'il n'avait jamais eu de plan A.

18

Mercredi 20 avril

La BMW se dirigeait vers l'est, sur Old Shoreham Road. Il ne pleuvait plus. Il avait mis son régulateur de vitesse sur 50 km/h pour ne pas risquer d'être flashé par un radar. Il bifurqua à gauche, contourna Hangleton et rejoignit l'A27, où il passa à 110.

Il resta sur la double-voie jusqu'à la déviation vers Hollingbury, à l'extrême nord de la ville. Puis il s'engagea dans une rue en courbe, remarqua un kiosque à journaux, une épicerie et un centre communautaire, puis s'engagea dans une montée.

Il savait où elle vivait, ils s'étaient vus plusieurs fois chez elle, au début de leur relation. Avant de louer leur petit appartement, ils avaient pris le risque de se retrouver entre midi et deux, pendant que son mari était au travail, et parfois le soir, quand il était en déplacement. Mais ça remontait à plusieurs mois et il lui arrivait de se perdre dans ce quartier.

Les poubelles étaient sorties. Certaines étaient tellement remplies que leur couvercle se soulevait. Super.

Ça voulait dire que les éboueurs n'étaient pas encore passés. Sans doute feraient-ils leur tournée le lendemain matin. Le timing était parfait.

Il reconnut la maison sur sa droite, en retrait de la route, son entrée ponctuée de deux piliers en brique surmontés de sphères en granit, pour lui donner une grandeur qu'elle n'avait pas. À l'époque, ça le faisait sourire, ils lui semblaient tellement ridicules... Lorna les trouvait, elle aussi, embarrassants, mais Corin avait insisté pour les faire installer.

La poubelle avait été sortie. *Bravo, Corin, tu assures !*

Il se gara un peu plus loin, entre la camionnette d'un plombier et un vieux 4 x 4, puis éteignit les phares et le contact. Il commença par regarder autour de lui. Il faisait nuit noire, la rue était déserte. Il désactiva le plafonnier, enfila une paire de gants et ouvrit la portière.

Sous son manteau, sa chemise mouillée lui collait à la peau. Il frissonna. Les rideaux des maisons alentour étaient tirés. Certains occupants regardaient la télévision. Il se dirigea d'un pas rapide vers le domicile de Lorna et s'arrêta devant la poubelle. Il jeta de nouveau un coup d'œil circulaire, alluma la lampe torche de son téléphone, ouvrit le couvercle et éclaira l'intérieur. La poubelle était pleine. Il réfléchit. Comment allait-il réussir à duper la police ?

Il tomba d'abord sur un exemplaire de la veille du *Sun*, puis un circuit d'appareil électronique. Parfait. Il sortit de sa poche un sac-poubelle vide, trouvé à l'appartement, le secoua et mit à l'intérieur le journal et la plaque.

La poubelle était pleine de boîtes de nourriture pour chiens, de granulés pour poissons et de tablettes effervescentes pour aquarium. Il remarqua des emballages de plats chinois, puis un fer à friser.

Ayant vérifié qu'il n'était toujours pas observé, il fouilla plus profond. L'odeur était nauséabonde. Arêtes de poissons, restes de crevettes et de poulet, nettoyant pour métaux… Que pouvait-il emporter ?

Il ignora une boîte de thon, mais s'empressa de récupérer un paquet de cigarettes niché dans des moutons de poussière. Tout au fond de la poubelle, il repéra plusieurs mégots et deux canettes de Carlsberg, qu'il embarqua aussitôt.

Il plongea une dernière fois son bras, puis décida qu'il avait assez d'éléments.

Il retourna rapidement à sa voiture et démarra.

Tout va bien se passer, se répétait-il pour se rassurer.

Il n'avait pas le choix. Il fallait qu'il s'en sorte. Qu'il anticipe. Qu'il garde son calme. Comme maintenant.

Tout allait bien se passer.

Il se mit en route pour sa destination suivante, en surveillant sa vitesse. Les meurtriers se faisaient prendre parce qu'ils faisaient des erreurs de débutant. Qu'ils se laissaient envahir par la panique. Lui était parfaitement lucide à présent. Plus lucide que jamais.

Peut-être parce que l'enjeu n'avait jamais été aussi grave. Mais il savait comment gérer la situation. Vraiment. D'autant que la chance semblait de son côté.

19

Mercredi 20 avril

Sur l'horodateur, il lut : AGGLOMÉRATION DE BRIGH-TON ET HOVE. PARKING PAYANT TOUS LES JOURS ENTRE 9 H ET 20 H.

Il était 22 h 23. Il pleuvait à verse. Impeccable. Encore un signe que la chance était de son côté. Son sac de golf était dans son coffre depuis dimanche (jour qu'il consacrait à la pratique de ce sport) avec, à l'intérieur, un vieux parapluie noir dont une baleine était cassée.

Il l'ouvrit à quelques centimètres de sa tête, attrapa le sac-poubelle, se dirigea rapidement vers le bord de mer, tourna à gauche et longea leur immeuble. Il entra par Vallance Street, tendit l'oreille, ferma le parapluie, monta les trois étages en courant, déverrouilla la porte de l'appartement et entra.

Il s'immobilisa. Il tremblait et transpirait profusément. Et si… ?

Ne sois pas ridicule, elle ne risque pas d'être sortie de la baignoire.

Il lui fallut plusieurs secondes avant d'oser utiliser la fonction torche et avancer. Il avala sa salive et s'approcha de la porte de la salle de bains, sans la pousser. Prenant son courage à deux mains, il fit un pas en avant et dirigea son faisceau vers elle.

— Merde ! lâcha-t-il.

Elle avait les yeux ouverts et le fixait. Il fit tomber son téléphone sur le linoléum et se cogna contre la porte en reculant. Son cœur battait à mille à l'heure.

Elle avait les yeux fermés quand il l'avait laissée, non ?

Calme-toi.

Il s'agenouilla pour ramasser son portable et constata, soulagé, que l'écran n'était pas cassé. Il le dirigea de nouveau vers elle. Elle était dans la position où il l'avait laissée, mais comment se faisait-il que ses yeux étaient ouverts ? Il essaya de se souvenir.

Ils devaient l'être. Impossible qu'elle les ait ouverts après…

Impossible.

Il retourna dans le salon. *Reprends-toi.* Il se dirigea vers la table. Toujours ganté, il ouvrit le sac-poubelle et mit les mégots dans le cendrier. Lorna ne fumait pas, elle lui avait dit qu'elle avait arrêté il y avait des années de ça, mais que Corin était un gros fumeur. Il les écrasa de façon à laisser penser qu'ils avaient été éteints là, puis se rendit compte qu'il manquait les cendres.

Il fuma une cigarette en prenant soin de laisser tomber les cendres dans le cendrier entre chaque longue bouffée, l'éteignit et la mit dans sa poche, puis renouvela l'opération avec une seconde.

Ensuite, il vida le contenu du cendrier dans un sachet qu'il trouva dans l'un des tiroirs de la cuisine, sortit deux canettes de bière et les ajouta.

Reste concentré !

Il cacha le circuit imprimé sous le lit, regarda en direction de la salle de bains et éclaira Lorna, puis le fil du sèche-cheveux.

Que s'était-il vraiment passé ?

Il s'assit au bord d'une chaise et essaya de se remémorer les événements. Allait-il se réveiller d'un cauchemar ? Il donnerait n'importe quoi pour que ce soit le cas. Mais non. Demain, il se réveillerait – s'il arrivait à dormir – et rien n'aurait changé.

Lorna serait toujours morte.

Assassinée par son mari ?

Suicidée ?

L'électricien la découvrirait, et ensuite ? Avait-il effacé toute trace de son passage ? Avait-il laissé suffisamment d'éléments pour charger Corin ? Qu'allait trouver la police scientifique ? Quelles seraient les déductions d'un enquêteur intelligent ?

S'en sortirait-il ? Pourrait-il continuer à se regarder dans la glace ?

Il entendit, au-dessus de sa tête, des rires enregistrés.

Avait-il oublié quelque chose ?

La réponse était sous ses yeux. Incroyable. Comment avait-il pu passer à côté ?

Il y avait toujours eu deux photos d'eux ici. Celle qu'il avait récupérée et jetée, et, accrochée au mur, un selfie que Lorna avait pris en haut de la falaise de Beachy Head, à Eastbourne. Il avait passé un bras autour de ses épaules et ils souriaient tous les deux, dos à la Manche.

Il se souvint soudain que ce promontoire de cent cinquante mètres de haut était célèbre pour ses suicides.

Une possibilité s'offrait à lui. Il pouvait y être en une demi-heure. Peut-être était-ce la meilleure des solutions pour mettre un point final à tout ça.

S'il avait pris toutes les précautions, ni sa femme ni sa fille n'auraient jamais à avoir honte de ce qu'il avait fait.

Il décrocha le cadre et le cacha sous sa veste. Il posa le sac à l'entrée, comme on le fait d'une poubelle à jeter, sortit et descendit à toute allure.

Il poussa la porte de l'immeuble et baissa la tête. Malgré toute son attention, il ne vit pas l'homme posté au bout de la rue, qui, lui, ne le manqua pas.

Même s'il n'en avait plus rien à faire d'être vu. Dans une heure, il serait mort.

Il jeta les mégots de cigarette sur le trottoir en songeant que ce n'était pas bien de jeter ses déchets sur la voie publique.

Mais peu importe.

Une heure.

Dans une heure, lui-même, déchet de la société, ne serait plus de ce monde.

20

Mercredi 20 avril

Ces bois sont charmants, sombres et profonds
Mais il me reste des promesses à tenir
Et des lieux à parcourir avant de dormir

Les vers d'un poème qu'il avait lu quelque part tournaient dans sa tête, tel un disque rayé. Alors qu'il enchaînait les lacets menant à Beachy Head, il essayait de se souvenir de l'auteur. À sa gauche, invisible dans l'obscurité, ondulait le paysage rural des Downs du Sud. À sa droite, au-delà d'un petit pré, se trouvait l'à-pic. Le ciel au-dessus. La mer en dessous.

Les Seven Sisters. Une série de promontoires le long de la Manche. Le point le plus haut, Beachy Head, promettait une mort certaine. Tant qu'on ne se trompait pas d'endroit.

Il n'était pas particulièrement à l'aise en altitude, mais la hauteur le fascinait. Petit, il s'était souvent penché au-dessus du vide en se demandant ce que cela ferait de tomber. Était-ce une libération de savoir qu'à la fin de la chute on n'existait plus ?

Est-ce que ça faisait mal ?

Ce genre de questions lui revenaient à présent.

Allait-il souffrir ? Et qui avait écrit ce poème, nom de Dieu ?

Étrange, se dit-il en apercevant un mouton à sa gauche. Avec ses amis, ils avaient parfois plaisanté sur ce qu'ils feraient s'il leur restait vingt-quatre heures à vivre. Tous avaient parlé sexe, bouffe et alcool. Mais maintenant, alors qu'il ne lui restait plus que quelques minutes, il cherchait désespérément le nom d'un poète et se demandait s'il allait avoir mal.

Mourrait-il sur le coup ou resterait-il conscient plusieurs secondes, minutes ou heures, avant que la mort n'arrive ?

À se demander qui avait bien pu écrire ce foutu poème…

Cela n'avait plus d'importance. Il se sentait calme comme jamais. Tout ce qui s'était passé dans la soirée avait disparu dans les limbes de son cerveau. Sa famille aussi. Tout semblait si simple, comme s'il avait avalé la pilule du bonheur.

Mais comment s'appelait le poète ?

Peu importe. Pour lui, dans quelques minutes, plus rien n'aurait d'importance.

Cinq kilomètres… deux kilomètres… Puis il vit l'enseigne lumineuse de l'hôtel Beachy Head.

Ç'avait peut-être été un hôtel, à l'époque, mais aujourd'hui, il s'agissait d'un pub-restaurant qui accueillait les visiteurs de ce lieu touristique et les randonneurs du sentier des Downs du Sud. À 23 heures, un mercredi d'avril, ce long bâtiment battu par la pluie et les vents, situé à une trentaine de kilomètres à l'est de Brighton, était désert, comme en témoignait le parking vide.

Il se gara entre deux lignes blanches, en prenant soin de ne pas mordre sur deux places. Pourquoi ? Sans doute parce qu'il était quelqu'un de respectueux. Et parce qu'il n'avait pas envie que son véhicule soit signalé à la police le lendemain. Pas envie de passer pour un sale égoïste.

Il éteignit le contact et resta assis dans l'obscurité, tandis que les éléments secouaient sa voiture. La fin n'était qu'à quelques mètres. Tout était incroyablement simple.

« Ces bois sont charmants, sombres et profonds... »
Qui a écrit ça ? Allez, dites-moi, je mords pas !

Il fut momentanément surpris par des phares derrière lui. Une voiture passa à vive allure. Il retrouva son calme.

J'ai pris la bonne décision.

Il n'avait pas vraiment le choix.

Je suis un meurtrier.

Vraiment ?

Bien sûr que non.

Quelqu'un est entré dans l'appartement quand je me suis absenté. C'est lui, le tueur. Je serais incapable de tuer qui que ce soit, n'est-ce pas ?

Toutes sortes de souvenirs remontèrent à la surface, mais il les ignora.

Saute du point le plus haut.

Il savait à peu près où il se trouvait.

Et puis... Plus rien.

Ce qui existait avant lui existerait toujours. Le vide finirait toujours par gagner. C'était une simple question de temps.

Il se demanda s'il ne devait pas appeler sa femme, tout lui avouer et lui dire qu'il avait décidé d'en finir. C'était, décemment, la chose à faire.

Mais il n'avait pas la force. Il pouvait lui envoyer un message. Pour lui dire quoi ? Il sortit son téléphone et commença à écrire :

Chérie, il s'est passé quelque chose. Je

Il s'arrêta. Effaça. Rien ne lui venait à l'esprit. Il ouvrit la portière et sortit. Le vent était tellement fort qu'il avait de la peine à rester debout et la pluie s'était transformée en grêle. Il verrouilla les portes à distance, même s'il n'en avait rien à faire que sa voiture se fasse voler.

Adieu, monde cruel.

Il monta la pente en s'éclairant de la torche de son téléphone, puis traversa la route. À sa gauche, le pub était éclairé. Était-il toujours ouvert ? Il fut tenté d'aller boire une pinte ou deux, ou trois, et quelques shots de whisky pour se donner du courage.

Il avait bien besoin d'un remontant.

Il continua cependant son chemin dans l'herbe trempée et l'obscurité.

Au bout, il n'y avait que la falaise, les rochers et la Manche.

Plus il progressait, plus le vent était violent et plus il faisait noir.

Au loin, il aperçut une minuscule lumière. Un bateau. Les gens sur le navire ignoraient tout de son existence. Ils ne savaient pas qu'il avait tué une femme. Sa maîtresse.

Sauf qu'il n'en était pas certain.

Mais la vie ne serait jamais la même.

Lorna Belling était morte et rien ne la ramènerait à la vie.

Et il ne se souvenait pas de la dernière fois où il avait prié. Quand il était petit, il appelait parfois de ses vœux les cadeaux qu'il souhaitait recevoir à Noël ou à son anniversaire. Un avion télécommandé. Un BMX.

Je veux ceci, si Tu ne me donnes pas cela, je ne prierai plus... Sa relation à Dieu n'était pas des plus saines.

Cela dit, où était Dieu à présent qu'il avait besoin de Lui ?

Aux abonnés absents, de toute évidence.

La vie était beaucoup plus simple pour les animaux. Avec sa femme, ils avaient eu une chienne, Romy. Un berger allemand qui avait vécu douze ans. À la fin, elle ne pouvait plus bouger ses pattes arrière et se traînait péniblement dans le jardin, en essayant de tout faire comme avant. Le vétérinaire leur avait dit qu'elle souffrait tant que c'était cruel de la garder en vie. Après quelques jours de réflexion, il lui avait demandé de venir chez eux lui faire une injection pour l'endormir. En quelques minutes, cette chienne merveilleuse, particulièrement intelligente, était morte. Elle ne souffrait plus.

Était-ce impossible pour les êtres humains ?

Il allait bientôt le savoir. Il était désormais si près du bord qu'il entendait la mer mugir à ses pieds.

Soudain, un faisceau lumineux croisa le sien et il entendit une voix claire et amicale, dans son dos.

— Bonsoir !

Il se retourna.

Un barbu entre deux âges, coiffé d'un chapeau imperméable jaune, se tenait derrière lui.

— Tout va bien, monsieur ?

— Pardon ?

— Vous êtes un peu près du bord. On a eu pas mal d'érosion, récemment. La craie est instable, c'est dangereux d'aller plus loin.

— Je vois. Merci pour la mise en garde.

— Vous voulez discuter ?

— De quoi ?

— Je travaille à l'aumônerie de Beachy Head et je m'appelle Bill. Vous vous appelez comment ?

— Euh… Robert. Robert Frost, dit-il en se souvenant soudain du nom du poète.

— Tout va bien ? Ce n'est pas un temps pour se promener et les rafales peuvent être redoutables.

— Non, tout va très bien, je travaille sur un poème et j'avais besoin d'inspiration.

— Vous êtes poète ?

— Oui.

— Et votre nom, c'est Robert Frost ?

— C'est bien ça.

— Je jetterai un œil à votre œuvre, alors.

— Merci.

— Et vous êtes certain que tout va bien ?

— Oui.

En fait, ce n'était pas le cas. Il venait de se souvenir qu'il avait laissé la photo de Lorna et lui sur le siège passager. Celle qu'il avait détachée du mur.

Il retourna à sa voiture, suivi, à distance, du bon samaritain. Il claqua la portière et mit le contact. Les pensées se bousculaient dans son esprit. Il fallait qu'il trouve un endroit pour réfléchir.

D'abord, il devait jeter le cadre dans une poubelle.

Et ensuite ?

Il ne savait pas.

Revenir ici ? Trouver une autre falaise ?

Uptown Girl, de Billy Joel, passait à la radio. Ils l'avaient entendu la première fois qu'ils avaient fait l'amour et c'était devenu, en quelque sorte, leur hymne.

J'ai tout gâché...

Il se rendit compte qu'il tremblait de froid. Il ferait froid aussi à la morgue, où Lorna serait transférée le lendemain. Si son corps était retrouvé en même temps, finiraient-ils dans le même funérarium ?

Il frissonna de nouveau.

Allait-il se jeter dans le vide ?

Je ne suis pas obligé.

J'ai couvert mes arrières.

Ce n'est pas moi, de toute façon.

21

Jeudi 21 avril

Andreas Thomas, l'avocat allemand que Sandy avait choisi comme exécuteur testamentaire, parlait relativement bien anglais, mais Roy avait parfois du mal à le comprendre au téléphone et leurs discussions s'éternisaient, dans la mesure où il lui demandait souvent de répéter.

Le rapatriement du corps de Sandy avait été autorisé et une entreprise de pompes funèbres de Brighton s'était saisie du dossier. Les funérailles auraient lieu le jeudi suivant au cimetière de Hove, où les grands-parents de Sandy reposaient. Ceux de Roy avaient été incinérés et leurs cendres se trouvaient au cimetière de Woodvale, qu'il trouvait personnellement beaucoup plus joli. Pour lui-même, il hésitait entre un enterrement et une incinération. C'était un sujet auquel il devrait tôt ou tard se confronter, mais il avait peur – tout en sachant que c'était stupide – que faire un choix soit une manière d'inviter la mort.

Andreas Thomas lui avait expliqué que les Allemands ne donnaient pas, en général, d'instructions sur leurs funérailles dans la mesure où celles-ci n'étaient souvent découvertes que plusieurs semaines après la mort. Il était d'avis, lui aussi, qu'un enterrement était la meilleure option pour Sandy.

La fortune de Sandy était considérable. Peu avant qu'elle ne quitte Roy, elle avait reçu d'une tante un héritage qu'elle avait gardé secret, demandant que les fonds soient transférés sur un compte suisse numéroté, ce qui montrait clairement qu'elle préparait sa séparation, l'avait informé Andreas Thomas. Peut-être était-ce cette manne inattendue qui lui avait donné le courage de partir, avait-il ajouté. Sandy avait stipulé que la quasi-totalité de sa fortune, estimée à quatre millions d'euros, devait être confiée à une société de fiducie pour servir à financer les études de Bruno, puis lui revenir, à ses 21 ans.

Sandy avait fondé ce trust peu avant son accident en indiquant dans son testament que les gestionnaires, au grand dam de Roy, en seraient ses parents et son avocat.

Grace avait déclaré à l'avocat que l'argent ne poserait pas de problème. Il accueillerait Bruno chez eux, en Angleterre, et le mettrait dans une bonne école. La question du financement se poserait plus tard. Il voulait avoir les mains libres, ne pas dépendre des parents de Sandy.

Il avait pris rendez-vous avec Andreas Thomas à son cabinet, à Munich, le lendemain matin. Il allait appeler son agent de voyages pour réserver son vol quand son téléphone professionnel sonna. C'était le commandant David Graham, que tout le monde appelait DG, qui l'appelait du centre d'information et de commandement, hébergé dans un bâtiment moderne du campus du QG. Quand le gradé de permanence se manifestait, c'était rarement pour vous annoncer une bonne nouvelle.

— Roy, tu confirmes que tu es de garde ? Je pensais que tu étais déchargé, ces jours-ci.

— Je remplace Kevin Shapland cette semaine. Qu'est-ce qui se passe ?

— Mort suspecte. On a retrouvé une femme dans une baignoire d'un immeuble de Hove. C'est un électricien qui nous a prévenus. Apparemment, il était sur place pour faire des travaux. Une équipe est intervenue avec une ambulance. La victime a été déclarée morte. Apparemment, elle l'était depuis un moment.

— Plusieurs jours, plusieurs semaines ?

— Non, plusieurs heures. Une nuit, peut-être.

— Et les causes de la mort ?

— Apparemment, elle se serait électrocutée, mais les gars qui sont intervenus, ayant repéré une blessure au crâne et du sang sur un carreau, ont demandé l'intervention de leur supérieur. Celui-ci a déclaré qu'il s'agissait effectivement d'une potentielle scène de crime. Le commandant de garde et un technicien en identification criminelle se sont rendus sur place. Un certain nombre de détails laisse à penser qu'il s'agit d'un boulot pour la brigade criminelle. Tu peux prendre cette affaire, Roy ?

— La scène de crime est gardée ?

— Oui.

— Parfait. Il faut prévenir le bureau du coroner.

— Je viens de le faire.

— Très bien. Donne-moi l'adresse, j'y vais tout de suite. Que sait-on sur la victime et quels sont les autres détails dont tu veux parler, DG ?

— Elle s'appelle Lorna Jane Belling. On sait qu'elle a déjà été victime de violences conjugales. Caucasienne, mariée, 35 ans. Elle travaille chez elle, à Hollingbury, en tant que coiffeuse, mais elle a été retrouvée à Hove, dans la résidence Vallance Mansions, où elle loue un petit appartement en bord de mer. L'immeuble est vétuste, le propriétaire a reçu une montagne de doléances de la part de ses locataires. Les autorités sanitaires l'ont épinglé après une inspection, il y a deux ans.

— Il pourrait être poursuivi pour homicide involontaire ?

— Possible, mais c'est pas tout. Lundi, cette même femme a reçu la visite de police secours à son domicile marital à la suite d'une agression de son mari, Corin Belling – troisième appel à l'aide en un an. Une spécialiste des violences conjugales a pris contact avec elle et le mari a été arrêté. On a cependant dû le libérer trente-six heures plus tard parce que sa femme a refusé de porter plainte. Cet appartement a tout l'air d'être une garçonnière.

— Un nid d'amour ?

— Peut-être.

— Le mari est prévenu ?

— Étant donné les circonstances, non, chef.

— Bien, ne changeons rien pour le moment. On sait où il travaille ?

— Dans une boîte d'informatique qui s'appelle South Downs IT Solutions.

— Ça me dit quelque chose…

— Pas étonnant, Roy ! Leurs bureaux étaient à cinq cents mètres de la Sussex House, dans la même zone industrielle, près de l'ancien bâtiment de l'*Argus*.

— Bien sûr !

— Ils sont sur Burgess Hill à présent.

Grace appela Guy Batchelor, qui se trouvait dans leur nouvel espace de travail, un *open space* un étage au-dessus, pour lui demander de le rejoindre immédiatement dans son bureau.

Deux minutes plus tard, le commandant frappait à sa porte. Costaud, le crâne rasé, habillé de façon conservatrice, il avait une personnalité chaleureuse et le physique d'un rugbyman. Comme d'habitude, il sentait la cigarette. Dans son ancien bureau, Roy lui aurait proposé de s'asseoir à sa petite table de conférence. Ici, il n'avait rien d'autre à lui offrir que le bureau vide devant le sien.

Après lui avoir résumé la situation, il lui demanda :

— Est-ce que tu voudrais être mon adjoint sur cette enquête, Guy ? Aujourd'hui, j'y vais avec toi, puis je te laisse en charge jusqu'à mon retour. Ça t'irait ?

— Oui, chef, répondit Batchelor, pensif.

— C'est une grosse responsabilité. Si tu préfères, je peux confier l'enquête au commandant Best, qui sera de garde à partir de demain.

— Non, je suis très content de m'en occuper.

— Si c'est un homicide, ça pourrait être bon pour ta carrière. Je préférerais que l'affaire nous revienne, mais si tu as besoin de l'avis de Nick Best en urgence, n'hésite pas à l'appeler. Je vais le prévenir.

— Merci, chef. Merci pour votre confiance. On va suivre la piste du mari violent et peut-être qu'on va réussir à boucler le dossier rapidement.

— Attention, Guy ! Pas de conclusion hâtive, ne crois personne et vérifie tout.

— Je connais le mantra !

Grace sourit. Il aimait beaucoup Batchelor. C'était un enquêteur intelligent qui irait loin, selon lui. Peut-être plus haut que lui dans la hiérarchie. Il l'imaginait bien commissaire divisionnaire un jour.

— Parfait.

— Vous pouvez compter sur moi, chef.

— C'est pour ça que je t'ai choisi.

22

Jeudi 21 avril

Au volant d'une voiture banalisée, Grace passa le portail de sécurité du QG de la police, puis s'engagea dans une rue résidentielle. Sa jambe droite, qui avait été touchée par onze plombs de fusil de chasse, était toujours sensible. Mais il ignora la douleur et expliqua à Batchelor la procédure à suivre. Le commandant prit des notes dans son carnet, sous le nom « Opération Bantam », celui attribué de façon aléatoire par l'ordinateur de la police du Sussex.

Ils passèrent sous le tunnel de Cuilfail, au niveau de Lewes, puis s'engagèrent sur l'A27. Comme chaque fois qu'il se rendait sur une potentielle scène de crime, Grace ressentit une poussée d'adrénaline. Les semaines consacrées à la paperasse étaient nécessaires, mais ce qu'il préférait, et de loin, c'était diriger une enquête criminelle du début à la fin. À présent, il était envahi par un mélange d'excitation, de fascination et d'appréhension par rapport à ce qu'il allait trouver. Sans oublier le poids des responsabilités inhérentes à sa fonction, son but étant que justice soit faite pour permettre aux proches de la victime de tourner la page. Pour lui, la famille était ce qui comptait le plus. Tant que le meurtrier n'était pas derrière les verrous, elle ne pouvait passer à autre chose.

À première vue, cette affaire semblait simple : selon les statistiques, 80 % des victimes étaient tuées par quelqu'un qu'elles connaissaient et le principal suspect était déjà dans le radar de la police. Lorna Belling étant répertoriée comme victime de violences conjugales, ils tenaient une bonne piste. Mais Grace savait aussi, d'expérience, que tout ne se passait pas forcément comme on le pensait.

— Il faudra qu'on vérifie les dires de l'électricien, Guy. Liste tous les occupants de l'immeuble et vois s'ils ont un casier. Pareil pour les artisans qui interviennent régulièrement ou qui ont été sollicités récemment. J'aimerais aussi le nom de ses amies, de ses proches, de ses clients et collègues.

Batchelor continuait à prendre des notes.

— Je devrais aussi répertorier les personnes connues pour violences à l'encontre des femmes sorties de prison depuis peu, ayant un lien avec Brighton et Hove.

— Bien vu, Guy.

Quinze minutes plus tard, ils traversèrent le croisement entre Hove Street et Kingsway. Ils n'eurent pas besoin d'allumer le GPS pour localiser le bâtiment. Après avoir tourné à gauche vers le bord de mer, ils tombèrent sur deux voitures de police, la camionnette des techniciens en identification criminelle et un véhicule estampillé « coroner ». Un premier cordon, gardé par un officier, avait été dressé à l'entrée de l'immeuble

103

des années 1950 en piteux état. Grace fut soulagé de constater qu'aucun journaliste ne se trouvait sur les lieux, ce qui ne saurait tarder, car il aimait avoir le temps de s'informer avant de répondre à leurs questions.

Un grand nombre d'enquêteurs se méfiaient comme de la peste de la presse et des réseaux sociaux. Grace avait un point de vue différent. Selon lui, l'opinion publique était en droit de savoir ce qui se passait et il avait remarqué que, s'ils étaient traités avec respect, les journalistes pouvaient être des alliés et encourager les gens à témoigner. Il avait été l'un des premiers à utiliser les réseaux sociaux comme outils dans ses enquêtes, et, comme nombre de ses collègues à la police du Sussex aujourd'hui, il était actif sur Twitter.

Il se gara juste avant les voitures de police et ils se dirigèrent vers le coffre pour enfiler leurs tenues de protection. Ils signèrent ensuite le registre et passèrent sous le cordon.

Grace entendit alors la voix de Roy Apps, le commandant de permanence.

— Content de te voir, Roy !

Il se retourna et découvrit le visage de son collègue, partiellement caché par sa combinaison.

— Moi aussi !

— Tu pars bientôt à la retraite ?

— L'année prochaine.

— Tu vas me manquer.

— Ça va me faire bizarre, avoua Apps en grimaçant.

— Tu vas reprendre ton ancien boulot ?

— Je vais travailler à la campagne, mais je ne sais pas encore dans quel domaine.

— On va regretter ton départ.

— Place aux jeunes, pas vrai ?

Grace n'en était pas si sûr. Quand il était devenu policier, il était possible de toucher une retraite complète après trente ans de service. Il avait 19 ans et ça lui avait semblé une éternité. Mais à présent qu'il avait passé la barre des 40, il était content que l'âge ait été reculé. De nombreux flics expérimentés étaient poussés vers la sortie avant leurs 50 ans. Il avait beaucoup de respect pour Apps, qui avait travaillé comme garde-chasse avant de rejoindre les forces de l'ordre. Il était, à ses yeux, l'un des flics les plus doués de sa génération.

— On va pas te manquer ?

— Les collègues, oui, mais les jeux de pouvoir et le politiquement correct, non. Et il y en a trop de nos jours. Tu sais ce dont j'ai hâte ?

— Non, dis-moi.

— Pouvoir entrer dans un pub et dire ce que je pense vraiment, sans que mon boss soit au courant, sans que le journal local se fende d'un article du genre : « Selon un commandant de police de Brighton, il y aurait moins de jeunes délinquants si les flics pouvaient leur filer une bonne fessée de temps en temps. »

Grace sourit.

— Ce n'est pas moi qui vais te dire le contraire ! Bon, on a quoi ?

— C'est pas joli joli, répondit Apps.

Les deux policiers brisèrent les scellés et enfilèrent combinaisons bleues, surchaussures, charlottes, masques et gants. Il était normal, dans ce genre de situation, de mettre en place deux cordons de sécurité, l'un devant l'immeuble, pour filtrer les occupants, et l'autre à l'entrée de l'appartement.

Ignorant l'ascenseur, Apps se dirigea vers l'escalier. Arrivés au troisième étage, ils virent l'officier qui montait la garde. Ils s'enregistrèrent de nouveau, Apps se mit en retrait et Grace se tourna vers Batchelor :

— N'oublie pas la règle numéro un, Guy : bien regarder où on met les pieds.

— Ça, et le principe d'échange de Locard, acquiesça le commandant.

C'était au Français Locard, né en 1877, pionnier de la police scientifique, qu'on devait le concept de criminalistique selon lequel tout contact laisse une trace :

Où qu'il marche, quoi qu'il touche, quoi qu'il laisse, même inconsciemment, cela servira de témoins silencieux à son encontre. Ses empreintes digitales, ses traces de pas, mais aussi ses poils, ses cheveux, les fibres de ses habits, le verre qu'il casse, la marque que son outil laisse, la peinture qu'il gratte, le sang ou le sperme qu'il dépose ou emporte... Les preuves physiques ne trompent pas et ne peuvent être complètement absentes. Elles ne perdent de leur valeur que si nous échouons à les trouver, les étudier et les comprendre.

— Autre chose : pense toujours l'impensable.

— C'est noté, chef !

Grace poussa la porte et, suivi de Batchelor, entra dans la pièce principale d'un petit studio avec vue sur le centre sportif King Alfred et le front de mer. Il faisait frais, ça sentait la moquette sale et le plastique brûlé, mais aussi le désinfectant et l'eau de Javel.

— Vous voyez ça, chef ? dit Batchelor en désignant un sac en plastique noué posé près de la porte. Je me demande ce qu'il y a là-dedans. Ça peut nous intéresser.

Grace hocha la tête.

— Veille à ce que la police technique et scientifique s'en occupe.

L'espace était meublé d'un petit canapé, d'un fauteuil et d'une table bon marché sur laquelle se trouvait un cendrier sale ; de deux chaises en bois ; d'un lit double avec un couvre-lit en fourrure ; de deux photos de Brighton encadrées au mur, l'une d'une ancienne jetée détruite par une tempête en 1896, d'après le peu qu'il savait de l'histoire locale, l'autre du Old Steine à la même époque. À sa droite, il remarqua un rectangle légèrement plus sombre que le reste du mur beige crépi, avec un crochet au centre.

Une photo avait-elle été récemment décrochée ? se demanda-t-il. Il fit la remarque à Batchelor, qui le nota dans son carnet.

Les deux enquêteurs entrèrent dans la salle de bains. Grace passa en premier et son corps se raidit. Il ne savait pas combien de cadavres il avait vus au cours de ses vingt-deux ans de carrière et il aurait été bien incapable de décrire sa réaction à chaque découverte, mais ce que les victimes de meurtre avaient en commun, c'était leur immobilité totale.

Les personnes dans le coma sont en mouvement constant, mais les morts ressemblent vraiment à des poupées de cire. Il lui arrivait d'avoir du mal à imaginer que, peu de temps auparavant, cette personne était vivante.

Jetant un coup d'œil à Batchelor, tout pâle, il se rappela que, même pour les personnes expérimentées, ce spectacle ne laissait jamais indifférent. Surtout quand la victime avait les yeux ouverts.

— Ça va ? lui demanda-t-il doucement.

— Oui, chef, tout va bien, lui confirma le commandant.

Grace observa attentivement le corps de Lorna Belling. Elle était allongée dans la baignoire, de l'eau jusqu'au nombril, et sa tête reposait contre le mur. Un sèche-cheveux était plongé dans l'eau. La prise était noircie. Le carreau derrière son crâne était fendu. Il y avait une tache de sang. Avait-elle été poussée ? S'était-elle cognée, après s'être électrocutée ? Avait-elle glissé ?

Elle avait une beauté classique, très anglaise, cheveux blonds aux épaules, avec des mèches plus claires, et une silhouette tonique. Roy ne put s'empêcher de remarquer un certain nombre d'hématomes sur le haut du corps et sous l'œil droit. Des lignes sombres encerclaient son cou et de minuscules points rouges étaient visibles sur son front et sur ses joues. Il se pencha pour mieux voir ses yeux et constata une pigmentation identique, signe d'étranglement.

Quel genre de mari pouvait être aussi violent ? N'importe lequel, savait-il d'expérience. Et les violences conjugales le mettaient hors de lui, quel que soit le sexe de l'agresseur.

Cleo, qui suivait des cours de philosophie à distance, lui avait recommandé, depuis qu'ils étaient en couple, des tonnes d'ouvrages qu'il lisait avec application, conscient d'avoir des lacunes culturelles. Il trouvait certaines œuvres impénétrables, mais avait beaucoup appris d'autres. Une expression du poète et philosophe américain Henry Thoreau l'avait touché : mener une existence de « tranquille désespoir ».

Il regarda les bleus de Lorna. Avait-elle mené une existence de « tranquille désespoir » ? Cet endroit lui permettait-il de s'échapper ?

Il montra à Batchelor les marques au niveau du cou.

— Qu'est-ce que tu en penses, Guy ?

— Eh bien, chef, d'après ce qu'on sait du mari, peut-être l'a-t-il tuée, puis essayé de déguiser son crime en suicide. Même si on ne peut pas exclure cette hypothèse pour le moment.

Grace hocha la tête.

— Peut-être a-t-elle été attaquée par son mari, peut-être par quelqu'un d'autre. Peut-être s'est-elle suicidée. Tant qu'on n'aura pas retrouvé son téléphone, son ordinateur ou tout autre appareil électronique, on ne saura pas si elle a laissé un message.

Retournant dans la pièce principale, il jeta un coup d'œil au cendrier.

— Elle fumait ?

Son téléphone sonna soudain.

— Roy Grace, j'écoute.

C'était Frazer Theobald, le médecin légiste de garde pour la police du Sussex.

— Bonjour, Roy. Je termine un boulot à Woking et je vous rejoins. Je devrais être là dans deux heures environ.

Cet expert était connu pour être à la fois extrêmement pédant et extrêmement méticuleux. Grace ne l'aimait pas particulièrement, mais il le respectait.

— Je vais devoir te laisser bientôt, Guy. Ça te va ?

— Aucun problème, chef.

— Merci.

— Je m'occupe de tout, ne vous faites aucun souci.

— Plonge-toi dans le *Manuel de criminologie* en rentrant au bureau. Tu trouveras tout ce dont tu as besoin pour cette enquête.

— Ça marche.

Ils sortirent pour ne pas altérer davantage la scène de crime et furent rejoints peu de temps après par Alex Call, de la police technique et scientifique, qui venait d'arriver. Grace lui présenta Batchelor en précisant qu'il était son adjoint sur cette enquête. Puis il demanda au technicien de faire un tour rapide et de voir si certaines pièces à conviction pouvaient être analysées en urgence, tandis qu'ils patientaient devant l'appartement.

Grace regarda l'heure et calcula combien de temps il lui faudrait pour se rendre à l'aéroport. Il voulait annoncer, en personne, la mort de Lorna à son mari pour voir sa réaction. Mais il voulait aussi attendre les résultats de l'évaluation initiale d'Alex Call, au cas où il aurait raté quelque chose d'évident pouvant mener à une résolution rapide de l'affaire.

Ils discutèrent quelques instants avec l'officier qui montait la garde, puis le chef des techniciens arriva, accompagné de James Gartrell, photographe spécialisé, qui ferait une vidéo de la scène.

Dix minutes plus tard, Call les rejoignit et ferma la porte derrière lui.

— Bon, j'ai fait un tour rapide, il y a plusieurs choses intéressantes. Tout d'abord, il semblerait que quelqu'un ait essayé de nettoyer l'appartement. Ensuite, j'ai trouvé des mégots et des canettes de bière dans le sac, devant la porte. J'ai scanné les empreintes des canettes et je les ai envoyées électroniquement au fichier automatisé des empreintes digitales. J'ai aussi effectué les prélèvements sur le corps de la victime.

— Super, Alex. Tu as retrouvé un téléphone ou un ordinateur ? lui demanda Grace.

— Pas pour le moment.

Le commissaire grimaça.

— Peut-être ont-ils été emportés par le tueur, suggéra Batchelor.

— Tu penses qu'il pourrait s'agir d'un cambriolage qui a mal tourné, Guy ?

— Possible.

La tablette du technicien sonna soudain. Il consulta son écran.

— On a un résultat pour les empreintes sur les canettes ! s'exclama-t-il.

— Vraiment ? s'étonna Grace.

— Corin Douglas Belling, dit-il en s'adressant aux deux policiers. C'est un bon point de départ.

23

Jeudi 21 avril

S'ils arrêtaient quelqu'un dans les heures qui venaient, non seulement ce serait bon pour son image, mais ça lui éviterait d'avoir à justifier son absence, songea Grace en sortant de l'immeuble.

Si, et seulement si, ils arrêtaient le coupable.

Corin Belling avait agressé sa femme à trois reprises au cours de cette année. Ou plus exactement : sa femme avait fait trois fois appel à la police. Il était fort probable qu'elle ne se soit pas manifestée à d'autres occasions. Assez fréquemment les agresseurs s'excusent et demandent pardon. Et la situation se répète. Aussi incroyable cela soit-il, la victime ne prenait contact avec la police qu'après une quarantaine d'épisodes violents, en moyenne. Et cela ne voulait pas dire que les choses s'arrangeaient après. Au contraire. Jusqu'au jour où elles dégénéraient.

Il avait des dizaines de questions sans réponse. Pourquoi Lorna louait-elle ce studio ? Son mari connaissait-il son existence ? Ou plutôt, quand l'avait-il découvert ? Lorna fumait-elle en secret ? Si ce n'était pas le cas, qui avait utilisé le cendrier ? Corin ? Ils auraient peut-être des informations grâce à l'ADN sur les mégots.

En attendant, celui du mari était présent sur les canettes.

Cela faisait plus de dix-huit mois que Lorna avait ce contrat de location. Clandestinement, selon toute vraisemblance, vu qu'elle payait en espèces. Pourquoi ? Et pourquoi n'avaient-ils retrouvé ni téléphone ni ordinateur ?

Peut-être se servait-elle de cet endroit pour fuir son mari quand il devenait violent. Peut-être avait-elle laissé son ordinateur chez elle. Son téléphone aussi. Si son mari la surveillait, il avait peut-être installé un logiciel espion.

Peut-être était-ce là qu'elle retrouvait un amant. Il était peu probable qu'elle loue ce petit studio avec son mari comme résidence secondaire en bord de mer. Si c'était le cas, pourquoi le contrat était-il à son nom à elle, et pourquoi n'avait-elle communiqué aucune autre adresse au propriétaire ?

Il raya mentalement cette troisième hypothèse pour ne conserver que les deux premières.

L'ADN du mari indiquait qu'il s'était rendu sur les lieux.

Avait-il découvert le pot aux roses ? S'était-il rendu sur place pour la faire avouer ? L'avait-il violentée ?

Grace regarda sa montre. Le temps jouait contre lui. Il tenait vraiment à lui annoncer la nouvelle en personne pour voir sa réaction.

Il décida de se rendre sur le lieu de travail de Corin Belling, conscient qu'il allait passer d'une scène de crime à un suspect, mais confiant parce qu'il n'y aurait pas de contamination croisée.

Il réfléchit à qui il pouvait demander de le rejoindre pour une arrestation potentielle, appela le capitaine Exton, lui communiqua l'adresse et lui demanda de l'attendre devant le bâtiment.

24

Jeudi 21 avril

Burgess Hill était une petite ville tentaculaire, située à quelques kilomètres au nord de Brighton. Conscient qu'il se perdait souvent là-bas, Roy entra sa destination dans le GPS de la Ford Mondeo.

Vingt minutes plus tard, alors qu'il roulait sur Station Road, le logiciel lui intima de revenir à un rond-point qu'il avait déjà passé, puis le mena à un cul-de-sac.

Exaspéré, Roy fit demi-tour et ouvrit l'application Maps de son iPhone, qu'il trouvait plus fiable. Sa destination était à quasiment deux kilomètres.

— Super ! s'exclama-t-il, contrarié.

Quelques minutes plus tard, il tourna à gauche dans la rue commerçante de Church Road, passa devant un opticien, puis se retrouva sur une rue à sens unique l'éloignant du centre-ville. Il remarqua un concessionnaire Porsche, puis, un peu plus loin, un revendeur de voitures de sport, Bayross Supercars. Il se retrouva dans une zone industrielle composée de bâtiments modernes. Tout au bout, il localisa la société South Downs IT Solutions.

Sur le parking, il remarqua une Ferrari noire, une Bentley Continental grise, quelques autres voitures haut de gamme et une flopée de véhicules plus ordinaires. Sur une place réservée aux visiteurs, il vit une Ford Mondeo gris métallisé, similaire à celle qu'il conduisait. Il se gara à côté et fit signe au capitaine Exton, qui était au téléphone, assis au volant.

Exton faisait partie de son équipe depuis longtemps et Grace l'appréciait beaucoup. Élancé, habituellement tiré à quatre épingles, c'était un enquêteur poli, efficace, excellent observateur, très populaire parmi ses collègues. Le genre de gars que Grace aimait avoir à ses côtés quand les choses tournaient mal.

Ils se dirigèrent tous deux vers l'entrée principale et découvrirent une belle salle de réception. Des canapés avaient été installés à droite et à gauche, et une jeune femme au style glamour se trouvait derrière un comptoir vitré, au téléphone.

Elle raccrocha et leur sourit.

— Nous aimerions nous entretenir avec Corin Belling. Il travaille bien chez vous ?

— Oui. Vous avez rendez-vous ?

Grace lui montra son badge.

— Commissaire Grace et capitaine Exton, brigade criminelle du Surrey et du Sussex.

Elle le regarda attentivement, puis déclara :

— Un instant, s'il vous plaît.

Elle leur tendit un formulaire à remplir. Tandis qu'il renseignait ses coordonnées et la plaque d'immatriculation de son véhicule, Grace l'entendit dire au téléphone :

— David, je suis à l'accueil avec le commissaire Grace, qui voudrait voir Corin… D'accord, merci.

Elle détacha les formulaires, les plia et les glissa dans une pochette en plastique accrochée à une lanière, qu'elle leur remit.

— Vous pouvez vous asseoir, on va venir vous chercher.

Grace prit place sur un canapé vert pomme et jeta un coup d'œil aux magazines d'informatique présentés sur la table basse. Il ne put s'empêcher de constater à quel point tout était accueillant et ordonné, comparé à la plupart des salles d'attente de commissariat. Puis il se tourna discrètement vers Exton.

L'enquêteur ne semblait pas frais, aujourd'hui. Son costume anthracite avait besoin de passer au pressing, sa chemise beige était froissée et il avait une barbe de trois jours. Voulait-il adopter un look plus moderne ? Peu probable. Exton était du genre conservateur, soigné et soigneux.

Alors qu'il se demandait quelles pouvaient être les raisons d'un tel changement, un homme aux cheveux mi-longs, petite trentaine d'années, costume noir et tee-shirt noir, lunettes branchées et baskets, se dirigea vers eux, la main tendue.

— Je suis David Silverson, le P-DG. Que puis-je faire pour vous ?

Grace se leva et fit les présentations.

— J'imagine que vous savez que nous collaborons avec la brigade de lutte contre la cybercriminalité, en ce moment. Il y a un problème ?

— Je l'ignorais, mais c'est une bonne chose. Ils bossent bien.

— Ils sont super. Nous les aidons dans le cadre de fraudes ciblant les personnes âgées de la région.

— Nous sommes là pour tout autre chose. Nous aimerions discuter avec l'un de vos employés, Corin Belling.

— C'est en lien avec le problème qu'il a rencontré en début de semaine ? s'enquit Silverson, mal à l'aise.

— Je suis désolé, mais je ne peux pas vous en dire davantage. Était-il au bureau hier ?

— Non, il travaillait de chez lui. Nous avons mis en place un système de télétravail. Vous voulez que je vous trouve une salle de conférences ?

Grace réfléchit et décida de profiter de l'effet de surprise.

— Non, nous préférerions le retrouver directement à son bureau.

— Pas de souci, suivez-moi.

Les enquêteurs montèrent d'un étage et se retrouvèrent dans un immense *open space* entouré de petits bureaux. Une quarantaine de personnes, d'une vingtaine et trentaine d'années, fixaient leur ordinateur, concentrées.

— C'est lui, là-bas, dit Silverson en désignant un petit bureau vitré au fond de la pièce.

En s'approchant, ils découvrirent un homme de 38 ans environ, dégingandé, l'air renfrogné, crinière blonde et mèche sur le front, visage sournois et lèvres fines, qui buvait une canette de Coca. Il avait retiré sa veste, déboutonné le col de sa chemise et desserré sa cravate.

— Corin, deux policiers sont là pour te voir, dit le P-DG en les invitant à l'intérieur du bureau.

Grace entra en premier, suivi d'Exton, qui ferma la porte derrière eux.

— Vous êtes bien monsieur Belling ?

— Qu'est-ce que ça peut vous faire ?

— Je suis le commissaire Grace et voici le capitaine Exton. Je suis désolé, mais j'ai une mauvaise nouvelle à vous annoncer à propos de votre femme.

L'homme les dévisagea, méfiant.

— C'est à propos de la dispute de l'autre soir ? Je n'irai pas en prison pour ça, hors de question que je perde mon boulot pour cette pute.

Sans crier gare, il balaya son bureau, renversant au passage la canette de Coca, repoussa sa chaise, bouscula les deux enquêteurs, ouvrit la porte et s'enfuit.

Grace, suivi par Exton, le prit en chasse. Belling poussa une issue de secours. Grace l'entendit dévaler les marches. Alors qu'il s'engageait à son tour, une sirène se mit à sonner. Quelques secondes plus tard, quand il arriva au rez-de-chaussée, une lourde porte se referma devant lui. Il la poussa et vit Corin Belling qui traversait le parking. Il s'élança à sa poursuite en criant à Exton d'appeler les renforts.

Belling tourna la tête, le vit et accéléra. Grace l'imita, regrettant d'être en costume et chaussures de ville. Il le suivit sur la route qui desservait la zone industrielle, gagnant du terrain. Belling, nerveux, se retournait régulièrement.

Je vais t'avoir.

Grace n'avait pas pris en chasse de suspect depuis son accident, mais il était raisonnablement en forme grâce à ses joggings quotidiens. Sauf que sa jambe droite commençait à le faire souffrir. Il fit abstraction.

La douleur n'avait pas d'importance. Tout ce qui comptait, c'était de choper ce bâtard porté sur le féminicide.

Il se rapprochait de plus en plus. Ils passèrent devant Bayross Supercars, puis devant le concessionnaire Porsche.

Ils n'étaient plus très loin de la voie rapide. La circulation était dense dans les deux sens. Belling se retourna et le regarda droit dans les yeux.

Grace n'était plus qu'à un mètre de lui. Cinquante centimètres ! Du temps où il jouait au rugby, Grace était ailier, car rapide à la course. En tant que président de l'équipe de la police, il avait assisté à de nombreux matchs sur le banc de touche. Il savait quand et comment faire un plaquage.

Maintenant !

Il l'attrapa à la taille, puis l'attira à lui de toutes ses forces, jusqu'à ce que Belling tombe et l'entraîne dans sa chute. Allongé sur lui, Grace lui fit une clé de bras.

— Lâche-moi !

— Corin Douglas Belling, je vous arrête pour suspicion de tentative de meurtre. Vous pouvez garder le silence, mais vous pourriez nuire à votre défense si vous ne mentionnez pas, à la suite d'une question, des éléments que vous invoqueriez plus tard au tribunal. Tout ce que vous direz pourra être retenu contre vous.

— Pour meurtre ? Mais de quoi on parle, là, putain ?

— Votre femme est morte et nous pensons que vous l'avez tuée, dit Grace en attrapant ses menottes de sa main libre.

Tel un serpent, Corin Belling échappa à son emprise et lui envoya une droite au visage, le mettant momentanément K.-O.

25

Jeudi 21 avril

Guy Batchelor poursuivit son observation de la scène de crime en gardant à l'esprit les mots de Roy Grace :

Pas de conclusion hâtive.

Ne crois personne.

Vérifie tout.

Regarde où tu mets les pieds.

Tout contact laisse une trace.

Pense l'impensable.

L'impensable…

Une très jolie femme gisait dans une baignoire, à quelques centimètres de lui. D'après les traces autour de son cou, quelqu'un avait essayé de l'étrangler. Un sèche-cheveux était tombé dans l'eau.

Pense l'impensable.

Son mari l'avait tuée ? Trop évident.

Comment le sèche-cheveux avait-il fini dans le bain ?

Pense l'impensable.

Si ce n'était pas le mari, qui était le coupable ? Pouvait-elle avoir haï quelqu'un au point de faire croire qu'elle avait été étranglée, avant de se suicider ?

Pense l'impensable.

La furie d'une femme bafouée ?

Des violences conjugales et un pied-à-terre secret.

Si Belling n'était pas coupable, quelqu'un essayait-il de le faire passer pour tel ?

26

Jeudi 21 avril

Étourdi de douleur, Roy Grace constata que le fugitif avait désormais une centaine de mètres d'avance sur lui. Il se releva, tremblant. Son nez était-il cassé ? Ce serait la troisième fois. Mais là, ça n'avait pas d'importance. Tout ce qu'il voulait, c'était coincer ce connard de Belling.

En se retournant, il vit Exton courir tout en donnant des ordres au téléphone. Il reprit à petites foulées avant de se lancer dans un nouveau sprint, les yeux humides, déterminé.

Il allait se le faire, ce putain de meurtrier.

Tandis qu'il accélérait, ignorant la douleur dans sa jambe droite, il vit la route principale, un rond-point et des espaces verts de part et d'autre. Corin Belling traversa devant un motard qui l'évita de peu, se retrouva sur le terre-plein central, puis traversa une seconde fois, devant le panneau « A23 BRIGHTON ».

Grace l'imita, coupant la route à un camion qui klaxonna.

Il avait mal à la poitrine, au nez et à la jambe, mais il allait réussir à l'attraper, l'arrêter et le traduire en justice.

Corin Belling, tu fais tes derniers pas d'homme libre pour les vingt prochaines années. Profite, espèce de raclure.

Il n'était plus très loin. Il vit que la chemise de sa cible était trempée de sueur. Trempée de peur.

Plus il accélérait, moins il souffrait.

Cinquante mètres.

Trente mètres.

Vingt mètres.

Corin Belling regarda par-dessus son épaule.

Dix mètres.

Cinq mètres.

Le fugitif lui lança un regard de défi et traversa de nouveau la route, juste devant un poids lourd.

Le camion bloquant la vue, impossible de deviner qu'une Lamborghini jaune était en train de le doubler. Au volant, un client potentiel de Bayross Supercars. Devant le tribunal, le commercial avouerait, par la suite, avoir encouragé le conducteur à « mettre les gaz ».

Celui-ci ne s'était pas fait prier. La brigade des accidents et délits routiers établirait que le choc avait eu lieu à 135 km/h dans une zone limitée à 60.

27

Jeudi 21 avril

Grace s'arrêta net, sidéré. Il entendit des pneus crisser et vit Belling faire un vol plané au-dessus du capot, s'écraser contre le pare-brise et être propulsé à un mètre de haut. Ses vêtements se déchirèrent et ses deux jambes partirent dans des directions opposées.

Les véhicules freinèrent et s'arrêtèrent en travers de la route.

Il y eut un bruit sourd, comme un sac à patates s'écrasant sur le sol.

Puis un moment de silence complet.

Il eut l'impression que quelqu'un avait appuyé sur le bouton « Pause » d'une vidéo. Sous le choc, Grace avait du mal à appréhender la scène qu'il avait sous les yeux.

Le ciel bleu. La route large. Les espaces verts bien entretenus. L'asphalte d'un noir profond, sans doute rénové récemment. Des voitures, une camionnette grise et un cycliste en Lycra s'étaient figés dans des positions incongrues. On aurait dit le tapis de jeu d'un enfant ne sachant pas trop où placer ses petites voitures.

Soudain, un jeune homme courut vers le tronc à moitié nu dont s'écoulait du sang foncé. Grace le vit s'arrêter et se retourner pour vomir. Lui-même avait la tête qui tournait.

Agrippée à la portière de sa Honda Jazz violette, une femme hurlait à la mort.

Deux hommes sortirent de la Lamborghini dont le capot était plié et le pare-brise fissuré.

Grace reprit ses esprits et endossa son rôle de professionnel. Il sortit son téléphone, appela une ambulance et demanda à être mis en relation avec police secours pour les informer de ce qui venait de se passer et réquisitionner des renforts en urgence. Sous les cris déchirants de la femme, il courut vers Belling.

En arrivant près du torse à moitié dénudé, sans jambes, il dut avaler plusieurs fois sa salive pour ne pas vomir, lui aussi. Le crâne était fendu. De la cervelle et du sang s'en écoulaient. Une jambe à moitié couverte d'un pantalon gris avait atterri sur la pelouse à sa droite. L'autre, sectionnée au-dessus du genou, gisait de l'autre côté de la route, près du cycliste.

Un homme baraqué, petite trentaine d'années, anorak et jean baggy, filmait tranquillement la scène en marchant vers le corps. Furieux, Grace produisit son badge.

— Police ! Arrêtez de filmer et reculez !

Dans combien de temps arriveraient les premiers renforts ? Quel bordel. Il ne se sentait pas bien.

Comme pour le défier, le type filmait à présent l'une des jambes sectionnées.

Grace s'approcha de lui et lui arracha son téléphone des mains.

— C'est totalement déplacé.

— Eh, vous pouvez pas faire ça !

— Bien sûr que si. La preuve, je viens de le faire. On vous le rendra après avoir effacé ce que vous venez de filmer. Vous n'êtes pas Jake Gyllenhaal, on n'est pas dans *Night Call*.

Laissant son interlocuteur bouche bée, Grace sortit un sac de sa poche, y glissa le téléphone et le scella.

Il se rendit compte que Batchelor n'avait plus besoin de rester sur la scène de crime, leur suspect principal étant décédé. Le fait qu'il s'était enfui en disait long. Les innocents ne cherchent pas à échapper à la police. Les brutes sont souvent des lâches.

En observant cette scène étrange, quasiment irréelle, Grace se rendit compte à quel point il était sous le choc.

Le conducteur, un jeune homme livide portant des vêtements de marque, un gros médaillon doré et plusieurs bagues tape-à-l'œil, s'approcha de lui comme un somnambule, suivi par un homme d'une trentaine d'années en costume chic.

— Vous êtes de la police ?

— Oui.

— Je… Mon Dieu… Il s'est jeté sous mes roues. Il ne m'a laissé aucune chance.

— Non, le corrigea Grace. J'étais là. J'ai tout vu. C'est vous qui ne lui avez laissé aucune chance. Quel est votre nom ?

— Stavros. Stavros Karrass.

— Stavros Karrass, je vous arrête pour suspicion d'homicide par imprudence. Vous pouvez garder le silence, mais vous pourriez nuire à votre défense si vous ne mentionnez pas, à la suite d'une question, des éléments que vous invoqueriez plus tard au tribunal.

Tout ce que vous direz pourra être retenu contre vous. Restez à côté de moi.

Il se tourna vers l'homme plus âgé qui se trouvait derrière lui.

— Qui êtes-vous ?

— Chris Bayross, le propriétaire de Bayross Supercars. J'étais le passager.

— Retournez près du véhicule et attendez que je revienne vers vous. Ne vous asseyez pas à l'intérieur et ne touchez rien, compris ?

— Oui, monsieur.

Le conducteur, qui tremblait comme une feuille, lui demanda :

— Je... euh... peux... appeler ma copine ? Elle attend... elle m'attend dans le magasin. C'est elle qui a choisi la voiture. Elle aime la couleur.

— Pas de coup de fil, vous êtes en état d'arrestation.

C'est ça, appelle-la, et dis-lui qu'elle est mortelle, cette Lamborghini, songea Grace, cynique.

28

Jeudi 21 avril

Roy Grace était en proie à des émotions contradictoires quand Exton arriva à son niveau.

— Putain ! laissa échapper le capitaine.

— J'ai arrêté le conducteur. Reste avec lui jusqu'à l'arrivée des renforts, lui dit Grace en désignant le gars qui se tenait à côté de la Lamborghini.

Il fallait qu'il protège la scène, c'était la priorité. Il fallait ensuite qu'il relève les noms et adresses de tous les témoins. Malgré le choc, il était en pleine possession de ses moyens.

Il fut soulagé d'entendre une sirène approcher. Soudain, une voiture démarra. Une jeune femme dans une Mini gris et blanc s'apprêtait à partir. Il courut vers elle et se posta devant sa voiture, les bras levés. Elle baissa la vitre, visiblement traumatisée.

— Je dois y aller, je vais être en retard chez le médecin.

— Il me faudrait vos nom et adresse, s'il vous plaît.

— Je n'ai rien vu, en fait.

— Votre nom et votre adresse ! répéta-t-il d'un ton sec.

Elle éteignit le contact, effrayée.

Du coin de l'œil, il vit une BMW de la police se garer.

— Ne bougez pas, ordonna-t-il à la femme avant de s'élancer vers les deux policiers de la circulation qui en étaient descendus.

Il leur résuma la situation et leur demanda de sécuriser la scène. L'un d'eux, le lieutenant David Puddle, qu'il connaissait, lui fit remarquer qu'il avait saigné du nez. Roy s'essuya rapidement. D'autres sirènes étaient à l'approche. Il retourna vers la Mini et annonça à sa conductrice qu'il était désolé, mais qu'elle allait devoir rester sur les lieux pour une durée indéterminée. David Puddle et son collègue, le lieutenant Simon Rogan, sortirent des panneaux de signalisation du coffre de la BMW.

Vingt minutes plus tard, le torse et les jambes de Belling étaient protégés par des petites tentes, l'ambulance était arrivée, ainsi que James Biggs, commandant de la police de la circulation, qui était désormais chargé de cette enquête. D'autres officiers étaient occupés à noter l'identité de tous les témoins.

Une fois que la situation fut maîtrisée, Roy Grace résuma à Biggs ce qui s'était passé, précisa qu'il avait arrêté le conducteur de la Lamborghini et lui expliqua qu'il le recontacterait plus tard pour lui faire un compte rendu détaillé.

Avec Exton, qui avait été déchargé de ses fonctions de surveillance, il retourna aux bureaux de South Downs IT Solutions. Il allait devoir répondre aux questions de la police des polices, qui serait immanquablement saisie. Étiez-vous obligé de le courser ? L'avez-vous mis en garde ? Étiez-vous conscient de le poursuivre dans un environnement dangereux ? Avez-vous pris la meilleure décision ?

Mais ça, c'était pour plus tard.

Pour l'instant, il avait décliné la proposition d'enrôler un coordinateur et avait planifié un rendez-vous pour son premier rapport sur les circonstances de l'arrestation, de la course-poursuite et de l'accident. Il fournirait un compte rendu détaillé une fois revenu d'Allemagne. Cette procédure était obligatoire quand un accident arrivait après un contact avec la police. Mais pour le moment, c'était le cadet de ses soucis.

Profondément ébranlé, il avait du mal à se concentrer. Pourquoi Belling s'était-il enfui ? Il avait mentionné une dispute, mais… Il renonça à poursuivre ses réflexions. Il gérerait ça plus tard. Sa principale inquiétude, pour l'instant, était Munich. Son avion décollait le soir même. Bruno était prêt à s'envoler pour l'Angleterre. Cleo avait transformé la chambre d'amis pour qu'il s'y installe. Il vivrait désormais en Angleterre, où il enterrerait sa mère. Et Grace, son ex-compagne.

Ses émotions étaient en train de le submerger. Il allait devoir les ranger dans un coin de son cerveau et partir. Rencontrer pour la première fois un enfant de 10 ans. Son fils, dont il ne savait rien. Il n'avait jamais été aussi nerveux. Il se demanda à quoi ressemblait ce petit garçon et de quoi ils parleraient, sans se connaître du tout.

Il appela Puddle et Rogan pour vérifier qu'ils n'avaient plus besoin de lui.

Il monta dans sa voiture de fonction, avec l'intention de retourner au QG de la police, où il avait garé son Alfa Romeo, avec sa valise dans le coffre, et de se rendre à l'aéroport. Il tremblait tant qu'il eut du mal à enfoncer la clé de contact.

On a tendance à penser que les policiers sont vaccinés contre l'horreur, mais ce n'était pas l'expérience que Roy en avait. Nombreux étaient ses collègues qui avaient souffert de stress post-traumatique après s'être rendus sur les lieux d'un crash aérien à Shoreham : un vieux Hawker Hunter s'était écrasé, tuant onze personnes au sol. Les témoins de meurtres horribles, d'accidents de la circulation ou de la mort subite du nourrisson ont souvent besoin d'une aide psychologique.

Comment se prépare-t-on à trouver un torse aux jambes sectionnées au milieu d'une route ?

Il se souvint des mots du directeur d'une compagnie d'ambulances, prononcés lors d'un dîner caritatif auquel il avait participé avec Cleo : « L'uniforme ne protège pas des traumatismes. »

D'une façon ou d'une autre, il s'en sortirait. Il n'aurait pas besoin d'être suivi, mais plutôt d'un alcool fort, dans l'avion ou avant d'embarquer. Il avait prévu de passer la nuit chez Marcel Kullen, enquêteur au Landeskriminalamt de Munich et savait que le policier et sa femme étaient de gros buveurs quand lui n'était pas de garde. Ce soir, il aurait la main un peu plus lourde que d'habitude pour se remettre de ce qu'il venait de vivre… et se donner du courage pour le lendemain. Rencontrer l'avocat de Sandy, puis son fils pour la toute première fois, et rentrer en Angleterre le soir même pour commencer une nouvelle vie, dont le premier chapitre était l'enterrement de la mère de Bruno, prévu la semaine suivante.

Roulant vers l'A23, il prit quelques respirations profondes pour se calmer avant d'appeler Cassian Pewe avec son kit mains libres. *La meilleure défense, c'est l'attaque,* songea-t-il, fidèle à ses principes. Le commissaire principal serait furieux d'apprendre la mort de Belling par quelqu'un d'autre que lui. Grace fut soulagé de tomber sur son assistante, Allison Lawes. Il lui raconta brièvement ce qui s'était passé et lui demanda d'informer son patron qu'il serait à l'étranger pendant les prochaines vingt-quatre heures.

Il appela ensuite Batchelor, qui se trouvait toujours dans le studio de Lorna Belling. Le médecin légiste, qui était arrivé, procédait lentement à des prélèvements minutieux, l'informa Batchelor.

— Guy, je ne sais pas si c'est une bonne ou une mauvaise nouvelle pour l'opération Bantam, lança-t-il avant de lui résumer les faits.

— Mon Dieu, Roy, je suis désolé, mais honnêtement, je pense que cet enfoiré ne va manquer à personne.

— Je suis d'accord avec toi, mais attendons les résultats de l'ADN et de l'autopsie avant de fêter quoi que ce soit.

— Je vais me contenter de mettre le champagne au frais, alors.

— J'aime bien ton attitude !

— Merci, chef. Je suis désolé que vous ayez été le témoin de ce drame, mais pour moi, c'est une histoire de karma.

— Belling a mentionné une dispute. Tu pourrais essayer de voir de quoi il voulait parler ?

— J'ai eu l'info par la police de proximité. Apparemment, ce bâtard a mis à la porte les chiots que Lorna élevait, hier soir. Un voisin a réussi à tous les attraper avant qu'ils ne se fassent écraser et ils ont été emmenés dans un refuge, Raystede, avec leur mère. Ils vont vérifier si les animaux avaient déjà trouvé preneur ou pas.

— C'est toujours agréable de voir qu'il y a des gens bien sur cette planète.

— Et une raclure de moins.

— En effet, mais attendons la confirmation de Frazer avant de sabler le champagne, d'accord ?

— Bien sûr, ô grand sage !

L'avantage, c'est qu'aucun avocat n'arriverait à faire passer Corin Belling entre les mailles du filet, songea Grace. Car cela n'arrivait que trop souvent.

D'un autre côté, une condamnation ne doit pas se faire à la légère. Si on incarcère la mauvaise personne, le tueur continue à courir les rues et peut récidiver.

Grace raccrocha, légèrement réconforté.

29

Jeudi 21 avril

Les annales akashiques… Voilà à quoi il pensait depuis la veille au soir, entre autres choses. Selon ce concept ésotérique, toutes les pensées qu'on aurait eues et toutes les émotions qu'on aurait ressenties sur terre réapparaîtraient au moment de se présenter au Vieux Barbu, et il faudrait les expliquer. Se justifier.

Il n'était pas allé prier à l'église depuis qu'il était petit. Enfant, il avait dû assister à toutes les assemblées des Frères de Plymouth avec ses parents, qui croyaient à chaque mot de la Bible, littéralement. Pour les récompenser de leur dévotion, ils avaient été tués dans une collision avec un poids lourd français. Fraîchement débarqué en Angleterre, le chauffeur conduisait du mauvais côté de la route.

Son oncle et sa tante, membres du même mouvement évangélique, lui avaient dit que c'était parce qu'ils étaient exceptionnellement gentils que Dieu les avait rappelés à lui plus tôt que prévu. Ils avaient de la chance.

Mais bien sûr… Qu'espérer de mieux que le pare-chocs d'un 36 tonnes qui défonce le pare-brise de votre Ford Escort, vous propulse par la vitre arrière et vous envoie bouler cinquante mètres plus loin ?

Il aurait dû lui aussi être dans la voiture ce jour-là, en route pour cette journée de prière. Mais Dieu lui avait refilé les oreillons et il était resté cloué au lit.

M. Lucky.

Peut-être aurait-il aussi de la chance avec cette histoire d'annales…

On est désolés, il y a eu un bug, vos archives ont été effacées. On ne sait pas ce que vous avez fait le mercredi 20 avril dans l'après-midi et la soirée. On fait table rase, ça ne vous dérange pas ? On n'a rien raté d'important ?

Ses parents avaient eu de la chance, peut-être était-ce génétique. En tout cas, il y croyait de toutes ses forces.

Ce qui l'embêtait un peu, c'était de constater à quel point il avait trouvé ça facile, de simuler. De croire dur comme fer à sa propre innocence.

Il fallait qu'il trouve quelqu'un à qui parler. Quelqu'un qui comprendrait, qui lui dirait qu'étant donné les circonstances il avait pris la bonne décision. Fait ce que tout le monde aurait fait.

Peut-être fallait-il qu'il trouve un psy. Étaient-ils toujours tenus au secret médical ou est-ce que ça avait changé ? Dans le temps, ils ne devaient rien divulguer. Mais, aujourd'hui, n'étaient-ils pas obligés de faire un signalement à la police ? Il ne pouvait pas prendre le risque.

Pourquoi pas un homme d'Église ? Pourquoi pas une confession ?

30

Vendredi 22 avril

Merde. Il avait la migraine. Pendant quelques instants, il se demanda où il se trouvait. Les chiffres vert fluo d'un radio-réveil, à quelques centimètres de son visage, indiquaient 4 h 53. Un enfant pleurait. Noah ?

Ce n'étaient pas les sanglots de Noah.

Il avait la gorge sèche et l'impression qu'on lui avait planté des clous dans la tête.

Il reprit lentement ses esprits. Il se trouvait dans la chambre d'amis de Marcel Kullen, dans la banlieue de Munich. Combien avait-il bu, au juste, la veille ?

L'enfant se remit à gémir.

Les Kullen avaient trois enfants en bas âge. Le plus jeune avait 2 ans.

Roy avait voulu descendre dans un hôtel, mais Marcel avait insisté pour qu'il dorme chez eux. À dire vrai, étant donné ce qui l'attendait le lendemain et les flash-back de l'accident qui le hantaient, il lui était reconnaissant de son hospitalité. Il aimait bien le policier allemand et sa jolie femme, Liese, et leur petite maison était accueillante et chaleureuse. Mais Dieu qu'ils l'avaient fait boire ! De la bière, un vin blanc du cru, un rouge italien assommant, un verre de schnaps, puis deux et peut-être trois. Il avait tout avalé, heureux que l'alcool ait un effet calmant sur ses nerfs, et de plus en plus confiant pour le lendemain.

Mais maintenant qu'il cherchait du paracétamol au fond de son sac, il se demanda quelle était la partie du cerveau qui, si souvent, réussissait à le convaincre de boire un dernier verre. Il trouva le petit paquet bleu. Plus que deux cachets. Il les avala avec un grand verre d'eau et retourna se coucher. En vérifiant l'heure à son téléphone, il vit que Cleo lui avait envoyé un message :

Tu me manques. Je t'aime. J'espère que tout se passe bien. Dors bien mon chéri. Bisous

Merde. Il avait été envoyé à 22 h 30. Heure anglaise ou heure allemande ? Et comment avait-il pu le rater ? Il hésita à répondre, puis renonça pour ne pas risquer de la réveiller. Il n'était pas encore 4 heures en Angleterre. Il l'appellerait vers 7 heures, juste avant qu'elle ne parte travailler.

Il éteignit, posa sa tête sur l'oreiller confortable, repositionna la couette épaisse et ferma les yeux en espérant que le médicament fasse effet rapidement. Les premiers oiseaux se mirent à chanter. Aujourd'hui, il allait rencontrer son fils pour la première fois et rentrer avec lui en Angleterre.

Et il allait devoir être convaincant. Bruno était hébergé chez son meilleur ami, Erik Lippert. La veille, juste après avoir atterri, Grace avait discuté avec Anette, la mère d'Erik, qui l'avait prévenu que Bruno était très endeuillé, et qu'il n'avait pas la moindre envie de quitter l'Allemagne.

Qu'allait donner leur rencontre, avec sa gueule de bois, son haleine empestant l'alcool et son hématome à la joue, qu'il devait à Corin Belling ?

Il regretta ne pas avoir pris ses affaires de sport. Il aurait volontiers fait un jogging matinal, histoire de transpirer un bon coup et de se vider la tête. Il se retourna dans son lit pendant une éternité, espérant grappiller une précieuse heure de sommeil, mais plus les minutes passaient, plus il était réveillé. L'enfant se remit à crier.

À 5 h 30, il alluma, s'habilla, enfila son manteau et sortit. Il faisait noir et frais. De l'autre côté de la route, les feux arrière d'une BMW s'allumèrent et Roy respira les gaz du pot d'échappement quand le chauffeur accéléra. Après s'être repéré, il se mit en marche.

C'était bizarre, songea-t-il en traversant la route et en poursuivant son chemin dans l'obscurité, longeant des maisons aux rideaux tirés. Pendant plus d'une décennie, Sandy avait hanté ses pensées lors de chaque promenade, ainsi que ses rêves, au moins une fois par semaine. Pendant longtemps, il s'était dit qu'il n'arriverait à tourner la page que lorsqu'il saurait ce qui lui était arrivé. Mais maintenant qu'il connaissait la vérité, du moins une partie, il ne se sentait pas particulièrement mieux.

Bien au contraire, avait-il l'impression.

Un camion-balai vint à sa rencontre. Il le croisa et tourna à droite dans un petit parc. Il repensa à la scène de crime de Hove. Lorna Belling morte dans sa baignoire. Puis revit Corin Belling catapulté au-dessus de la Lamborghini jaune.

Affaire classée ?

Pourquoi Belling s'était-il enfui lorsque Exton et lui l'avaient rencontré dans son bureau ? Pourquoi lui avait-il envoyé une droite, avant de détaler de nouveau, s'il n'était pas coupable ? Pas parce qu'il avait mis des chiots à la rue, même si Roy Grace, qui adorait les animaux, trouvait ça lâche et répugnant.

D'un autre côté, il savait qu'il devait s'abstenir de toute conclusion hâtive. Quand on part du principe que quelqu'un est coupable, on fait obstruction à la quête de vérité. Guy allait pouvoir se faire les dents sur cette affaire.

Une femme en jogging le dépassa en murmurant « *Guten Morgen* ». Elle était trop loin pour l'entendre la saluer en retour. Il se concentra sur la journée qui l'attendait. Il regrettait de ne pas avoir insisté pour que Cleo l'accompagne. Selon elle, il fallait qu'ils passent du temps ensemble, entre père et fils. Et ils allaient devoir s'apprivoiser doucement, un jour après l'autre.

Avec Cleo, ils avaient passé plusieurs soirs à chercher des informations en ligne sur les meilleures façons d'accueillir un enfant dans une famille avec bébé. Comment Bruno allait-il appeler Cleo ? Elle était partante pour se faire appeler « maman », « Cleo » ou autrement, d'ailleurs. Et comment allait-elle l'appeler ? Son fils ? Son beau-fils ? Ils lui demanderaient son avis. En tout cas, la transition ne serait pas facile. Ils ne deviendraient pas complices du jour au lendemain. Avec Cleo, ils étaient prêts à faire les efforts nécessaires pour que tout se passe bien.

Que dirait-il à l'enterrement ? Combien de personnes seraient là ? Les parents de Sandy, une tante et un oncle, quatre cousins… En Angleterre, elle n'avait pas beaucoup d'amis. Il ne lui en connaissait qu'une, Chantal Rickards, et elles n'étaient pas si proches que ça. Chantal avait été sincèrement surprise quand elle avait appris la disparition de Sandy. Selon elle, Sandy trouvait ça compliqué d'être mariée à un flic qui était marié à son boulot, mais elle avait accepté la situation.

Quelques-uns de ses amis à lui seraient là. Glenn, bien sûr, et Norman, qui avait exprimé son envie de venir. Dick Pope, un collègue également, et sa femme Leslie. À l'époque, ils étaient proches. Ils avaient d'ailleurs prévu de fêter ses 30 ans avec eux, le soir où elle avait disparu. Dick et sa femme l'avaient soutenu pendant des mois, l'invitant souvent à manger et à passer du temps avec eux. Mais par la suite, quand Dick avait été muté à Londres, ils s'étaient rapprochés de la capitale, et s'étaient perdus de vue. Roy était content de savoir qu'ils seraient présents.

Il était moins emballé par la présence des parents de Sandy, qui avaient le chic pour tout compliquer. Cela faisait longtemps qu'il ne prenait plus personnellement leurs piques et leurs attaques, car, d'après ce qu'il avait pu constater, ils n'aimaient personne, même pas l'un l'autre. Sa mère semblait remontée contre la terre entière, et son père, Derek, complètement fantasque, passait le plus clair de son temps immergé dans l'univers des maquettes d'avions de la Seconde Guerre mondiale, racontant à qui voulait bien l'entendre que son père avait effectué soixante-quinze missions au sein du légendaire escadron des Dambusters. En vérité, son père n'avait jamais volé pendant la guerre. Il avait certes fait partie de l'escadron 617 basé à Lossiemouth, en Écosse, mais en tant que mécanicien.

Récemment, Derek Balkwill avait pourtant réussi à lâcher une bombe. Avec sa femme, ils avaient décidé que Sandy aurait des funérailles catholiques parce qu'ils l'avaient élevée dans cette religion – ce dont Roy n'était pas du tout au courant.

Sandy et lui s'étaient mariés selon le rite anglican et aucun de ses deux parents, présents, n'avait soulevé la moindre objection. Sandy était par la suite devenue athée et avait déclaré que, si elle mourait avant lui, elle voulait une cérémonie laïque et des obsèques civiles. C'était ce qu'il avait annoncé à Derek et Margot Balkwill lorsqu'il leur avait rendu visite la semaine précédente, après leur avoir annoncé la nouvelle au téléphone. La rencontre avait été tendue. Il avait dû attendre près d'une heure avant de se voir proposer quelque chose à boire et ils lui avaient servi une tasse de thé dont le sachet avait servi plusieurs fois, Margot étant du genre à faire des économies de bouts de chandelle.

— Pensez au garçon, avait-elle déclaré de façon abrupte et étrange. Il ne s'agit plus de notre fille. Nous l'avons perdue il y a des années. Nous savons tous que ce qu'elle voulait, c'était nous tourner le dos, à nous tous. Maintenant, il faut penser à notre petit-fils. Nous voulons nourrir sa spiritualité. Élevez-le dans l'esprit du Seigneur.

Ils avaient trouvé un compromis bancal : la cérémonie serait religieuse, mais anglicane. Grace avait demandé au révérend Smale, l'aumônier de la police, s'il voulait bien diriger le culte, ce que ce dernier avait accepté. Il avait demandé à Roy s'il voulait lire un éloge funèbre. Roy avait promis d'y réfléchir. De quoi pouvait-il parler ? De la Sandy qu'il avait connue ? Comment Bruno se sentirait-il face à un inconnu racontant à quel point sa mère était merveilleuse ?

Il essaya de se mettre à la place de son fils. Que ressentirait-il dans cette situation ? Il n'en avait aucune idée. Pourtant, il allait devoir prendre des décisions rapidement.

31

Vendredi 22 avril

Dans la salle d'autopsie entièrement carrelée de la morgue de Brighton et Hove, le Dr Frazer Theobald était à la recherche d'indices, avec sa lenteur et son professionnalisme légendaires. Guy Batchelor, qui avait à peine fermé l'œil de la nuit, tentait, pour se changer les idées, de se souvenir du surnom que donnaient certains collègues aux cadavres évidés.

Des canoës. Voilà.

Et c'est effectivement ce à quoi ressemblait, pour un témoin avec un sens de l'humour un peu tordu, le torse de Lorna Belling, dont le sternum et les organes internes avaient été prélevés.

Un canoë.

Michelle Websdale, du bureau du coroner, le photographe spécialisé James Gartrell, de la police technique et scientifique, ainsi que Cleo et son assistant, Darren, attendaient patiemment que le médecin légiste, qui faisait régulièrement des pauses pour enregistrer ses réflexions dans un dictaphone posé à l'autre bout de la pièce, termine son examen et la dissection de chaque organe.

Dans le même registre, il y avait autre chose qui plaisait bien au commandant : le fait que l'homme et la femme étaient tous deux refroidis. La victime et le coupable, dont l'autopsie serait également réalisée par Frazer Theobald.

Une affaire de famille !

Il sortit de la pièce pour que personne ne voie son air satisfait, se rendit dans le minuscule bureau et alluma la bouilloire pour se préparer un café. Après de longues heures dans le minuscule studio, il commençait à ressentir de l'euphorie. C'était une occasion en or, ce tout premier meurtre en tant que responsable d'enquête ! Si tout se passait bien, l'affaire serait pliée en vingt-quatre heures, et comme Grace était en déplacement, c'est lui qui recevrait les honneurs.

Les empreintes digitales sur les canettes de bière plaçaient Corin sur la scène de crime. Avec un peu de chance, les résultats ADN des mégots, qu'il attendait d'une minute à l'autre, confirmeraient sa présence.

Il dévissa le bocal de café instantané, mit deux cuillères à café bombées dans la tasse, puis ajouta le lait, comme Lena, sa femme suédoise, lui avait appris – cela évitait de verser l'eau bouillante sur la poudre, ce qui donnait meilleur goût au café.

Il allait soulever la bouilloire quand son téléphone sonna. C'était Roy Grace.

— Bonjour, chef ! Comment ça se passe à Munich ?

— Je suis sur le point de rencontrer mon fils. Quoi de neuf ?

— Theobald avance. Il devrait avoir fini avant le prochain âge de glace.

— Et l'ADN sur les mégots ?

— Rien reçu, j'allais relancer le labo.

— Autre chose ?

— Non, on est bons. Je me demandais s'il fallait organiser une conférence de presse, mais pour le moment, j'ai l'impression que l'affaire va se classer toute seule. On attend votre retour ?

— Oui, à moins que l'enquête prenne subitement une autre tournure.

— OK, chef. Au fait… Je suis désolé pour ce qui s'est passé hier après-midi… vous savez… Désolé pour vous… mais je pense que la fuite de Corin Belling et le coup de poing qu'il vous a donné en disent long. Ces mecs-là, c'est de la merde en barre. Ou plutôt en morceaux, si je puis me permettre.

Roy Grace laissa échapper un éclat de rire.

— Espérons que, quand ils referont le puzzle, il ne leur reste pas une pièce entre les mains.

— J'y veillerai personnellement.

Grace sourit.

— Bonne chance pour aujourd'hui, Roy. C'est pas facile.

Il y eut un long silence, suivi d'un petit « non ».

Batchelor raccrocha, versa l'eau sur son café au lait, le mélangea et remarqua que sa main tremblait. Il se rappela ne pas avoir pris de petit déjeuner. Il s'était levé épuisé, s'était préparé un double espresso, douché, rasé, habillé et rendu directement à la morgue. Il souleva le couvercle d'une boîte à biscuits, grignota deux sablés et emporta la tasse dans la salle d'autopsie.

En entrant, il sentit que l'atmosphère avait changé. Le petit médecin trapu le fixa de ses yeux ronds couleur noisette – la seule partie visible de son visage.

— Commandant Batchelor, déclara-t-il en brandissant un flacon d'un air presque triomphal. J'ai découvert quelque chose de potentiellement important.

32

Vendredi 22 avril

Guy Batchelor dévisagea Frazer Theobald.

— Qu'avez-vous trouvé ?

— Du sperme.

— Pouvez-vous nous en dire davantage ? Le rapport remonterait à combien de temps avant sa mort ?

Theobald baissa son masque. Avec sa grosse moustache et sa petite taille, tout ce dont il avait besoin afin de passer pour Groucho Marx, c'était un cigare, se dit Batchelor.

— Sans examen du laboratoire, je ne peux pas vous donner de réponse précise, mais je dirais moins de quarante-huit heures avant sa mort. Si j'ai bien compris, la pauvre femme a été retrouvée dans un studio qu'elle louait pour échapper à son mari violent. La présence de sperme n'est pas une surprise. Vous avez retrouvé sur place les empreintes digitales du mari, ce qui indique qu'il connaissait l'existence de ce pied-à-terre. J'imagine qu'il a eu un rapport sexuel avec elle, consenti ou pas.

À moins qu'elle ait eu une relation extraconjugale. Ça, l'ADN nous le dira.

— Je vais le faire analyser en urgence, déclara Batchelor.

Theobald reprit son travail tandis que le commandant prenait des notes de façon à communiquer cette nouvelle à Roy Grace et lui demander comment il voulait procéder. Quelque chose le dérangeait, dans cette histoire de sperme. Bien sûr, sa présence dans le vagin de la victime était tout à fait plausible, sachant qu'elle était mariée. Mais pour Guy Batchelor, cette découverte donnait un autre sens à l'enquête.

Avait-elle retrouvé un amant dans ce studio ? Avaient-ils fait l'amour ? Avec un peu de chance, l'ADN leur apporterait une réponse.

S'il s'agissait également du mari et que les canettes de bière portaient non seulement ses empreintes digitales, mais aussi son ADN, l'affaire serait classée.

Mais si ce n'était pas le cas ?

Il croisait les doigts pour que ce soit le mari. Résoudre cette enquête avant le retour de Roy Grace serait tout à son avantage.

Mais il avait l'impression de passer à côté de quelque chose.

33

Vendredi 22 avril

Roy Grace pensait avoir tout vu et tout vécu. Il avait été le témoin d'horribles scènes de crime, dont un bébé assassiné par son père, une jeune femme tuée dans le cadre d'un *snuff movie*, un docteur brûlé vif sur un terrain de golf… Il lui en fallait beaucoup pour être choqué, voire effrayé.

Mais à ce moment précis, peu avant midi, alors que Marcel Kullen garait sa Volkswagen Sirocco blanche devant la villa moderne et élégante des Lippert, dans le quartier de Gräfelfing, à Munich, il tremblait comme une feuille. Avant de partir, il avait demandé des conseils vestimentaires à Cleo et Glenn Branson, son styliste attitré, qui lui avaient conseillé de prévoir une tenue décontractée. Glenn avait ajouté, par texto, qu'il fallait qu'il ait l'air cool, afin que son fils ne comprenne pas trop vite qu'il était en fait un vieux ringard.

Il avait donc opté pour un jean, un tee-shirt noir, un blouson en cuir et des bottines. Kullen lui souhaita bonne chance, il retira le chewing-gum qu'il avait dans la bouche, claqua la portière et se dirigea vers la maison d'un pas hésitant, conscient que Bruno l'observait peut-être depuis l'une des fenêtres. Il avait l'estomac en vrac, mais sa migraine avait quasiment disparu.

Son ami et collègue lui avait dit la veille : « Souviens-toi, Roy, la dernière chemise n'a pas de poche. »

Et il n'arrivait pas à se sortir cette expression de la tête.

« On naît sans rien et on n'emporte rien en partant. Ce qu'on a eu, on le laisse aux autres. »

Sandy était partie en lui laissant Bruno. Qu'allait-il bien pouvoir lui dire ? Sa mère s'était retrouvée dans le coma après avoir été renversée par un taxi. Et peu après son réveil, alors qu'elle commençait à reprendre des forces, elle s'était pendue.

Dans une lettre de suicide accablante pour Roy, elle lui demandait de s'occuper de leur fils.

Jetant un coup d'œil par-dessus son épaule, il vit Marcel Kullen lui sourire. Il hocha la tête. Pouvait-il imaginer ce qu'il vivait ?

Il sonna en priant, de façon tout à fait irrationnelle, pour que personne ne réponde.

La porte s'ouvrit.

34

Vendredi 22 avril

Une rousse d'une trentaine d'années l'accueillit avec un sourire chaleureux.

— Roy ?

Il lui tendit la main.

— Anette ?

Elle hocha la tête en l'observant attentivement.

— Vous vous ressemblez comme deux gouttes d'eau !

— Vraiment ?

— Incroyable !

Il remarqua un sac à dos et deux grandes valises dans le hall, derrière elle.

— Tu veux du café ? Ou peut-être un thé, comme les Anglais ?

— Je veux bien un café, merci.

— Tu veux proposer à ton ami d'entrer ?

— Non, il préfère m'attendre dans la voiture. C'est mieux si je suis seul.

— Je suis d'accord. Tu as rencontré Andreas Thomas ?

— Je viens de passer à son cabinet.

— C'est un bon avocat, je trouve.

— Il m'a fait bonne impression. Je trouve qu'il a l'esprit pratique.

— Tant mieux.

Elle le dévisagea de nouveau en souriant.

— C'est fou comme il te ressemble !

Un homme élancé, l'air sérieux, vêtu d'un bas de jogging et d'un sweat-shirt, apparut dans le hall.

— Voici mon mari, Ingo.

Les deux hommes se serrèrent la main.

— Ravi de te rencontrer, dit le mari dans un anglais parfait, avec un accent américain prononcé.

— Je vous remercie, vous et votre fils, d'avoir pris soin de Bruno.

— Aucun problème. Je pense qu'Erik était content d'avoir de la compagnie. Il va lui manquer. Tu es prêt à rencontrer ton fils ?

Roy sourit nerveusement.

— Absolument !

Ils l'invitèrent dans une cuisine moderne, spacieuse et lumineuse, qui donnait sur un jardin bien entretenu, composé en grande partie d'une pelouse et de bosquets. Une cage de football avait été installée sur le côté.

— Erik aime le foot ? demanda Grace.

— Il adore ça ! répondit son père.

— Il est supporter de quelle équipe ?

— Le Bayern, bien sûr ! Mais il aime aussi Manchester United.

— Ah bon ?

— Bruno aussi aime le foot.

— Je vais devoir lui faire prêter allégeance à l'équipe de Brighton, les Seagulls !

— Il en parle déjà.

— Super. Comment va-t-il ? demanda-t-il d'un ton hésitant.

Le couple échangea un regard furtif.

— Il va bien, enfin… C'est compliqué, n'est-ce pas ? répondit Ingo.

— Très.

S'ensuivit un silence inconfortable.

— Mais il est fort, ajouta Anette avec, dans la voix, une assurance qui contredisait son langage corporel.

Remarquant le malaise, Grace pensa que ce qu'ils ne voulaient pas lui avouer, c'était qu'ils avaient hâte de se débarrasser de lui.

— Bruno ! Ton père est là ! cria Anette dans l'escalier.

Elle se dirigea ensuite vers la machine à café, qu'elle remplit d'eau. Ingo invita Grace à s'asseoir sur un tabouret autour de l'îlot central.

— Vous parlez tous les deux très bien anglais, dit Grace poliment, regrettant instantanément de ne pas avoir profité de ce moment pour leur poser davantage de questions sur Bruno.

— Nous avons vécu trois ans à New York.

— Ah ! Je vois. J'aime beaucoup cette ville.

— Nous aussi.

— Auriez-vous des conseils à me donner sur Bruno, d'après ce que vous connaissez de lui ?

Grace remarqua le regard fuyant de son interlocuteur.

— Des conseils ? Eh bien… avec Anette…

Sa phrase resta en suspens. Voyant qu'il regardait par-dessus son épaule, Grace se retourna.

Un jeune garçon mince, très beau, se tenait dans l'embrasure de la porte. Immobile. Telle une apparition.

Le cœur de Grace s'arrêta de battre.

Le garçon portait une chemise à carreaux, un pantalon et une veste. Ses cheveux étaient bien coiffés, avec du gel, et il avait l'air incroyablement sérieux. Roy eut l'impression de se retrouver face à une version miniature de son père, Jack Grace.

Il se leva du tabouret et s'approcha de lui avec la sensation de marcher au ralenti, conscient d'être observé par les parents d'Erik.

Droit comme un soldat, le petit garçon n'exprimait absolument aucune émotion. S'approchant de lui, Roy hésita à le prendre dans ses bras ou à lui serrer la main. Il se contenta d'un sourire.

Il ne savait pas à quoi il s'attendait, en fait. À ce que son fils s'élance vers lui en criant : « Papa, papa, papa ! » ? À une poignée de main ?

Quand l'enfant lui tendit sa main, Roy fondit.

— Bruno, dit-il en serrant sa main chaude. Je suis ton père.

Il y eut un long moment étrange, entre père et fils, inconnus l'un pour l'autre. Roy serra longtemps la petite main pour ne pas briser le lien ténu qui venait de se créer entre eux.

— Bonjour, papa, dit calmement Bruno avec un léger accent américain.

— Je suis tellement heureux de te rencontrer, Bruno. Je suis désolé pour tout ce qui s'est passé. J'aurais aimé

155

faire ta connaissance dans de meilleures conditions. Es-tu content de venir vivre en Angleterre ?

Quand il lâcha la main de son fils, elle retomba comme celle d'un pantin.

Bruno fixait le sol, les larmes aux yeux. Cela lui arrivait rarement, mais Roy ne trouva pas que lui dire.

Après un silence qui sembla une éternité, il lâcha :

— On m'a dit que tu aimais le foot. Tu es pour qui ?

— Le Bayern, murmura l'enfant.

— Moi aussi, j'aime le foot.

Bruno garda longtemps le silence, puis s'enquit très poliment :

— Tu aimes le Bayern, toi aussi ?

— Ils sont super forts, je les regarde souvent en Ligue des champions, mais mon équipe, c'est celle de Brighton, les Seagulls.

— Ils s'en sortent plutôt bien cette saison.

— Exact. Ils n'ont pas eu de chance au début, mais je pense qu'ils échapperont aux éliminatoires.

Le petit garçon hocha la tête. Puis, avec un enthousiasme soudain, s'exclama :

— Tu m'emmèneras voir un match ?

— Bien sûr ! Ça te ferait plaisir ?

— Si c'est une bonne équipe qui joue, dit-il en haussant les épaules.

Grace sourit, heureux d'avoir réussi à communiquer avec son fils, rempli d'optimisme pour l'avenir.

Tout allait bien se passer.

Du moins, il l'espérait.

35

Vendredi 22 avril

Tandis que le Dr Frazer Theobald poursuivait son autopsie avec une lenteur parfois exaspérante, Guy Batchelor se rendit plusieurs fois dans le petit bureau adjacent pour passer des coups de fil. Il essayait de trouver une personne proche de Lorna Belling pour identifier formellement le corps, tout en constituant l'équipe d'enquêteurs. La victime avait une sœur en Australie. Il avait réussi à la contacter, mais elle n'arriverait en Angleterre que dans deux jours. Les parents de Lorna, en croisière, étaient prévenus, mais ils ne seraient rapatriés qu'après le week-end.

Il nomma une cheffe des techniciens en identification criminelle, un responsable des locaux, une cheffe de l'unité spéciale de recherches, un spécialiste du logiciel HOLMES, une documentaliste et contacta les fidèles de Roy Grace. Tous étaient disponibles, sauf deux. La première réunion aurait lieu le soir même à 18 heures.

Il avait d'ores et déjà réuni une force locale d'intervention et défini ses missions. Ils étaient chargés de discuter avec le propriétaire et l'agence immobilière, s'il y en avait une ; avec tous les voisins de Lorna Belling ; de vérifier s'il y avait des caméras de vidéosurveillance dans le quartier ; d'essayer de voir si le mari s'était trouvé dans les parages ; de prendre contact avec ses amies ; et de s'entretenir avec les collègues du mari défunt, au cas où il se serait confié à l'un d'eux. Une équipe était en train de ratisser le domicile conjugal des Belling. Ordinateurs et téléphones seraient confiés aux spécialistes en cybercriminalité. Batchelor leur demanda également de chercher le carnet de rendez-vous de coiffure.

Déterminé à réussir sa première enquête, il vérifia soigneusement qu'il n'oubliait aucune étape répertoriée dans le *Manuel de criminologie* et nota chacune de ses décisions dans son carnet bleu clair. Ce document avait pour objectif de le couvrir en cas de pépin. À l'heure où les policiers devaient marcher sur des œufs, se protéger de toute critique était malheureusement devenu quasiment plus important qu'arrêter le coupable.

Il était content que son enquête se passe aussi bien. Si les empreintes digitales pouvaient matcher avec l'ADN des mégots et du sperme, ce serait parfait. Affaire classée.

Son téléphone sonna. C'était Cassian Pewe. Batchelor fut surpris de la requête du commissaire principal, mais dans l'impossibilité de la refuser.

— C'est noté, chef. Nous l'accueillerons avec plaisir, dit-il, médusé, à la fin de la conversation.

36

Vendredi 22 avril

Grace se trouvait dans la voiture de Marcel Kullen, avec Bruno, quand il reçut un message de Guy Batchelor :

J'essaie de vous joindre, je tombe directement sur boîte vocale. Rappelez-moi ASAP.

Il s'excusa auprès de Kullen et de Bruno, qui semblait absorbé par son téléphone, et rappela son collègue, qui décrocha dès la première sonnerie.

— Désolé de vous déranger, chef.
— Pas de souci. Qu'est-ce qui se passe ?
— Pewe nous refile un gars de la société civile.
— Quoi ?

Le ministère de l'Intérieur avait mis en place un nouveau programme, controversé, permettant à des personnes de la société civile d'accéder à un poste de commandant, voire supérieur, en court-circuitant les systèmes de formation et de promotion habituels.

Grace comprenait l'intérêt d'intégrer des personnes ayant de l'expérience en entreprise, mais selon lui, elles devaient s'occuper du management, pas du volet opérationnel.

— Le commissaire principal vient de nommer un apothicaire au rang de commandant.

— Un apothicaire ?

— L'ancien directeur commercial d'un groupe pharmaceutique. Et vous allez adorer son nom. Il s'appelle Donald Dull.

— Donald Duck ?

— Non, Dull, et ça se prononce « Doul ».

— Ça fait très détective dans les aventures de Mickey, quand même.

— Pas mieux.

— Tu l'as rencontré ?

— Pas encore, mais j'aurai cette joie dans quelques heures. C'est le genre de présence rassurante que j'aime avoir face à un suspect armé.

— Bon, je ne peux pas faire grand-chose pour le moment. Confie-lui une mission sans danger, ni pour lui, ni pour le reste de l'équipe. J'aviserai à mon retour.

— C'est quoi, déjà, la devise de la police ? « Servir et protéger » ? Je ne savais pas qu'on devait aussi savoir faire des comptes d'apothicaire, lâcha Batchelor.

37

Vendredi 22 avril

Comme la plupart de ses collègues, Guy Batchelor n'était pas encore tout à fait habitué à leurs nouveaux locaux. L'ancien quartier général, à Hollingbury, avait certes de nombreux défauts, mais il était facile de se garer. Ici, la majeure partie des policiers devaient laisser leur voiture dans des lotissements à quinze, voire vingt minutes à pied. Les résidents, excédés de ne plus trouver de place, n'hésitaient pas à vandaliser des véhicules. Il n'était pas rare qu'un officier, après une longue journée de travail, découvre un pneu crevé ou une carrosserie rayée.

Mais grâce à ses nouvelles fonctions, Batchelor disposait dorénavant d'une place de parking réservée devant le bâtiment.

À 17 h 45, il prit place sur l'une des vingt chaises rouges placées autour de la table de la salle de conférences tout en longueur du premier étage. Les murs beiges étaient nus, exception faite d'un écran plat et d'une horloge blanche. Au bout de la table était posé un téléphone de conférence qui ressemblait un peu à un drone tripode. Sa tête ronde en métal brossé, installée au bout d'une tige, se tournait automatiquement vers la personne qui prenait la parole.

Batchelor avait demandé quatre tableaux blancs. Sur le premier, avec l'intitulé « Opération Bantam », étaient accrochées les photos de la scène de crime ; sur le deuxième, les clichés de l'autopsie ; sur le troisième, les personnes liées à Lorna Belling, dont son mari et la photo prise lors de sa garde à vue ; et sur le quatrième, une carte avec l'immeuble de la victime entouré en rouge.

Il remarqua soudain qu'un membre de son équipe avait collé sur la porte, à côté du nom de l'opération, une image du film *Chicken Run*, en référence aux poules Bantam.

Il avait devant lui une tasse de café, son carnet et l'ordre du jour que la secrétaire de Roy Grace avait imprimé. Il le passa en revue, nerveux de diriger une enquête criminelle pour la première fois, mais confiant dans le fait qu'elle serait rapidement bouclée. Extrêmement confiant, même, après l'information qu'il venait de recevoir.

Dix minutes plus tard, son équipe, majoritairement composée des fidèles de Roy Grace, était rassemblée autour de la table : le capitaine Norman Potting, le capitaine Jon Exton, le lieutenant Jack Alexander, ainsi que le lieutenant Kevin Hall, qui remplaçait temporairement Tanja Cale, en congé, David Watkinson, responsable des locaux, Georgie English, cheffe des techniciens en identification criminelle, la capitaine Lorna Dennison-Wilkins, cheffe de l'unité spéciale de recherches, et Annalise Vineer, indexeuse du logiciel HOLMES.

Plus Velvet Wilde, jolie jeune femme mince d'une petite trentaine d'années, cheveux blonds coupés court avec un fort accent de Belfast, qui venait de rejoindre la police judiciaire, et Arnie Crown, petit Américain de 36 ans, présent dans le cadre d'un programme d'échange avec le FBI.

Sans oublier Donald Dull, membre de la société civile catapulté au rang de commandant. Posé, d'un tempérament visiblement doux, proche de la quarantaine, il portait un costume légèrement démodé. En voyant son tour de taille, Guy se dit qu'il ne passerait jamais les épreuves physiques de la police, mais peut-être en était-il dispensé, en tant que protégé de Cassian Pewe. Avec ses lunettes en demi-lune, Dull avait le charisme d'un comptable de province. Batchelor décela immédiatement qu'il serait tatillon.

— Ceci est la première réunion de l'opération Bantam, enquête sur la mort de Lorna Jane Belling, lut Batchelor, avant de détailler les circonstances de sa mort et le rapport initial du médecin légiste. Après une agression à l'origine d'un traumatisme crânien et d'une tentative d'étranglement, dont témoignent de larges hématomes au niveau du cou, d'un manque d'oxygène et d'une hémorragie pétéchiale, la mort semble avoir été causée, soit par une électrocution, un sèche-cheveux ayant été lâché dans la baignoire où elle était partiellement immergée, soit par un traumatisme crânien. La thèse du suicide n'est pas exclue.

Norman Potting leva la main. Batchelor lui donna la parole.

— Oui, Norman ?

Pour une précédente opération d'infiltration, Potting s'était fait raser le crâne. Ses cheveux n'avaient pas encore complètement repoussé et cette coupe lui allait beaucoup mieux que la mèche qu'il arborait avant. Elle le faisait aussi paraître dix ans de moins que ses 55 ans. Dans le costume bleu qui lui avait été donné lors de cette même opération, et avec ses nouvelles lunettes, il avait presque l'air cool. Seul son accent rural trahissait ses origines.

— Chef, a-t-il été prouvé que c'est la même personne qui l'a étranglée et qui a jeté le sèche-cheveux dans le bain ?

— Bonne question, Norman. Non, pour le moment, cela n'a pas été établi. Ça semblerait logique, mais aucune empreinte n'a pu être relevée sur le sèche-cheveux, ni autour de son cou, donc nous n'avons pas de preuve.

— À moins que cette dame ait eu un grand nombre d'ennemis, il est assez peu probable qu'une personne l'ait étranglée et laissée pour morte, et qu'une autre soit entrée dans l'appartement pour l'achever, intervint Jon Exton avec son sérieux habituel.

— Une nouvelle preuve m'a été apportée cet après-midi, déclara Batchelor. Comme je l'ai d'ores et déjà expliqué à un certain nombre d'entre vous, nous avons un suspect : son mari, Corin. Les circonstances l'accablent. Au cours des douze derniers mois, Lorna a contacté la police à plusieurs reprises pour signaler des violences conjugales. La dernière remonte à lundi, jour où elle a déclaré qu'il avait essayé de lui enfoncer des excréments dans la bouche. Apparemment, il était furieux que les chiots qu'elle élevait ne soient pas propres. Il a été arrêté, mais elle a refusé de porter plainte, par peur, si j'ai bien compris, et il a été relâché mardi soir, veille du jour que nous considérons comme celui de sa mort.

— Quel salaud, lâcha Potting.

— Ses empreintes digitales ont été retrouvées sur deux des canettes de bière vides présentes dans le studio qu'elle louait à Hove – sans doute son refuge.

Batchelor désigna le cercle rouge sur la carte.

— Nous avons aussi retrouvé un certain nombre de mégots de cigarette, de la marque Silk Cut, celle de Corin. La sœur de la victime nous a indiqué que Lorna ne fumait pas. Ces mégots et les canettes ont été analysés en urgence et les résultats viennent de tomber. Son ADN est présent dans les traces de salive, sur les canettes et sur les mégots. Au cours de l'autopsie, Theobald a trouvé du sperme dans son vagin, ce qui indique qu'elle a eu un rapport sexuel peu avant sa mort.

— Est-il exclu que ce soit après, chef ? demanda Kevin Hall d'un ton calme, mais direct.

— Un peu de nécrophilie ? Une partie de jambes en l'air mortelle ? plaisanta Potting.

Personne ne sourit.

— Merci, Norman, le coupa Batchelor avant de répondre à Kevin Hall. C'est possible, nous en saurons plus quand il aura été analysé. Pour le moment, mon hypothèse, c'est que le mari s'est rendu au studio juste après avoir été remis en liberté et qu'il l'a tuée. Nous espérons que l'ADN du sperme confirmera cette théorie. Si c'est lui, la commission indépendante des plaintes contre la police sera impliquée pour déterminer les circonstances de sa mise en liberté. Il ne sera jamais jugé, et c'est dommage. Vous connaissez tous les circonstances de sa mort ? Le commissaire Grace et le capitaine Exton se sont rendus à son bureau pour lui parler et il s'est enfui, ce qui plaide en faveur de sa culpabilité.

— Un bon avocat l'aurait sorti d'affaire, avança Potting.

— Ah bon ?

— En plaidant qu'il avait les jambes coupées.

Batchelor se surprit à esquisser un sourire. Peut-être aurait-il été plus approprié de lui reprocher cette blague douteuse, mais il savait que son collègue était toujours fragilisé par la mort de sa fiancée, la capitaine Bella Moy. Qui plus est, quand lui-même avait rejoint la brigade criminelle, l'humour noir était pour tous une façon de garder la tête hors de l'eau.

Le commandant Dull se manifesta.

— Guy, je ne veux pas chercher la petite bête, mais…

— C'est ce que vous allez faire, n'est-ce pas ? rétorqua Batchelor, curieux de voir ce que la nouvelle recrue avait à leur apporter.

— Je ne l'espère pas, mais cette idée de « refuge » me tracasse. D'après ce que l'on sait, Lorna Belling louait ce studio depuis un certain temps. J'ai fait un tableau des loyers du quartier, dit-il en distribuant des photocopies. Le sien est inférieur à la moyenne, car l'immeuble est en mauvais état, mais même à ce prix-là, comment pouvait-elle le payer, avec ses revenus de coiffeuse à domicile ? J'ai également préparé un tableau comparatif des revenus des coiffeurs à domicile et de ceux en salon.

— Vous devriez voir ce que ma femme dépense pour ses cheveux. Le gars chez qui elle va pourrait s'offrir Buckingham Palace ! intervint David Watkinson.

— On ne peut pas en dire autant du jeune lieutenant assis à côté de moi ! lança Norman Potting en passant sa main dans la tignasse de Jack Alexander, qui protesta.

— Oui, enfin, ce n'est pas là que je veux en venir, répliqua Dull. Si elle louait un logement pour échapper aux violences de son mari, elle aurait coupé les ponts depuis longtemps. Je pense qu'il est dangereux de s'arrêter à ce concept de refuge.

— Quel est votre point de vue ? lui demanda Batchelor.

— Et si c'était une garçonnière, chef ? Imaginons qu'elle ait une relation extraconjugale depuis un an et demi… Les amants se disputent et la situation dégénère.

Batchelor hocha la tête.

— C'est possible, mais n'oublions pas l'ADN sur les canettes et les mégots. Il faudra faire une enquête de voisinage pour savoir si quelqu'un a entendu des insultes ou des cris. Je vais le noter.

Georgie English, la cheffe des techniciens en identification criminelle, se manifesta :

— Ce qui m'inquiète, pour ma part, c'est qu'on n'ait pas retrouvé les appareils numériques de Lorna, à commencer par son ordinateur portable. On a remarqué un chargeur de Mac branché dans la cuisine du domicile conjugal, mais on sait que le mari utilisait un PC, récupéré à son bureau. On a mis la main sur un téléphone, laissé sur la table de la cuisine, à ce même domicile. Personne ne se déplace sans son téléphone, si ? À moins de l'oublier, bien sûr.

— Effectivement, Georgie, ça expliquerait pourquoi il n'y avait pas de téléphone au studio.

— Mais l'ordinateur ? s'interrogea Arnie Crown.

— Si l'on part du principe que le mari est coupable, peut-être a-t-il caché l'ordinateur parce qu'il contenait, par exemple, la liste de ses agressions, proposa Batchelor. Où a-t-il pu le mettre ? L'a-t-il jeté quelque part ? Le téléphone a été confié au service de cybercriminalité. Attendons leurs résultats.

Elle acquiesça, satisfaite, puis enchaîna sur son exposé.

— Plusieurs surfaces ont été nettoyées, possiblement avec un désinfectant. Certaines traces ont été envoyées pour recherche d'empreintes digitales. Nous avons prélevé des échantillons et mis sous scellés des objets qui ont, eux aussi, été envoyés au labo. Nous devrions avoir terminé dans les prochaines vingt-quatre heures.

Batchelor prit note dans son carnet, en se promettant de mettre à jour le compte rendu de l'enquête après la réunion.

— Récapitulons : nous avons un mari violent, son ADN a été relevé dans le studio, il a pris ses jambes à son cou quand le commissaire Grace l'a approché, l'a agressé et a pris la fuite. Si le sperme retrouvé dans le vagin de Lorna est celui du mari, il sera en mauvaise posture.

— Vu qu'il est dans l'un des frigos de la morgue, le crâne éclaté, je dirais qu'il est d'ores et déjà en mauvaise posture, plaisanta Arnie Crown.

— Vous pensiez passer une mauvaise journée ? La sienne est pire, renchérit Jack Alexander.

38

Vendredi 22 avril

Il était un peu plus de 20 heures quand Roy, accompagné de Bruno, traversa le parking de l'aéroport en boitant. N'ayant pas pu allonger sa jambe de tout le vol, il souffrait le martyre. Bruno n'avait rien voulu manger et s'était contenté de boire une petite canette de Coca dans l'avion. Il portait un sac sur son dos, tandis que Roy portait son propre sac et les deux valises de son fils. Tout ce que l'enfant possédait tenait dans ces bagages. Sa batterie, qui avait été expédiée par voie terrestre, arriverait en début de semaine suivante.

Roy n'avait pas réussi à engager la conversation avec Bruno qui, visiblement perturbé, avait passé la majeure partie du voyage à jouer à un jeu vidéo sur son téléphone. Grace avait eu beau lui poser des questions sur l'école, les sports qu'il aimait en dehors du foot, ses plats, ses émissions et ses jeux préférés, il n'avait obtenu que des réponses laconiques et évasives.

Quand il appuya sur la télécommande pour déverrouiller son Alfa Romeo noire et que les phares s'allumèrent, il remarqua que Bruno manifestait de l'intérêt.

— Tu aimes les voitures ? lui demanda-t-il en espérant qu'un tour dans cette belle berline lui ferait plaisir.

— Ma mère avait une Porsche Cayman Carrera. Elle pouvait atteindre les 292 km/h. Elle va à quelle vitesse, celle-là ?

— Vite, mais pas aussi vite.

— Combien ?

— Je ne sais pas trop. Sur l'autoroute, la vitesse est limitée à 130 km/h, en Angleterre.

— En Allemagne, on n'a pas de limitation de vitesse sur l'*Autobahn*.

— C'est cool, pas vrai ? dit-il en chargeant les valises dans le coffre.

— *Ja*.

Bruno se dirigea vers le côté conducteur et ouvrit la portière.

— Tu prends le volant ?

— Il est du mauvais côté.

— C'est comme ça que l'on conduit, ici.

— Pourquoi vous conduisez du mauvais côté ?

— Disons qu'un quart du monde roule à gauche.

— Pourquoi ? Il se passe quoi quand on se croise sur un pont entre deux pays, un qui roule à droite et un qui roule à gauche ? Ça peut être super dangereux !

— Je ne pense pas qu'il y ait des ponts sur lesquels on peut rouler des deux côtés, Bruno.

— Pourquoi tout le monde ne roule pas du même côté que nous ? C'est idiot !

— Historiquement, à l'époque où on se déplaçait à cheval, la plupart des gens étant droitiers, ils tenaient leur épée de la main droite et se défendaient ainsi plus facilement contre les bandits de grand chemin.

— On va se faire attaquer par des bandits ?

— J'espère pas ! Et si ça arrive, je compte sur toi pour nous protéger, d'accord ?

— Bien évidemment ! plaisanta Bruno.

Grace ouvrit la portière de son fils, qui s'installa. Il se pencha pour l'aider à mettre sa ceinture de sécurité, mais Bruno le repoussa.

— Je sais comment m'attacher. Pourquoi est-ce que tout le monde ne roule pas à gauche, alors ?

— Je crois qu'on le doit aux Américains, une question de conduite des diligences…

— Ils n'avaient pas de bandits de grand chemin, aux États-Unis ?

— Peut-être pas, sourit Roy.

Bruno sortit son iPhone et pianota. Grace vit qu'il était sur Snapchat. Il nota mentalement qu'ils allaient devoir lui acheter un téléphone britannique, ou du moins une nouvelle carte SIM.

— Elle arrive quand, ma batterie ? s'enquit Bruno, sans transition.

— Elle est en route. Elle sera là dans quelques jours. Je suis sûr qu'on lui trouvera une place dans ta nouvelle chambre.

Anette Lippert l'avait prévenu que Bruno avait une passion pour la batterie et, avec Cleo, ils s'étaient demandé comment ils allaient s'adapter. Sans parler du petit Noah. Mais Anette les avait rassurés : des pads et un casque atténuaient considérablement le bruit. Il se souvint qu'elle avait aussi fait allusion à une boîte dans laquelle Bruno conservait des souvenirs de sa mère.

— Tu as bien pris ta boîte à souvenirs, Bruno ?

— Oui.

— Tu voudrais qu'on encadre ta photo préférée et qu'on l'accroche dans ta chambre ?

— Peut-être.

Ils passèrent la barrière du parking. Grace pensa à ce que Guy Batchelor venait de lui dire au téléphone. Les preuves s'accumulaient à l'encontre de Corin Belling. Si tout se passait bien, l'affaire serait réglée en début de semaine suivante. Lui aurait à répondre à de nombreuses questions, mais il était confiant. Surtout si le sperme était celui du mari.

Il se concentra de nouveau sur son fils, qui consultait Instagram sur son téléphone.

— Tu as déjà vécu à la campagne, Bruno ?

Le garçon secoua la tête.

— On a un chien, il s'appelle Humphrey, il est un peu foufou. Tu aimes les chiens ?

— Erik avait un chien, un schnauzer, qui s'appelait Adini.

— Cleo adore cette race. Ils sont adorables.

— Il ne l'a plus.

— Oh, désolé. Il avait quel âge ?

— Deux ans.

— Deux ans ? Que s'est-il passé ?

— Il a disparu.

— Il s'est échappé ?

— Il a disparu.

— Erik était triste ?

— Très. Les Lippert l'ont cherché partout. Ils ont posté des annonces sur Facebook et Twitter.

— Et ils ne l'ont jamais retrouvé ?

— Non.

— C'était quand ?

— Il y a quelques semaines.

— Peut-être qu'il reviendra.

— Non, je ne pense pas.

— Je suis désolé.

— Il m'a mordu.

— Le chien ?

— À la main. Il n'était pas si gentil que ça.

— Tu vas bien t'entendre avec Humphrey, il aime tout le monde. On a aussi une douzaine de poules.

— Pourquoi ?

— On aime bien manger nos œufs.

— On peut pas acheter d'œufs, en Angleterre ?

Grace sourit.

— Si, un peu partout, mais on aime bien savoir comment les poules ont été nourries, on est sûrs, comme ça, qu'il n'y a pas de produits chimiques.

Bruno garda le silence pendant plusieurs minutes.

— Pourquoi est-ce qu'elle a fait ça, ma mère ? Pourquoi est-ce qu'elle est morte ? dit-il soudain.

Grace réfléchit longuement.

— La vérité, Bruno, c'est que je ne sais pas. Je ne sais vraiment pas grand-chose sur ta mère, et ta vie avec elle. Mais je l'ai beaucoup aimée, et je sais qu'elle t'aimait énormément.

— Tu penses qu'elle avait honte de moi ?

— Eh ! s'exclama-t-il en posant une main sur l'épaule de son fils, qui se raidit. Ne pense jamais ça, ajouta-t-il en remettant sa main sur le volant.

— Qu'est-ce que je devrais penser ?

L'heure de pointe étant passée, la circulation était fluide. Ils seraient chez eux dans une heure. Il savait que ce serait difficile pour son fils de s'adapter à son nouvel environnement, mais il avait l'impression d'avoir établi un début de relation avec lui.

Que savait Bruno, qui était de toute évidence d'une grande sensibilité, sur sa mère ? Lui avait-elle dit pourquoi elle avait tout plaqué, en découvrant qu'elle était enceinte ? Qu'elle était devenue scientologue ? Qu'elle avait ensuite rejoint une autre secte et épousé le gourou, un homme riche et bigame ? Qu'elle avait divorcé et qu'il était mort peu après dans un accident de voiture ? Qu'elle était devenue dépendante à l'héroïne ? Qu'elle avait réussi à arrêter et avait suivi une thérapie ? Qu'elle s'était fait renverser par un taxi et qu'elle s'était découverte handicapée et défigurée ?

À partir du moment où elle avait quitté Roy, la vie de Sandy avait été un vrai désastre. De quoi Bruno voulait-il discuter ? À quel point avait-il été perturbé par l'existence qu'avait menée sa mère ? Il saurait, en temps et en heure, mais pas maintenant.

— Pour le moment, Bruno, je n'ai pas de réponse. Ce que je peux te promettre, c'est qu'avec ma femme, Cleo, nous t'aimerons, nous prendrons soin de toi et nous ferons tout pour toi. Cleo ne remplacera jamais ta mère, mais nous t'aimerons comme nous aimons Noah. Il est trop petit pour comprendre ce qui se passe, mais je suis sûr que tu seras un grand frère génial et qu'il prendra exemple sur toi en grandissant.

Bruno ne répondit rien.

— Oh, et Cleo adore les voitures de sport. Elle a une Audi TT.

— Je vais me faire des copains ?

— Le fils d'un de mes amis, Stan Tingley, est pressé de te rencontrer. Il est très sympa. Et quand tu iras à l'école, tu rencontreras tout plein de gamins de ton âge. Je suis persuadé que tu te feras très vite des copains.

— Erik pourra me rendre visite ?

— Absolument. On l'invitera une fois que tu seras bien installé.

— Il est fan de quelle équipe, Stan ?

— Crystal Palace.

— Je pensais que Crystal Palace n'aimait pas les Seagulls.

— Dis donc, tu t'y connais !

— Le symbole de Crystal Palace, c'est un aigle. L'aigle est sur le drapeau de mon pays. C'est l'emblème national de l'Allemagne.

— Et qu'est-ce que ça signifie pour toi ?

Il haussa les épaules.

— Rien. C'est plus mon pays.

Grace considéra cette réponse comme encourageante.

39

Samedi 23 avril

Guy Batchelor but son premier café de la journée et fuma une cigarette dehors, puis retourna dans son bureau, au rez-de-chaussée. Dos à la fenêtre, il se projeta dans la journée qui l'attendait en parcourant les notes relatives à l'opération Bantam, prises pendant et après la réunion du soir, de façon à mettre Roy Grace, qui ne devrait pas tarder, au courant. Son téléphone sonna.

Numéro masqué.

— Guy Batchelor, j'écoute.

C'était Julian Raven, de la cybercriminalité.

— Chef, concernant l'opération Bantam, nous avons obtenu plusieurs informations à partir de l'iPhone de la victime, Lorna Belling. Il était protégé par un mot de passe, mais nous avons réussi à accéder aux données.

— Comment vous avez fait ? s'étonna le commandant, conscient que le FBI n'obtenait pas d'Apple le déverrouillage des téléphones, malgré plusieurs actions en justice.

— Il avait un verrouillage par empreinte digitale. Les médecins légistes du Surrey et du Sussex ont mis au point une nouvelle technologie qui permet d'utiliser l'empreinte digitale du défunt.

— Génial.

— On est d'accord. Bon, la semaine précédant sa mort, Lorna a reçu 47 appels d'un même numéro et 15 mails, dont de nombreuses menaces.

— Ah bon ? Quelle est la teneur des messages ? demanda Batchelor, plein d'espoir.

— Lorna Belling vendait une MX5 Sport sur eBay. Un acheteur lui en a proposé 2 800 £ et elle a accepté. Il a effectué le paiement via PayPal, mais elle prétendait ne pas l'avoir reçu. Dans ses messages, il l'accuse de vol.

— Continue.

— Il la menace du pire si elle ne lui donne pas la voiture ou ne lui rembourse pas la somme. Il est furieux parce que c'était un cadeau surprise pour l'anniversaire de sa femme – c'est ce qu'il explique dans ses textos. On a fait une triangulation grâce à l'opérateur téléphonique O2 : le gars s'est trouvé à proximité de la scène de crime à plusieurs occasions, dont hier soir.

Batchelor sentit l'enthousiasme l'envahir.

— Que sait-on de lui ?

— Il s'appelle Seymour Darling. Il a déposé une main courante pour fraude auprès de la police du Sussex le samedi 16 avril. La plainte a été confiée à la lieutenante Hilary Bennison, de la brigade économique et financière. Je viens de lui parler, il semblerait que Darling ait été victime d'une arnaque courante sur Internet.

— Quel genre d'arnaque ?

— L'acheteur reçoit un mail avec des instructions de paiement. L'adresse de l'expéditeur ressemble à celle du vendeur, mais ce n'est pas la même. À l'instant où le virement est effectué, l'argent disparaît.

— Je vois. Mais pourquoi est-ce que le nom de Seymour Darling me dit quelque chose ?

— Il a été condamné à trois reprises. En 1997, il a écopé d'une amende et de travaux d'intérêt général pour vol à l'étalage. En 2003, il a pris deux ans avec sursis pour tentative d'extorsion de fonds sous la menace. Et en 2005, il a agressé une femme dans un pub, elle a perdu l'usage d'un œil et il a pris quatre ans pour violences aggravées. J'ai son adresse : 29, Hangleton Rise.

— Quel homme charmant... Je veux bien son numéro et je vais rechercher tout ce qu'on a sur lui.

Au moment où il raccrochait, Roy Grace entra dans son bureau.

— Quoi de neuf ? demanda-t-il en découvrant le grand sourire sur le visage du commandant.

Batchelor lui annonça la nouvelle.

Grace s'assit au bureau vide, face à lui, et digéra l'information.

— Intéressant.

— Très.

Grace entra le nom de Seymour Darling dans l'ordinateur et étudia son casier judiciaire.

— J'ai l'impression qu'il aime bien les conflits. Il a déjà eu affaire à des équipes de médiation sociale à deux reprises. Une fois lors d'une dispute avec un voisin, une autre à cause d'un chien. Quand est-ce qu'on va recevoir les résultats du labo à propos du sperme ? s'enquit-il sans transition.

— On a envoyé les prélèvements hier après-midi, donc demain, si tout se passe bien.

Grace réfléchit. Le viol était souvent perpétré après une série de délits moins graves. Pour l'agresseur, il s'agissait davantage d'une histoire de colère et de pouvoir que de gratification sexuelle. Roy avait, par exemple, remarqué que quand un cambriolage échouait, si le cambrioleur croisait une femme la fois suivante, il la violait comme pour se prouver que c'était lui, le chef. Le passé criminel de Darling témoignait d'une escalade comparable.

— Comment ça s'est passé, en Allemagne ?

— Tu connais le dicton chinois : « Puissiez-vous vivre des temps intéressants » ?

— Donc ça s'est mal passé ?

Grace haussa les épaules.

— Tu as une fille, toi, pas vrai ?

— Oui, Anna, elle est super.

— En partie parce qu'elle a la chance d'avoir de bons parents.

— J'aime me dire ça, mais les parents, ça fait pas tout.

— Mais on connaît, toi et moi, le nombre de délinquants qui viennent de familles dysfonctionnelles, avec des problèmes d'alcool, de drogue, de violence. Ça ne commence pas toujours comme ça, mais neuf fois sur dix, ceux qui finissent en prison ont grandi dans un environnement particulièrement instable.

— Tu crois qu'il est foutu, à son âge, ton gamin ? Comment il s'appelle, déjà ?

— Bruno. Je ne sais pas. Ce qui est sûr, c'est qu'il a une personnalité complexe, mais je pense qu'il peut s'en sortir. Il est intelligent, très curieux. C'est normal qu'il soit perturbé, avec tout ce que lui a fait subir sa mère. Je dirais qu'il est fragile. Il a passé beaucoup de temps seul et vu sa mère se débattre contre de nombreux problèmes, dont la drogue. Et maintenant, on vient de le déraciner et de le séparer de ses amis. On va essayer de lui donner tout l'amour et toute l'attention possibles, et on va demander de l'aide à un pédopsychologue. Une fois qu'il aura trouvé ses marques, tout ira bien.

Il haussa de nouveau les épaules et se concentra sur l'ordinateur.

— Ne le prenez pas mal, mais vous avez l'air épuisé. Vous ne voulez pas prendre le week-end ? Je m'occupe de tout, lui proposa Batchelor.

— Merci, Guy, mais je pense que c'est mieux si je laisse Cleo et Bruno faire connaissance, ce matin.

— Il se sent comment ?

— Sachant que sa mère s'est suicidée et que son père, dont il n'avait jamais entendu parler, vient de l'emmener dans un pays étranger… Comment dire ?

— Pas facile.

— Voilà. L'une de nos priorités, avec Cleo, c'est qu'il se fasse des amis. Jason Tingley l'emmène voir un match du Crystal Palace cet après-midi avec son fils, Stan.

— Vous pensez que c'est vraiment une bonne idée qu'il fraternise avec l'ennemi dès le premier jour ?

Grace sourit, car ils plaisantaient régulièrement à ce sujet, avec Tingley.

— Si ça lui permet de se faire un ami, je suis prêt à tout. Mais assez parlé de moi, il faut qu'on rencontre ce Seymour Darling ASAP.

— Vous m'accompagnez, on va lui rendre visite chez lui ?

Grace réfléchit. Il avait prévu de consacrer ses premières heures à parcourir les mails reçus depuis son départ pour l'Allemagne. Mais cette piste l'intriguait. Depuis qu'il avait été promu, il passait de plus en plus de temps derrière son bureau et l'adrénaline lui manquait.

— Bonne idée !

40

Samedi 23 avril

Roy Grace avait une tendresse particulière pour le quartier d'Hangleton, au nord-ouest de la ville. C'était là qu'ils avaient été le plus heureux, Sandy et lui, pendant leurs premières années de mariage, dans un minuscule appartement avec vue sur les toits et les pâturages vallonnés des Downs du Sud.

Le village d'Hangleton figurait dans le grand livre du recensement national de 1086. Sa petite église normande, Sainte-Hélène, était l'un des plus anciens bâtiments de l'agglomération de Brighton et Hove. Le manoir médiéval d'Hangleton était, quant à lui, le plus ancien bâtiment séculier de la ville. Mais le reste du quartier n'avait rien d'historique. Il avait, en grande partie, été construit dans la première moitié du XXe siècle et intégré à la ville.

Assis côté passager de la voiture banalisée conduite par Guy Batchelor, Grace ressentait, comme chaque fois, une multitude d'émotions liées à des tonnes de souvenirs.

Ils descendirent une colline, tournèrent à droite et en gravirent une autre, et tournèrent de nouveau à droite dans une rue en demi-cercle. Batchelor ralentit pour mieux lire les numéros. Grace désigna une maison sur la droite :

— Vingt-neuf, on y est.

Batchelor s'arrêta devant la petite bâtisse carrée avec de grandes baies vitrées, qui n'avait que quelques années. Une berline couleur pipi de chat était garée dans l'allée.

Les deux enquêteurs se dirigèrent vers la porte d'entrée. Batchelor sonna et ils entendirent des aboiements, à l'intérieur.

La porte s'ouvrit de quelques centimètres, les aboiements reprirent de plus belle et une femme hurla :

— Ta gueule, Shane !

La porte s'ouvrit en grand et ils découvrirent un petit bout de femme, avec une tignasse noire emmêlée et des lunettes ridiculement grosses, en jogging de velours marron. Elle était penchée pour tenter de maîtriser un énorme rhodesian ridgeback qu'elle tenait par le collier. Elle se trouvait dans un hall d'entrée miteux, qui sentait le chien mouillé. Batchelor lui montra son badge.

— Commandant Batchelor et commissaire Grace, police judiciaire du Surrey et du Sussex, nous aimerions nous entretenir avec M. Seymour Darling. Est-il là ?

— Si ça ne tenait qu'à moi, plus pour longtemps.

— Êtes-vous madame Darling ?

— Qu'est-ce que ça peut vous faire ?

Elle se tourna vers le chien et beugla :

— Va te faire foutre et ferme ta gueule, Shane !

Puis, s'adressant aux enquêteurs :

— Il est pas là, il est au match de foot.

— Pourriez-vous nous confirmer votre nom, madame ?

— Vous le connaissez, vous venez de le dire.

— Et votre prénom ?

— Trish. Je m'appelle Trish Darling et je ne veux pas de commentaire, j'en ai assez eu comme ça.

— À quelle heure votre mari devrait-il rentrer, madame Darling ? lui demanda Grace.

— J'en sais rien et je m'en fous.

— Très beau chien, intervint Batchelor.

— Vous le voulez ? Je vous le donne ! Seymour n'arrive pas à le gérer, moi non plus, c'est un putain de cauchemar. Et quand il va au match, je dois le promener. J'arrive pas à le tenir en laisse, j'ai pas la force.

— Nous aimerions discuter avec votre mari. Pourriez-vous m'appeler ou lui demander de m'appeler quand il rentre ? lui demanda Batchelor en lui tendant une carte de visite.

Elle la prit sans même y jeter un coup d'œil, comme s'il s'agissait d'un prospectus.

— Moi aussi, j'aimerais bien discuter avec lui quand il rentrera. S'il rentre.

— Lui arrive-t-il de ne pas rentrer à la maison ? la pressa Batchelor.

Elle sembla réaliser, un peu tard, qu'ils étaient d'éventuels alliés.

— Ces dernières semaines, il est bizarre. Je sais pas ce qu'il lui arrive, pour vous dire la vérité.

— Nous aimerions beaucoup connaître le fond de votre pensée, enchaîna Grace. Que pouvez-vous nous dire ?

— Il a une maîtresse, voilà ce que je pense, dit-elle en tirant de nouveau sur le collier du chien pour qu'il cesse d'aboyer.

Grace sentit l'alcool dans son haleine et vit la colère dans ses yeux.

— Qui que ce soit, je lui souhaite bonne chance. Je le lui donne volontiers. Elle doit voir en lui quelque chose que je ne vois pas. Et c'est pas la taille de sa bite, ça, c'est sûr, dit-elle en recourbant son index.

41

Samedi 23 avril

— Je pense que, moi aussi, j'irais voir ailleurs, si j'étais marié à ce genre d'acariâtre, lâcha Roy Grace en montant dans la voiture.

— Et moi, je me mettrais en couple avec le chien, plaisanta Batchelor.

— Tu es heureux en amour, pas vrai, Guy ?

— Oui, répondit-il en le regardant bizarrement.

— Combien est-ce que tu dépenses pour les cadeaux d'anniversaire de ta femme ?

— Je ne sais pas… En général, j'offre à Lena plusieurs trucs : un gros cadeau, comme un bijou, et d'autres, plus petits. Je dois mettre 100, 150 £. Pourquoi ?

— Pareil pour moi. Et si c'est un anniversaire important, je mets un peu plus. Seymour Darling lui a acheté une voiture. 2 800 £, ça me semble beaucoup, surtout si on prend en considération la maison dans laquelle ils vivent et l'état de leur couple.

— Vous pensez que c'est de l'argent sale ? De l'argent de la drogue ?

— Et si c'était de l'argent coupable ?

— De l'argent coupable ?

— Par culpabilité, un infidèle sera tenté d'offrir un gros cadeau à la femme qu'il trompe.

Batchelor le regarda de travers.

— J'espère que vous ne parlez pas d'expérience, chef… Surtout que vous venez de vous marier !

Grace sourit.

— La confiance règne…

— Je ne voulais pas vous offenser, répondit le commandant, tout sourire, lui aussi.

— Sans rancune. Je n'ai jamais été du genre infidèle. Contrairement à mon ex.

— Sandy ? Vous êtes sérieux ?

— Elle a eu la gentillesse de me l'avouer dans sa lettre d'adieu. Alors que je n'avais rien demandé, d'ailleurs.

— Merde, alors. Je suis désolé.

Grace haussa les épaules.

— Peut-être que je n'étais pas un si bon mari que ça.

Batchelor réfléchit.

— Si elle vous a trompé, c'est elle qui était en tort. Ne vous laissez pas convaincre du contraire.

— Tu as de la chance. Je ne vous connais pas très bien, mais vous me semblez être un couple solide, Lena et toi. Elle a l'air adorable.

— Elle l'est, et j'ai vraiment de la chance.

— J'ai recueilli malgré moi les confidences de nombreux collègues, au fil des années, et je sais que c'est souvent compliqué. C'est comme ça que j'en ai déduit cette théorie sur la culpabilité.

— Je vois où vous voulez en venir avec Darling.

— Pétri de culpabilité à propos de sa relation extra-conjugale, il décide d'offrir à sa femme la voiture de ses rêves, pour compenser. Même s'il n'en a pas vraiment les moyens, il fait le virement. Soit Lorna Belling le roule dans la farine, soit, comme c'est plus probable, il est victime d'une arnaque en ligne. Il la juge responsable, s'emporte contre elle, veut récupérer son argent, l'appelle 47 fois et lui rend visite à dix reprises à son studio. Qu'est-ce que tu vois ?

— Un gars qui, de plus en plus furieux, peut potentiellement devenir dangereux.

— Moi aussi. Le téléphone de Darling est localisé près de l'appartement de Lorna Belling à dix reprises la semaine dernière, dont la nuit de sa mort. Puis une nouvelle fois hier, soit deux soirs après son décès. Nous savons que les meurtriers ont pour habitude de retourner sur la scène de crime.

— Oui.

— Première hypothèse : il l'agresse dans son appartement, la viole et la tue. Si l'ADN retrouvé dans le vagin est le sien, ce serait une confirmation.

— J'aime bien votre théorie, chef.

— Seconde hypothèse…

— Vous avez une seconde hypothèse ?

Grace la lui présenta. Quand il eut terminé, le commandant appuya sur plusieurs touches de son téléphone et passa en mains libres.

— Julian Raven, cybercriminalité, j'écoute.

— Julian, c'est Guy Batchelor. Le numéro que tu m'as donné tout à l'heure, celui de Seymour Darling…

— Oui ?

— Il me faudrait sa localisation actuelle. Tu peux contacter O2 et leur demander une triangulation ?

— Pas de souci. Ça risque de prendre un peu de temps, parce que c'est le week-end.

— Ça me va. Appelle-moi quand tu l'as.

— Entendu.

42

Samedi 23 avril

Plus tard, un peu avant 19 heures, Roy Grace, assis côté passager, et Guy Batchelor, au volant, approchaient du bord de mer. Ils s'arrêtèrent à un feu rouge et Batchelor mit le clignotant à gauche. Quand le feu passa au vert, il tourna devant la résidence Vallance Mansions. Sur le trottoir opposé, ils remarquèrent un joggeur et un petit homme, immobile dans l'ombre, non loin d'un réverbère.

— C'est peut-être lui, dit Batchelor en tournant à gauche dans Vallance Gardens.

Ils parcoururent la rue composée d'élégantes villas victoriennes en brique rouge et aperçurent une maison Art déco blanche. Ils cherchèrent du regard un homme immobile, mais ne virent qu'un promeneur et son petit chien en laisse. Arrivés au bout, ils tournèrent une nouvelle fois à gauche, dans Hove Street, et à gauche au carrefour en bord de mer.

L'homme qu'ils avaient repéré lors de leur premier passage, sur le trottoir en face de Kingsway, était toujours là, et toujours aussi discret.

Grace composa le numéro qu'il avait enregistré. Les deux enquêteurs retinrent leur souffle. Le suspect porta le téléphone à son oreille.

— Seymour Darling ? demanda Grace.

— C'est qui ?

Grace raccrocha, sortit de la voiture et traversa la rue en essayant de passer inaperçu. Lorsqu'il arriva sur le trottoir d'en face, l'homme tenait toujours son téléphone à la main.

Le policier s'approcha de lui sans en avoir l'air, comme s'il se promenait.

— Seymour Darling ? lui demanda Grace en lui montrant son badge.

— Non, grogna son interlocuteur.

— Comment vous appelez-vous ?

— Freddie Man.

— Freddie Man ? Quelle est votre date de naissance ?

— C'est le… euh… 2 mars… euh… 1966.

— Et quel est votre signe astrologique, Freddie Man ?

— Mon signe astrologique ?

— Oui.

— Pourquoi vous me demandez ça ?

— Simple curiosité. J'aime bien connaître le signe astrologique des gens.

Il réfléchit, visiblement désarçonné.

— Je suis… c'est… Taureau. Enfin, je crois.

— Vous croyez ?

Au début de sa carrière, quand il devait régulièrement arrêter des personnes au comportement suspect dans la rue, Grace avait mémorisé les signes et leurs dates de début et de fin. Tout le monde connaît son signe astrologique. C'est un moyen rapide et fiable pour savoir si quelqu'un se présente sous une fausse identité.

— Vraiment ? Si vous êtes né le 2 mars, vous êtes Poissons. Vous ne vous appelez pas Freddie Man, n'est-ce pas ?

— Qu'est-ce que ça peut vous faire ?

— Êtes-vous Seymour Darling et habitez-vous au 29, Hangleton Rise ?

— Mais vous êtes qui, vous, bordel ?

— Commissaire Roy Grace, police judiciaire du Surrey et du Sussex. Je vous arrête pour suspicion du meurtre de Lorna Jane Belling. Vous pouvez garder le silence, mais vous pourriez nuire à votre défense si vous ne mentionnez pas, à la suite d'une question, des éléments que vous invoqueriez plus tard au tribunal. Tout ce que vous direz pourra être retenu contre vous.

Quelques secondes plus tard, Guy Batchelor le rejoignit avec une paire de menottes.

— Vraiment ? s'exclama Seymour Darling. Demandez plutôt aux héritiers de cette connasse de me rendre mon fric !

43

Samedi 23 avril

Le samedi soir n'était pas un bon moment pour mettre quelqu'un en garde à vue, Grace le savait depuis longtemps. Et comme c'était lui qui avait procédé à l'arrestation, il devait rester avec le suspect pendant toute la procédure pour éviter que, par la suite, un avocat zélé ne dénonce un vice de forme.

Tous les jeudis, vendredis et samedis soir, la police renforçait sa présence dans le centre de Brighton pour prévenir les débordements dus à l'alcool et à la drogue. Comme il avait arrêté Darling relativement tôt, il n'avait eu à attendre qu'une heure et demie avant que celui-ci ne soit mis derrière les verrous. Quelques heures plus tard, il aurait attendu son tour jusqu'au petit matin.

Il rentra chez lui peu après 22 heures, préoccupé. Avec Batchelor, ils avaient mené un court interrogatoire, mais le suspect avait refusé de répondre à leurs questions. À moins de demander une prolongation à un juge, ils ne pourraient le garder que trente-six heures.

Darling avait menacé Lorna Belling à plusieurs reprises. Il se trouvait devant son immeuble la nuit du meurtre et à de nombreuses occasions auparavant. La police avait de bonnes raisons de l'arrêter et le suspect avait demandé la présence de la commise d'office. Avec un peu de chance, après une nuit de réflexion, et une fois qu'il aurait discuté avec elle, il serait plus enclin à collaborer. Et avec un peu de chance aussi, ils auraient les résultats du labo.

Grace réfléchit à d'autres hypothèses. Darling pouvait avoir violé Lorna sans la tuer, l'avoir tuée sans la violer, ou simplement être innocent, malgré l'état dans lequel il s'était mis.

Et *quid* de Lorna Belling, victime de violences conjugales et locataire d'un studio ? Son mari connaissait-il depuis longtemps l'existence de ce pied-à-terre ou venait-il de la découvrir ? De quel appareil provenait le circuit électronique portant ses empreintes digitales et que faisait-il là ?

Il y avait décidément trop de questions sans réponses.

Cet appartement servait-il de refuge ou avait-il une autre fonction ? Avait-elle un amant ? Sa sœur, installée en Australie, leur avait confirmé que Lorna prévoyait de l'y rejoindre. Essayait-elle de gagner de l'argent pour s'enfuir ? Avait-elle des activités lucratives dans son studio ? Son statut de coiffeuse n'était-il qu'une façade ?

Était-elle impliquée dans un trafic de drogue ou d'objets volés ?

Il savait par expérience que la bonne réponse était souvent la plus évidente, même si la situation pouvait sembler confuse. Mais il était également conscient que ce n'était pas toujours le cas. Pour le moment, il était possible que Seymour Darling ait tué Lorna Belling. Un test ADN positif renforcerait cette hypothèse. Mais si ce n'était pas son sperme, cela ne voudrait pas dire pour autant qu'il ne l'avait pas tuée.

Darling était-il un suspect trop évident ? Le mari n'était pas disculpé pour autant. Grace était curieux de savoir ce que révéleraient son téléphone et son ordinateur. Il voulait en savoir plus sur la victime.

Son instinct et son expérience lui disaient que cette affaire n'était pas aussi simple qu'il y paraissait. En temps normal, il aurait confié cet interrogatoire à deux enquêteurs expérimentés, mais là, il avait envie de s'y coller avec Batchelor, qui était lui aussi rompu à l'exercice.

Grace appela le commandant et lui demanda de le rejoindre à 7 heures dans son bureau.

Dix minutes plus tard, il se garait devant le cottage en bordure du village de Henfield. Il commençait à se sentir vraiment chez lui ici. En ouvrant la porte, il huma d'appétissantes odeurs et entendit la voix d'une femme faussement indignée à la télé, suivie de rires enregistrés. Quelques instants plus tard, Humphrey se jeta sur lui en jappant.

— Salut, mon garçon !

Cleo sortit de la cuisine en jean, pull décontracté et pantoufles usées. Il l'enlaça et l'embrassa.

— Tu m'as manqué, lui dit-il

— Toi aussi. Comment s'est passée ta journée ? Tu boites. Comment va ta jambe ?

— J'ai mal. Mais on a un suspect !

— Vraiment ? s'exclama-t-elle, sincèrement enthousiaste. Tu me raconteras ça avec un verre de vin !

— Trois ou quatre, plutôt ! Et j'ai besoin d'une cigarette. Comment va Bruno ?

— Je crois qu'il va bien. Il a l'air gentil. Il te ressemble, surtout quand il sourit. On est allés se balader avec Humphrey et je l'ai laissé nourrir les poules. On a discuté. Je pense qu'on va bien s'entendre.

— De quoi vous avez parlé ?

— Il a demandé si son ami Erik pourrait venir chez nous. Je lui ai répondu qu'il était bien évidemment le bienvenu.

— Il m'a demandé la même chose.

— On a évoqué ce qu'il aime manger le matin, le midi et le soir. Il m'a parlé de son école à Munich et on a abordé le sujet de son nouvel établissement, Saint Christopher, à Hove. Judith, la femme de l'ancien commissaire divisionnaire, est prof là-bas. Je l'ai appelée, elle veillera à ce que Bruno s'intègre bien dès son arrivée.

— S'ils l'acceptent, précisa Grace. C'est pas toi qui m'as dit qu'ils avaient des critères d'admission très stricts ?

— Ils vont lui faire passer un examen lundi pour tester ses compétences verbales et non verbales. Et ils m'ont précisé qu'ils prendraient en compte le fait qu'il est bilingue. Ça peut d'ailleurs être un atout pour lui.

— Et s'ils ne le prennent pas ?

— Plan B, répondit Cleo.

— C'est-à-dire ?

Elle sourit.

— Je ne sais pas encore, mais il y a tout plein d'autres écoles privées dans le coin. J'ai entendu dire que Lancing College est bien. Je suis sûre que tout va bien se passer, mon chéri. Bruno est intelligent. D'après ce que Judith Martinson m'a expliqué, il devrait être accepté sans problème.

Ils se dirigèrent vers la cuisine.

— Et qu'est-ce qu'il aime, à part la batterie ? demanda Grace.

— ·La natation. Il y a un *country club* pas loin, avec piscine couverte et spa. Ta kiné t'a recommandé le sauna, pour ta jambe, non ?

Il acquiesça.

— Et si on devenait membres ? Le club s'appelle Wickwoods.

— Ma chérie, on a assez de dépenses comme ça avec la maison. Je ne suis pas sûr qu'on puisse se permettre cet extra.

— Ils ont un tarif très raisonnable en semaine. Et la police devrait t'allouer une petite somme pour tes dépenses médicales, vu que c'est un accident du travail, non ?

— Possible.

— J'ai parlé au gérant, il nous propose un forfait famille et le premier mois gratuit. On n'a rien à perdre. Bruno pourrait aller nager et tu pourrais t'occuper de ta jambe. J'ai demandé à mes parents s'ils pouvaient nous aider financièrement, si la police ne le fait pas.

Il appréciait les parents de Cleo, mais ne voulait pas leur être redevable de quoi que ce soit.

— Quels sont les tarifs ?

— Les voilà.

Ils s'assirent à la petite table en chêne. La télévision hurlait toujours dans le salon. Cleo lui servit un grand verre de chardonnay australien, puis posa un cendrier, un paquet de cigarettes et un briquet sur le rebord de la fenêtre.

Il but une gorgée, ouvrit la fenêtre, alluma sa cigarette et tira longuement dessus. Il sentit un léger vertige. Cela faisait plus d'une semaine qu'il n'avait pas fumé. Il raconta à Cleo les événements de la soirée.

— Quel sac à merde ! Il a l'air horrible, ce type, Seymour Darling.

— Et sa femme est quasiment aussi charmante que lui.

Cleo lui emprunta sa cigarette et tira dessus.

— Comme dirait ma mère, tout le monde finit par trouver chaussure à son pied.

Grace esquissa un sourire.

— Comment vont les enfants ?

— Il va me falloir un peu de temps pour m'habituer au pluriel…

Elle but une gorgée de vin.

— Noah dort. Il a passé une bonne journée. Il a l'air de s'intéresser à son tapis d'éveil et il a terminé les mots croisés du *Times*.

Roy sourit.

— Peut-être que je devrais lui montrer mes notes sur l'opération Bantam ! Et Bruno, il est où ?

— Dans sa chambre, il joue à des jeux vidéo. Enfin, aux dernières nouvelles…

— Quel genre de jeux ?

— Du foot. Il est en ligne avec Erik.

— Comment s'est passé le match avec Jason et Stan ? Il s'est bien entendu avec Stan ?

— Je t'avoue qu'il avait l'air abattu en rentrant à la maison. Je pense qu'il était juste épuisé, et qu'il va bien. Jason a mentionné une invitation chez eux. Et je suis sûre qu'il se fera des amis dès qu'il commencera l'école.

— Il a dîné ?

— Je lui ai fait des spaghettis bolognaise, les Lippert m'ont dit qu'il aimait ça. Mais il les a à peine touchés et est sorti de table très poliment.

— Ça ne serait pas étonnant qu'il soit épuisé. J'ai du mal à imaginer ce qu'il est en train de vivre. Passer d'enfant unique, avec une mère toxicomane instable, qui se suicide, à une vie de famille avec un père sorti de nulle part, au fin fond de la campagne anglaise… Comment tu vivrais ça, toi ?

Elle tira de nouveau sur la cigarette.

— J'aurais l'impression d'avoir gagné au loto !

— C'est peut-être pas son point de vue.

Noah se mit à pleurer. Cleo jeta un coup d'œil agacé vers l'escalier.

— Désolée de t'avoir répondu de façon superficielle. Honnêtement ? Je ne sais pas.

— J'ai lu cette citation dans un livre de philosophie que tu m'as prêté, je ne me souviens pas du titre, mais c'était une devise amérindienne.

Elle lui jeta un regard interrogateur.

— « Avant de juger son frère, il faut avoir marché plusieurs lunes dans ses mocassins. »

Elle s'apprêtait à dire quelque chose, puis se ravisa.

— Quoi ? l'encouragea Grace.

Elle garda le silence.

— Qu'est-ce que tu voulais dire, ma chérie ?

Elle secoua la tête et but une gorgée de vin.

— J'aimerais aider Bruno, l'aider à être heureux, mais je ne sais pas comment m'y prendre.

— Tu penses que je devrais aller lui dire bonsoir et prendre de ses nouvelles ?

— C'est une bonne idée.

Son téléphone sonna.

— Roy Grace, j'écoute.

Il eut la désagréable surprise d'entendre la voix de son supérieur, Cassian Pewe.

— Roy, tu es rentré d'Allemagne ? J'en ai bien l'impression, à ta sonnerie de téléphone.

— Oui, chef.

— Et pourquoi personne ne m'a fait de compte rendu sur l'opération Bantam ?

Grace garda son calme.

— Comme vous n'êtes pas de garde ce week-end, j'ai pensé que la bonne nouvelle pouvait attendre un peu.

— Quelle bonne nouvelle ?

— Nous avons un suspect en garde à vue.

L'espace d'un délicieux instant, Roy Grace eut la satisfaction d'avoir coupé la chique à son boss.

44

Dimanche 24 avril

Roy Grace et Guy Batchelor se retrouvèrent au QG à 7 heures, pour préparer leur interrogatoire. Grace avait tellement l'habitude de travailler le dimanche qu'il ne trouvait pas ça bizarre. Il avait mal à la jambe et savait qu'il devrait prévoir des massages et des séances de sauna. C'était une bonne idée, le club de Wickwoods, mais il n'avait pas le temps en ce moment.

Une tasse de café entre les mains, il bâilla longuement. Batchelor et lui discutèrent ensuite de l'ordre des questions, l'objectif étant de recueillir un maximum d'informations avant de révéler ce qu'ils avaient. En cela, les interrogatoires ressemblaient à une partie de poker. Une bonne main et un coup de bluff mènent souvent à la victoire.

En espérant que le gars sortirait de son mutisme. Avec un peu de chance, l'avocate commise d'office aurait réussi à l'en convaincre en lui expliquant que, quand vient le procès, le jury n'apprécie guère que le suspect ait refusé de répondre aux questions de la police.

Grace regarda l'heure.

— Il est sans doute un peu tôt pour appeler le labo, surtout un dimanche. Laissons-leur une heure de plus. Avec un peu de chance, le test est positif.

— Même s'il ne l'est pas, ça ne veut pas dire que le type n'a pas tué Lorna, chef.

— Je suis d'accord. Allons voir ce qu'il a à nous dire. Peut-être que l'ADN n'a aucune importance, finalement.

*

À 8 h 30, tandis qu'une petite bruine tombait sur Brighton, ils décidèrent de ne prendre qu'une voiture pour pouvoir poursuivre leur conversation. Le bloc de garde à vue, où se trouvait Darling, était situé derrière la Sussex House, leur ancien quartier général. Ne voyant pas Duncan, l'officier habituellement à la réception, un coureur, lui aussi, Grace se demanda où il avait été muté. Il avait du mal à croire que ce bâtiment, désormais vide, allait bientôt être détruit.

— Zut ! s'exclama-t-il.

— Qu'est-ce qu'il y a, chef ?

— J'ai envie d'un café. Je pensais en prendre un au supermarché Asda, mais il n'ouvre pas avant 10 heures, le dimanche.

— Yep.

— Tout va bien, Guy ?

— Oui, pourquoi ?

— Je te trouve très calme.

— Je n'ai pas réussi à m'endormir, trop de pensées en boucle. Mais ça va, merci.

— Ça m'arrive aussi, surtout quand j'ai mal à la jambe. Je déteste ce genre de nuits blanches.

Batchelor s'arrêta devant l'imposant portail vert. Il baissa sa vitre et passa son badge devant le lecteur automatique. Les portes s'ouvrirent. Ils descendirent la rampe qui menait à l'arrière du bloc, où les détenus étaient escortés directement jusqu'à une cellule ne comportant qu'un banc et, au mur, une affiche leur expliquant la marche à suivre.

Fouille, confiscation, portes qui claquent... Il suffisait de quelques heures pour que le suspect se sente humilié, dans la peau d'un prisonnier.

Les deux enquêteurs espéraient, quant à eux, qu'une nuit dans un lit étroit et dur avait rendu Seymour Darling plus coopératif.

45

Dimanche 24 avril

Seymour Darling et son avocate commise d'office étaient assis à la table en métal dans la salle aveugle où se tenaient les interrogatoires. Darling semblait encore plus petit que la veille, comme si une nuit en cellule l'avait fait rétrécir. Ses vêtements lui avaient été retirés pour être confiés au laboratoire. Il portait une tenue de détenu délavée, trop grande pour lui. Son visage long, son teint basané, ses yeux rapprochés, son regard fuyant et ses cheveux gominés lui donnaient des airs de dealer.

Son avocate, une rousse aux cheveux bouclés d'une petite quarantaine d'années, vêtue d'un tailleur-pantalon rayé, d'un chemisier blanc et de lunettes à la mode, avait posé devant elle une bouteille d'eau minérale et un carnet de notes en cuir.

Après les présentations d'usage, Grace et Batchelor s'assirent face à eux. Grace prit place juste en face de Darling pour pouvoir suivre les mouvements de ses yeux et saisir les subtilités de son langage corporel. Le parfum de l'avocate avait du mal à couvrir l'odeur rance qui émanait de Darling. Le gars avait sans doute dormi, et transpiré, dans cette tenue.

Darling avait posé ses deux mains sur la table, comme pour paraître calme, mais ses doigts le trahissaient. Ses ongles étaient rongés et les petites peaux arrachées. Sa nervosité était-elle synonyme de culpabilité ?

Grace aurait tué père et mère pour un café, mais il allait devoir faire sans. Peut-être en trouverait-il dans la salle du personnel, pendant la pause. Il mit en marche la vidéo, les deux policiers se présentèrent et il invita le suspect et l'avocate à en faire autant.

Pendant plusieurs secondes, il se demanda si Darling, qui les fixait durement, allait ouvrir la bouche.

— Seymour Rodney Darling, finit-il par lâcher.

— Doris Ishack, du cabinet Lawson Lewis Blakers, avocate de M. Darling.

— Il est 9 h 02, dimanche 24 avril, enchaîna Grace. Monsieur Darling, j'aimerais vous rappeler vos droits, dit-il avant d'énoncer la formule consacrée.

Darling se tourna vers son avocate, qui hocha la tête.

— J'ai pu discuter avec mon client, il est prêt à répondre à certaines de vos questions.

— Bien, dit Grace.

— Merci, ajouta Batchelor.

— Monsieur Darling, quelle est votre profession ? lui demanda Grace en se concentrant sur les yeux de son interlocuteur.

Ceux-ci se déplacèrent légèrement vers la droite.

— Je travaille pour une entreprise de clôtures. Je fais des devis.

— Depuis combien de temps êtes-vous employé chez eux ?

Ses yeux oscillèrent de nouveau vers la droite.

— Un peu plus de deux ans.

Grace eut ainsi la confirmation que, s'il regardait légèrement vers la gauche, ce serait pour puiser dans son imagination, et donc mentir. La technique n'était pas infaillible, mais, associée au langage corporel, elle constituait un bon indicateur.

Il se tourna vers l'avocate.

— Comme nous vous l'avons dit, madame Ishack, votre client a récemment été en contact avec la défunte et il semblerait que cela ait donné lieu à un contentieux.

— Je l'ai peut-être insultée, mais je ne l'ai pas tuée, répliqua Darling, catégorique.

Ses yeux ne bougèrent pas d'un iota, mais il croisa les bras, ce qui signifiait qu'il était sur la défensive.

— Depuis combien de temps étiez-vous en contact avec Lorna Belling ? lui demanda Guy Batchelor.

— Deux semaines environ.

— Comment l'avez-vous connue, dans quelles circonstances et quelle était la nature de votre relation ?

— Notre relation ? Qu'est-ce que vous insinuez ? Je l'ai rencontrée pour essayer la voiture qu'elle vendait sur eBay. Une MX5. Je voulais l'offrir à ma femme pour son anniversaire.

— Avez-vous touché un bonus ou réalisé une grosse vente ? s'enquit Grace.

— Est-ce important ? intervint l'avocate.

— Oui, car c'est un cadeau inhabituel et relativement cher.

— Eh bien, il se trouve que j'ai eu des indemnités chômage de mon boulot d'avant, et les circonstances sont particulières.

— C'est un anniversaire spécial ? demanda Grace
en prenant des notes.

— On peut dire ça comme ça. Ce sera son dernier.
Cancer, phase terminale. Elle n'en a plus que pour
quatre à six mois. Comme elle a toujours adoré ces
petites Mazda, je me suis dit qu'elle pourrait passer
son dernier été au volant, et profiter du toit ouvrant.

— Je suis désolé, dit Grace avant de faire une pause.

Batchelor acquiesça avec compassion.

— Pourriez-vous nous donner les détails exacts de
vos échanges avec Mme Belling ?

— J'ai cherché ce genre de voiture sur tous les
sites spécialisés. Ma femme la voulait en rouge. J'ai
vu que Mme Belling en vendait une sur eBay et je lui
ai demandé si je pouvais la voir.

— Ce que vous avez fait ? demanda Grace.

— Oui.

— Quand ?

Le mouvement de ses yeux indiqua à Grace qu'il
allait dire la vérité.

— Il y a deux semaines environ.

— Où vous êtes-vous rencontrés ?

— Devant chez elle.

Les enquêteurs échangèrent un regard.

— À quelle adresse ? demanda Batchelor.

— Vallance Mansions, en face du centre sportif King
Alfred.

Grace nota dans son carnet : 1. Ne la connaissait pas
avant. 2. Ont été en contact. 3. Se sont rencontrés. 4.
Pourquoi là-bas ?

— Pouvez-vous nous détailler ce qui s'est passé pendant votre entrevue ? demanda Batchelor.

— Oui. La vendeuse m'a semblé honnête. La voiture était en bon état, un peu mieux que dans la description, d'ailleurs, et ça aurait dû me mettre la puce à l'oreille.

— Dans quel sens ? demanda Batchelor.

— J'aurais dû me douter que j'allais me faire arnaquer.

— Restons concentrés sur les faits, le coupa Grace.

— On a fait un tour dans le quartier. La voiture me plaisait beaucoup, mais je ne pouvais pas mettre plus de 2 800 £. Le prêt que j'ai obtenu a un taux d'intérêt délirant. Elle en voulait 3 500, mais tout le monde négocie, pas vrai ?

Les détectives se gardèrent de tout commentaire.

— Je lui ai dit que 2 800, c'était mon meilleur prix, elle m'a répondu qu'elle était pressée de vendre et qu'elle acceptait. On est tombés d'accord sur un paiement via PayPal – c'est elle qui a insisté. J'aurais pu payer en cash, mais elle préférait PayPal. Maintenant, je comprends pourquoi. J'aurais dû m'en douter, lâcha-t-il avec un rire nerveux.

— Vous douter de quoi ? demanda Batchelor.

Belling regarda son avocate, qui l'encouragea à poursuivre.

— Peut-être que vous n'avez jamais acheté de voitures d'occasion. Peut-être que vous gagnez assez pour les acheter neuves.

— J'aimerais bien, soupira Batchelor.

Darling et son avocate esquissèrent un sourire discret.

— Bref. D'après mon expérience, les vendeurs négocient. J'ai proposé un prix ras des pâquerettes en me disant qu'elle allait faire une contre-proposition à 3 200, par exemple. Mais non. Elle a tout de suite accepté

2 800. Je lui ai demandé quand est-ce qu'on pouvait faire la transaction. Je voulais faire nettoyer la voiture, avant de la garer devant chez nous avec un gros ruban et des fleurs, pour impressionner ma femme le jour de son anniversaire. Elle m'a dit que je pourrais récupérer la voiture dès qu'elle aurait reçu le paiement et m'a envoyé ses coordonnées PayPal. Le lendemain, j'ai fait le virement. Je l'ai prévenue qu'il était passé, mais la connasse m'a dit qu'elle n'avait rien reçu. Elle mentait.

Son langage corporel indiquait qu'il disait la vérité.

— Qu'est-ce qui s'est passé ensuite ? demanda Grace.

— On s'était mis d'accord pour que je récupère la voiture samedi dernier. J'avais fait le paiement en une fois sur le compte PayPal qu'elle m'avait indiqué jeudi. L'argent devait être là instantanément, mais elle a nié l'avoir reçu, cette sale voleuse.

— La brigade économique et financière pense que vous avez été victime d'une fraude en ligne. Y avez-vous songé ?

— Oui, et j'ai vérifié avec PayPal. Ils m'ont dit que les coordonnées qu'elle m'avait données n'étaient pas celles d'un compte PayPal.

— Elles correspondaient à quoi ? intervint Batchelor en fronçant les sourcils.

— J'ai pas encore réussi à comprendre. C'était une putain d'arnaqueuse. Au lieu de m'interroger, peut-être que vous pourriez essayer de récupérer mon fric, pour que je puisse offrir un truc décent à ma femme avant qu'elle ne meure.

Sans le quitter des yeux, Grace enchaîna :

— Pourriez-vous nous décrire vos sentiments à l'égard de Lorna Belling ?

Doris Ishack leva la main et se pencha vers son client. Darling hocha la tête, puis répéta :

— C'était une arnaqueuse.

— Qu'est-ce qui vous fait croire que c'était elle, l'arnaqueuse, et que vous n'avez pas, tous deux, été victimes de fraude ? poursuivit Grace.

— Vous ressentiriez quoi, à ma place ? Vous payez une somme que vous pouvez à peine vous permettre et vous vous rendez compte que vous vous êtes fait baiser. Vous ressentiriez quoi ? Allez-y, je vous écoute !

Grace se dit que Darling était peut-être conscient de ce qui s'était passé, mais qu'il s'était dit que s'il menaçait Lorna Belling, elle lui donnerait peut-être la voiture. Vu le casier judiciaire du gars, c'était possible, mais il garderait cet argument pour le procureur, en cas de procès.

— Vous voulez savoir si je serais furieux au point de tuer cette personne ? suggéra Grace.

— Question tendancieuse, commissaire, intervint l'avocate.

Darling et Ishack s'entretinrent quelques secondes à voix basse, puis Darling déclara d'un ton arrogant :

— Je ne souhaite pas répondre à cette question.

Grace mit sur pause l'enregistreur posé devant lui :

— Interrogatoire suspendu à 9 h 20.

46

Dimanche 24 avril

Grace et Batchelor sortirent de la salle d'interrogatoire et fermèrent la porte derrière eux.

— Qu'est-ce que vous en pensez, chef ? demanda le commandant, une fois dans le couloir.

— Il y a de plus en plus de fraudes avec PayPal en ce moment. Mick Richards, de la brigade économique et financière, m'a exposé le problème hier. En général, ce sont des Roumains. Ils font venir des sans-abri en Angleterre, leur donnent un peu d'argent, leur demandent d'ouvrir un compte bancaire et les renvoient dans leur pays avec un beau pactole. Ils suivent les ventes sur eBay, en repèrent une comme celle de Lorna Belling, téléchargent un logiciel malveillant et communiquent à l'acheteur un faux compte PayPal. L'acquéreur, M. Darling dans notre cas, procède à la transaction et, hop ! l'argent disparaît. Il est immédiatement transféré à l'étranger. Son langage corporel indique qu'il dit la vérité à propos de la vente. À mon avis, il a été victime de fraude en ligne.

— Et qu'est-ce que ça signifie pour nous ?

— Qu'on a affaire à un type ulcéré.

— Capable de passer à l'acte, vu son casier ?

— Retournons écouter ce qu'il a à nous dire.

Ils se rassirent à la table et Roy Grace appuya sur le bouton d'enregistrement :

— Reprise de l'interrogatoire de Seymour Rodney Darling à 9 h 25.

Se tournant vers le suspect, il lui rappela les conditions de sa garde à vue.

— Monsieur Darling, pouvez-vous nous dire où vous étiez le mercredi 20 avril dans l'après-midi et dans la soirée ?

Ses yeux oscillèrent légèrement vers la gauche, ce qui informa Grace qu'il puisait dans son imaginaire.

— Je travaillais ce jour-là. L'après-midi, je suis allé prendre des mesures et faire un devis pour une clôture à Hurstpierpoint.

— Vous pourriez me communiquer le nom et l'adresse du prospect ?

Darling hésita.

— Oui. Stuart Dwyer, West Point Lodge, Church Lane.

— M. Dwyer pourrait confirmer vos propos ?

— Oui, dit-il d'un ton incertain.

— Et après ça ?

— Je suis rentré chez moi et on s'est disputés, ma femme et moi.

Voyant que les deux enquêteurs le fixaient, il haussa les épaules.

— Son traitement la rend irritable. Je suis allé promener le chien.

— Où ça ?

— Dans les Downs.

— Y a-t-il des témoins, monsieur Darling ? lui demanda Batchelor.

— Je n'ai croisé personne.

— À quelle heure êtes-vous parti et à quelle heure êtes-vous revenu ? lui demanda Grace sans le quitter des yeux.

— Je suis parti vers 17 heures et je suis revenu vers 21 heures.

— Vous avez marché pendant quatre heures ?

— J'aime bien les longues balades.

Grace remarqua qu'il était désormais mal à l'aise.

— Vous vous disputez souvent, avec votre femme ?

— Avant le diagnostic, tout le temps. Depuis, j'essaie d'être compréhensif, mais…

— Mais ? répéta Batchelor.

Darling les dévisagea à tour de rôle.

— C'est pas parce qu'elle a le cancer qu'elle est moins casse-couilles qu'avant.

Doris Ishack lui jeta un regard réprobateur et se tourna vers les enquêteurs :

— Mon client est très stressé en ce moment.

— La découverte du corps de Lorna Belling peut être relativement stressante, répliqua Grace. Cela dit, je suis désolé pour la maladie de votre femme.

— Vraiment ? Vous savez ce que c'est de devoir se préparer à perdre son épouse ?

— Je ne peux qu'essayer de l'imaginer.

— Faites plus d'efforts, vous êtes loin du compte.

— J'aimerais que vous repensiez à mercredi soir, dit Grace en ignorant sa remarque. Êtes-vous absolument certain d'être rentré directement chez vous après votre promenade ?

— Oui.

— Quel itinéraire avez-vous pris ?

— Est-ce important ? intervint l'avocate.

— Très, dit-il en fixant Darling.

— De là où j'habite, il ne faut que quelques minutes pour rejoindre un sentier qui longe l'ancienne voie ferrée qui allait de la gare d'Aldrington à Devil's Dyke. Je sais que je peux promener le chien sans laisse, là-bas.

— J'ai vécu à Hangleton, il y a quelques années de cela, dit Grace. Je connais cet itinéraire. Les paysages sont magnifiques et il y a des vues sublimes sur Brighton, Hove et Shoreham, quand c'est dégagé.

Darling acquiesça.

— De mémoire, il faut une heure trente pour faire l'aller-retour, mais peut-être que je me trompe, c'était il y a longtemps, poursuivit Grace en ignorant le regard de travers que lui jetait Batchelor.

— Sans faire de pause, c'est le temps qu'il faut, confirma Darling.

— Bien sûr, il faut compter un peu plus si on fait un crochet par Poynings, pour boire un verre au Royal Oak, voire davantage si on tire jusqu'à Fulking et qu'on s'arrête au Shepherd and Dog.

— C'est exactement ce que j'ai fait. Je suis allé jusqu'à Fulking.

— Et vous vous êtes arrêté quelque part ?

— Oui, j'ai bu une pinte au Shepherd and Dog.

— Vous avez discuté avec quelqu'un, dans le pub ? Quelqu'un qui pourrait se souvenir de vous ?

— J'étais avec Shane, notre chien, et il n'a pas le droit d'entrer, donc non, j'ai discuté avec personne. J'ai commandé ma pinte et je l'ai bue dehors.

— Vous avez demandé un bol d'eau pour votre chien ?

— Il y avait une gamelle dehors.

— La personne qui vous a servi la pinte pourrait-elle se souvenir de vous ?

— Possible.

— Quelle bière avez-vous bue ?

— Une Harvey's, répondit-il après une seconde d'hésitation.

— Vous souvenez-vous de la personne qui vous a servi ?

— Il y avait beaucoup de monde, je ne me souviens pas.

Grace prit note.

— Vous avez payé comment ?

— En liquide, je pense.

— Vous pensez ?

— Non, j'en suis sûr, en fait.

— Donc vous avez commandé votre pinte de Harvey's, vous êtes sorti, vous vous êtes assis à côté de votre chien, vous avez bu votre bière et vous êtes rentré chez vous. Voilà ce que vous avez fait pendant ces quatre heures ?

— Oui.

— Êtes-vous certain de ne rien oublier, monsieur Darling ?

— Certain.

— Merci.

— Mon client a répondu à vos questions. Si vous n'avez plus rien à ajouter, je demande sa libération immédiate. Sa femme est très malade, il doit s'occuper d'elle. Il serait inhumain, étant donné les circonstances, de l'empêcher de rentrer chez lui.

— J'ai quelque chose à ajouter, dit Grace. Je suis conscient des responsabilités familiales de votre client, mais ma priorité, en ce moment, c'est la victime du meurtre sur lequel j'enquête.

Il se tourna vers Darling :

— Vous êtes donc rentré chez vous vers 21 heures, correct ?

— Tout à fait.

— Et qu'avez-vous fait à ce moment-là ?

— J'ai dîné, puis j'ai regardé la télévision, ou plutôt, j'ai dîné devant la télévision.

— Qu'avez-vous mangé ?

— Commissaire, êtes-vous sérieux ? intervint l'avocate.

— Des restes qui se trouvaient dans le frigo.

— Plus exactement ? poursuivit Grace.

Darling réfléchit.

— Des lasagnes. Je les ai réchauffées au micro-ondes. Avec un peu de salade.

— Quel genre de lasagnes ? Végétariennes ? À la viande ? Au poisson ?

— Commissaire, est-ce vraiment important ?

— Possiblement, dit-il en dévisageant le suspect d'un air énigmatique.

— Végétariennes. Ma femme suit ce régime alimentaire à cause de son cancer.

— Et votre chien, qu'a-t-il mangé ?

— On ne le nourrit qu'une fois par jour, le matin. Il paraît que c'est mieux pour eux.

— Donc vous avez mangé vos lasagnes végéta-riennes et de la salade devant la télé…

— Oui.

— Qu'avez-vous regardé ?

— Je ne m'en souviens plus.

— Comment décririez-vous votre mémoire, mon-sieur Darling ?

— Que voulez-vous dire ?

— Avez-vous une bonne mémoire, en général ?

Darling dévisagea les détectives l'un après l'autre, comme s'il y avait un piège.

— Je dirais qu'elle est normale, dans la moyenne.

— Certain ? insista Grace.

— Oui.

— Je ne suis pas d'accord. Je trouve que vous avez une mauvaise mémoire, monsieur Darling.

— Pourquoi dites-vous ça ?

— Eh bien, quand nous vous avons arrêté, vous ne vous souveniez ni de votre nom, ni de votre date de naissance, ni de votre signe astrologique. Vous ne vous souvenez pas de qui vous a servi une pinte mercredi dernier. Vous avez hésité sur votre mode de paiement. Vous avez oublié ce que vous avez regardé à la télévision. Y a-t-il autre chose dont vous ne vous souveniez pas, qui aurait eu lieu ce soir-là ?

— Non, rien, lâcha Darling en haussant les épaules.

— Vous êtes rentré chez vous après avoir promené votre chien pendant quatre heures et vous avez mangé des lasagnes réchauffées au micro-ondes avec un reste de salade en regardant la télévision. C'est exact ?

— Oui.

— Et après, vous avez fait quoi ?

Il hésita.

— Je suis allé me coucher.

— Et votre femme ?

— C'est très personnel, les interrompit l'avocate.

— Mais tout à fait pertinent, répliqua Grace avec le plus grand sérieux.

— Vous n'êtes pas obligé de répondre, dit Ishack à son client.

— Ça ne me dérange pas, répliqua-t-il. Elle dormait, comme tous les soirs vers 21 heures.

— Et vous n'êtes pas ressorti après le dîner ? Vous n'avez pas sorti votre chien une dernière fois ?

— Non, jamais. Je le laisse faire ses besoins dans le jardin de derrière.

— Merci, dit Grace poliment. Il est 9 h 45, suspension de l'interrogatoire de Seymour Rodney Darling, ajouta-t-il avant d'appuyer sur pause.

— Le commandant Batchelor et moi-même allons vous laisser seuls quelques instants. Je vous conseille fortement d'encourager votre client à réfléchir à ce qu'il a fait mercredi dernier, dans l'après-midi et dans la soirée, intima Grace à l'avocate.

47

Dimanche 24 avril

— J'ai besoin d'une clope, dit Guy Batchelor dès qu'ils furent dans le couloir.

— Je t'accompagne, lui proposa Grace.

Ils se rendirent dans la cour du bâtiment et virent une voiture de police se garer. Deux officiers à l'avant et un homme maigre, au regard triste, à l'arrière. Une douzaine de personnes étaient arrêtées et mises en garde à vue chaque jour. Des cambrioleurs, agresseurs, conducteurs en état d'ivresse, dealers, voleurs à l'étalage… Des délinquants qui avaient souvent connu une enfance difficile, et qui passaient régulièrement par la case prison.

En général, ils étaient jeunes lors leur première arrestation pour vol de voiture ou trafic de drogue, ce qui leur valait un séjour dans un établissement pour mineurs. Leur vie était ensuite rythmée par les allers-retours en centres de détention.

Le vent était fort et le printemps semblait encore loin. Batchelor sortit un paquet et offrit une cigarette à Grace, qui refusa :

— Merci, mais il est trop tôt pour moi. Je profiterai de la tienne… par procuration !

En bâillant, il sentit l'odeur du tabac.

— Qu'est-ce que vous en pensez, chef ?

— Ce sale petit menteur fonce droit dans le mur. Je suis curieux de voir quelle va être sa défense.

Batchelor hocha la tête.

*

— Il est 9 h 57, reprise de l'interrogatoire de Seymour Rodney Darling.

Grace répéta une nouvelle fois les conditions de la garde à vue. Darling et son avocate semblaient particulièrement confiants, sans doute à la suite de la conversation qu'ils venaient d'avoir. Ils le seraient moins dans quelques minutes, songea Grace.

Avant de reprendre, il fit semblant de parcourir ses notes.

— Possédez-vous un téléphone portable, monsieur Darling ?

— Oui.

— Pourriez-vous me communiquer votre numéro ?

Grace le nota.

— Avez-vous, au cours de la semaine dernière, perdu votre téléphone ?

Darling sembla réfléchir.

— Non.

— Et où le rangez-vous habituellement ?

L'avocate s'inquiéta, comme si elle se doutait de la tournure qu'allaient prendre les choses.

— Je le garde sur moi.

— Tout le temps ?

— Oui, comme la plupart des gens.

— Vous arrive-t-il de ne pas l'avoir avec vous ?

— Non, sauf quand je l'oublie chez moi, mais c'est rare.

— L'avez-vous laissé chez vous mercredi 20 avril ?

— Non.

— En êtes-vous certain ?

Darling hésita.

— Oui.

— Vous semblez avoir des doutes.

— Non, je l'avais avec moi.

Grace sortit une carte avec un petit cercle rouge, qu'il tendit au suspect.

— J'aimerais que vous regardiez attentivement ce document.

Darling et son avocate se penchèrent dessus.

— Vous voyez de quoi il s'agit ?

— C'est une carte de la ville.

— Absolument. Connaissez-vous ce quartier ?

— Non, pourquoi ?

— Eh bien, il semblerait que vous y ayez passé pas mal de temps récemment.

— Quel est votre opérateur ?

— O2.

— Lorna Belling louait un appartement dans la résidence Vallance Mansions. Vous voyez ce cercle rouge ?

— Oui.

— Vous savez à quoi il correspond ?

— C'est la zone autour de Vallance Mansions.

— Tout à fait. Nous avons obtenu cette carte auprès de votre opérateur téléphonique. Il s'agit de la triangulation de votre téléphone. Vous nous avez dit que, dans l'après-midi du mercredi 20 avril, vous avez fait un devis à Hurstpierpoint, avant de promener votre chien dans les Downs. Correct ?

— Oui.

— D'après O2, votre téléphone, que vous avez en permanence sur vous, selon vos propres termes, se trouvait à proximité de Vallance Mansions entre 13 et 22 heures, ce jour-là. Pouvez-vous nous fournir une explication ?

Darling fixa Grace, puis Guy Batchelor, et sembla rapetisser davantage.

— J'aimerais m'entretenir en privé avec mon client, intervint Doris Ishack.

— Pour l'aider à se rafraîchir la mémoire, peut-être ? dit Grace, incapable de résister à la tentation.

Ses deux interlocuteurs le fusillèrent du regard.

— Interrogatoire suspendu à 10 h 07, dit-il en se penchant vers l'appareil.

48

Dimanche 24 avril

Roy Grace accompagna Guy Batchelor, qui avait envie d'une nouvelle cigarette. Ancien fumeur, il savait que certains ne pouvaient pas se passer de tabac pour donner le meilleur d'eux-mêmes. Le ciel commençait à se dégager. Peut-être pourrait-il jouer au foot avec Bruno en rentrant. Mais pour l'instant, sa priorité, c'était l'opération Bantam.

— On le laisse un peu mariner ? suggéra-t-il. On le laisse se demander ce qu'on sait d'autre sur lui ?

— Bonne idée. On a encore combien de temps avant de devoir le relâcher dans la nature ou demander une prolongation ?

Grace consulta l'heure à sa montre et fit un rapide calcul mental. Il fut interrompu dans sa réflexion par la sonnerie de son téléphone.

— Roy Grace, j'écoute.

C'était Georgie English, la cheffe des techniciens en identification criminelle.

— Je viens de recevoir le rapport de Chris Gargan, concernant le sperme prélevé sur la victime.

L'échantillon avait été confié au laboratoire LGC, l'un des deux partenaires habituels de la police du Surrey et du Sussex. Sans lésiner sur le jargon – enzymes de restriction, nitrocellulose, marquage des sondes s'hybridant à des fragments d'ADN, réaction en chaîne par polymérase, allèles –, elle se lança dans le compte rendu de comparaison entre l'ADN du sperme et celui du mari de Lorna Belling.

Il n'y comprenait rien et n'avait pas besoin de toutes ces informations. English aurait pu se contenter de lui dire « On s'est fait baiser », ou plutôt, « Lorna Belling s'est fait baiser, et pas par son mari ».

— Merde ! Chris Gargan est sûr de lui, Georgie ?

Question idiote. Bien évidemment que le labo était sûr de lui. Leur travail était fiable à 100 %. La police s'appuyait sur ce genre de résultats devant un tribunal et les avocats, même les plus vicieux, ne trouvaient rien à redire à ces méthodes scientifiques.

Elle ajouta, avec regret, que l'ADN ne figurait dans aucune base de données.

Or, vu son casier judiciaire, Darling devait y figurer. Ça ne voulait pas dire qu'il n'était plus suspect, mais fragilisait leur hypothèse. Il la remercia, raccrocha et résuma sa conversation à son collègue.

Batchelor tira une dernière fois sur sa cigarette, l'écrasa dans le cendrier fixé au mur et ils retournèrent à l'intérieur, plongés dans leurs pensées.

— Donc Lorna Belling a couché avec quelqu'un le jour où elle a été tuée. Ça ne veut pas dire que son mari n'est pas coupable, pas vrai, chef ?

— Ça pourrait même être le mobile du crime. La découverte de cette liaison aurait-elle déclenché le passage à l'acte ?

— Ça se tient, acquiesça Batchelor.

— Mais avec ces nouvelles informations, cette affaire est tout d'un coup beaucoup plus complexe. À qui appartient ce sperme ? Cet homme est-il le meurtrier ? Quelle était leur relation ? Il y a du boulot.

— En attendant, qu'est-ce qu'on fait de Seymour Darling ?

— Liberté sous contrôle judiciaire.

— J'ai pourtant l'impression que c'est lui.

— C'est une ordure, ça, c'est sûr, mais on n'a pas assez d'éléments pour l'arrêter. Du moins, pas encore. Prolonger la garde à vue nous ferait peut-être passer à côté d'une piste plus solide.

— Vous avez raison, chef, concéda Batchelor à contrecœur.

Grace regarda l'heure. Il avait du pain sur la planche, mais il ne voulait pas non plus négliger son rôle de père. Il était également conscient que cela faisait trois jours que le meurtre avait eu lieu et qu'ils allaient devoir tenir une conférence de presse.

— Guy, organise une réunion à midi. Demande à un responsable des relations presse de venir pour qu'on puisse rédiger un communiqué et préparer le point presse pour demain, première heure. Tu sais qui est de permanence ?

— Oui, chef. C'est Oliver Lacey, j'ai vérifié.

— Parfait, il est compétent. Réfléchissons au message qu'on veut faire passer.

— Il nous faut des témoins dans le quartier de Vallance Mansions mercredi soir, suggéra Batchelor.

— Oui. Autre chose ?

— Des gens qui connaissaient le couple ? Des clients de la victime ?

— Oui, mais la plupart, voire tous, figureront dans le carnet d'adresses du téléphone que l'on a retrouvé chez elle, et qui a été confié à la cybercriminalité.

— Quoi d'autre, chef ?

— Lister les caméras de vidéosurveillance tournées vers la rue, devant l'immeuble ? La force locale d'intervention devrait s'en charger.

— Normalement, oui.

— Qu'est-ce qu'on pourrait demander aux témoins potentiels ?

— Les véhicules inhabituels repérés dans le quartier ?

— Absolument. Si elle avait une aventure, ça durait peut-être depuis longtemps. Si son amant la rejoignait en voiture, il est possible qu'un voisin vigilant en ait repéré une qu'il ne connaissait pas.

— Tout à fait.

— Fais en sorte que le numéro de Crimestoppers soit présent sur chaque image.

— C'est noté, chef.

— C'est un bon exercice pour toi, Guy.

— Ah bon ? s'étonna-t-il en sortant une nouvelle cigarette.

— C'est une enquête parfaite pour que tu te fasses les dents. Pour que tu voies à quel point un homicide peut être complexe. On a maintenant affaire à ce que j'appelle un cas Gucci.

— Gucci ? répéta Batchelor en regardant ses mocassins Gucci noirs, achetés dans un magasin d'usine.

Grace sourit.

— Ne le prends pas personnellement, elles sont chouettes, tes chaussures. Je dis « Gucci » quand on tombe sur une enquête qui dépasse le simple règlement de comptes entre délinquants. Tu vas pouvoir montrer ce dont tu es capable.

— Et je serai à la hauteur, patron !

— J'en suis persuadé. Tu es intelligent. Je t'observerai de près.

— Vous êtes sûr de ne pas vouloir reprendre les rênes, maintenant que vous êtes de retour ?

— Tu te débrouilles très bien.

— Je vous remercie pour votre confiance.

— Je sais que tu ne vas pas me décevoir.

— Je pense qu'on devrait retourner voir Darling une dernière fois avant de le libérer, maintenant qu'il a eu le temps de réfléchir, dit-il, extraordinairement confiant.

— Vraiment ? s'étonna Grace.

— Je viens de penser à un truc.

49

Dimanche 24 avril

— Il est 10 h 35, reprise de l'interrogatoire, par le commissaire Roy Grace et le commandant Guy Batchelor, de Seymour Darling en présence de son avocate, Doris Ishack, du cabinet Lawson Lewis Blakers, déclara Grace avant de préciser une nouvelle fois les conditions de la garde à vue.

— Avez-vous quelque chose à nous dire à propos de votre présence à proximité de l'appartement de Lorna Belling, résidence Vallance Mansions, à Hove, dans l'après-midi et la soirée du mercredi 20 avril, date de sa mort ? lui demanda Guy Batchelor.

— Oui, pas mal de trucs, en fait.

Batchelor lui fit signe de poursuivre.

— Je pense que la salope avait un amant.

Batchelor jeta un coup d'œil vers Grace, qui resta impassible.

— Qu'est-ce qui vous fait dire ça ?

— Je l'ai vu.

— Vous avez vu qui ? demanda Batchelor.

— Je l'ai vu sonner et, quelques minutes plus tard, je les ai vus dans les bras l'un de l'autre, devant la fenêtre.

— C'était le même homme ?

— Je pense.

— Il aurait pu rendre visite à quelqu'un d'autre. Il y a plus de cinquante appartements. Comment pouvez-vous être sûr qu'il rendait visite à Lorna Belling ?

— Parce que… dit-il d'un ton hésitant. Il avait la même corpulence.

— C'est tout ? La même corpulence que qui ?

Darling hésita de nouveau.

— Il avait l'air d'un *lover*.

— Comment ça ?

— Il ressemblait un peu à James Bond.

— James Bond ? Lequel ? Daniel Craig ? Pierce Brosnan ? Roger Moore ? Sean Connery ? Un autre ?

— C'était plutôt… son allure.

— Donc, vous étiez devant l'immeuble, bouillonnant de rage, et James Bond était à l'intérieur en train de la tuer ? le pressa Batchelor.

— Je sais pas ce qu'il lui faisait.

— C'était la première fois que vous le voyiez ? D'après votre opérateur téléphonique, vous vous êtes posté devant chez Lorna lundi 18 avril et mardi 19, quasiment toute la journée. Vous avez croisé James Bond, ces jours-là aussi ? Ou allez-vous prétendre que vous n'étiez pas dans le quartier ?

Darling se tortilla sur sa chaise, mal à l'aise.

— Oui, j'étais là-bas.

— Vous ne deviez pas aller au travail ? C'était une semaine calme ?

— J'avais des devis à faire dans le coin.

— Vraiment ? insista Batchelor. Votre employeur pourrait le confirmer si on l'appelait ?

Darling rougit et commença à paniquer.

— Écoutez… Je me suis posté devant chez elle, furieux, attendant qu'elle sorte pour la faire avouer. Et je l'ai vu, le gars qu'on va appeler James Bond, lundi vers 14 heures.

— Il escaladait la façade en rappel ?

— Non. Il avait une bouteille, du moins ce qui ressemblait à une bouteille dans un sac, et il avait l'air nerveux. Je l'ai vu entrer dans le bâtiment, puis je les ai vus, par la fenêtre, quelques minutes plus tard.

— Vous l'avez vu deux fois en plein jour, mais vous ne pouvez pas nous dire à quoi il ressemble ? Êtes-vous sûr qu'il existe, qu'il n'est pas le fruit de votre imagination ? le tança Batchelor.

Darling secoua la tête.

— Il regardait autour de lui, sur ses gardes, comme quelqu'un qui ne veut pas être vu. Comme quelqu'un qui… commet un adultère.

— Parlez-vous d'expérience ?

— Question inappropriée, intervint l'avocate.

— Je suis désolé d'insister, mais elle est pertinente, selon moi. J'aimerais que votre client nous explique pourquoi il pense que James Bond, s'il existe, avait une relation extraconjugale avec Lorna Belling. Et pourquoi celui-ci se trouvait dans son appartement le jour de sa mort.

Doris Ishack se pencha vers son client et ils discutèrent à voix basse.

Darling hocha la tête et répondit aux enquêteurs qu'il ne souhaitait pas faire de commentaire.

— Monsieur Darling, est-ce que vous reconnaîtriez ce « James Bond », si vous le croisiez de nouveau ?

— Possible.

— C'est tout ? Juste « possible » ?

— Il conduit une Porsche noir mat.

— Ah bon ? Dans les livres, James Bond se déplace au volant d'une Bentley gris argenté, mais dans la plupart des films, il conduit une Aston Martin. Votre James Bond à vous posséderait donc une Porsche ?

— Ça vient de me revenir. Je m'intéresse aux voitures. J'ai vu la même Porsche, une 911 Carrera 4S rouler lentement, comme si elle cherchait une place, lundi après-midi et mercredi.

— Vous pourriez identifier une voiture, mais pas son conducteur ?

— Elle avait des vitres teintées.

— Avez-vous noté la plaque d'immatriculation ?

— Non, pourquoi ? Je suis pas flic, que je sache.

— Je vous l'accorde, concéda Batchelor. J'imagine que vous ne vous souvenez pas non plus si c'était une plaque classique ou personnalisée…

— Vous imaginez bien.

Il y eut un long silence, que brisa l'avocate.

— Si vous n'avez plus de questions pour mon client, je vous serais reconnaissante de le libérer immédiatement.

Les deux enquêteurs sortirent quelques minutes. Quand ils revinrent, Guy Batchelor dit à Doris Ishack :

— Nous trouvons certaines réponses de votre client peu convaincantes. Nous allons lui accorder la liberté sous contrôle judiciaire, le temps de l'enquête.

Il se tourna ensuite vers Darling :

— Votre avocate va vous expliquer les conditions, mais, en deux mots, tant que vous serez sous contrôle judiciaire, vous serez assigné à résidence, à l'adresse que vous nous avez communiquée, votre passeport vous est confisqué, de façon que vous ne puissiez pas quitter le Royaume-Uni, et vous devrez vous présenter chaque semaine dans un commissariat, à un horaire que nous aurons déterminé ensemble. Si vous ne respectez pas ces conditions, vous serez de nouveau arrêté et mis en garde à vue. C'est clair ?

— Clair comme du jus de boudin, répondit Darling.

Le téléphone de Batchelor se mit à vibrer. Il s'éloigna pour répondre. C'était Julian Raven, du service de cybercriminalité.

— On a analysé le téléphone de Lorna Belling et on a trouvé quelque chose susceptible de vous intéresser.

— Qu'est-ce que c'est, Julian ?

Raven lui expliqua.

Batchelor prit quelques notes, le remercia et raccrocha, enthousiaste. Il fit signe à Roy Grace de le suivre dans le couloir. Au moment où ils allaient passer la porte, Darling leur cria :

— Eh, messieurs les détectives ! Merci pour le dérangement !

50

Dimanche 24 avril

Grace et Batchelor sortirent du bloc de garde à vue et se dirigèrent vers le parking.

— Dis-moi.

— Julian Raven a découvert que Lorna Belling était régulièrement en contact avec un certain numéro de téléphone, quelques jours avant sa mort. Dans son carnet d'adresses, elle l'avait enregistré sous un faux nom.

— On a trouvé son vrai nom ?

— Mieux que ça ! On connaît ses déplacements grâce à la triangulation.

Vingt minutes plus tard, de retour à leur QG, Grace accrocha sa veste de costume bleu marine derrière la porte, puis s'installa à son bureau, dos à la fenêtre. Batchelor prit place devant lui.

— Est-ce que ça peut être le James Bond dont parlait notre ami Darling ? se demanda Grace.

— Il s'appelle Kipp Brown, il est conseiller financier, il dirige sa propre entreprise, Kipp Brown Financial

Services. Il fait passer des pubs partout, dans la presse locale et à la radio. Ça marche bien pour lui. Son slogan c'est : « Faites confiance à Kipp ! »

— Il a un casier ?

— Non.

Tandis que Grace notait son nom dans son carnet, Batchelor regarda par la fenêtre et remarqua un homme, un porte-bloc à la main, qui observait le toit du bâtiment.

— Selon Raven, reprit-il, le téléphone portable de Brown a borné à proximité de Vallance Mansions à deux reprises, la semaine dernière. La première fois entre 14 et 16 heures, lundi 18 avril, et la seconde entre 13 h 45 et 15 h 55 mercredi 20 avril, ce qui est particulièrement intéressant pour nous.

— Nom de Dieu ! Ça colle avec ce que Darling nous a dit.

— J'ai l'impression qu'on a un nouveau suspect, chef.

Grace réfléchit. Il fut soudain distrait par un texto. Cleo lui avait envoyé une photo de Bruno au lit, avec Humphrey sur son ventre, accompagnée d'une légende :

J'ai l'impression que Humphrey a un nouveau meilleur ami ! Bisous

Grace sourit et s'excusa auprès de Batchelor, avant de répondre :

Si c'est pas mignon... J'adore ! Je t'aime, bisous

Puis il se reconcentra sur cette nouvelle information.

Sur son bureau se trouvait un exemplaire de l'*Argus* de vendredi. La page 7 comprenait une grande photo de l'endroit où Corin Belling avait trouvé la mort, prise au moment où les voitures étaient à l'arrêt et la scène sécurisée par un cordon de la police.

« UN HOMME MEURT ÉCRASÉ QUELQUES HEURES APRÈS LA DÉCOUVERTE DU CORPS DE SA FEMME »

À voir la teneur du papier, Guy Batchelor avait fait du bon boulot lors de la conférence de presse, donnant suffisamment d'informations pour satisfaire la curiosité des journalistes, mais assez peu pour éviter les articles à sensation. Les faits, rien que les faits. Lorna Belling avait été retrouvée morte dans un appartement qu'elle louait, jeudi matin. Son mari et elle étaient connus de la police pour des faits de violence conjugale. Une équipe spécialisée était sur le point d'intervenir. Corin Belling s'était enfui de son bureau quand des policiers – Grace était reconnaissant que son anonymat ait été préservé – s'étaient présentés pour l'interroger. Dans sa fuite, il avait été renversé par une voiture. L'accident avait été signalé à la commission indépendante des plaintes contre la police.

— Tu as fait du bon travail, Guy, dit-il en brandissant le journal. Espérons que tout se passera bien au point presse de demain.

— Je fais au mieux pour couvrir nos arrières. Espérons que la commission ne sera pas injuste envers vous.

— J'imagine que Cassian Pewe n'hésitera pas à me casser du sucre sur le dos, mais bon, reprenons là où on en était. Kipp Brown est-il notre donneur de sperme anonyme ?

Batchelor sourit.

— Et si on allait lui rendre visite, histoire de lui pourrir son dimanche matin ?

Grace regarda sa montre. Il était trop tard pour le surprendre au saut du lit et il ne voulait pas mettre son couple en péril. Il rappela à Batchelor ce qui s'était passé en la matière après l'attentat de l'IRA au Grand Hôtel et ajouta :

— Il a une entreprise qui cartonne, il n'est pas sur le point de se faire la malle. Faisons un maximum de recherches à son sujet aujourd'hui et discutons avec lui demain, soit à son bureau, soit sur son trajet.

— Il nous faut son ADN. Que suggérez-vous ?

— Le mieux, ce serait de l'arrêter demain. On a suffisamment d'éléments pour ça. Il était chez elle quelques heures avant la découverte du corps. Ça devrait suffire pour une arrestation, je me trompe ?

— Non, boss, je suis complètement d'accord avec vous !

— Et si on découvre que c'est son sperme, on passe à la vitesse supérieure.

— J'ai un bon pressentiment avec celui-là, chef.

— Reste optimiste, mais ne tire pas de conclusion.

51

Dimanche 24 avril

— Il est 16 h 30, dimanche 24 avril, ceci est la cinquième réunion de l'opération Bantam, déclara Guy Batchelor.

Assis à côté de lui dans la salle de conférences, Roy Grace était content de lui laisser jouer son rôle d'adjoint.

Batchelor résuma ce qui s'était passé dans la journée, notamment l'interrogatoire de Seymour Darling, les résultats du sperme prélevé sur Lorna Belling et la découverte qu'elle avait été régulièrement en contact avec un certain Kipp Brown, inconnu des services de police.

Penché sur sa tablette, le capitaine Dull leva la main.

— Guy ?

— On vous écoute, Donald.

Roy Grace trouva sa voix si monocorde qu'il se demanda pourquoi il ne s'était pas spécialisé dans l'hypnose. Trente secondes plus tard, il piquait du nez.

Dull montra du doigt un tableau sur lequel étaient accrochés plusieurs graphiques avec des éléments surlignés en orange, vert et violet.

— Comme vous pouvez le voir, j'ai rassemblé toutes les informations que les moteurs de recherche m'ont fournies à propos de Kipp Brown. Étant donné les délais, vous me pardonnerez s'il y a des omissions. J'ai réalisé une matrice de sa vie en prenant en compte son passé, son activité professionnelle, ses hobbies, ses relations et la scolarité de ses enfants. Je l'ai ensuite comparée avec les données collectées auprès de six criminels, afin d'obtenir une perspective.

Grace ne put s'empêcher de se dire que Dull s'était visiblement découvert une vocation de profiler amateur. Il l'écouta quand même attentivement, non sans une certaine impatience, au cas où ses conclusions seraient intéressantes.

Il se tourna vers un autre graphique composé de sept lignes. Six d'entre elles étaient comparables, la septième, en noir, plus épaisse, était clairement différente.

— Les six lignes de couleur que vous voyez ici représentent six individus condamnés pour meurtre, dit-il en suivant les tracés grâce à un pointeur laser. J'ai créé des tableaux pour chacun d'entre eux, en m'appuyant sur leurs origines socio-économiques, leurs délits, leur âge et un certain nombre d'autres facteurs. Le trait le plus épais représente Kipp Brown, d'après ce que j'ai trouvé sur Internet, dont son profil LinkedIn. Comme vous pouvez le constater, il est complètement différent des autres.

— Et quelles sont vos conclusions, Donald ? lui demanda Grace, légèrement déconcerté.

— Eh bien, il n'a pas le profil d'un meurtrier, chef.

— Donc on peut abandonner cette piste ? poursuivit Grace en ayant du mal à cacher son scepticisme.

— Ce n'est pas ce que je dirais.

— Que diriez-vous, alors ?

— Eh bien… Kipp Brown passerait entre les mailles du filet si nous nous contentions d'une matrice de profiling.

Grace se demanda de quelle planète venait ce gars, car il avait du mal à comprendre son jargon. Mais étant donné qu'il avait peut-être affaire à un futur supérieur – impossible de prédire les machinations de Cassian Pewe –, il garda son calme.

— Donc vous êtes d'avis que Kipp Brown est un suspect potentiel, même s'il n'en a pas le profil ?

— Il est possible d'interpréter les données ainsi, chef, mais je ne compterais pas là-dessus.

— Peut-on déduire quelque chose de vos graphiques, alors ?

Norman Potting se manifesta.

— Oui, chef ! On peut en déduire que le gars est bon dans la négociation de prêts !

Il fit une pause, mais personne ne réagit.

— S'il dit qu'on peut lui faire confiance, ça doit être vrai !

— Merci, Norman, le coupa Grace. En général, quand quelqu'un dit qu'on peut lui faire confiance, il vaut mieux se méfier.

— Donc, reprit Batchelor, pour le moment nous avons trois suspects : Corin Belling, Seymour Darling et Kipp Brown. Du côté des preuves, on a la confirmation, empreintes digitales et ADN à l'appui, que le mari de Lorna, connu pour des faits de violences conjugales, s'est trouvé dans l'appartement à un moment ou à un autre. On sait aussi qu'il a mis six chiots à la rue pour énerver sa femme, ce qui nous donne une bonne idée de ses sentiments à son égard.

Il leva les yeux, puis reprit :

— Concernant Seymour Darling, on sait qu'il était furieux d'avoir été arnaqué. Il tient Lorna Belling pour coupable, mais il a peut-être été victime de fraude en ligne. Et maintenant, on a Kipp Brown, entrepreneur à succès, marié. Quel lien avait-il avec la victime ? Et on ne peut toujours pas éliminer la piste du suicide, vu qu'elle était battue par son mari.

Jon Exton leva la main :

— Qu'est-ce qu'il en dit, le Kipp Brown en question ?

Grace observa Exton pendant tout le reste de la réunion. Comme il l'avait déjà remarqué la semaine précédente, son collègue, d'habitude si propre sur lui, était mal coiffé et mal rasé. Il décida qu'il était temps d'échanger quelques mots avec lui, discrètement, après la conférence.

— On ne l'a pas encore rencontré, Jon. J'ai l'intention de lui parler aujourd'hui.

Batchelor résuma ensuite les actions en cours, la plus importante étant celle de la force locale d'intervention. Ils étaient en train d'interroger les résidents de Vallance Mansions et les corps de métier autorisés à entrer dans le bâtiment, de visionner les vidéos enregistrées dans le quartier et de vérifier les véhicules présents, grâce au système de lecture automatique des plaques d'immatriculation, et enfin de localiser les amis, les proches et les clients de Lorna Belling, pour compléter le quatrième tableau blanc – les relations de la victime. Le lendemain, lors de la conférence de presse, il demanderait à l'*Argus* et aux autres médias locaux d'inviter les gens à témoigner, au cas où ils auraient vu quoi que ce soit de suspect autour de la résidence Vallance Mansions dans l'après-midi et la soirée du mercredi 20 avril.

Quinze minutes plus tard, Guy Batchelor conclut en annonçant que la prochaine réunion aurait lieu le lendemain matin.

De retour dans son bureau, il sortit les informations dont il disposait sur Kipp Brown, dont la plaque d'immatriculation personnalisée de sa Porsche, et demanda à obtenir ses déplacements des dernières semaines.

Il reçut les informations demandées dix minutes plus tard. En semaine, la voiture de Kipp Brown quittait sa propriété sur Dyke Road Avenue, à Hove, se dirigeait vers Kemp Town, puis vers l'ouest de Brighton, où se trouvait son cabinet. Batchelor fronça les sourcils. Pourquoi Brown faisait-il un détour avant d'aller travailler ? Déposait-il quelqu'un en route ?

Le commandant regarda les informations que Donald Dull leur avait communiquées, et soudain, il comprit.

52

Dimanche 24 avril

Vingt minutes après la fin de la réunion, quelqu'un toqua à la porte du bureau de Roy, qui se réjouissait d'avance de passer la soirée avec Cleo et les enfants.

— Entrez !

C'était Jon Exton. Il portait un costume trop grand pour lui et semblait anxieux.

Roy Grace se demanda combien de kilos il avait perdus. Ce brillant capitaine, qui aurait dû être promu depuis longtemps, n'était pas dans son assiette. Qu'est-ce qui clochait ?

— Assieds-toi, Jon, lui proposa-t-il en désignant la chaise devant son bureau.

— Merci, chef. Vous vouliez me voir ? dit-il en se perchant de façon bizarre au bord du siège.

— Je voulais juste te demander si tu allais bien.

— Moi ? demanda-t-il, surpris. Oui, tout va très bien.

— Tu sais que tu peux me parler de tout.

— C'est gentil, mais tout va bien.

— C'est ton look dominical ?

— Comment ça ?

— Tu es mal rasé, tu n'es pas coiffé, alors que, d'habitude, tu es tiré à quatre épingles. Et tu as maigri. Il y a deux jours que je m'interroge, mais aujourd'hui, c'est plus préoccupant que d'habitude. Je me fais du souci pour toi.

— Ah, je vois ! Je m'entraîne pour le marathon de Beachy Head.

— OK. Respect !

— J'ai ouvert une cagnotte en ligne pour soutenir l'hospice des Martlets. Vous pouvez faire un don, si vous voulez.

— Volontiers, envoie-moi le lien. Mais tu es sûr qu'il n'y a rien d'autre ? Je suis là pour toi, si quelque chose te tracasse.

— Il n'y a rien du tout.

— D'accord. Alors, à demain, lui dit Grace en souriant.

Le commissaire le regarda s'éloigner, toujours convaincu qu'il y avait un truc inhabituel chez son collègue. Il décrocha le téléphone pour appeler Guy Batchelor :

— Guy, je me fais du souci pour Jon Exton. J'aimerais que tu gardes un œil sur lui. Peut-être qu'il osera te parler, à toi.

— Volontiers, quel est le problème ?

— Je trouve qu'il n'est que l'ombre de lui-même. Je me fais du souci pour sa santé. Peut-être que c'est la crise de la quarantaine, ou quelque chose comme ça.

— Je m'en occupe, chef.

Grace le remercia et rentra chez lui.

53

Dimanche 24 avril

Roy Grace aimait beaucoup cette période de l'année, où il fait jour plus tard, quelle que soit la météo.

Alors qu'il traversait le village de Henfield, peu après 19 heures, parcourant un itinéraire désormais familier, il ressentit une bouffée d'optimisme. L'ombre de Sandy ne planait plus sur sa vie. Il ne ressentait ni amertume ni colère, juste de la tristesse pour la façon dont elle était partie. La femme drôle, belle et intelligente qu'il avait épousée avait perdu le contrôle de sa vie et, dévastée physiquement et mentalement, avait mis fin à ses jours dans un hôpital de Munich.

Il ne pouvait pas s'empêcher de se demander si Sandy serait toujours vivante si…

Si quoi, exactement ?

S'il avait passé plus de temps avec elle, à l'époque, au lieu de se consacrer corps et âme à son travail ?

Si, quelques semaines auparavant, il avait tout quitté pour un nouveau départ avec elle ? Hors de question.

Il était heureux, très amoureux de Cleo, profondément attaché à Noah, et conscient de sa responsabilité envers Bruno, qu'il espérait un jour aimer. L'étrange message que Sandy avait laissé ne le préoccupait plus autant. Comme tout le monde, Sandy avait sa part d'ombre, et peut-être était-ce sa façon de l'empêcher d'être insouciant. Sa dernière flèche empoisonnée.

Peu importe.

Pour le moment, Bruno semblait gentil et réservé, ce qui était compréhensible. Roy avait bon espoir que l'attention qu'ils lui portaient et l'école, qui commencerait le lendemain, l'aiderait à aller mieux. Il baissa sa vitre et fut agréablement surpris de sentir une bouffée d'air tiède sur son visage. L'été n'allait pas tarder à arriver, ce qui était un soulagement, après un hiver éprouvant à bien des égards. L'horloge du tableau de bord de l'Audi TT de Cleo avait une heure de retard, mais il ne savait pas comment la régler.

Il tourna à gauche à la boulangerie, puis s'arrêta aux feux de signalisation provisoires qui semblaient là depuis une éternité. Il essaya d'avancer l'heure, mais le feu passa au vert. Il traversa un lotissement récent, passa un tout petit rond-point, le pub The Cat and Canary sur sa droite, puis des champs. Il tourna ensuite à droite sur une route de campagne étroite, jalonnée d'imposantes propriétés. Enfin il s'engagea sur leur long chemin jonché d'ornières, roulant au pas pour ne pas endommager le châssis.

Son cœur se serra quand, arrivé au sommet d'une colline, il aperçut leur maison. Cela faisait plusieurs mois qu'ils y habitaient, mais il frissonnait chaque fois qu'il la revoyait. Cette ancienne ferme, dont l'architecture n'avait rien de conventionnel, était composée de bâtiments disparates mis bout à bout, avec des fenêtres de tailles et de formes différentes, un porche qui semblait avoir été ajouté après coup et un toit en tuiles particulièrement raide. La glycine, qui n'allait pas tarder à fleurir, embellissait les murs en brique rouge. Les fleurs, les buissons et les jeunes cerisiers apportaient, eux aussi, une touche chaleureuse.

Il se gara derrière son Alfa Romeo chérie, que Cleo avait réquisitionnée pour la journée, car elle y avait installé le siège auto de Noah, pour emmener les deux garçons en balade. À l'arrivée de Noah, ils avaient tous les deux refusé de vendre leurs voitures adorées pour acheter un véhicule plus pratique. Depuis celle de Bruno, Roy se demandait comment ils allaient faire, vu que l'espace à l'arrière de l'Alfa comme de l'Audi était minuscule. Qui plus est, ils avaient eu de la chance qu'il n'ait pas neigé cet hiver, car ils auraient eu du mal à franchir le dernier tronçon jusque chez eux. Ils allaient devoir réfléchir sérieusement à la question avant le début de l'hiver prochain.

Mais pour le moment, il avait des choses plus importantes en tête.

Il ouvrit la porte et Humphrey s'empressa de rouler sur le dos. Roy s'agenouilla pour lui caresser le ventre :

— Oui, mon garçon ! Oui, mon garçon !

Cleo apparut dans le couloir. Elle portait un jean, des baskets et un pull noir. Roy remarqua le sourire sur son visage et sa posture légèrement voûtée.

— Mais tu rentres bien plus tôt que prévu, c'est génial !

— J'ai réussi à m'enfuir, dit-il en la serrant doucement dans ses bras. Comment va ton dos ?

— Pas terrible.

Cleo souffrait de douleurs lombaires depuis la naissance de Noah, mais la situation s'était aggravée après qu'elle avait aidé à déplacer le cadavre d'une femme de deux cent quarante kilos à la morgue.

— Quand est-ce que tu revois ta chiropraticienne ?

— Elle m'a recommandé une entreprise, Posturite, qui doit venir analyser mon poste de travail demain. Peut-être que je vais devoir passer à la chaise de bureau orthopédique.

— Bonne idée.

Humphrey aboya, disparut et revint avec un canard en plastique dans la gueule.

— Tu as un cadeau pour moi ? Merci, Humphrey !

Roy se pencha pour le prendre, mais au moment où il allait le récupérer, Humphrey tira de son côté.

— On joue au plus fort ?

Roy secoua le jouet et son chien grogna, satisfait.

— OK, mon grand, c'est toi qui gagnes !

Roy lâcha et le chien recula brusquement, d'une façon comique, évitant de justesse la roulade arrière.

— Comment s'est passée ta journée ?

— Disons qu'elle a été intéressante… dit-elle en souriant.

— Ah bon ? Qu'est-ce que vous avez fait ?

— Ce matin, on est allés se balader avec Bruno et Noah dans sa poussette. À un moment, Bruno a insisté pour la pousser. C'est un vrai gentleman, tu le savais ?

— Il doit tenir ça de son père ! plaisanta Grace.

— On est passés devant une jolie maison, un gars lavait sa Porsche devant, Bruno l'a abordé et, pendant dix bonnes minutes, ils ont parlé freins de Porsche. Tu imagines ? Le type était charmant, sa femme aussi, elle est venue discuter avec moi. Ils aimeraient nous inviter à boire un verre, un de ces jours. C'était sympa de rencontrer des voisins.

— Ils ont des enfants ? Un gamin de l'âge de Bruno, peut-être ?

— Ils en ont trois, mais beaucoup plus grands. Le gars a proposé à Bruno de l'emmener faire un tour dans sa Porsche, à l'occasion, et j'ai bien vu que Bruno serait ravi.

— Génial ! Et avec toi, il s'est montré aussi bavard ?

— Pas vraiment. J'ai essayé de lui parler, mais il était dans son monde, aujourd'hui. Le seul moment où il s'est vraiment animé, c'est lorsqu'il a vu la Porsche. Ensuite, on est rentrés à la maison et on a déjeuné.

— Qu'est-ce que vous avez mangé ?

— J'avais préparé du poulet, je crois qu'il a aimé. Il en reste pour ce soir. J'ai trouvé quelques recettes typiquement allemandes sur Internet. Je vais lui proposer de cuisiner avec moi, comme c'est recommandé sur les forums pour familles recomposées.

— C'est une super-idée. Vous avez fait autre chose ?

— Je lui ai proposé de faire un tour en voiture pour découvrir la région, mais il m'a dit qu'il avait prévu de jouer en ligne avec Erik. À un moment, je bossais sur mes cours de fac, Bruno était dans sa chambre, Noah s'est mis à pleurer. Au bout de quelques minutes, je suis montée pour le calmer, mais il ne pleurait plus quand je suis arrivée en haut de l'escalier. Je suis entrée dans la chambre de Noah et Bruno était là, à balancer le mobile au-dessus du berceau en faisant des bulles avec sa bouche. Noah était aux anges. C'est pas adorable ?

— C'est génial.

— Peut-être qu'il n'a jamais eu de véritable vie de famille... Quoi qu'il en soit, c'était très mignon de le voir avec son demi-frère. Je crois qu'il l'aime beaucoup.

— C'est très bon signe.

— Maintenant que notre famille s'est agrandie, il faut qu'on fasse quelque chose au sujet de la salle de bains. Si on fait construire l'extension dont on parlait, ce serait bien d'en avoir une en plus. C'était un peu le cauchemar, ce week-end, quand on s'est tous préparés en même temps. Bruno a tendance à y passer des heures, ce qui est un peu étrange pour un garçon, ajouta-t-elle à voix basse. Je suis contente qu'il ait une excellente hygiène, bien sûr, mais c'est problématique quand je dois me laver et faire la toilette de Noah.

— Peut-être qu'on pourrait en faire construire une dans l'alignement de notre chambre, et dédier celle-ci aux enfants et aux invités ? suggéra-t-il. Ou en créer une dans les combles, pour Bruno.

— J'ai contacté une entreprise spécialisée, Starling Row. C'est le gars à la Porsche qui me l'a recommandée. Apparemment, c'est une petite boîte locale. Je leur ai demandé de passer la semaine prochaine pour nous donner quelques options.

— Bonne idée, dit-il.

— Et toi, comment s'est passée ta journée ?

— Elle a été riche en rebondissements, c'est peu de le dire... Le point positif, c'est que Guy Batchelor prend son rôle au sérieux, ce qui me laisse du temps pour préparer les procès.

— Super. Je ne pensais pas que tu rentrerais si tôt, j'ai proposé à Bruno d'aller à la piscine. Tu veux nous accompagner ? Peut-être que tu pourrais tester le sauna et voir si c'est bon pour ta jambe.

— Pourquoi pas ? Je suis sûr que Noah va adorer, lui aussi.

Elle acquiesça.

— Oh, j'allais oublier… Le groupe américain que tu aimes bien, Blitzen Trapper…

— Oui ?

— J'ai lu dans l'*Argus* qu'ils jouaient au pub sur Queens Road, dimanche prochain. Tu penses pouvoir prendre ta soirée ?

C'était son groupe préféré du moment.

— Un peu mon neveu !

Il la serra dans ses bras.

— Allons-y ! Comment on achète les billets ?

— C'est fait. J'en ai trouvé en ligne. Et j'ai demandé à Kaitlynn de venir.

Kaitlynn Defelice était leur baby-sitter. Ils aimaient tous les deux beaucoup cette Californienne et surtout lui faisaient confiance. Roy Grace n'était pas fan de l'anneau en argent qu'elle arborait à la narine droite, mais elle avait une personnalité tellement rayonnante qu'il avait décidé d'en faire abstraction, mettant cette coquetterie sur le compte d'une mode qu'il était trop vieux pour comprendre.

— Je savais bien qu'il y avait une raison pour laquelle je t'ai choisie, dit-il.

— Une seule ?

54

Dimanche 24 avril

Une demi-heure plus tard, dans son maillot de bain Gresham Blake que Cleo lui avait offert pour son anniversaire, serviette autour du cou, Roy Grace était installé sur une chaise longue au bord de la grande piscine couverte de Wickwoods. Tandis que Cleo et Bruno faisaient des longueurs, Noah dormait dans sa poussette à côté de lui, indifférent au bruit et à l'agitation.

Ils avaient la piscine pour eux. Cleo, avec son bonnet de bain turquoise, nageait sur le dos ; Bruno, équipé de lunettes, nageait le crawl à fond de cale, doublant régulièrement Cleo comme si sa vie en dépendait. Au bout de chaque longueur, il faisait une pirouette impressionnante. Roy se promit de demander à son fils de lui apprendre à maîtriser ce genre de bascule.

Dix minutes plus tard, Cleo sortit de la piscine :

— C'est bon pour moi, mon chéri. Va faire un tour au sauna, je surveille Noah.

— Merci ! Au fait, je voulais te demander : comment on fait pour changer l'heure au tableau de bord dans ton Audi ? Tu sais comment l'avancer ?

Elle secoua la tête.

— Aucune idée, je ne la change jamais, comme ça, c'est la bonne heure pendant six mois !

Roy sourit, se dirigea vers le sauna, ouvrit la porte et sentit une bouffée d'air chaud.

Il posa sa serviette, s'assit, attrapa la louche en bois et versa de l'eau sur le brasier électrique. De la vapeur se dégagea et la température augmenta instantanément. Il recommença, puis s'allongea et se mit à suer.

Il repensa à l'opération Bantam et au procès de l'immonde Dr Crisp, un tueur en série comme Brighton n'en avait pas connu depuis longtemps, qui lui avait tiré dessus à bout portant, à qui il devait d'ailleurs ses douleurs et sa présence ici. Sans oublier l'affaire Jodie Bentley, la veuve noire qui avait, c'était une certitude, assassiné plusieurs hommes riches et âgés, mais qu'il n'était pas encore sûr de réussir à faire condamner. Il avait du pain sur la planche et son supérieur, le commissaire principal Cassian Pewe, sur le dos.

Et maintenant, la mort suspecte de Lorna Belling. Le suicide était une possibilité, mais la liste des suspects ne cessait de s'allonger. Son mari Corin, psychopathe en puissance ; Seymour Darling, horrible personnage ; et le petit nouveau, Kipp Brown, dont le rôle restait à déterminer.

Il se pencha sur le cas de Corin Belling. Il y avait eu une escalade dans la violence. Lorna avait loué un studio, peut-être pour recevoir ses amants. En lâchant les chiots dans la rue, il avait envoyé un message clair. Mais pourquoi l'aurait-il tuée ?

Gail Sanders, la conseillère avec qui il s'était entretenu, considérait que Lorna Belling avait pris des risques en louant cet appartement à l'insu de son mari. Cette découverte avait-elle suffi à tout faire basculer ? Corin Belling était pour le moment le suspect numéro un, même si Seymour Darling cochait un nombre faramineux de cases. Et ils en sauraient plus sur Kipp Brown après l'avoir interrogé.

Grace était content que Glenn Branson rentre le lendemain. Son pote lui manquait, et il avait besoin d'aide sur la préparation des procès.

Est-il possible de vraiment connaître quelqu'un ? Il pensa à Jon Exton. Le capitaine ne l'avait pas convaincu. Grace était persuadé que quelque chose n'allait pas, et il allait creuser l'affaire. Il se reconcentra sur Lorna Belling.

Il passait à côté de quelque chose, mais quoi ? Un truc évident.

Merde, il faisait chaud là-dedans ! Roy, qui avait toujours été légèrement claustrophobe, commença à se sentir mal à l'aise dans ce petit sauna à la vitre embuée, où il avait de plus en plus de mal à respirer.

Il se leva et poussa la porte. Elle ne bougea pas. Merde. Il poussa plus fort, en vain. La chaleur commençait à lui monter à la tête. Il se mit à paniquer. Il poussa de toutes ses forces, la porte s'ouvrit et il fut submergé par une bouffée d'air froid. Il sortit du sauna, soulagé, et referma derrière lui. Il en toucherait un mot à la réceptionniste. Quelqu'un de moins costaud que lui pourrait aisément se retrouver piégé.

Un petit bassin carré se trouvait devant lui. Un panneau indiquait que les personnes ayant des problèmes cardiaques devaient consulter leur médecin avant de s'y baigner.

Il retint sa respiration et sauta dans l'eau.

Bordel à queue !

Il tremblait déjà au moment où il ressortit la tête de l'eau. Il avait l'impression d'avoir plongé dans un bain d'acide. Mais il s'accrocha. Jusqu'à ce qu'il n'en puisse plus. Il sortit et regagna le sauna. Il referma la porte en bois derrière lui, mais sans la claquer de façon hermétique, cette fois.

Il se rassit sur sa serviette chaude et se rendit compte qu'il n'avait plus mal à la jambe.

Victoire !

Il versa de l'eau sur le brasier, et ferma les yeux, tandis que la vapeur explosait autour de lui.

Quelques minutes plus tard, la chaleur était devenue insupportable, mais il serra les dents.

Ça me fait du bien. Ça me fait du bien. Ça me fait du bien.

Puis il craqua.

Il poussa la porte, qui, de nouveau, ne bougea pas d'un iota. Il donna un coup d'épaule pour la débloquer, traversa les vestiaires d'un pas rapide et sauta dans la piscine.

Comme un poisson dans l'eau, Bruno fit une pirouette et se propulsa. Grace avala une gorgée d'eau chlorée, la recracha et toussa. Il se stabilisa et commença à nager. Bruno, qui avait déjà fait une longueur, le doubla, mais Grace le remarqua à peine, perdu dans ses pensées.

Derrière chaque crime, il y a un mobile.

Corin Belling était sérieusement dérangé. Seymour Darling, dont la femme était malade, pensait que Lorna l'avait arnaqué. Était-ce une raison suffisante pour la tuer ?

Kipp Brown avait-il un mobile ?

Le suicide n'était pas à écarter, même si Lorna Belling n'avait jamais fait de tentative.

Son instinct n'arrêtait pas de lui dire qu'il passait à côté de quelque chose. Mais quoi ?

Il repensa à ces mots qu'Arthur Conan Doyle avait mis dans la bouche de Sherlock Holmes : « Lorsque vous avez éliminé l'impossible, ce qui reste, si improbable soit-il, est nécessairement la vérité. »

L'improbable... La vérité...

Bruno nageait toujours avec une farouche détermination, comme s'il essayait de fuir ses démons.

Quels étaient les tiens, Lorna Belling ? As-tu été détruite par un homme ou par tes propres démons ?

55

Lundi 25 avril

Le portail électrique s'ouvrit. L'espace était tout juste assez large pour laisser passer la Porsche 911 noir mat de Kipp Brown. Impatient, il fit vrombir le moteur de son engin avant de passer la première sur sa boîte de vitesses robotisée et de s'engager sur Dyke Road Avenue, particulièrement embouteillée à cette heure de pointe.

Il y avait un peu de place entre une camionnette blanche et une vieille Hyundai, mais au moment où le conducteur de la petite voiture vit apparaître le capot de la Porsche, il accéléra.

— Enfoiré ! s'insurgea Kipp Brown en s'imposant malgré tout, forçant le conducteur à piler.

Il y eut un long coup de klaxon, mais la collision fut évitée, car même ceux qui détestent les Porsche préfèrent la prudence à un malus.

— Papa ! le réprimanda son fils Mungo.

Le conducteur klaxonna de nouveau et Kipp Brown lui fit un doigt d'honneur dans le rétroviseur.

— Quoi ? rétorqua-t-il à son fils, qu'il considérait comme une mauviette.

— C'est dangereux, ce que tu as fait. On aurait pu avoir un accident.

Kipp Brown lui ébouriffa la tête. Son fils recula.

— Tu sais quoi ? C'est la vie qui est dangereuse. Personne ne s'en sort vivant.

— Ouais, mais tu as failli nous tuer.

— À cause de ce tas de ferraille qui roule à deux à l'heure ? Je crois pas.

— Tu conduis comme un fou.

— OK, tu veux aller à l'école à pied ? Je peux te déposer là, il suffit que tu me le demandes.

— Lol.

— Lol ? C'est ça qu'ils t'apprennent au collège ?

— Tu sais quoi, papa ? Tu es un imbécile.

— Ah bon ?

— Oui, et à cause de toi, je vais encore être en retard.

— Tu serais encore plus en retard si je ne m'étais pas imposé.

Mungo se mit à pianoter furieusement sur son téléphone. Son père jeta un coup d'œil et vit qu'il était sur Snapchat. Il aperçut les mots « fou furieux » accompagnés d'un émoji réprobateur. Puis son portable sonna. Il décrocha en mode mains libres. C'était son assistante personnelle.

— Oui, Claire ?

— À quelle heure pensez-vous arriver ?

— Dès que la mairie arrêtera de bloquer toutes les rues de Brighton et Hove en même temps ! Peut-être demain, peut-être après-demain, au rythme où vont les choses. Quoi de neuf ?

— Je viens de discuter avec Jay Allan. Un autre cabinet de courtage lui a proposé un prêt à un taux fixe à 0,75 % de moins que nous, sur cinq ans.

— Qui lui a fait cette offre ?

— Il ne voulait pas me le dire, mais j'ai réussi à le convaincre. Skerritt.

— Putain de Skerritt ! C'est la troisième fois d'affilée qu'ils font une meilleure offre que nous.

— Jay Allan voudrait savoir si on peut s'aligner.

— Elle vaut combien, sa propriété ?

— Deux millions et demi.

— Envoie-le chier, dit-il en raccrochant.

Son fils lui jeta un regard désapprobateur.

— Quoi ? aboya-t-il en le fusillant du regard.

Mungo haussa les épaules et se remit à pianoter sur son portable.

Trente minutes plus tard, alors que le portail était fermé depuis vingt minutes, Kipp Brown, toujours pendu au téléphone en train de négocier un autre prêt, se garait devant l'école de style néogothique. Toujours exaspéré par l'attitude de son père, son fils attrapa son sac à dos sur le siège arrière et courut vers l'arche de l'entrée.

Quelques secondes plus tard, alors qu'il repartait, en hurlant sur un employé de la North and Western Mercantile Bank, tout en sortant un paquet de cigarettes – son fils n'aimait pas qu'il fume, ses deux autres enfants et sa femme non plus, mais il en avait vraiment besoin, là –, Kipp Brown vit les gyrophares d'une voiture de police dans son rétroviseur. Il se serra sur le côté pour la laisser passer, mais celle-ci s'arrêta derrière lui, lui fit un appel de phares et lança le *woop-woop* caractéristique de sa sirène.

Il raccrocha au milieu de la conversation et baissa la vitre, tandis qu'un policier en uniforme sortait de la BMW en ajustant sa casquette.

— J'étais en mode mains libres, monsieur l'agent, dit-il à l'homme de 35 ans environ qui se penchait vers lui, vraisemblablement pour renifler son haleine. Et je n'ai pas bu. Je ne conduis pas mon fils à l'école bourré. Vous avez d'autres questions ?

— Est-ce votre véhicule, monsieur ? s'enquit poliment l'officier.

— Non, c'est la Porsche de Bart Simpson, je suis son chauffeur, il est assis à l'arrière.

— Je vois, répondit son interlocuteur sans sourire.

Le policier fit le tour de la voiture, puis se mit à parler dans sa radio, avant de revenir vers la portière avant.

— Quel a été votre itinéraire ce matin, monsieur ?

— De quoi s'agit-il ? Je suis en retard pour le travail.

— Quel a été votre itinéraire ce matin, monsieur ?

— Je viens de chez moi.

— C'est-à-dire ?

— Dyke Road Avenue.

— Pourriez-vous me donner votre adresse exacte ?

— Wingate House, Dyke Road Avenue.

— Et où allez-vous à présent ?

— Au bureau.

— C'est-à-dire ?

— À mon cabinet, Kipp Brown Associates, Church Road, à Hove. Et vu que toute la ville est en chantier, je suis en retard.

Le policier s'éloigna de nouveau en parlant dans son talkie-walkie.

Quelques instants plus tard, il entendit une sirène, puis une Ford Mondeo banalisée, gris métallisé, le doubla, gyrophare allumé, et recula contre son pare-chocs avant, au point qu'il se demanda s'ils n'allaient pas lui rentrer dedans. Deux hommes en costume en sortirent et s'approchèrent de lui en brandissant leur badge.

— Commandant Batchelor et capitaine Exton, annonça le plus âgé. Pouvez-vous sortir de votre véhicule, monsieur ? Nous aimerions discuter avec vous.

— De quoi s'agit-il ? Je suis en retard et j'ai une grosse journée de travail qui m'attend.

— Monsieur, nous pouvons soit discuter dans notre voiture, ce qui ne devrait prendre que quelques minutes, soit vous demander de nous accompagner au commissariat de Brighton, lui expliqua Batchelor d'un ton ferme.

— Je suis en état d'arrestation ou quoi ?

— Non, mais si nous devons vous arrêter, nous le ferons.

— Vous voulez bien me dire de quoi il s'agit ?

— Absolument, suivez-nous, monsieur.

Très remonté, Kipp Brown éteignit le contact, sortit de sa voiture et appuya sur la télécommande pour verrouiller les portières.

— Je suis mal garé. Vous n'allez pas me verbaliser pour ça, si ?

— Non, monsieur.

À l'invitation des enquêteurs, il monta à l'arrière de la Ford. Batchelor et Exton s'assirent à l'avant, claquèrent les portières et se tournèrent vers lui.

— Monsieur Brown, dit Batchelor, nous sommes dans une situation délicate et nous ne voulions pas vous embarrasser à votre domicile hier ou à votre bureau aujourd'hui, donc nous avons pensé que c'était le meilleur endroit pour vous parler.

— Qu'est-ce que vous voulez ? Ouvrir un compte personnel ? Contracter un prêt ? Des conseils sur l'assurance retraite ?

— La retraite, c'est effectivement un sujet délicat, mais c'est une tout autre histoire, dit Exton.

— J'ai cru comprendre que Theresa May vous avait bien eus, c'est ça ? Vous la considérez comme l'antéchrist, maintenant, non ?

Les policiers gardèrent le silence, mais il avait touché une corde sensible.

— Je peux vous aider si vous voulez.

— Pourriez-vous nous dire où vous étiez mercredi 20 avril, dans l'après-midi et dans la soirée ? enchaîna Guy Batchelor.

Kipp Brown sortit son paquet de cigarettes.

— Ça vous dérange si je fume ?

— Il est interdit de fumer dans ce véhicule, lui répondit Batchelor.

— Super.

— Pourriez-vous nous dire où vous étiez mercredi 20 avril, dans l'après-midi et dans la soirée, répéta l'enquêteur.

— Pourquoi vous me demandez ça ?

— J'aimerais simplement que vous répondiez à cette question, monsieur, répliqua Batchelor, impassible, en l'observant attentivement.

Le conseiller financier sembla mal à l'aise.

— Eh bien, euh, je suis resté au cabinet tard, puis je suis rentré chez moi. J'ai retravaillé un peu, puis j'ai mangé avec ma femme devant la télé.

Il se détendit.

— On a regardé un épisode de *Homeland*. Elles sont interminables, ces séries, non ? On est accros depuis des semaines.

— Vous n'avez pas quitté votre bureau de toute la journée ?

— Non.

— En êtes-vous sûr ?

— J'aimerais avoir du temps libre, mais ce n'est malheureusement pas le cas.

— Vous avez donc passé votre journée au bureau, puis vous êtes rentré chez vous. Vers quelle heure ?

— Je suis parti… J'en sais rien, moi… Vers 18 h 45, peut-être.

— Et vos collaborateurs pourraient confirmer que vous ne vous êtes pas absenté de tout l'après-midi ?

Kipp Brown hésita.

— Oui, finit-il par répondre.

— Est-ce que le nom de Lorna Belling vous dit quelque chose ?

Ses yeux s'agitèrent brusquement.

— Lorna comment ?

— Belling.

Il secoua la tête.

— Vous ne lui avez pas rendu visite à sa résidence, Vallance Mansions, dans l'après-midi du 20 avril ?

— Absolument pas.

Les deux enquêteurs échangèrent un regard.

— Je suis désolé, monsieur Brown, mais je vais devoir vous demander de nous accompagner au commissariat pour un interrogatoire.

— Hors de question, j'ai une matinée très chargée, comme je vous l'ai déjà dit.

— Vous ne voulez donc pas nous accompagner volontairement, monsieur ?

— Comme je viens de vous le dire, c'est hors de question, monsieur l'agent.

Les deux policiers se consultèrent de nouveau et Batchelor lâcha :

— Je vous arrête pour suspicion du meurtre de Lorna Jane Belling. Vous pouvez garder le silence, mais vous pourriez nuire à votre défense si vous ne mentionnez pas, à la suite d'une question, des éléments que vous invoqueriez plus tard au tribunal. Tout ce que vous direz pourra être retenu contre vous.

— Quoi ? Vous m'avez dit que je n'étais pas en état d'arrestation ! Vous m'avez menti !

— Non, monsieur, c'est vous qui venez de nous mentir.

56

Lundi 25 avril

Détourner l'attention, tel est le secret de tout bon magicien. La plupart du temps, il suffit de l'attirer sur la main gauche pour faire ce que l'on veut avec la droite. Ou de faire diversion pendant qu'on fait les poches de sa proie.

Nous sommes tous plus ou moins crédules. L'arnaque consiste à faire miroiter un gain. Bonneteau ! Doublez votre mise ! Triplez-la ! Approchez, mesdames et messieurs ! Bonneteau ! Où est la reine ? Dix livres la partie ! Gagnez de l'argent facilement ! Ah, les pigeons…

Il fallait qu'il garde son calme, qu'il se souvienne que les policiers ne sont pas des superhéros. Qu'ils ne sont pas infaillibles. Qu'ils peuvent être mis sur de fausses pistes. Mais bien sûr, il existe des petits malins comme Roy Grace.

Tu es futé, commissaire Grace, mais sache que tu l'es peut-être un peu trop pour ton propre bien. Tu devrais lâcher du lest.

Sinon, la corde que tu auras autour du cou sera trop serrée.

Non pas que j'aie envie de te tuer, mais bon, je ne voulais pas tuer Lorna Belling non plus, ça n'a jamais été mon intention. Je ne suis même pas sûr de l'avoir tuée. Mais peu importe. Qui s'y frotte s'y pique. Si tu te rapproches trop, il faudra que je me débarrasse de toi.

Ce serait dommage, hein ?

En se regardant dans le miroir de sa salle de bains, il vit le visage d'un meurtrier.

J'ai pris dix ans en une semaine. Je commence à réfléchir comme un tueur. Peut-être que j'en suis un, remarque ! On pourrait me trouver toutes sortes de circonstances atténuantes, mais ne prenons pas de risque. Les jurés sont des girouettes et les juges complètement imprévisibles. Maintenant, il s'agit de survivre. On parle de sélection naturelle, là. La vie n'est qu'un jeu, n'oublie jamais ça. Il faut que je gagne. Arriver second n'est pas envisageable, car ça voudrait dire la prison. Les oubliettes.

Et comme je le dis toujours, personne ne se souvient de ceux qui arrivent deuxièmes.

57

Lundi 25 avril

Roy Grace s'installa dans la petite pièce d'observation pour suivre en direct l'interrogatoire de Kipp Brown mené par Guy Batchelor et Jon Exton. Le suspect était accompagné de son avocat, Allan Israel, un pénaliste compétent qui donnait souvent du fil à retordre aux enquêteurs, dont le cabinet se trouvait juste en face du tribunal de Brighton.

Roy Grace connaissait ce visage, qu'il avait vu sur de nombreuses publicités dans les médias, mais Brown lui sembla un peu plus âgé et beaucoup moins charmant qu'en photo. La quarantaine bien entamée, il portait une combinaison froissée et de vieilles baskets fournies par la police. Il avait le visage dur, renfrogné. Ses cheveux noirs et brillants étaient impeccablement peignés. Il se tenait droit, avec un air de mépris, comme si c'était lui qui allait interroger ses interlocuteurs.

Batchelor rappela les conditions de l'interrogatoire et se tourna vers lui :

— Monsieur Brown, êtes-vous conscient que, maintenant que vous êtes en état d'arrestation, nous avons le droit de fouiller votre domicile et votre lieu de travail et de saisir tout ce qui pourrait être utile à l'enquête ?

— Vous avez déjà embarqué mon téléphone et mon ordinateur.

— Nous savons que vous êtes connu à Brighton. J'espère que, si vous coopérez désormais, nous pourrons éviter toute situation délicate.

— Pardon ? Vous me dites ça alors que vous avez lancé la boule à facettes devant l'école de mon fils !

— Quelle boule à facettes ? lui demanda Batchelor en échangeant un regard avec Exton, qui n'avait pas compris non plus.

— J'ai grandi en Nouvelle-Zélande. C'est ce qu'on dit quand les flics allument leur gyrophare.

— Je vois.

Exton sourit et hocha la tête.

— Si vous nous aviez dit la vérité, nous ne vous aurions pas mis dans l'embarras, poursuivit Batchelor.

— Mais je vous ai dit la vérité.

— Je vous ai demandé si vous aviez quitté votre bureau dans l'après-midi du mercredi 20 avril, la semaine dernière, et vous avez répondu par la négative. Correct ?

— Correct.

— Je vous ai demandé si le nom de Lorna Belling vous disait quelque chose et vous avez répondu par la négative. Exact ?

— Exact.

Brown jeta un coup d'œil à son avocat, qui prenait des notes.

— Je vous ai demandé si vous aviez rendu visite à Lorna Belling à son appartement, dans la résidence Vallance Mansions, à Hove, dans l'après-midi du mercredi 20 avril, et vous avez répondu : « Absolument pas. » Exact ?

— Oui.

— En êtes-vous sûr, monsieur Brown ?

— Oui.

Batchelor nota quelque chose et hocha la tête en direction de son collègue.

— Monsieur Brown, que pouvez-vous nous dire sur votre relation avec Lorna Belling ?

Brown se raidit et consulta du regard son avocat.

Allan Israel intervint :

— Est-ce nécessaire ? C'est une violation de la vie privée de mon client.

— C'est nécessaire, répliqua Batchelor.

Brown sembla embarrassé, puis il haussa les épaules.

— OK, je ne vais pas le nier, c'est une ex. Nous nous sommes fréquentés, il y a plusieurs années de cela. Avec ma femme, ça n'allait pas fort. Elle ne voulait plus faire l'amour depuis l'arrivée de notre troisième enfant. Comme la plupart des épouses de mes copains de golf qui ont des gamins. Ça vous va ?

— Quand nous vous avons posé la question un peu plus tôt, vous avez nié la connaître, intervint Exton. Votre téléphone vous localise dans le quartier de Vallance Mansions, où elle avait un appartement, à trois reprises la semaine dernière. Vendredi 15 avril dans l'après-midi ; lundi 18, de 14 heures à 16 heures ; et, ce qui nous intéresse le plus, mercredi 20, de 13 h 45 à

15 h 55. Comment expliquez-vous cela ? À qui rendiez-vous visite ?

Brown murmura quelque chose à son avocat. Celui-ci acquiesça, puis demanda cinq minutes, seul, avec son client.

Batchelor sortit fumer sous la pluie battante et Jon Exton l'accompagna, tout en restant à l'abri, pour discuter avec lui. Roy Grace les rejoignit quelques instants plus tard.

— Qu'en pensez-vous, chef ? lui demanda Batchelor.

— C'est encore tôt pour se prononcer, mais ce que je vois, c'est un infidèle en série, pas un tueur.

Le téléphone de Grace sonna. Il le mit sur silencieux.

— Faisons un prélèvement d'ADN rapidement, proposa Exton. On sera fixés s'il y a une correspondance.

— Ça ne nous apportera rien de plus, Jon.

— Pourquoi, chef ?

— Parce qu'on sait déjà qu'ils s'envoyaient en l'air, avec Lorna Belling, asséna Grace.

Son téléphone vibra. Il avait reçu un message vocal.

— Je ne suis pas d'accord pour dire que ça ne nous apportera rien de plus, chef, intervint Batchelor. On ne sait pas ce qui s'est passé entre deux. Peut-être qu'elle essayait de le faire chanter. Qu'elle le menaçait de tout révéler. Peut-être qu'il s'est retrouvé dans une position délicate. Il a des affiches placardées partout. *Faites confiance à Kipp*. Pouvait-elle détruire sa réputation en révélant leur relation sur Twitter ou Facebook, par exemple ?

— Tu penses vraiment qu'elle aurait osé faire ça, avec un mari violent ?

— Les gens ne se conduisent pas toujours de façon rationnelle, chef.

— Ça, c'est sûr, concéda Grace, pensif.

*

— Interrogatoire de Kipp Brown, en présence de son avocat, Allan Israel. Reprise à 11 h 17, déclara Batchelor. Y a-t-il quelque chose que vous aimeriez nous dire ?

Le conseiller financier était pâle.

— Bon, d'accord, je vous ai menti parce que… parce que je ne voulais pas que ça parvienne aux oreilles de ma femme. Je lui ai rendu visite plusieurs fois. Nous avons fait l'amour. Mais c'est tout, je ne l'ai pas tuée. Lorna, c'est une femme que j'appréciais beaucoup. On ne s'était pas vus pendant des années, et l'autre soir, un vendredi, il y a deux semaines, on est tombés l'un sur l'autre dans un pub. Elle avait des soucis, je l'ai écoutée. Vous imaginez la suite. On a eu des contacts réguliers depuis.

— Pourquoi vous nous dites que vous ne l'avez pas tuée ? lui demanda Batchelor.

— J'ai lu dans l'*Argus* qu'elle a été retrouvée morte. Vous m'avez foutu la trouille. Je ne l'ai pas assassinée, c'est pas moi. Je ne suis pas un meurtrier.

— Nous avons la preuve que vous nous avez menti. Pourquoi devrions-nous vous croire maintenant ? le pressa Batchelor.

— Parce que je l'aimais bien, nom de Dieu ! Je l'ai toujours trouvée adorable. Elle m'a raconté sa vie, son mari violent. C'est lui que vous devriez suspecter, pas moi, quand même…

— Donnez-moi une bonne raison de vous croire, après vos mensonges.

— Vous n'avez pas d'autre choix que de me croire, dit-il en se tournant vers son avocat, qui prenait toujours des notes.

— Pas d'autre choix ? Nous devrions croire un menteur ?

S'ensuivit un long silence.

— Je n'aurais jamais fait de mal à Lorna, se contenta-t-il de répéter.

— S'est-il passé quelque chose entre elle et vous, qui vous aurait mis hors de vous, mercredi dernier ?

— Pas du tout. On a passé un bon moment. Je veux dire : on a fait l'amour et je suis parti. Je devais retourner au bureau. On avait prévu de se revoir vendredi. Et puis… J'ai lu dans l'*Argus*… qu'elle avait été retrouvée morte.

— En apprenant la nouvelle, vous n'avez pas pensé à nous contacter ?

— Non. J'aurais peut-être dû. Mais je me suis dit que si je le faisais, ma femme serait au courant. C'est l'un des inconvénients de la célébrité.

Il y eut un long silence.

— Voulez-vous nous confier autre chose ?

— Non… Je… Pour être honnête, je ne savais pas grand-chose d'elle, à part ce qu'elle m'a dit de sa vie. Je l'appréciais beaucoup. Elle était belle, drôle et intelligente. C'était une femme bien. Elle était…

Il haussa les épaules.

— Elle était quoi ?

— Vulnérable, je dirais. J'avais envie de réapprendre à la connaître.

— Vous n'aviez donc pas besoin de la tuer ?

— C'est ridicule ! s'exclama-t-il en levant les bras au ciel. Pourquoi est-ce que j'aurais voulu la tuer ? En fait, je pensais…

Il se caressa la nuque.

— Je me disais qu'on pourrait peut-être se mettre en couple officiellement. Vous ne me croyez peut-être pas, mais c'est la vérité.

— Comment avez-vous contacté Lorna ? lui demanda Batchelor.

— Elle m'a donné ses deux numéros. Vous les trouverez dans mon téléphone.

— Messieurs, si vous n'avez plus de questions pour mon client, je vous serais reconnaissant de le libérer, intervint Allan Israel quelques instants plus tard. Il est, comme vous le savez, très connu localement. Il ne va pas s'enfuir. Il se tiendra à votre disposition pour répondre à toutes vos questions.

Batchelor et Exton sortirent de la pièce pour discuter avec Roy Grace. Ils revinrent quelques minutes plus tard et annoncèrent à Kipp Brown qu'ils le libéraient sous contrôle judiciaire.

— Mon client aimerait récupérer dès à présent l'ordinateur et le téléphone que vous avez saisis dans sa voiture.

— Ils lui seront rendus dès que nous aurons fini de les analyser, répondit Batchelor.

— C'est un scandale ! Ce sont mes outils de travail ! tonna Kipp Brown.

— Je suis désolé pour le dérangement. Dès que nous aurons copié l'intégralité du contenu, ils vous seront rendus.

— Et ça va prendre combien de temps ?

Batchelor décida de ne pas lui révéler que l'équipe spécialisée avait environ six mois de retard. Il demanderait une intervention en urgence.

— Nous faisons au mieux, se contenta-t-il de répondre.

— C'est inacceptable, rétorqua Allan Israel. Mon client en a besoin pour travailler. Sachez que vous serez tenus responsables de toute perte de revenus.

— Nous comprenons. Nous les lui rendrons dans les meilleurs délais.

— Et où est ma Porsche ? demanda Brown.

— Entre les mains de la police scientifique, lui répondit Exton.

— Et pour combien de temps ? s'insurgea-t-il en fusillant du regard les deux enquêteurs.

— Si tout se passe bien, vous la récupérerez dans deux jours.

— Je vais vous déposer à votre bureau, proposa Allan Israel à son client.

— Si jamais elle a la moindre égratignure, je vous collerai un procès au cul.

Guy Batchelor souhaita secrètement qu'elle soit endommagée. La tête du gars ne lui revenait pas.

58

Lundi 25 avril

De retour dans son bureau, Roy Grace écouta le message sur son répondeur. Un capitaine de l'inspection générale l'informait, en s'excusant presque, que la commission indépendante des plaintes contre la police enquêtait désormais sur la mort de Corin Belling.

Il s'apprêtait à le rappeler quand on frappa à la porte. Sans attendre de réponse, comme à son habitude, Glenn Branson entra d'un pas nonchalant.

— Salut, mec. Il paraît que tu fais n'importe quoi quand je suis pas là !

— Très drôle. Tu as passé de bonnes vacances ?

— Les parents de Siobhan ont une villa près de La Cala, dans le sud de l'Espagne. C'était fabuleux.

— Vous êtes toujours très amoureux ? Siobhan n'a pas encore lu dans ton jeu ?

— Lu quoi ? rétorqua Branson en fronçant les sourcils.

— Non, bien sûr… C'est parce que tu le caches trop bien !

— Merci, mec. Des fois, je me demande pourquoi je suis revenu.

— Parce que je t'ai manqué ?

— C'est ça. Je ne me suis pas fait insulter pendant sept jours, ça commençait à me rendre nerveux. Bref. Quoi de neuf ?

— Je commence par quoi ?

— Par le commencement ?

— Il y a deux jours, je me suis dit que tu commençais à me manquer, mais la vérité…

— C'est que tu ne peux pas vivre sans moi, c'est ça ?

— Dans tes rêves.

Branson posa une fesse sur le bureau de Roy.

— Commence par Bruno, dis-moi tout.

Grace lui raconta leur rencontre en Allemagne, le trajet du retour, le match de foot avec Jason Tingley et son fils, le fait que Bruno semblait avoir accroché avec Noah, et leur soirée à la piscine.

— Il n'a pas de problème pour s'exprimer ?

— Il est quasiment bilingue.

— Et c'est son premier jour d'école aujourd'hui ?

— Il passe un test.

— S'il est accepté à Saint Christopher, tu vas devoir mettre la main à la poche !

Grace secoua la tête :

— Après avoir hérité d'une riche tante, Sandy avait mis des sous de côté. Bruno dispose d'un fonds fiduciaire à son nom.

— Super-chanson de Dr Hook sur le sujet. Sauf qu'il s'agissait d'un oncle.

Grace ne comprit pas la référence.

— C'est vrai qu'il est un peu jeune pour toi. Il n'a été connu qu'à la fin des années 1960, lança Branson.

— Ça ne mérite même pas une réponse.

— Bon, et côté boulot ? Tu laisses Guy gérer l'affaire Lorna Belling ?

— Pour le moment, il s'en sort bien, mais je le surveille.

— Et c'est pour l'aider que tu as tué le principal suspect ?

— Fais-moi rire. Ce qui est bizarre, c'est l'épidémie de violences conjugales.

— De quoi tu veux parler ?

— On a trois suspects et la piste du suicide n'est pas écartée. Deux d'entre eux sont connus de la police pour des actes de violence envers des femmes.

— Vraiment ?

— Le mari avait été arrêté pour lui avoir mis des crottes de chien dans la bouche, deux jours avant qu'elle ne meure. Et c'était déjà une récidive. Un autre suspect, Seymour Darling, une sale ordure, a lui aussi un casier. Notre troisième suspect, Kipp Brown, Monsieur Bien-sous-tous-rapports, est quant à lui connu pour sa générosité envers les œuvres caritatives de la région.

— Kipp Brown… Le gars de *Faites confiance à Kipp* ?

— Absolument.

— Et ton instinct, il te dit quoi ?

— Rien pour le moment. Je reste ouvert à toutes les éventualités.

— Tu veux que je rejoigne l'équipe ?

— Non, je pense qu'on est assez nombreux. En revanche, j'ai besoin d'un coup de main pour les affaires Tooth, Crisp et Bentley.

Il désigna trois dossiers marron posés sur le petit bureau, reliés par des rubans blancs, intitulés : opération Violon, opération Charrette de foin et opération Araignée.

— Les preuves contre Tooth, opération Violon, et contre Crisp, opération Charrette de foin, sont solides. Dans le premier cas, le gars est en réanimation à l'hôpital, on ne sait pas comment son état va évoluer ; tout ce qu'on peut faire, c'est attendre. Celle qui m'inquiète, c'est Jodie Bentley, opération Araignée.

— Dans quel sens ?

— J'ai un rendez-vous préparatoire en cabinet pour un éventuel règlement à l'amiable. On a quatre experts : le Pr James West de l'université de Liverpool, l'herpétologiste Mark O'Shea, le médecin légiste, le Dr Colin Duncton, et le podologue Haydn Kelly. On compte d'ailleurs sur les rapports de ce spécialiste de la démarche pour localiser la suspecte à différents moments clés. Tu pourrais commencer par passer en revue les preuves, mettre de côté tout ce qu'on prévoit d'utiliser, et lui demander de t'accorder une journée pour éplucher ensemble les pièces à conviction.

— Tu penses que ses rapports ne sont pas assez costauds ?

Grace secoua la tête.

— Non, il est hyper-compétent et il ne nous a jamais laissés tomber. Il a fait des miracles sur l'opération Icône, l'affaire Gaia Lafayette. Je veux juste qu'on bétonne l'affaire Araignée. Il sera d'accord pour coopérer. Si ça débouche sur une condamnation grâce à lui, ce sera bon pour sa carrière.

— Je l'appelle tout de suite.

— Au fait, Siobhan et toi, le mariage, c'est pour bientôt ? Je dois me faire faire un costume ?

Branson eut soudain l'air gêné.

— Peut-être bien… Je voulais te demander quelque chose, mais… j'attendais le bon moment.

— Quoi donc ?

— C'est le bon moment ?

— À ton avis ?

Branson tapa du poing sur le bureau du commissaire, tout en affichant un grand sourire.

— Et voilà, c'est reparti !

— Qu'est-ce qui est reparti ?

— Ça me rendait fou, quand tu faisais ça, et voilà que tu le refais !

— Je refais quoi ?

— Répondre à une question par une question.

— Quelle est la question ?

— Tu vois ?

— Désolé, mec, mais je ne te suis plus. Lâche le morceau !

Branson leva un doigt en l'air, puis deux, puis trois, en comptant à voix haute :

— Un, deux, trois…

Grace sourit.

Le commandant inspira profondément.

— Roy, veux-tu bien être mon témoin ?

— Nom d'une pipe, tu ne pouvais pas trouver quelqu'un avec qui tu t'entends bien ?

— Va te faire voir !

— Je suis honoré. Sérieusement. Merci.

— Tu ne diras pas des horreurs sur moi dans ton discours, promis ?

Grace le regarda droit dans les yeux.

— Tu as l'air tellement heureux. Je suis ravi pour toi, mec, sincèrement. Vous allez bien ensemble. C'est prévu pour quand ?

— La date n'est pas encore fixée. Cet automne, je pense.

— N'attendez pas trop. Je sais que tu penses régulièrement que je n'en ai plus que pour quelques mois.

— Prends tes médicaments et tout ira bien.

On frappa à la porte.

— Entrez ! cria Grace.

C'était Guy Batchelor. Il s'approcha en agitant un document, l'air satisfait.

59

Lundi 25 avril

— Qu'en pensez-vous, chef ? On remet Kipp Brown en garde à vue ? demanda Batchelor.

Roy Grace examina le document fourni par la police scientifique du Surrey et du Sussex. Les empreintes digitales de Kipp Brown avaient été relevées dans le studio de Lorna Belling.

— Le problème, Guy, comme on l'a déjà dit, c'est que ça ne nous apprend rien de nouveau. Kipp Brown a avoué pendant l'interrogatoire avoir eu des relations sexuelles avec Lorna Belling dans l'après-midi du 20 avril. Ce rapport nous confirme simplement qu'il était bien présent. Qu'est-ce que ça nous apporterait de le convoquer de nouveau ?

Batchelor hocha la tête, pensif et mal à l'aise.

— Oui, vous avez raison, chef. Je me suis emballé.

— Guy, il ne faut pas que tu oublies que, quand on monte un dossier contre un suspect dans ce genre d'enquête, on travaille en étroite collaboration avec le ministère public. Ils désigneront un avocat pour travailler avec nous. Possible qu'ils nous mettent des bâtons dans les roues, mais finalement, même si on a parfois du mal à le croire, ils sont de notre côté. Trop souvent, j'ai assisté à des procès apparemment gagnés d'avance, où le salaud rentrait chez lui, libre, grâce à un avocat rusé ou à un jury fou à lier. C'est ça qu'il faut absolument éviter, OK ?

— Je suis navré, chef, se repentit Batchelor en baissant la tête.

— Non, Guy, tu fais du bon boulot.

— Attendons que le meurtrier de Lorna soit derrière les barreaux pour savoir si j'ai fait du bon boulot.

Grace grimaça. Il n'était pas sûr que ça arrive un jour. Ni Brown ni Darling n'avaient un profil de tueur. Il avait l'impression que le responsable était à la morgue. Enfin… son torse. Mais pour en être certain, il fallait qu'il attende que Batchelor élimine de la liste des suspects Seymour Darling et Kipp Brown, ainsi que toute autre personne ayant jusqu'à présent échappé à leur radar.

Son téléphone vibra. C'était le commissaire principal Cassian Pewe.

— Bonjour, chef, dit Grace.

Il avait si peu de respect pour son supérieur qu'il avait du mal à lui accorder le titre de « chef ».

Pewe alla droit au but, sans sacrifier à la moindre politesse :

— Roy, es-tu conscient que la police du Sussex se doit de faire des réductions budgétaires ?

— Tout à fait conscient… chef.

Tous les policiers savaient que le gouvernement actuel, qui ne les soutenait pas, avait effectué des coupes claires. Leur impression d'avoir été abandonnés par les conservateurs, traditionnellement propolice, était justifiée.

— Dans ce cas, peux-tu justifier une garde, vingt-quatre heures sur vingt-quatre et sept jours sur sept, pour un homme qui, selon les médecins, se trouve dans un état végétatif ?

— Absolument, chef.

— Je suis tout ouïe.

— Cet individu est un tueur à gages. Nous sommes quasiment certains qu'il a assassiné deux personnes au Royaume-Uni l'année dernière, dont une dans le Sussex, et qu'il a failli tuer un jeune garçon. Nous pensons qu'il est revenu pour faire une victime supplémentaire, voire davantage. Nous ne pouvons pas prendre le risque qu'il s'échappe.

— Nom de Dieu, Roy, le gars est à 3 sur l'échelle de Glasgow[1] !

— Il était à 3 lors de son admission, mais son état s'est amélioré. Il est maintenant entre 7 et 8.

— Entre 7 et 8 ?

— Oui, chef. Il ouvre les yeux en réponse à un stimulus, il profère des sons inarticulés et réagit à la douleur.

— Quel est son pronostic vital ?

— Personne ne sait, chef. Il a été mordu par plusieurs serpents et araignées. Pour l'équipe médicale, ce

_____

1. L'échelle de Glasgow permet de mesurer les réactions des patients. Un score de 3 signifie que la personne ne peut pas ouvrir les yeux, ni répondre verbalement, ni bouger quand elle est stimulée. (*N.d.T.*)

genre de situation est inédite. Il a été examiné par un spécialiste de l'hôpital Saint-Thomas, à Londres, qui n'a jamais vu un tel mélange de poisons. Chaque venin opère des dommages spécifiques sur le métabolisme. On ne sait pas s'il va s'en sortir mais, ce qui est sûr, c'est qu'il est incroyablement résistant.

— Le coût de la garde n'est pas justifié, ce n'est pas une bonne utilisation de nos ressources.

— Il s'est déjà échappé deux fois, chef. Il est surentraîné. Nous ne pouvons pas prendre de risques.

— On ne peut pas se le permettre financièrement. J'ai discuté avec la personne qui s'occupe de lui à l'hôpital. Tooth ne risque pas de s'échapper. Il ne représente aucune menace, d'ailleurs.

— Que suggérez-vous, chef ? Que je l'invite à passer le week-end chez moi, peut-être ?

— Pas la peine d'être insolent.

— Ce n'était pas mon but, chef. J'essaie d'être réaliste. Ce type a sauté dans le port de Shoreham l'année dernière, et on pensait qu'il s'était noyé. Il a réussi à s'échapper d'un hôpital dans lequel il avait été admis, inconscient et grièvement blessé après une collision avec un cycliste. Il est à présent sous notre surveillance, et s'il disparaissait de nouveau, aussi improbable cela soit-il, on aurait du mal à expliquer aux médias le pourquoi du comment.

— Tu ne sais pas ce que c'est que la diversité de l'intelligence opérationnelle, n'est-ce pas, Roy ?

— Désolé, chef, mais je ne vous suis pas, là.

— Tu as du mal à suivre en général, lâcha Pewe avant de raccrocher.

— Bonne journée à vous aussi, répondit Grace d'un ton sarcastique, n'ayant plus personne au bout du fil.

On tapa soudain à la porte. Sans attendre de réponse, Norman Potting fit irruption :

— Désolé de vous interrompre !

Il regarda ses supérieurs hiérarchiques, l'air radieux.

— On a une avancée considérable dans l'opération Bantam. Je voulais vous en parler immédiatement.

— Oui ? fit Grace.

— On a un nouveau suspect !

60

Lundi 25 avril

Potting s'assit sur la chaise vide à côté de Guy Batchelor et dévisagea les trois enquêteurs.

— J'ai identifié une amie de Lorna Belling, une certaine Kate Harmond, et je lui ai rendu visite.

— Comment est-ce que tu l'as trouvée, Norman ? lui demanda Batchelor.

— Sur Facebook ! s'exclama Potting, fier de lui. Je suis allé sur la page de Lorna Belling et j'ai épluché les commentaires. Comme elles semblaient employer des références communes, je me suis dit qu'elles devaient être amies dans la vraie vie. J'avais raison. Elle gère une boutique dans le quartier des Lanes. Je n'ai pas eu de mal à la repérer. Disons qu'elle a… du coffre !

— Il est question d'un nouveau suspect ou d'une nouvelle copine, Norman ? intervint Grace, légèrement impatient.

— Désolé, chef, s'excusa l'enquêteur en sortant son carnet. Selon Kate Harmond, Lorna avait, depuis quelque temps déjà, une relation extraconjugale.

— Avec qui ? lui demanda Grace.

— Ce ne serait pas Kipp Brown ? suggéra Batchelor.

— Non, il s'appelle Greg.

— On a son nom de famille ?

— Non, elle ne le lui a jamais confié. Elle sait que la femme de Greg s'appelle Belinda, mais c'est tout. Lorna était discrète à ce sujet.

— Comment ça se fait que son autre meilleure amie, Roxy Goldstein, ne nous ait pas transmis cette information ? s'étonna Batchelor.

— Peut-être qu'elle n'était pas au courant. Kate Harmond m'a avoué que Lorna lui avait servi de couverture quand elle-même avait eu une liaison, il y a quelques années de cela. C'était un renvoi d'ascenseur.

— Greg et Belinda… répéta Batchelor. C'est sa meilleure amie, mais Lorna ne lui a jamais dit son nom de famille… Bizarre, non ? Et il fait quoi dans la vie ?

— J'ai l'impression qu'il est menteur professionnel. Kate Harmond a reçu un coup de fil désespéré de Lorna vendredi 15 avril, une semaine avant sa mort. Le gars, Greg, lui promettait de quitter sa femme et de vivre avec elle. Selon Kate, c'était cette perspective qui lui permettait de tenir, malgré les violences conjugales. Mais il n'arrêtait pas de lui donner des prétextes pour ne pas quitter sa femme.

Potting tourna une page.

— Lorna avait apparemment découvert la vérité par hasard. Le Greg en question lui avait dit qu'il emmenait sa femme en vacances pour l'aider à oublier la mort de son père, et qu'il la quitterait à leur retour. L'une des clientes de Lorna avait rencontré le couple aux Maldives. Elle lui avait montré une photo d'eux, visiblement très amoureux. Lorna avait découvert sa véritable identité et, par la même occasion, que le père de Belinda était vivant, que Greg lui avait menti sur sa profession, et surtout – ce qui l'avait terrassée – qu'il avait une fille. Il avait dit à Lorna qu'ils ne pouvaient pas avoir d'enfant, avec sa femme, et qu'ils fonderaient enfin une famille, quand ils seraient ensemble officiellement.

— Merde alors ! Quel bâtard ! s'exclama Glenn Branson.

— Il la baratinait juste pour pouvoir coucher avec elle ? renchérit Batchelor.

— On dirait bien, confirma Potting.

— Bon, il faut qu'on épluche le carnet de rendez-vous qu'on a retrouvé chez elle et qu'on contacte tous ses clients, c'est la priorité. Peut-être que certains en savent davantage.

— Je suis sur le coup, Guy. Le problème, c'est qu'on ne le trouve plus. Il a disparu de l'armoire où l'on range les pièces à conviction.

— Il faut que tu le retrouves vite, Norman.

— Oui, chef.

— Au fait, il prétendait faire quoi, dans la vie, le Greg ? s'enquit Batchelor.

— Kate Harmond est restée vague à ce sujet. Lorna lui aurait parlé d'un boulot dans les finances.

— Intéressant… C'est ce que fait notre ami Kipp Brown, observa Batchelor.

— Et en vérité, qu'est-ce qu'il fait, Norman ? intervint Grace.

— Le problème, c'est que Kate était en déplacement en Italie quand elle a reçu ce coup de fil. Elle avait prévu de déjeuner avec Lorna jeudi 21 avril, le jour où celle-ci a été retrouvée morte. Lorna lui avait promis de tout lui raconter. Et c'est là que ça devient très intéressant. Lorna en voulait tellement à Greg qu'elle était sur le point de tout dire à sa famille et à ses collègues. Kate lui avait fait promettre de ne pas agir sur un coup de tête, d'attendre qu'elles se soient vues pour en parler. Kate redoutait la réaction du mari de Lorna. Celle-ci lui aurait répondu qu'elle n'en avait rien à faire. Sa sœur vivait à Sydney, en Australie ; elle venait de divorcer d'un mec riche, avait hérité d'une grosse baraque et d'un joli pactole, et Lorna prévoyait de la rejoindre.

Les quatre enquêteurs réfléchirent.

— Bien joué, Norman, conclut Guy Batchelor.

— Mais ce qu'on ne sait pas, dit Branson en regardant le plafond, plongé dans ses pensées, c'est si Lorna Belling l'a menacé le jour où elle a été assassinée ou plus tôt…

— Greg est dans la finance… Ça pourrait être le pseudonyme de Kipp Brown ? suggéra Grace.

— Peut-être bien, abonda Batchelor.

— Il faut qu'on trouve de toute urgence la véritable identité de Greg et Belinda. Il n'y a aucun indice sur les réseaux sociaux ? insista Grace.

— Rien sur Facebook, les informa Potting. Lorna avait un compte Twitter, mais seulement sept abonnés. Des marques de shampooings.

— Le problème, chef, c'est qu'on n'a toujours pas mis la main sur son ordinateur, leur rappela Batchelor.

— Et du côté du téléphone ? Elle a dû l'appeler ou lui envoyer des textos, non ?

— Ils ont réussi à remonter deux mois en arrière, sur le portable qu'on a retrouvé, intervint Potting. Lorna a appelé Kate Harmond, Roxy Goldstein, son mari, la police, et quelques restaurants, dont un thaï, un italien et un indien. Ils ont également identifié deux concessionnaires automobiles et Seymour Darling. On s'attendait à tomber sur des dizaines d'appels ou de SMS avec un éventuel amant, mais rien. Ce qui semblerait indiquer qu'elle avait un second téléphone.

— On sait que c'était le cas. Kipp Brown nous a même donné le numéro, précisa Grace. C'est un téléphone prépayé. Fais en sorte d'obtenir le relevé des appels. Peut-être que son tueur s'est débarrassé du téléphone et de l'ordinateur. Il est possible qu'elle ait révélé à Greg ce qu'elle savait, qu'elle l'ait menacé de tout raconter, qu'il l'ait tuée et ait emporté les deux appareils.

— C'est une bonne hypothèse, chef, confirma Glenn Branson.

— Ce qui fait du mystérieux Greg notre nouveau suspect numéro un, n'est-ce pas ? avança Guy Batchelor.

— Oui, mais pour le moment, je n'exclus personne. On ne sait pas ce qui s'est passé entre ce coup de fil, vendredi, et mercredi après-midi ou ce soir. Greg et Belinda… Est-ce qu'on a pu interroger d'autres amies de Lorna ?

— On essaie de joindre les clients qu'on a identifiés, répondit Potting. Après l'article paru dans l'*Argus*, certains nous ont contactés spontanément, dont Sandra Zandler, qui avait rendez-vous avec Lorna jeudi matin. Elle s'est rendue à son domicile et il n'y avait personne. Elle était effondrée parce qu'elle avait prévu de se faire coiffer pour fêter ses cinquante ans de mariage à Venise. Nous lui avons demandé si elle connaissait d'autres clients de Lorna Belling, mais ce n'était pas le cas. Sans le carnet de rendez-vous, on progresse lentement. On n'a pas interrogé tout le monde, loin de là. Les capitaines Jack Alexander et Velvet Wilde sont sur le coup, avec notre ami américain, Shorty.

Grace fronça les sourcils

— Qui ça ?

— Arnie Crown. Shorty.

— Shorty ?

— Oui, parce qu'il est tout petit.

Branson et Grace esquissèrent un sourire.

— Tu es en train de réduire à néant nos chances de faire ami-ami avec le FBI, Norman.

— C'est lui qui m'a dit qu'ils l'appelaient comme ça aux États-Unis.

— OK, Norman, tu as fait du très bon boulot, je te laisse continuer avec Guy. Débrouille-toi pour qu'on retrouve cet agenda.

Quand les deux enquêteurs eurent quitté son bureau en fermant la porte derrière eux, Grace demanda à Branson :

— Qu'est-ce que tu en penses, toi ?

— Quatre suspects, avec des mobiles sérieux. Le mari, Seymour Darling, Kipp Brown et maintenant ce Greg…

Le commissaire l'invita à poursuivre.

— Quoi ? Je passe à côté d'un truc ?

— Pas juste toi. On passe tous à côté d'un truc.

— Ah bon ? Quoi ?

290

— J'en sais rien. Je trouve pas, mais mon instinct me dit qu'il y a quelque chose qui cloche.

— Quelque chose qui cloche ?

Roy fut interrompu par la sonnerie de son téléphone personnel. C'était Cleo. Il s'excusa auprès de Branson et décrocha :

— Salut !

— Tu as le temps ?

— Je suis en rendez-vous. C'est urgent ? Comment ça s'est passé, à l'école ?

— Il a été accepté ! Il peut commencer tout de suite. Je lui cherche un uniforme.

— C'est génial. Il est content ?

— Pas sûre.

— Je te rappelle dès que je peux.

— Je t'aime !

— Moi aussi, murmura-t-il.

— Qu'est-ce qui cloche ? Qu'est-ce qu'on est en train de rater ? le relança Branson.

Grace poussa vers son collègue l'épais dossier relatif à l'opération Bantam.

— Tu pourrais jeter un regard neuf ?

— Bien sûr. Tu veux que je le lise ici ou à mon bureau ?

— Prends-le avec toi, appelle-moi quand tu as terminé.

— Dans trois semaines ?

— Et si on disait plutôt trois heures ?

61

Lundi 25 avril

Quand le commandant eut fermé la porte derrière lui, Grace rappela Cleo et tomba sur sa boîte vocale. Il laissa un message et se plongea dans ses réflexions, sans prêter attention aux e-mails entrants.

Dans ce monde imparfait, où il est impossible de tout faire correctement, il faisait de son mieux. Son métier avait eu raison de sa relation avec Sandy et il espérait du fond du cœur qu'il ne mettait pas en danger le couple qu'il formait désormais avec Cleo. D'un autre côté, aussi coûteux cela soit-il pour sa vie privée, il était conscient que son travail passerait toujours en premier.

Il lui arrivait de se demander… aurait-il choisi une autre carrière s'il avait su le nombre de sacrifices qui l'attendaient au niveau personnel et familial ? Et il en arrivait toujours à la même conclusion : jamais de la vie. Il adorait son boulot, qu'il considérait parfois comme une vocation. Il lui arrivait de penser que ce n'était pas lui qui avait choisi son travail, mais son travail qui l'avait choisi. C'était son destin, sa raison de vivre.

Et ce, malgré le fait que la justice, pourtant symbolisée par une balance, n'était pas toujours rendue, surtout en matière de criminalité. Les assassins finissaient trop souvent par bénéficier d'une libération conditionnelle, alors que leurs victimes ne revenaient jamais du royaume des morts.

Dans ces moments de doute, il se remémorait ce qu'il avait appris à l'école de police, quand un formateur leur avait lu un extrait du code moral du FBI, rédigé par J. Edgar Hoover, le premier directeur : « Il n'est de plus grand honneur, ni de plus lourde tâche, pour un officier, que de se voir confier une enquête sur la mort d'un être humain. »

Hoover avait dit autre chose que Roy Grace trouvait d'une grande sagesse : « Le véritable antidote à la criminalité, ce n'est pas la peine de mort, mais la justice. »

Mais il n'y avait pas que l'impact sur sa vie de famille qui le stressait, il y avait aussi la bureaucratie. Il était normal que les policiers rendent des comptes, en tant que fonctionnaires, mais le nombre de justifications à fournir était ahurissant. Grace allait devoir consacrer des heures, voire des jours, à la commission indépendante qui enquêtait sur la mort de Corin Belling. Peut-être serait-il convoqué à une audience, peut-être serait-il même sanctionné.

Il mit un terme à cette réflexion et se concentra sur Lorna Belling. Il avait l'intention de laisser Guy Batchelor au poste d'adjoint, tout en sachant que si les choses tournaient au vinaigre, Cassian Pewe lui reprocherait d'avoir confié l'enquête à un collègue inexpérimenté.

Il ouvrit son carnet et prit un stylo. Quatre suspects et un suicide potentiel. Corin Belling avait un passif. Seymour Darling avait un mobile. Il était de toute évidence impulsif, mais était-ce suffisant ? Son amant Kipp Brown voulait-il réduire Lorna au silence ? Vu sa position sociale, c'était envisageable. De nombreuses études avaient démontré que les gens qui réussissent en affaires sont souvent des psychopathes. Kipp Brown avait le profil.

Et maintenant Greg, l'homme mystère. Ils devaient de toute urgence l'identifier pour l'éliminer de la liste des suspects. Ou pas. Peut-être s'était-elle suicidée après avoir découvert la vérité sur l'homme qui lui promettait un nouveau départ ? Possible.

Lorsque vous avez éliminé l'impossible...

Il cliqua sur le PDF du *Manuel de criminologie*. Le fichier mit plusieurs secondes à s'ouvrir. Dieu que leur système pouvait être lent, parfois ! Tous les policiers britanniques se plaignaient de ce problème informatique qui était d'ailleurs dû à la bureaucratie : il fallait des années pour valider un nouveau système, et quand celui-ci était enfin mis en place, il était déjà obsolète. Et, bien sûr, pas de budget pour sa mise à jour...

Le *Manuel* apparut enfin à l'écran et il utilisa l'index pour aller directement à l'enquête criminelle.

D'expérience, Roy Grace veillait à ne jamais se reposer sur ses acquis et à revisiter les principes de base. D'une part pour vérifier qu'il n'avait rien négligé et d'autre part pour assurer ses arrières vis-à-vis de Pewe.

Le premier point s'intitulait « Identification des suspects ». Il parcourut cette catégorie dans son carnet, survolant la liste et les mobiles potentiels.

Les renseignements, qui englobaient l'enquête en porte-à-porte, la vidéosurveillance et le relevé de plaques d'immatriculation, venaient ensuite. Il mit à jour les rapports concernant les canettes de bière et les mégots de cigarette, le téléphone de Lorna, son ordinateur introuvable et le circuit électrique présent dans le studio.

« Autopsie ». Selon le compte rendu provisoire de Theobald, les causes de la mort étaient 1A. un traumatisme crânien, 1B. une électrocution. Roy ajouta qu'une analyse ADN était en cours.

« Analyse scientifique de la scène de crime ». Il ajouta quelques détails, dont la trace au mur indiquant qu'un cadre avait été sans doute décroché.

« Recherche de témoins ». Il mentionna l'interrogatoire de Seymour Darling et ajouta qu'une enquête en porte-à-porte était en cours.

« Enquête sur la victime ». Il retranscrivit la discussion entre Norman Potting et l'une des amies de Lorna.

Mobiles possibles. Il avait déjà rédigé deux pages sur le sujet.

« Médias ». Il nota que des appels à témoins avaient été passés sous la forme d'un communiqué de presse à l'*Argus*, à Latest TV, la chaîne régionale, ainsi qu'à Radio Sussex, Juice et l'hebdomadaire *Brighton & Hove Independent*.

« Autres démarches constructives ». Il relut la description de sa tentative d'interrogatoire de Corin Belling, la course-poursuite, les arrestations et interrogatoires de Seymour Darling et de Kipp Brown, ainsi que la découverte d'un nouveau suspect : Greg.

Quand il eut terminé, il appela Batchelor.

— Guy, j'aimerais que tu convoques Seymour Darling à titre de témoin, avec son avocate, et que tu lui montres des images de Kipp Brown. Peut-être que c'est lui, le James Bond qu'il prétend avoir vu devant le studio de Lorna.

— Je m'en occupe, chef.

— Tiens-moi au courant.

— Absolument.

Grace retourna ensuite l'appel à l'inspection générale, à propos de l'enquête dont il faisait l'objet. Il n'était pas particulièrement inquiet. Une seule chose pouvait avoir provoqué la fuite de Corin Belling : la culpabilité.

62

Lundi 25 avril

Il avait entendu dire que tuer, c'était franchir le Rubicon. Maintenant, il comprenait pourquoi. Quand on tue, impossible de revenir en arrière. Mais il préférait réfléchir en termes d'« actions » plutôt que de « meurtre ». Il n'était pas un meurtrier et n'était pas convaincu que la mort de Lorna Belling soit la conséquence de ses actions.

Pas totalement convaincu, du moins.

Peut-être ne le serait-il jamais. La seule chose dont il était certain, c'est qu'il ne paierait pas pour cette mort.

Commissaire Roy Grace, tu es intelligent et ton équipe est expérimentée. Honnêtement, si l'un de mes proches était assassiné, je serais ravi que tu mènes l'enquête. En temps normal, disons.

Et ce ne sont pas des paroles en l'air. C'est vrai. Tu es incroyablement intelligent et c'est bien ça, le problème.

Je ne paierai pas pour ce meurtre, hors de question. S'il faut choisir entre toi et moi, je suis désolé, mais ce sera toi.

Tu te dis sans doute que j'ai perdu les pédales et ce n'est pas faux. Mes pensées partent dans tous les sens, j'ai du mal à garder le contrôle.

Mais je veux que tu saches à quel point je te respecte. Qu'est-ce que tu es doué ! Mais si tu t'approches trop, il faudra que je me débarrasse de toi, comme de la douce Lorna. Je suis triste rien que d'y penser. Très triste.

Dans une autre vie, on aurait pu bien s'entendre, toi et moi. Mais j'ai l'impression que ça ne sera pas pour cette fois. Et c'est tellement dommage.

63

Lundi 25 avril

Juliet Solomon et Matt Robinson faisaient de nouveau équipe, en ce lundi soir. Il était 19 h 30, et ils avaient commencé leur service de nuit une heure et demie plus tôt. Après avoir fait un peu de paperasserie, en attendant d'être appelés, ils décidèrent d'aller patrouiller, de se mettre « en chasse », comme disait Matt, afin d'assurer une présence policière visible, ce que Nicola Roigard, la commissaire générale et les citoyens de Brighton appelaient de leurs vœux.

Au volant, Juliet se dirigea vers le bord de mer. Ils passèrent le rond-point du Palace Pier et s'engagèrent sur Kingsway. Ils observèrent attentivement les rues et les occupants des véhicules, à la recherche des suspects habituels : dealers, évadés de prison ou personnes n'ayant pas respecté leur contrôle judiciaire, conducteurs en état d'ivresse, chauffeurs pendus à leur téléphone, etc.

Il pleuvait à verse et les trottoirs étaient quasiment déserts. Peu de gens sortaient un lundi soir, même s'il ne faisait pas encore nuit noire.

— J'aime bien cette période de l'année, quand les soirées rallongent, juste après le changement d'heure. Le printemps n'est plus très loin et ça me met de bonne humeur.

Les yeux rivés sur la route, au-delà des essuie-glaces, Matt Robinson s'étonna :

— Plus très loin ? Tu dois avoir une sacrée bonne vue !

— Ha ha !

Alors qu'ils approchaient du Grand Hôtel et du Metropole, Juliet désigna la tour qui s'élevait à cent soixante mètres sur leur gauche. La plate-forme panoramique, qui ressemblait à un donut couvert de miroirs, s'élevait lentement, tel un téléphérique vertical. Sa construction avait suscité une certaine controverse dans la région.

— Qu'est-ce que tu en penses, maintenant que c'est fini ? Tu n'étais pas fan de ce projet, si je me souviens bien…

— Je trouve ça plutôt cool, maintenant. Il y a deux semaines, on est montés avec Steph et les garçons. La vue est incroyable ! Qu'est-ce que tu en dis, toi ?

— Je commence à m'y faire. J'adore le châssis de la plate-forme, tout en miroir, très soucoupe volante ! concéda-t-elle. Plus qu'à attendre le premier suicide.

— Ce cynisme ! Ou plutôt : quel pessimisme !

— Tu connais la définition du mot « pessimiste » ?

— Non, mais je crois que tu vas me la dire…

— « Optimiste avec expérience. »

Il sourit.

— Je crois que l'accès est scellé. Personne ne pourra monter faire le grand saut.

— Bien sûr que si. Il y a une échelle métallique, à l'intérieur, pour le contrôle technique.

Matt Robinson frissonna.

— Pas mon truc, j'ai le vertige.

— Pas moi, mon père était dans la construction. Quand j'étais gamine, il me laissait grimper sur les toits avec lui.

— Mon Dieu ! Il n'avait jamais entendu parler des mesures de sécurité ?

— Ça, c'est sûr. Il a succombé à une chute du toit du Pavillon Royal quand j'avais 18 ans.

— Oh, je suis désolé. Triste histoire.

Ils continuèrent à rouler. Il n'y avait pas beaucoup de circulation. Voyant une camionnette avec un feu arrière défectueux, Robinson sortit en informer le conducteur. Au moment où il revint dans la voiture, ils reçurent un appel de police secours : un homme se comportait de façon suspecte devant un entrepôt de matériel électrique sur Lewes Road.

Content de passer à l'action, Matt Robinson alluma le gyrophare et la sirène tandis que sa collègue accélérait, doublant deux véhicules. Il entra l'adresse dans le GPS. Alors qu'ils s'engageaient dans Grand Avenue, ils reçurent l'information que deux autres véhicules étaient déjà sur place et que le suspect était en train d'être interrogé.

Ils firent demi-tour et décidèrent de retourner patrouiller dans le centre de Brighton. Pour passer le temps, ils discutèrent de leurs interventions préférées et de celles qu'ils aimaient le moins. Lui détestait les accrochages quand les conducteurs se battaient comme des chiffonniers pour savoir qui était en tort. Elle redoutait particulièrement les différends conjugaux. En général, les policiers se méfiaient de ce genre de disputes, car il n'était pas rare qu'ils reçoivent une chaise en pleine figure ou qu'ils soient pris à partie par l'un des protagonistes.

Juliet aimait la poussée d'adrénaline qui accompagnait les accélérations, gyrophares allumés. Matt n'avait rien contre une bonne bagarre dans un pub.

Alors qu'ils tournaient à gauche dans Preston Street, une rue bordée de restaurants, où les fins de soirée étaient régulièrement agitées, un homme basané en bombers bondit au milieu de la route et leur fit signe de s'arrêter.

Juliet pila et Robinson baissa sa vitre. Avant qu'il n'ait eu le temps de dire quoi que ce soit, l'homme, très agité, désigna une Ferrari garée.

— Ces connards, avec leur Prius de merde, viennent de me rentrer dedans en marche arrière et ils disent que c'est moi qui les ai défoncés !

Robinson se tourna vers sa collègue :

— Tu prends ?

— À toi l'honneur ! répliqua-t-elle.

Robinson mit sa casquette, ouvrit sa portière et sortit sous une pluie encore plus drue. Même s'il n'était pas spécialement grand, sa carrure de videur et son regard accusateur, mis au point au fil des années, déstabilisaient la plupart des contrevenants.

Deux hommes sortirent de la petite berline garée devant la Ferrari. Le plus grand portait un bonnet. Il avait les mains et le visage couverts de tatouages. Le plus petit, connu des services de police, y compris de Robinson, avait un tatouage en forme de fil barbelé autour du cou. Il faisait partie de la pègre locale et avait fait plusieurs séjours en prison.

— Bon, dit Robinson d'une voix calme. Qui sont les conducteurs des voitures ?

L'homme basané et le plus petit se manifestèrent.

Robinson aurait juré voir sa collègue sourire, depuis l'habitacle agréablement chauffé de leur Ford Mondeo.

Il lui fit discrètement un doigt d'honneur dans le dos.

64

Lundi 25 avril

Le centre d'information et de commandement de la police du Sussex se trouvait dans un bâtiment futuriste en brique rouge, sur le campus du quartier général. Il s'agissait d'un *open space* sur deux étages, composé de rangées de terminaux informatiques et d'écrans affichant des plans de rue ou des images provenant des 850 caméras de surveillance de la police du comté installées dans toute la région.

À première vue, on pouvait croire qu'il s'agissait des bureaux d'une compagnie d'assurances, d'un site de vente en ligne ou d'une institution financière. Mais, même s'il y régnait une atmosphère de calme concentration, c'était le centre névralgique du maintien de l'ordre, là où étaient traités tous les appels à police secours.

Evie Leigh regarda sa montre et bâilla. Huit heures moins deux. Encore quatre heures avant la fin de son service de douze heures. Elle fixa l'horloge murale en espérant que les aiguilles fassent un saut dans le temps. Mais l'heure était la même qu'à sa montre : 19 h 58.

Cela faisait longtemps qu'elle n'avait pas eu une journée de travail aussi tranquille. Même si personne ici, ou dans les forces de l'ordre en général, n'osait prononcer le mot « tranquille », célèbre pour déclencher une avalanche d'incidents. Elle mourait cependant d'envie de le crier, histoire de créer un peu d'action.

Cela n'allait pas être nécessaire.

Evie adorait son travail, surtout le fait de ne jamais savoir ce qui allait se passer dix secondes plus tard : hold-up, accident, candidat au suicide, rixe dans un pub, cambriolage... Quand elle était très occupée, shootée à l'adrénaline, elle ne voyait pas le temps passer.

Mais ce soir, c'était comme si la police du Sussex avait réussi à éliminer toute trace de criminalité. Cela dit, les lundis n'étaient pas les jours les plus animés, surtout par temps de pluie.

Cinquante personnes travaillaient à cet étage, et trente au-dessus. La plupart étaient des civils, un bon tiers d'entre eux des policiers à la retraite qui avaient besoin de compléter leur pension ou à qui le métier manquait. Les civils, dont elle faisait partie, portaient un polo bleu roi avec l'inscription « Groupe d'appui civil » en blanc sur la manche, tandis que les policiers portaient des chemisettes noires.

Ils étaient sous la direction de l'un des chefs de centre, vingt-quatre heures sur vingt-quatre. La gradée de permanence ce soir était Kim Sherwood. La petite cinquantaine, un visage juvénile encadré de cheveux blonds coupés court, elle n'en avait plus que pour un an avant la retraite, ce qui la terrifiait. Elle adorait son boulot et toutes les responsabilités qui allaient avec.

Entre 2 heures et 7 heures du matin, la personne de garde prenait les décisions pour tout le Sussex.

Son poste de travail était composé d'une armée de moniteurs. L'un d'eux, à écran tactile, lui permettait de suivre l'activité du centre. Au-dessus de son bureau se trouvait un écran qui lui permettait de suivre en direct les images de chacune des caméras de vidéosurveillance installées dans la région. À l'aide d'un joystick, elle pouvait faire pivoter ou zoomer certaines d'entre elles.

Des opérateurs et des contrôleurs équipés de micro-casques étaient installés tout autour d'elle, ainsi qu'à l'étage du dessus. Ils étaient chargés d'estimer le degré d'urgence de chaque appel, de dispatcher les interventions aux patrouilles en voiture ou à pied, de rester en contact avec eux jusqu'à ce qu'ils arrivent sur place et, quand c'était possible, de suivre l'intervention.

Ils recevaient entre 1 500 et 2 500 appels par jour. Certains n'étaient pas du tout des urgences. Il n'était pas rare que quelqu'un les dérange parce qu'il s'était enfermé à l'extérieur de son appartement, parce que son chat avait disparu ou parce que sa tondeuse à gazon avait été volée. Certains étaient d'une impudence incroyable, comme cet alcoolique qui les avait appelés la veille pour les prévenir qu'il avait trop bu et qu'il avait besoin d'une patrouille pour le ramener chez lui.

Les appels comme celui-là constituaient une menace dans la mesure où ils étaient susceptibles de bloquer une véritable urgence. Evie préférait largement être sollicitée quand il était question de vie ou de mort. Aujourd'hui, elle n'avait eu à traiter aucune affaire de ce type. Elle regarda l'heure et se rendit compte que l'ennui lui donnait faim. Elle qui était au régime ne put résister à passer commande au restaurant indien quand l'un de ses collègues passa entre eux pour collecter les souhaits des uns et des autres. Elle avait beau avoir apporté une salade au thon, la perspective de la grignoter tandis que flottaient dans l'air des arômes d'épices lui sembla insurmontable. Elle opta pour un poulet korma, un naan à l'ail, des beignets à l'oignon, deux papadums et du riz basmati, ce qui, comme d'habitude, serait beaucoup trop copieux.

C'est à ce moment-là que son téléphone vibra.

— Police secours, que puis-je faire pour vous ? dit-elle en regardant la localisation qui apparut à l'écran.

Son interlocuteur ou interlocutrice se trouvait à proximité d'Hangleton.

Elle entendit une petite voix, un murmure. Elle se demanda si ce n'était pas un enfant qui jouait avec le téléphone, comme ça arrivait souvent.

— Pourriez-vous parler plus fort, je vous entends à peine.

La terreur dans la voix de la femme lui glaça le sang. Elle parlait tout bas, mais Evie comprit ce qu'elle disait :

— Aidez-moi, mon Dieu, aidez-moi. Il monte l'escalier. Il a une hache. Il va me tuer.

65

Lundi 25 avril

— Comment ça, vous ne voyez aucune trace ? Il y a une putain d'entaille, monsieur l'agent ! s'emporta l'homme en blouson en cuir en désignant l'aileron avant de sa Ferrari.

Matt Robinson s'accroupit et alluma sa torche. La pluie qui lui dégoulinait dans le cou coulait aussi sur ses lunettes. Il éclaira la carrosserie gris métallisé, mais ne trouva rien de plus qu'une petite égratignure de moins d'un centimètre.

— À part cette rayure, je ne vois rien.

— Vous savez combien ça coûte de faire repeindre une Ferrari ? Plusieurs milliers de livres.

— Vous pourriez aussi utiliser un efface-rayures.

— Sur une « LaFerrari » ? C'est pas n'importe quelle bagnole, putain ! Ma voiture coûte 350 000 £ et vous me conseillez d'utiliser un efface-rayures ?

— Avec tout le respect que je vous dois, monsieur, des voitures sont endommagées tous les jours. C'est un risque à prendre quand on les gare dans la rue.

— C'est tout ce que vous avez à me dire ? Que vous, les flics, êtes incapables de faire régner la sécurité dans les rues de Brighton ? D'ailleurs, ce demeuré n'a rien à faire sur la route. En plus, il est sans doute bourré. Vous allez le faire souffler dans le ballon ? lança-t-il en désignant le conducteur de la Prius.

Matt Robinson sentit alors des relents d'alcool dans l'haleine de son interlocuteur. Son talkie-walkie s'alluma, mais il eut du mal à entendre le message.

— Vous avez bu, monsieur ?

— Non, mais je rêve !

— Pouvez-vous répondre à ma question ? dit Matt Robinson en se relevant.

L'attitude de l'homme changea du tout au tout.

— Non, enfin… juste une, je veux dire un demi, c'est tout.

— Je vais vous demander de souffler dans l'alcootest.

— Quoi ? Vous plaisantez ? Un abruti me rentre dedans et c'est à moi que vous vous en prenez ?

— Je ne m'en prends à personne. L'autre conducteur aussi devra se soumettre au test.

Il entendit soudain sa collègue l'appeler. Il se retourna.

— Matt, on a une urgence, agression à la hache, cria-t-elle, vitre ouverte.

— Vous avez de la chance qu'on soit appelés ailleurs, dit Robinson au propriétaire de la Ferrari.

L'homme le fusilla du regard.

— De la chance ? Je me fais défoncer ma voiture et vous appelez ça de la chance ?

— Les voies du Seigneur sont impénétrables, conclut Robinson en grimpant dans la Ford Mondeo.

Il n'avait pas eu le temps de fermer la portière que la voiture accélérait déjà, à grand renfort de sirène et gyrophares.

— Eh bien, allez vous faire foutre, monsieur l'agent, hurla l'homme, ulcéré.

Il se tourna pour poursuivre la conversation avec le conducteur de la Prius, mais celui-ci s'était discrètement éclipsé. Il vit des phares au loin, arrêtés au feu rouge en direction du bord de mer.

— Hé ! Espèce d'enculé !

Il piqua un sprint, mais le feu passa au vert et la voiture tourna à gauche puis disparut.

Robinson se pencha en avant pour entrer dans le GPS l'adresse que Solomon lui avait donnée.

— Qu'est-ce qu'on sait pour le moment ? dit-il en essuyant ses lunettes avec un mouchoir.

— Différend conjugal, et ça sent pas bon. Le mari menace sa femme avec une hache.

— Il est bûcheron ou quoi ?

Elle sourit et se concentra sur sa conduite.

— Je tourne à droite ou à gauche en haut de la rue ? lui demanda-t-elle.

Le GPS n'était pas encore opérationnel. Il réfléchit, tandis que les vitrines de magasins et de restaurants défilaient.

— Gauche.

Le navigateur le lui confirma.

— On est gâtés, ce soir, grommela-t-il, tandis qu'elle grillait un feu rouge et accélérait dans Western Road. D'abord un accrochage, et maintenant une dispute conjugale.

— Charlie Romeo Zéro Cinq ? dit la voix de l'opératrice.

— Charlie Romeo Zéro Cinq, confirma Robinson.

— J'ai du nouveau sur la situation au 29, Hangleton Rise. La femme s'est barricadée dans une pièce à l'étage et le mari tente de défoncer la porte.

66

Lundi 25 avril

Au centre d'information et de commandement, le calme régnait toujours. Personne d'autre qu'Evie Leigh et Kim Sherwood, la gradée de garde, qui écoutait désormais l'appel, n'était au courant du drame qui était en train de se jouer.

Les cris de la femme. Les coups, de plus en plus forts, qui ressemblaient à ceux d'une masse contre du bois. Des gémissements terrorisés. Des aboiements féroces.

Evie resta calme, comme elle l'avait appris, et essaya de rassurer son interlocutrice, dont elle avait réussi à obtenir le nom :

— Trish, ne raccrochez pas. La police est en route. Ils vont arriver dans quelques minutes. Tout va bien se passer.

— Je vois la hache ! Non ! Pas ça ! À l'aide ! Mon Dieu, aidez-moi !

— Trish, reprit Evie d'une voix ferme, sans paniquer. Pouvez-vous vous enfuir de cette pièce par la fenêtre, par exemple ?

— On peut juste l'entrouvrir... contre les cambriolages...

Evie entendit un nouveau bruit sourd et un hurlement. Puis le bois sembla voler en éclats.

En bas de la carte, sur son écran, la patrouille Charlie Romeo Zéro Cinq était symbolisée par un point rose. Ils progressaient rapidement sur Old Shoreham Road. Elle se dit qu'ils avaient fait un bon choix en évitant Boundary Road et son passage à niveau susceptible de les ralentir. Mais ils étaient toujours à trois minutes de leur destination.

Soudain, elle entendit un craquement encore plus violent et le cri déchirant de la femme.

La cheffe de centre dut prendre une décision rapide. Elle envoya des renforts et le nota dans le compte rendu qu'elle avait ouvert. Par politesse, elle indiqua à Evie Leigh qu'elle souhaitait entrer en contact direct avec les deux policiers qui s'apprêtaient à arriver sur les lieux.

— Charlie Romeo Zéro Cinq, ici la cheffe de centre.

— Charlie Romeo Zéro Cinq, confirma une voix d'homme.

— À quelle distance êtes-vous ?

— Arrivée prévue dans trois minutes.

— La situation est critique. Une femme du nom de Trish Darling s'est réfugiée dans une pièce à l'étage. Son mari est fiché pour actes de violence. Il est actuellement en train de défoncer la porte. On pense qu'elle est en danger de mort. Bien reçu ?

— Bien reçu.

— Utilisez n'importe quel moyen pour entrer dans la maison. Vous pouvez forcer une porte ou une fenêtre.

Vous pouvez faire usage de votre Taser. Le type est connu pour avoir agressé des femmes. On sait aussi que le chien est agressif. On pense que le mari est actuellement armé d'une hache. Des renforts sont en route, ainsi qu'un spécialiste canin. Si vous arrivez en premier, entrez et soyez prudents.

— C'est noté, cheffe.

Matt Robinson échangea un regard avec sa collègue, qui avait écouté le message.

Juliet Solomon grimaça et ils se gardèrent de tout commentaire. Certains opérateurs avaient tendance à paniquer et à envoyer des renforts alors qu'il s'agissait d'un bébé qui pleurait ou d'une scène de guerre à la télé. Parfois, des voisins un peu trop zélés sonnaient l'alarme pour rien, mais là, la situation semblait grave.

La lieutenante appuya sur l'accélérateur, alors même qu'elle roulait déjà très vite. Tous les deux avaient le regard rivé sur la route, au cas où un conducteur étourdi ou têtu leur refuserait la priorité – sans compter les cyclistes sans lumière ou tenue réfléchissante.

Robinson consulta le GPS et annonça :

— Deux minutes.

— Charlie Romeo Zéro Cinq ? lança la cheffe de centre.

— Charlie Romeo Zéro Cinq, confirma Robinson.

— Il semblerait que l'agresseur ait réussi à défoncer la porte et qu'il se trouve dans la même pièce que la femme. Vous en êtes où ?

— Plus que deux minutes, cheffe.

Robinson savait que de multiples blessures pouvaient être infligées en quelques secondes, et que deux minutes pouvaient se transformer en une éternité. Il regarda la chaussée, puis le compteur, puis de nouveau la chaussée, tout en essayant de visualiser la rue Hangleton Rise, qu'il connaissait un peu. Dans son souvenir, elle était principalement composée de maisons individuelles d'après-guerre, de quelques HLM et de commerces de proximité.

— Charlie Romeo Zéro Cinq ?

— Charlie Romeo Zéro Cinq.

— J'ai sous les yeux une vue aérienne du 29, Hangleton Rise. Il s'agit d'une maison individuelle. Vous pourrez entrer facilement par le côté ou l'arrière. Une autre patrouille arrive dans trois minutes et des renforts armés sont à six minutes. Bien reçu ?

— Bien reçu.

Malgré ses années d'expérience, Robinson sentit le trac l'envahir, tout en sachant que, à peine sorti de la voiture, il serait pleinement opérationnel. Ils tournèrent à droite dans Hangleton Rise.

Il détacha sa ceinture et Solomon sortit son Taser de son étui.

67

Lundi 25 avril

Au-delà des cris perçants de la femme terrifiée, tandis qu'une sirène était à l'approche, Evie Leigh fut choquée par les propos de l'assaillant.

— Qu'est-ce que tu as dans la main, salope ? Tu appelles les flics, c'est ça ? Tu crois vraiment qu'ils peuvent faire quelque chose pour toi ? À ta place, j'appellerais une amie, ou bien je demanderais l'avis du public. On y va pour trois questions, OK ? *Est-ce que mon mari va me tuer ? Est-ce que mon mari va me tuer ? Est-ce que mon mari va me tuer ?*

Sur son écran, Evie constata que le point rose venait de s'arrêter et le message qu'elle attendait toujours impatiemment apparut : « Patrouille à destination. » En général, son implication s'arrêtait là, mais pas cette fois. Elle avait l'habitude des appels en panique. Le plus souvent, c'étaient des gens qui étaient réveillés en pleine nuit par un bruit de verre brisé. Une fois, elle avait eu affaire à une femme enfermée dans le coffre d'une voiture volée. Une autre, une mère avait appelé parce que son bébé, qu'elle avait laissé dans sa poussette devant un magasin, dans une rue commerçante, avait disparu.

Mais elle n'avait jamais été confrontée à une situation aussi éprouvante que celle-ci. Même si elle parvenait à garder son calme pour rassurer son interlocutrice, afin que celle-ci trouve une solution, elle n'avait qu'une envie : quitter son poste, rejoindre la victime et la protéger de ce monstre.

Il y avait deux autres raisons importantes pour lesquelles elle ne souhaitait pas raccrocher. L'enregistrement témoignerait de la suite des événements, prouvant éventuellement que la police n'avait pas fait un usage excessif de la force, et il permettrait aux autres intervenants de prendre connaissance de la situation, dans la mesure où la patrouille Charlie Romeo Zéro Cinq serait sans doute trop occupée pour les informer.

Un cri lui glaça le sang. Puis un deuxième.

— Non, non, je t'en supplie !

Un coup s'abattit, suivi d'un hurlement d'agonie. Et d'une série de bruits sourds.

Elle entendit un râle.

— Trish ? demanda-t-elle d'une voix tremblante.

— Trish, vous m'entendez ? Trish ?

Matt Robinson, qui avait ouvert sa portière avant l'arrêt de la voiture, sauta, glissa sur le trottoir humide et faillit perdre l'équilibre.

Il alla chercher le bélier dans le coffre, et, accompagné de sa collègue, fonça vers la porte d'entrée bleue. Une sirène approchait, mais elle était encore loin. Il échangea un regard avec Juliet Solomon, qui hocha la tête. Sans la moindre hésitation, il balança de toutes

317

ses forces le bélier contre la porte, qui céda facilement, si bien qu'il trébucha presque.

Dans le hall, ils hurlèrent tous les deux : « Police ! Police ! »

Un chien marron, de plus d'un mètre au garrot, se mit à grogner depuis une porte qui devait être celle de la cuisine.

Les yeux fixés sur l'escalier, Robinson évita tout contact visuel avec l'animal et serra le bélier contre lui, au cas où il aurait à l'utiliser. Il remarqua que sa collègue sortait une bombe lacrymogène. Espérant ne pas avoir à se défendre contre le chien, il fonça dans l'escalier en criant : « Police ! Police ! » puis : « Madame Darling ? Madame Darling ? »

Depuis le palier, rejoint par sa collègue, il constata que le chien, en bas des marches, aboyait comme s'il s'agissait d'un jeu. Juste devant eux se trouvait une porte blanche, ou du moins ce qu'il en restait. Le panneau avait été détruit de façon à former un trou suffisamment grand pour qu'un adulte passe à travers. De l'autre côté, ils découvrirent un petit homme mince d'une cinquantaine d'années vêtu d'un pantalon en flanelle gris et d'un pull en laine trop grand pour lui.

Immobile, il tenait des deux mains une hache ensanglantée, sans la moindre expression sur son visage.

Le sol et les murs étaient mouchetés de rouge.

— Lâchez votre arme ! lui cria Juliet Solomon, tandis que Robinson appelait une ambulance.

L'homme ne réagit pas. Il regardait fixement devant lui, comme en transe.

Un véhicule d'urgence approchait.

— Lâchez votre hache ! répéta Solomon en avançant d'un pas.

— Êtes-vous monsieur Darling ? hurla Matt Robinson. Où est Mme Darling ?

Toujours pas de réponse.

Le chien se remit à aboyer furieusement. Ils entendirent des bruits de bottes et des voix au rez-de-chaussée. La cheffe de centre les informa par radio que les renforts armés étaient sur place.

— Dernier avertissement. Lâchez votre arme ! cria Solomon, de plus en plus inquiète.

Seymour Darling regarda le sol couvert de sang et déclara d'une voix incroyablement calme :

— Elle ne m'a pas laissé le choix. Il fallait que je le fasse. Parfois, dans la vie, on n'a pas le choix, il y a des choses qu'il faut faire. C'est tout.

68

Lundi 25 avril

Roy Grace entendit des coups de feu à travers la porte. Plusieurs tirs isolés, puis la rafale d'une arme automatique. Il toqua. Pas de réponse. Il recommença, plus fort.

— *Ja ?*

Il entra dans la chambre mansardée de Bruno, petite, mais confortable. Les murs étaient rouges, avec de petites étagères blanches disposées avec goût par Cleo. Les affiches de deux footballeurs de Manchester United, ainsi que d'une chanteuse de rock que Roy ne connaissait pas, étaient accrochées aux murs. Sur l'une des étagères se trouvait une horloge en forme de stormtrooper de Star Wars. À côté d'elle était assis un ours en peluche avec une écharpe de Manchester United. Sur une autre était disposée une rangée de livres de *Harry Potter* et d'Anthony Horowitz en allemand, et sur une dernière, une enceinte Sonos. Au-dessus, un singe en peluche dégingandé était suspendu par la queue.

Son fils était allongé sur son lit, dont les draps étaient, eux aussi, aux couleurs de Manchester United. Vêtu d'un tee-shirt rouge et blanc, d'un jean bleu et de chaussettes beiges, il tenait une manette de jeu à la main. Sur l'écran de télévision fixé au mur devant lui, une silhouette nébuleuse se faufilait dans des ruelles en 3D de ce qui ressemblait à une ville du Moyen-Orient. Bruno la traquait de son AK47. Quand elle réapparut, il lâcha une nouvelle salve, qui souleva de la poussière.

Bruno jeta un bref coup d'œil à Roy, l'air contrarié.

— Comment ça va ? lui demanda Grace.

Les yeux rivés à l'écran, Bruno répondit :

— Erik est en train de gagner. Il a fait 32 morts, et moi seulement 17.

— Il est 22 heures, peut-être que tu devrais songer à te coucher. Tu commences l'école demain.

Bruno l'ignora et tira de nouveau. Cette fois, le personnage fut touché, du sang jaillit de son dos, il bondit et s'affala sur le ventre. En bas de l'écran apparurent les chiffres 18 et 33.

— C'est pas juste ! s'exclama Bruno. Erik vient d'en avoir un, lui aussi !

— Bruno… insista Grace.

Il n'était pas à l'aise avec ces jeux violents, mais cela faisait de toute évidence quelque temps que son fils y jouait, et ce n'était pas le moment d'imposer de nouvelles règles. Ça attendrait.

Sans quitter l'écran des yeux, Bruno répliqua :

— Il est 23 heures en Allemagne et Erik n'est pas obligé de se coucher.

— Tu as ton premier jour d'école demain.

— Et alors ?

— Peut-être que tu devrais te reposer.

— Erik aussi a école demain.

— Jusqu'à quelle heure les parents d'Erik vous laissaient jouer ?

Deux silhouettes surgirent d'une embrasure de porte. Un personnage se retourna, pointa une mitraillette vers elles et leur tira dessus, tandis qu'un autre zigzaguait dans l'allée.

L'image se figea et les mots *Game Over !* apparurent.

De rage, Bruno jeta la console sur ses genoux.

— Tu vois ce qui s'est passé ? Tu m'as déconcentré et Erik a encore gagné.

— Il gagne souvent ? lui demanda Grace gentiment.

— Il est fort, il me bat chaque fois, répondit le garçon, désabusé.

— Je pense qu'on pourrait le battre !

— Comment ?

— J'ai une formation de tireur, tu sais ? Je connais les tactiques de combat à l'arme à feu. Tu voudrais que je te les apprenne ? Il existe des techniques pour tirer sur quelqu'un, et surtout ne pas se faire tirer dessus, dans des situations exactement comme celles-ci.

— Tu peux m'apprendre maintenant ? lui demanda son fils, soudain curieux.

— Pas tout de suite, mais pourquoi pas après l'enterrement de ta mère.

— Et tu crois que je battrai Erik ?

— Je te le garantis. Je vais t'apprendre à tirer comme un policier, et surtout à protéger tes arrières.

Bruno réfléchit.

— OK, lâcha-t-il avec un semblant d'enthousiasme.

— Toi et moi, on va le ratatiner, Erik !

Il vit son fils sourire quasiment pour la première fois. Cleo l'appela soudain.

— Roy, téléphone !

— On s'en reparle dans la semaine ?

— *Ja.*

Soupçonnant fortement qu'à cette heure indue on ne l'appelait pas pour lui annoncer une bonne nouvelle, Roy Grace descendit répondre à l'appel.

Il ne s'était pas trompé.

Quelques années plutôt, lors d'une formation de gestion des ressources humaines au sein de la police, il avait lu un livre intitulé *Le Principe de Peter*. Selon ce principe, dans une hiérarchie, tout employé a tendance à s'élever à son niveau d'incompétence. L'homme qu'il avait au bout du fil en était la preuve vivante.

Andy Anakin, surnommé Anakin Panicking par ses collègues, était le capitaine de garde au commissariat de Brighton et Hove. Roy Grace, et il n'était pas le seul, avait remarqué que cet officier était incapable de gérer une situation calmement.

— Roy, putain, c'est la catastrophe, dit-il au bord de l'apoplexie.

— Je t'écoute, dit Grace en prenant le verre de vin qu'il avait laissé sur la table basse du salon, pour en boire une gorgée.

N'étant pas d'astreinte cette semaine, il avait tout à fait le droit de boire, même si, ce soir, il s'était contenté d'un demi-verre du délicieux bourgogne blanc que Cleo avait déniché en promotion chez Butler's Wine Cellar, leur caviste préféré.

— Si j'ai bien compris, vous vous intéressez à un certain Seymour Darling dans le cadre d'une enquête criminelle, c'est ça ?

— Tout à fait, Andy. Pourquoi ?

Il lui raconta par le menu, sa voix montant dans les aigus, ce qui s'était déroulé un peu plus tôt.

— Seymour Darling l'a attaquée ?

— C'est pour ça que je vous appelle, parce que vous l'aviez déjà dans votre radar. À première vue, il s'agirait d'une dispute qui aurait dégénéré. Il est fiché, mais pas pour ce genre de crime. Qu'en pensez-vous ? Vous voulez vous en occuper ?

Grace repensa aux preuves qu'ils avaient accumulées contre ce suspect.

— Ça marche, Andy, je vais confier cette enquête à mon adjoint, Guy Batchelor. Je veux que la même équipe bosse sur les deux dossiers.

— C'est ce que je m'étais dit, Roy.

— On s'ennuie jamais avec toi, pas vrai, Andy ?

— Jamais de temps mort, renchérit-il, pince-sans-rire.

Grace lui demanda quelques détails supplémentaires, raccrocha et composa le numéro de Guy Batchelor.

69

Lundi 25 avril

— Nom de Dieu !

En douze ans de carrière, dont six à la police judiciaire, Jon Exton n'avait jamais vu une scène de crime comme celle-là. Vêtu d'une combinaison en cellulose blanche, il fixait, comme en transe, la tête coupée de Trish Darling, qui gisait dans une flaque de sang écarlate, sur l'épaisse moquette beige. Les lunettes étaient restées en place. Ce qui le perturbait le plus, c'est qu'il avait l'impression de regarder un masque d'Halloween comme on en trouve dans les magasins de farces et attrapes. Sauf que ce n'était pas un déguisement.

L'une des mains sectionnées se trouvait juste à côté, et l'autre, au bout de la pièce, près des deux pieds. Le torse avait été fendu en son milieu. Du sang avait giclé sur les quatre murs, la moquette, l'édredon, les rideaux et au plafond.

Il se retourna pour ne pas vomir.

— Tiens bon, Jon, lui dit Batchelor, qui se trouvait juste à côté. Ne va pas contaminer la scène de crime !

Au bord de l'évanouissement, Exton s'accrocha à son collègue comme à un radeau.

— Désolé, désolé, bafouilla-t-il.

— Ne t'inquiète pas, mec, ça arrive aux meilleurs d'entre nous, compatit Batchelor, qui avait lui aussi la nausée.

Dans la même pièce s'affairaient deux techniciens en identification criminelle et un photographe spécialisé qui filmait la scène.

Batchelor regarda l'heure à sa montre. Bientôt minuit. Il bâilla.

— Tu n'es pas marié, mais tu as une copine, n'est-ce pas, Jon ?

— Oui, elle s'appelle Dawn.

— Ah oui, très sympa, je l'ai croisée au dîner de la police judiciaire l'année dernière. Elle est australienne, non ?

— C'est ça !

— Tu te verrais la découper en morceaux ?

Exton secoua la tête.

— Moi non plus, jamais je ne pourrais faire ça à Lena. Bordel, il faut être sacrément remonté contre sa femme.

— C'est l'euphémisme du siècle, Guy.

Batchelor se souvint avoir rencontré la femme de Seymour Darling le samedi précédent. Aimable comme une porte de prison, soit dit en passant, mais personne ne mérite d'être découpé à la hache.

— L'équipe de la morgue ne va pas tarder à arriver, on n'a plus grand-chose à faire ici. Que dirais-tu d'une bonne nuit de sommeil ?

— Bonne idée.

Exton ne put s'empêcher de jeter un dernier coup d'œil à la tête sectionnée, qui l'attirait comme un aimant. La femme le fixa en retour, comme pour le supplier de faire quelque chose. Il frissonna.

Sans vraiment le décider, d'une façon imperceptible, il hocha la tête pour lui confirmer que justice serait faite.

70

Mardi 26 avril

À 8 h 30, le lendemain matin, Guy Batchelor ouvrit la réunion dans une salle de conférences pleine à craquer. Deux tableaux blancs avaient été ajoutés aux quatre rassemblant les photos de la scène de crime de Lorna Belling, les clichés de son autopsie, ses connexions et les suspects : son mari, Seymour Darling et Kipp Brown. Sur l'un des nouveaux se trouvaient les photos du corps démembré de Trish Darling et sur l'autre l'entourage de Seymour Darling, ainsi que des photos de face et de trois quarts prises lors de sa détention, la nuit précédente.

— Ceci est la huitième réunion de l'opération Bantam. Il y a eu du nouveau pendant la nuit, annonça Batchelor avant de révéler à son équipe les circonstances dans lesquelles Seymour Darling avait été trouvé dans une chambre, chez lui, une hache à la main, auprès de sa femme démembrée. Le suspect s'est laissé arrêter sans protester. Un spécialiste prépare actuellement les questions de son interrogatoire.

— Un spécialiste en quoi ? Boucherie ? se hasarda Norman Potting.

— Attention, Norman, certains se sont fait trucider pour des blagues de ce genre, plaisanta Glenn Branson.

— Voire charcuter, renchérit le commandant Dull, que tout le monde pensait dénué d'humour.

Grace sourit.

— Bon, on a fait toutes les blagues Carambar, on peut commencer à bosser ?

Il entendit soudain un bruit de billes qui s'entre-choquent et pensa immédiatement à feu Bella Moy, qui plongeait sans arrêt sa main dans une boîte de Maltesers. Il vit que Velvet Wilde faisait circuler un grand paquet de M & M's. Plusieurs membres de l'équipe, qui n'avaient sans doute pas pris leur petit déjeuner, acceptèrent volontiers. Grace appréhendait la réaction de Potting, même si la jeune lieutenante ne pouvait pas connaître la portée d'un geste aussi anodin. Potting se contenta de refuser poliment.

Wilde fit ensuite rouler quelques cacahouètes vers elle, une rouge, une marron et deux vertes, qu'elle engloutit tour à tour.

Grace observa attentivement Potting, qui semblait avoir du mal à gérer ses émotions. Il se demanda s'il ne devrait pas mettre Velvet au courant de la situation. Soudain, à sa grande surprise, Potting se saisit du sachet, fit tomber quelques M & M's dans sa main, et le rendit à Velvet en la remerciant à voix basse.

Grace n'en croyait pas ses yeux. Était-il en train de la draguer ? D'un côté, il était content que Norman soit prêt à passer à autre chose, après la mort de Bella, mais d'un autre, il se dit que si c'était vraiment ce qu'il croyait, le vieux capitaine allait être déçu.

— Ce qu'on sait pour le moment, c'est que Seymour Darling était fiché. Il semblerait qu'il y ait eu une escalade dans la violence. En 1997, il a été arrêté pour vol à l'étalage et a écopé d'une amende et d'une peine de travail communautaire. En 2003, il a été condamné à deux ans avec sursis pour tentative d'extorsion avec menaces. Et surtout, en 2005, il a pris quatre ans pour coups et blessures – la femme qu'il a agressée dans un pub a perdu un œil. C'est un type très sympa, comme vous pouvez le voir.

— Il aurait pu faire carrière en politique ! s'exclama Potting en jetant un regard vers Velvet, qui observait les tableaux blancs.

Batchelor ignora sa saillie et reprit :

— Le capitaine Exton assiste actuellement à l'autopsie réalisée par le Dr Theobald. Il nous rejoindra après la réunion, mais j'ai l'impression que la cause de la mort ne sera pas difficile à déterminer.

Il jeta un coup d'œil à ses notes.

— Voyons maintenant la stratégie médias. Il n'y a pas d'autres suspects pour le meurtre de Trish Darling, on n'a donc pas besoin des médias locaux. Je tiendrai une petite conférence de presse dans la matinée en prenant soin de ne pas divulguer les détails gore. Je n'ai pas envie que l'*Argus* publie un article susceptible d'effrayer l'opinion publique. Je vous propose de me limiter au fait qu'une femme a été retrouvée morte chez elle, à Hangleton, hier soir. Son mari est en garde à vue, et il fait également l'objet d'une enquête pour le meurtre d'une autre femme, Lorna Belling, survenu la semaine dernière. Tout le monde est d'accord ?

— Pas moi, intervint Donald en levant la main.

— Je vous écoute, dit Batchelor en esquissant un sourire poli pour masquer sa frustration face à cette nouvelle recrue pour laquelle il n'avait aucun respect.

— Ne faites-vous pas un rapprochement potentiellement dangereux, ici ? Comme le dit si bien le commissaire Grace, la supposition est la mère de toutes les conneries.

— Où voulez-vous en venir exactement ? riposta Batchelor.

— Ce que je veux dire, commandant adjoint, dit Dull en insistant sur « adjoint », c'est que Seymour Darling a peut-être assassiné sa femme dans un accès de rage, mais que ça ne fait pas de lui le principal suspect dans l'affaire Lorna Belling. Les circonstances sont complètement différentes.

Batchelor réfléchit à une réponse politiquement correcte.

— Pas notre suspect principal, mais il reste l'un des suspects, Donald.

Grace observa le nouveau commandant, conscient que c'était précisément pour cela, pour leur regard neuf, que des membres de la société civile étaient introduits dans leur hiérarchie. Il était facile, après des années d'expérience, de devenir cynique ou systématique dans ses suspicions. Dull n'avait pas tort. Ils allaient devoir continuer son interrogatoire pour déterminer s'ils devaient, ou pas, le considérer comme suspect dans l'affaire Lorna Belling.

— Moi aussi, j'ai quelque chose à ajouter sur ta conférence de presse, intervint Grace. Il faut que tu fasses bien attention au fait que Darling était sous contrôle judiciaire quand il a assassiné sa femme. Je te suggère qu'on contacte l'équipe des relations presse à l'issue de cette réunion.

Ray Packham, qui faisait partie de ce qu'on appelait autrefois la brigade high-tech, avait été embauché par le service de cybercriminalité pour former les nouvelles recrues. Dans le cadre de cette enquête, il était chargé d'analyser les téléphones et ordinateurs des suspects. Méthodique et réservé, il ne ressemblait pas à un geek, plutôt à un fonctionnaire. Roy Grace le respectait immensément.

— On utilise quelque chose qui peut nous aider ici, vu le nombre de suspects, intervint-il en levant la main. Les téléphones portables peuvent être très bavards quand le Bluetooth est activé, ce qui est le cas sur de nombreux appareils. Ce qu'on a découvert récemment, c'est que quand le wi-fi est allumé, il tente régulièrement de se connecter avec les appareils autour de lui. On peut retrouver des empreintes numériques sur certains des routeurs qui croisent sa route.

— Quel genre de routeur ? lui demanda Grace.

— Les routeurs professionnels, plus puissants que ceux pour les particuliers. Certains geeks en utilisent, mais on les retrouve le plus souvent dans les entreprises et les hôtels, car ils offrent plusieurs connexions. On dispose d'un kit capable de révéler les adresses IP des appareils ayant tenté de se connecter au routeur, même plusieurs semaines plus tôt.

Le silence se fit, tandis que Norman Potting croquait une cacahouète.

— Très intéressant, Ray, dit Batchelor. Qu'as-tu découvert de particulier dans cette enquête ?

Packham secoua la tête.

— On n'a pas encore commencé à chercher, mais j'ai fait le tour du quartier et j'ai remarqué plusieurs pubs, restaurants et bed and breakfast, dont certains auront sûrement ce genre de routeur. Il y a des entreprises aussi. Peut-être que grâce à une enquête en porte-à-porte, on saura qui s'est régulièrement rendu dans ce quartier, et que l'un d'entre eux sera le Greg en question.

— Très pertinent, Ray, commenta Batchelor.

Il jeta un coup d'œil à Roy Grace, qui approuva d'un hochement de tête.

— Quelles sont les ressources dont tu aurais besoin ?

— Un policier ou deux pour renforcer ma crédibilité et je peux m'y mettre tout de suite.

Batchelor regarda autour de lui et se tourna vers le lieutenant Alexander :

— Jack, je te confie cette mission.

— Très bien, chef, répondit le jeune enquêteur, ravi d'écoper de cette responsabilité.

Batchelor s'adressa ensuite à l'Américain Arnie Crown, en veillant à ne surtout pas l'appeler Shorty.

— Arnie, vous voulez bien accompagner Jack ? Ça vous permettra de voir comment on procède en porte-à-porte, en Angleterre.

— On ne sera pas armés ?

— Armés ? Si, bien sûr, on commence toujours par jeter une grenade de désencerclement par la fente de la boîte aux lettres.

— Vraiment ?

Toute la salle éclata de rire.

71

Mardi 26 avril

Roy Grace et Glenn Branson étaient installés dans la salle d'observation, face à un écran. Grace avait devant lui une tasse de café et son collègue une bouteille d'eau. Seymour Darling se trouvait dans la salle d'interrogatoire avec son avocate. En face d'eux, Guy Batchelor et Jon Exton.

Les deux policiers se présentèrent, puis Batchelor s'adressa au suspect et à son avocate :

— Pourriez-vous décliner votre identité à des fins d'enregistrement ?

— Seymour Rodney Darling, lâcha le concerné d'un ton agressif.

— Doris Ishack du cabinet Lawson Lewis Blakers, avocate de M. Darling.

— Il est 10 h 17, mardi 26 avril, enchaîna Batchelor.

Il lui relut ses droits et lui demanda s'il les comprenait bien. Darling acquiesça.

— Pourriez-vous nous dire ce que vous avez fait la nuit dernière ?

— J'étais chez moi.

— Quelle est votre adresse ?

— Je pense que vous la connaissez. 29, Hangleton Rise.

— Pourriez-vous nous détailler votre soirée d'hier au 29, Hangleton Rise ?

— Oui, je suis revenu du travail vers 19 h 30 et ma femme avait mis la chaînette de sécurité, donc je n'ai pas pu rentrer. Il a fallu que je la menace de fracasser la porte pour qu'elle m'ouvre, la connasse. J'ai sonné et tapé pendant des heures.

— Est-ce l'heure à laquelle vous rentrez habituellement ? lui demanda le capitaine Exton.

— Si vous étiez marié à elle, vous comprendriez. Il me fallait deux bières pour l'affronter.

Son avocate tenta de l'interrompre, mais il l'ignora.

— Pendant des années, elle a fait de ma vie un enfer, m'accusant sans arrêt de ceci ou de cela.

— Pourquoi avait-elle mis la chaînette de sécurité ? lui demanda Batchelor.

— Pour me faire chier.

— Et pourquoi aurait-elle voulu faire cela ?

— Elle s'était mise dans la tête que j'avais une maîtresse. Parfois, quand je rentrais, elle pétait un câble et me jetait des trucs à la gueule. N'importe quoi. Un cendrier, un meuble, une casserole pleine de soupe…

— Et que ressentiez-vous alors ? poursuivit Batchelor.

— Elle était en phase terminale d'un cancer, j'essayais d'être compréhensif. Je ne sais pas ce qu'on ressent avec cette menace permanente. Elle était furieuse, elle se demandait : « Pourquoi moi ? », expliqua-t-il en regardant tour à tour son avocate et les deux enquêteurs.

Exton hocha la tête, empathique.

Batchelor se pencha sur ses notes.

— Monsieur Darling, lors de notre précédente entrevue, dimanche dernier, vous nous avez dit qu'elle avait entre quatre et six mois à vivre. Vous confirmez ?

— Oui.

— Les policiers qui ont rencontré votre femme pendant votre garde à vue ont abordé ce sujet. Elle leur a répondu, visiblement surprise, qu'elle était en parfaite santé. Qu'en dites-vous ?

Roy Grace jeta un coup d'œil à Glenn Branson. Le visage du suspect s'empourpra et il leva ses poings en l'air.

— Elle a dit quoi ? Putain, je le crois pas !

Batchelor consulta de nouveau son carnet.

— Je vais vous lire le passage qui nous intéresse. Voici ce qu'elle a déclaré : « Je suis en parfaite santé. C'est un truc qu'il aime bien faire croire à ses maîtresses. Il vit dans un monde imaginaire. Il aimerait bien que je sois en phase terminale, mais malheureusement pour lui, ce n'est pas le cas. »

Darling sembla sincèrement choqué.

— Vous plaisantez ?

— Je peux vous donner une copie de sa déposition signée. Nous sommes actuellement en contact avec son médecin traitant pour en savoir davantage sur son état de santé.

Darling secoua la tête.

— C'est trop tard de toute façon, non ? Toute sa vie, elle n'a fait que mentir pour me faire souffrir.

Il cacha son visage dans ses mains, désespéré.

L'espace d'un instant, Roy Grace ressentit de la tristesse. Ayant rencontré Trish Darling, qu'il avait trouvée particulièrement virulente, il se demanda qui détenait la vérité. Darling était-il un monstre ou quelqu'un qui l'était devenu, poussé à bout ? Il est souvent difficile de savoir ce qui se passe vraiment dans les couples.

— Pourriez-vous nous dire ce qui s'est passé quand vous êtes rentré chez vous, hier soir ? reprit Batchelor.

Darling garda le silence, les yeux dans le vague.

— J'avais bu, c'est vrai, deux pintes et peut-être un whisky. J'ai tambouriné contre la porte. Quand elle m'a laissé entrer, elle m'est tombée dessus, m'accusant de sentir l'alcool et le parfum d'une autre femme. Elle avait les yeux vitreux, comme chaque fois qu'elle faisait une crise.

— Une crise de quoi ? intervint Exton.

— Une putain de saute d'humeur. Elle était convaincue que j'avais une relation extraconjugale. Franchement, je ressemble à un homme à femmes ? Je suis pas Brad Pitt, que je sache !

— Et que s'est-il passé ensuite ? insista Batchelor.

— Je ne me souviens plus très bien. Elle s'est mise à me crier dessus, à me frapper. J'ai essayé de garder mon calme. Elle a fait des commentaires sur ma virilité. Selon elle, je ne l'avais jamais comblée, mon membre était trop petit. Même la nuit de noces, elle avait simulé. J'ai pété un câble. Je ne me souviens plus exactement, mais je crois que je l'ai battue. Elle est montée s'enfermer dans la chambre à l'étage et a continué à me provoquer à travers la porte. Elle a prétendu avoir des relations sexuelles avec un gars dont la bite mesurait trente centimètres. Elle voulait savoir ce que c'était vraiment que de baiser, avant de mourir. C'était insupportable pour moi. Je lui ai demandé d'ouvrir la porte, elle a refusé. Je suis allé dans le cabanon, j'ai pris une hache et j'ai défoncé la porte. Et puis je l'ai vue et j'ai… je l'ai…

Il fondit en larmes, se laissa tomber en avant, le front entre les mains, posées sur la table, et sanglota longuement.

72

Mardi 26 avril

Assis sur une serviette, pour se protéger de la chaleur des lattes en bois du sauna, Roy Grace réfléchissait.

Quand il était rentré chez lui en début de soirée, il était monté à l'étage voir Noah, puis Bruno, pour lui demander comment s'était passée sa première journée dans sa nouvelle école. Il avait trouvé son fils assis sur son lit, en plein milieu d'une partie de jeu vidéo avec Erik. Celui-ci lui avait répondu laconiquement que tout s'était bien passé, en lui faisant comprendre qu'il n'avait pas envie d'être dérangé. Roy, qui espérait pouvoir discuter avec lui de l'enterrement, comprit que ce n'était pas le moment. Il attendrait le lendemain, durant le trajet qu'ils partageraient dans la voiture, pour lui demander s'il voulait dire ou lire quelque chose.

Cleo l'avait convaincu d'aller à la piscine et au sauna avant le dîner, étant donné que ça lui avait été bénéfique la fois précédente.

C'était une bonne idée. Il avait nagé vingt minutes, puis passé dix minutes dans le sauna, et il était déterminé à rester encore un peu plus longtemps.

Il versa de l'eau sur les pierres brûlantes et sentit la chaleur sur son corps. Les photos macabres de Trish Belling étaient imprimées dans sa mémoire. Il avait vu beaucoup de scènes dérangeantes dans sa carrière. Un dealer torturé à mort avec un fer chauffé à blanc... un mannequin défiguré à l'acide sulfurique par un ex... L'horreur n'avait pas de limite.

Il s'était habitué à l'horreur, mais pas au point d'être insensible. Pour lui, le Mal était inacceptable.

Et il repensait souvent à cette citation d'Edmund Burke : « La seule chose qui permet au Mal de triompher est l'inaction des hommes de bien. »

Mais quelque chose le dérangeait. Il faisait confiance à son instinct, et celui-ci attirait son attention, comme une lancinante alarme de voiture, qui retentit au loin.

Il était en train de passer à côté de quelque chose.

Ou était-ce un vœu pieux ?

Il passa en revue tout ce que Seymour Darling leur avait dit aujourd'hui, et se remémora sa brève rencontre avec sa femme.

Sans l'exonérer – en aucun cas –, il comprenait comment Darling avait pu passer à l'acte. Et la remarque de Donald Dull était pertinente.

Ce que je veux dire, commandant adjoint, avait-il dit à Batchelor, *c'est que Seymour Darling a peut-être assassiné sa femme dans un accès de rage, mais que ça ne fait pas de lui le principal suspect dans l'affaire Lorna Belling. Les circonstances sont complètement différentes.*

340

Au début, Grace n'avait pas vu d'un bon œil le parachutage de civils dans leur organisation. Selon lui, rien ne remplaçait les années sur le terrain. Mais il devait admettre que vingt ans dans les forces de l'ordre pouvaient rendre certains blasés.

Ainsi, c'était la solution de facilité que de supposer que Darling avait assassiné Lorna Belling, vu qu'il venait de trucider sa femme. Mais, à l'instar de Dull, Grace aussi avait des doutes.

Bien sûr, ce serait bien pratique, pour rassurer l'opinion publique, d'annoncer que le meurtrier de Lorna Belling avait été arrêté. Ils avaient des raisons de le suspecter, mais depuis qu'ils savaient que le sperme retrouvé sur le corps de la victime n'était pas le sien, la thèse n'était plus aussi solide. Certes, Darling avait un mobile, il avait été localisé en bas de l'immeuble, il était connu pour des actes de violence et venait d'être pris en flagrant délit de meurtre.

Si la police parvenait à relier les deux crimes, cela faciliterait les choses pour le ministère public. Car, aussi absurde cela soit-il, il était possible que le meurtre de Trish Darling puisse ne pas être pris en compte dans l'affaire Belling. Les preuves ne seraient alors que circonstancielles et la condamnation purement symbolique.

Mais selon lui, cette piste serait problématique, car quand la mauvaise personne est emprisonnée, le coupable court toujours. Et elle peut frapper à tout moment. Le vrai risque est là.

Il repensa aux autres suspects : le mari, Kipp Brown et le mystérieux Greg, qu'ils devaient identifier de toute urgence. Il demanderait aux renseignements de faire une recherche exhaustive sur les réseaux sociaux.

Puis il se concentra sur les funérailles de Sandy, pour vérifier qu'il n'avait rien oublié. Pour Bruno, il espérait que beaucoup de monde fasse le déplacement. Les pompes funèbres avaient publié un avis de décès dans l'*Argus* et il avait fait circuler l'information auprès de sa famille, ses amis, ses collègues, et des connaissances de Sandy, bien sûr. Il espérait que les parents aient contacté leurs proches. Il n'était pas particulièrement ravi de les revoir, mais ferait contre mauvaise fortune bon cœur.

Avec Cleo, ils avaient discuté de ce qu'il allait porter. Par chance, ils étaient tous deux tombés d'accord sur le costume noir qu'il réservait aux grandes occasions, celui qui lui donnait l'air de sortir tout droit des *Affranchis*. Il l'avait acheté en soldes, sur un coup de tête, chez Rubenstein, à La Nouvelle-Orléans, alors qu'il participait à une conférence de l'association internationale des enquêteurs criminels.

Le révérend lui avait conseillé de préparer un éloge funèbre, et Grace savait que c'était la chose à faire. Mais il ne savait pas que dire. Il avait commencé, puis calé. Cleo lui avait conseillé de faire court et intime.

Mais il n'avait vraiment aucune idée de ce dont il allait bien pouvoir parler.

73

Mercredi 27 avril

Comme la veille, Roy Grace et Glenn Branson s'installèrent dans la salle d'observation pour suivre l'interrogatoire.

Batchelor et Exton suivirent la procédure habituelle, informant Darling, dont la garde avait été prolongée, de ses droits.

Darling parlait aujourd'hui d'une voix faible, à peine audible. Son abattement n'avait rien à voir avec la véhémence qu'il avait affichée la veille. Il jeta un regard triste à son avocate, qui ne réagit pas.

— Je ne vais pas nier avoir tué ma femme, qui m'a poussé à bout, mais ce n'est pas moi qui ai tué Lorna Belling, vous devez me croire.

— Et pourquoi vous croirait-on ? lança Batchelor. Vous étiez furieux qu'elle vous ait arnaqué. Et ce ne serait pas la première fois que vous vous en prenez à une femme.

— Ne remuez pas le couteau dans la plaie, je suis assez dans la merde comme ça.

— Au-delà du meurtre de votre femme, vous êtes témoin dans notre enquête sur la mort de Lorna Belling. À l'issue de cet interrogatoire, nous aimerions vous montrer des images de vidéosurveillance et nous apprécierions votre coopération.

— Je vous ai déjà dit qu'elle avait un amant. C'est pas plutôt à lui que vous devriez vous intéresser ? C'est lui qui l'a tuée.

— La description que Darling a faite correspond à notre Kipp Brown, dit Grace à voix basse.

Même si cette salle était parfaitement isolée, et que personne ne les entendrait crier, Grace avait tendance à murmurer, quand il suivait un interrogatoire.

— Qu'est-ce qui vous fait dire ça, monsieur Darling ? lui demanda gentiment Exton.

— Je vous ai déjà précisé que j'ai vu une Porsche noir mat tourner dans le quartier comme si elle cherchait une place pour se garer, et, peu après, je les ai vus s'enlacer dans le studio.

— L'homme que vous décrivez comme James Bond ? intervint Batchelor.

— J'ai dit qu'il avait l'allure de James Bond. Il est grand, mince et il se tient droit.

— Que pouvez-vous nous dire d'autre sur cet homme ? le pressa Batchelor. Vous l'avez vu dans sa voiture ? Sortir de sa voiture ?

Darling secoua la tête.

— Au-delà de ce que vous nous avez dit dimanche, pourriez-vous nous expliquer comment vous faites le lien entre cette Porsche et l'homme que vous avez vu avec Mme Belling ? lui demanda Exton.

— Juste une question de timing, de personnalité… Une intuition, quoi.

— Avez-vous relevé certains chiffres ou lettres de la plaque d'immatriculation de la Porsche ? lui demanda Exton.

— Désolé, c'est pas mon boulot, si vous voyez ce que je veux dire. Mais il y a autre chose, dit-il en levant l'index.

Il se fendit d'un sourire arrogant et garda le silence.

— Vous voulez bien nous dire quoi ? le relança Batchelor.

S'ensuivit, entre Darling et son avocate, une discussion à voix basse, que ni Grace ni Branson ne purent entendre.

Darling hocha la tête.

— Pendant que je montais la garde devant le studio de l'arnaqueuse, un autre type est entré dans la résidence. Je l'ai vu deux fois l'après-midi ou la soirée où vous m'accusez de l'avoir tuée. Et si vous voulez tout savoir, commandant Batchelor, vu sa dégaine, je me suis dit qu'il était des vôtres.

— Des miens ?

— Flic.

74

Mercredi 27 avril

— Quel fouteur de merde ! s'exclama Batchelor, une fois installé dans le bureau de Roy Grace.

Celui-ci acquiesça, tout en repensant à ce que Darling lui avait inspiré la veille. C'était un homme dangereux, manipulateur et instable. Le genre à dire n'importe quoi pour s'innocenter. Il n'était d'ailleurs pas rare qu'un suspect accuse un policier, en désespoir de cause. *J'ai été piégé par les flics... Vous vous couvrez toujours entre vous...*

Il arrivait qu'il y ait du vrai dans ces accusations et le procès était parfois rouvert, comme dans le cas des Six de Birmingham. Mais Grace faisait entièrement confiance à tous les membres de son équipe.

— Attendons de voir ce que trouve Ray Packham. On passera en revue les adresses IP et on verra si l'un des propriétaires de ces téléphones portables correspond à la description qu'a faite Darling.

— Ça va être long, chef, et peut-être que Darling ment.

— On n'est plus pressés par le temps. Darling a avoué le meurtre de sa femme, il va être accusé et mis en détention préventive, on l'aura sous la main. Soit on a assez d'éléments pour l'accuser du meurtre de Lorna Belling, soit on trouve le Greg en question.

— Que vous dit votre intuition, chef ?

— À mon avis, Darling dit la vérité et il y a une autre personne impliquée. Et toi, qu'est-ce que tu en penses ?

— J'hésite entre le mari, Darling et Brown. Darling est colérique et capable de tuer. Était-il énervé au point de se débarrasser de celle qu'il suspectait de l'avoir arnaqué ? Je ne sais pas, mais on connaît le sort qu'il a réservé à sa femme. Concernant Kipp Brown, on ne fait pas fortune sans être agressif. Son sperme a été retrouvé dans le vagin de la victime et on a un mobile possible : rejet ou peur pour sa réputation. Qu'est-ce que vous pensez de lui ?

Grace hocha la tête, pensif.

— Ta théorie se tient, Guy. Notre priorité, c'est de trouver ce Greg, qui semble nous bloquer dans notre enquête.

Le spectre de Cassian Pewe planait au-dessus de lui. S'ils merdaient, une tête serait mise à prix : la sienne.

75

Jeudi 28 avril

Le ciel était gris, la pluie tombait en silence, ce genre de bruine qui vous trempe insidieusement jusqu'aux os. Un temps au diapason des circonstances. Une météo parfaite pour verdir les collines anglaises, comme le dit si bien l'hymne *Jérusalem*, qu'ils entonneraient un peu plus tard, dans l'église.

Le bruit des essuie-glaces qui nettoyaient rythmiquement le pare-brise agaçait un Roy Grace à fleur de peau. Entièrement vêtue de noir, la tête couverte par un foulard sombre griffé Cornelia James, Cleo était assise à côté de lui. Quand ils arrivèrent au village de Patcham, à la périphérie de Brighton, il tourna à gauche au niveau du pub Black Lion, son ancien repaire, qui venait d'être transformé en restaurant huppé. *Rien n'est éternel*, songea-t-il en s'engageant dans la côte, laissant plusieurs cottages sur sa gauche, avant de ralentir devant la très jolie église de All Saints.

Il gara l'Alfa Romeo en mordant sur le bas-côté, alla chercher un parapluie dans le coffre, puis ouvrit la portière de Cleo, ignorant le journaliste posté de l'autre côté de la route.

Assis sur la banquette arrière, Bruno n'avait rien dit de tout le trajet. Il tenait dans ses bras un petit bouquet de lis blancs, les fleurs préférées de Sandy, qu'il déposerait sur son cercueil lors de la mise en terre. Cleo n'avait pas dit grand-chose non plus. Ils étaient tous plongés dans leurs pensées. Roy ne pouvait pas imaginer ce que son fils pouvait ressentir à ce moment précis.

Il se souvenait de ce qui l'avait marqué quand il avait perdu son père, Jack, mais il avait alors dix années de plus que Bruno. Il avait eu l'impression que la zone tampon entre la mort et lui avait disparu, qu'il était à présent le chef de la famille, qu'il devait prendre la place de son père et s'occuper de sa mère. Le sentiment qu'il n'y avait plus de génération entre la mort et lui s'était intensifié quand sa mère était décédée, quelques années plus tard.

Bruno portait un costume, une chemise blanche et une cravate, et ses cheveux blonds étaient impeccablement coiffés. Quand Grace ouvrit la portière arrière pour l'inviter à sortir, Bruno lui jeta un regard noir.

— Papa, pourquoi elle vient, Cleo ? Elle ne connaissait pas ma maman.

Grace réfléchit le temps de trouver la réponse adéquate.

— Elle l'a rencontrée à l'hôpital. Elle nous accompagne par respect pour elle et pour toi.

Le visage du garçon s'assombrit et Roy redouta qu'il se mette en colère. Mais Bruno se contenta de hocher la tête d'un air sérieux, comme s'il avait enfin obtenu une réponse à quelque chose qui le travaillait depuis longtemps. Il détacha sa ceinture de sécurité et descendit, le bouquet à la main.

— Laissons les fleurs dans la voiture, on les prendra au passage quand on ira au cimetière, d'accord ? lui proposa Roy.

— OK, chuchota-t-il.

— Tu es sûr de vouloir lire ?

Le jeune garçon acquiesça.

D'autres voitures arrivèrent, plusieurs personnes se dirigèrent vers l'église, mais Grace ne remarqua que sa sœur et sa famille.

Une fois sous le porche, il rangea son parapluie. Le révérend Ish Smale, robuste barbu, les accueillit, se tourna vers Bruno, lui prit les deux mains et se baissa pour se mettre à sa hauteur.

— Bonjour, jeune homme ! C'est très courageux de ta part d'être présent et de lire un texte. Je suis heureux de te voir.

— Qu'est-ce qui est courageux ? répliqua Bruno d'un ton relativement froid. C'est ma mère. En quoi est-ce que c'est courageux d'aller à l'enterrement de sa mère ?

L'ecclésiastique fronça brièvement les sourcils, puis esquissa un sourire bienveillant.

— C'est courageux parce que tous les jeunes gens de ton âge n'auraient pas la force de le faire.

— J'ai 10 ans, j'ai la force, rétorqua Bruno avec le plus grand sérieux.

— Je veux bien te croire ! répondit le révérend.

Puis il regarda par-dessus son épaule et annonça :

— Il me semble qu'ils arrivent.

Roy et Cleo se retournèrent et découvrirent un corbillard suivi d'une limousine noire, dont sortirent Derek et Margot. Roy ne put s'empêcher de remarquer que les parents de Sandy, qui étaient d'une avarice sans nom, avaient utilisé l'argent que leur fille avait mis de côté en vue de ses funérailles pour se louer une voiture de luxe. La situation, déjà déprimante, lui sembla désespérante.

Le cas échéant, il aurait tout pris en charge, même si, légalement, Sandy n'était plus sa femme. Il était soulagé d'avoir organisé la cérémonie lui-même. Il n'aurait pas supporté les obsèques vieillottes que ses parents lui auraient à coup sûr réservées. Car il s'agissait avant tout de Bruno. Il voulait que son fils voie sa mère enterrée dans la dignité et la bienveillance.

Quand ils entrèrent dans l'église, un sacristain d'un certain âge leur tendit le livret de funérailles. Roy, Bruno et Cleo se dirigèrent vers l'autel. Roy fit un signe poli en croisant des visages familiers, sourit brièvement à Glenn Branson et invita Bruno et Cleo à s'asseoir au premier rang. Il prit place en bout de banc, Bruno s'installant entre eux deux.

Cleo s'agenouilla en position de prière. Grace regarda autour de lui, content pour son fils qu'il y ait du monde. Il redoutait que l'église soit quasi vide, mais l'assemblée était composée d'une bonne soixantaine de personnes. Il remarqua un certain nombre de collègues, ainsi que quelques policiers à la retraite. Les autres devaient être des proches de Sandy. Sur le banc à leur gauche, il reconnut un couple âgé accompagné de ce qui devait être leur fils et sa femme, et trois enfants en bas âge. Un oncle et une tante de Sandy. Il les avait trouvés sympathiques, les rares fois où ils s'étaient rencontrés, mais Sandy n'avait jamais été très famille. Elle le faisait sourire quand elle disait : « Pourquoi faudrait-il aimer quelqu'un sous prétexte qu'il fait partie de notre famille ? » Ce qui ne l'avait pas empêchée d'accepter l'héritage généreux d'une de ses tantes.

Ses parents étaient en train de descendre l'allée centrale. Margot, qui ne savait pas s'habiller, avait choisi une tenue ridiculement mélodramatique : une robe noire, et un voile qui lui donnait des airs de veuve sicilienne. L'ensemble était miteux, comme acheté d'occasion, ce qui était certainement le cas. Derek, un homme solidement bâti, mais toujours voûté, avait dépoussiéré le costume de démobilisation de son père, un ancien de la Royal Air Force. Pour le rafraîchir, il avait opté pour une chemise très amidonnée et une cravate noire trop large. Grace fut soulagé qu'ils choisissent de s'asseoir sur le banc de gauche, avec leurs proches.

Il se pencha sur le livret de funérailles. La photo de Sandy choisie pour la couverture avait été prise au cours de leur première année de mariage, lors de vacances sur l'île grecque de Spetses. Posant devant des petits bateaux de pêche, son visage parsemé de taches de rousseur balayé par des mèches blondes, elle portait une robe légère et souriait, incroyablement heureuse. C'était cette image qui apparaissait quand, de temps en temps, il rêvait d'elle.

Des souvenirs heureux remontèrent à la surface. À l'époque, il avait la certitude d'avoir épousé la femme de sa vie. Une compagne magnifique, intelligente et passionnée.

Son âme sœur.

C'était du moins ce qu'il pensait.

La musique commença. *The Sound of Silence* de Simon et Garfunkel.

Le révérend Smale s'engagea dans l'allée centrale, suivi par les quatre hommes qui portaient le cercueil sobre, en chêne, avec poignées en laiton. Sandy aimait tout ce qui était minimal et zen. Il se surprit à espérer que ce choix lui aurait plu.

C'est alors qu'il prit conscience de la réalité.

Après des années sans savoir…

« Dans mes rêves agités, je marchais seul », fredonnèrent Simon et Garfunkel.

Sandy était à l'intérieur de ce cercueil. Morte. Dans cette boîte.

Les jours, les semaines, les mois après sa disparition avaient été un cauchemar. Tout comme les années qui avaient suivi, à se demander ce qui lui était arrivé et à spéculer, conscient que plus le temps passait, plus les chances de la retrouver vivante s'amenuisaient.

Il espérait que son âme perdue reposait désormais en paix.

Il se tourna vers son fils et vit une larme couler sur sa joue. Lui aussi avait les larmes aux yeux. Il respira les odeurs de l'église, un peu fanées, et sentit au passage la douceur du parfum de Cleo.

La chanson se termina. Le révérend Smale avait pris place à la chaire.

— Nous sommes ensemble aujourd'hui pour nous souvenir devant Dieu de notre sœur Sandra, « Sandy ». Pour rendre grâce de sa vie. Pour la recommander à la miséricorde de Dieu, notre créateur et rédempteur. Pour remettre son corps à la terre et pour nous réconforter mutuellement dans notre chagrin.

Grace sentit que Bruno tremblait, à côté de lui. Jetant un coup d'œil, il vit qu'il sanglotait. Cleo passa un mouchoir sur son visage. Il la repoussa. Grace commençait lui aussi à perdre ses moyens. Il devait se ressaisir pour pouvoir lire l'éloge funèbre. Pour Bruno, ils avaient décidé ensemble, avec le révérend Smale et Cleo, qu'il lirait quelques lignes du livre *Quand je suis triste*, de Michael Rosen.

Quand vint son tour, Bruno avait retrouvé son calme. Grace lui souhaita bonne chance et le regarda se diriger solennellement vers le pupitre et monter sur la petite boîte que le révérend avait installée pour lui.

— « Des fois je suis triste et je ne sais pas pourquoi. C'est comme un nuage qui se pose sur ma tête et me couvre. C'est pas parce que ma maman est partie. C'est juste parce que… »

Il chancela, puis se reprit et lut lentement, sans la moindre hésitation, le texte qu'il avait préparé. Quand il eut terminé, il retourna à sa place d'un pas raide. C'était maintenant au tour de Grace. Il se leva et boutonna nerveusement sa veste.

— Bravo ! chuchota-t-il à son fils.

En le croisant, le pasteur lui tapota amicalement le bras. Grace monta sur la petite estrade, sortit son discours de sa poche et le posa devant lui. Il remarqua la présence de Lesley Manning, commissaire divisionnaire, et de Nicola Roigard, commissaire générale, et fut profondément touché qu'elles aient fait l'effort de venir.

Soudain, il découvrit Cassian Pewe, assis seul au fond de l'église, dans son uniforme officiel. Il fut surpris de le voir là. Peut-être avait-il un cœur, après tout. Il respira profondément, comme il l'avait appris, pour retrouver son calme avant un discours. Il entama sa lecture d'une voix tremblante, sans lever les yeux de son texte, pour ne pas être submergé par les émotions de l'assemblée.

Quand il osa regarder Cleo et Bruno, au premier rang, il vit que son fils le fixait d'un air fermé, comme il l'avait fait en sortant de la voiture. Qu'est-ce qui le mettait en colère ? La mort de sa mère ou bien lui en voulait-il personnellement ? Le tenait-il pour responsable ?

Cleo, quant à elle, esquissait un sourire triste.

— Nous devons trouver notre chemin dans la vie, commença-t-il. Sandy était une femme magnifique et j'ai eu la chance de passer plusieurs années avec elle. Elle était drôle, intelligente, curieuse de nombreux domaines, et particulièrement douée en décoration d'intérieur, sa passion. Comme vous le savez sans doute, il y a quelques années de cela, elle a choisi de suivre une autre voie. Elle a connu de grandes aventures et d'autres sans doute plus compliquées. Elle laisse derrière elle notre merveilleux fils, Bruno, dont je suis immensément fier.

Il leva les yeux, et s'empressa de les reposer sur son texte, la gorge nouée.

— Sandy adorait lire, et me lire des citations à haute voix. L'une de ses préférées était celle-ci, de l'irrévérencieux Kurt Vonnegut : « On est sur cette terre pour péter un peu partout, ne laisse personne te dire le contraire. »

Quelques rires s'élevèrent.

— Il y en avait une autre, plus profonde, de *Sarah et le Lieutenant français*, de John Fowles : « La vie n'est pas un symbole, une énigme à résoudre en un seul coup ; elle ne consiste pas en une seule facette ; on ne l'abandonne pas après le premier jet de dés malheureux. Il faut l'endurer, s'enfoncer sans lueur ni espoir dans le cœur d'acier de la ville. Et repartir sur les mers immesurables qui nous séparent. »

Il marqua une pause et respira profondément.

— Personne ne sait ce que l'avenir nous réserve. La vie est courte, et pour certains, comme Sandy, beaucoup trop courte. Mais je suis heureux d'avoir passé plusieurs années avec elle et j'ai toujours été fier d'elle. Comme l'ont été ses parents, Derek et Margot. J'espère que cette personne adorable, immensément talentueuse, repose désormais en paix.

Il descendit de l'estrade, en pleurs.

Jeudi 28 avril

Tous ces morts, sous leurs pierres tombales effondrées.

Toutes ces épitaphes mélodramatiques.

Celle de mon grand-père dit : « Nous ne t'oublierons jamais. »

Jamais ? Mon cul ! On meurt définitivement lorsque la dernière personne à nous avoir connu meurt à son tour. Après ça, plus personne pour penser à nous. Est-ce que ça change quelque chose ?

Einstein trouvait ça embêtant. Il avait un jour confié à un ami qu'il trouvait ça triste que, malgré tout ce qu'il avait fait pour l'humanité, il en soit un jour réduit à manger les pissenlits par la racine.

Albert, je suis d'accord avec toi.

La prison à perpétuité, c'est l'antichambre de la mort. Et c'est ce qui m'attend si je ne surveille pas ses arrières.

C'est pour ça que mon plan, c'est ne rien laisser au hasard.

Jeudi 28 avril

— Toutes mes condoléances, Roy.

Il sursauta et se retourna. Cassian Pewe se trouvait juste derrière lui, la main tendue. De l'eau coulait de sa casquette de cérémonie.

— Merci, chef, répondit-il sèchement. Je vous remercie d'être venu, ajouta-t-il par politesse.

À côté de lui, tournée vers la tombe, Cleo avait passé le bras autour des épaules de Bruno, qui serrait contre lui le bouquet de lis blancs.

Un silence inconfortable plana entre les deux hommes.

— La police, c'est une grande famille, on se soutient les uns les autres, pas vrai, Roy ?

Deux ans plus tôt, Cassian Pewe avait failli mourir, en même temps que lui, dans un accident de voiture. Leur Alfa Romeo s'était retrouvée en suspension au bord d'une falaise. Roy Grace n'avait alors pas hésité à prendre tous les risques pour sauver la vie de celui qui deviendrait son supérieur. Il lui arrivait de regretter son geste héroïque.

Au moment où leurs regards se croisèrent, Grace eut l'impression de réentendre les cris de terreur de son collègue.

— Absolument, se contenta-t-il de répondre.

— Je voulais aussi te dire, Roy… Notre ami M. Tooth. Vu son état de santé, j'ai fait lever la garde vingt-quatre heures sur vingt-quatre. Mon boulot, c'est de penser au budget de la police, conclut-il avec un sourire condescendant.

Puis il s'éloigna, laissant Roy Grace sans voix.

Trempé jusqu'aux os malgré son imperméable, il brûlait de rage, au beau milieu de ce cimetière en marge d'Old Shoreham Road. Il regarda la fin du cortège se rapprocher de la tombe. Il remarqua Glenn, à une distance respectueuse, aux côtés de Jon Exton. Non loin, Guy Batchelor avait, comme eux, un air grave et révérencieux.

Derek et Margot Balkwill s'efforçaient visiblement de garder leurs distances. Bien que tournés vers la tombe, leurs visages n'exprimaient pas de véritable tristesse. Depuis leur arrivée à l'église, ils avaient veillé à ne pas croiser le regard de Roy. Celui-ci songea qu'il n'aurait jamais vraiment envie de les revoir, après cet enterrement. Il serait cependant obligé, car ils avaient exprimé le souhait de rester en contact avec leur petit-fils. Pauvre Bruno, qui devrait composer avec ces vieux pingres.

Il fut ensuite plaisamment surpris de voir que le podologue Haydn Kelly avait fait le déplacement depuis Londres. Ravi également de revoir Andreas Thomas, l'avocat allemand de Sandy. Cet homme avenant, solidement bâti, cheveux longs et barbe de trois jours, avait une quarantaine d'années. Il portait un costume et une chemise crème froissée. Grace remarqua que le dernier bouton était défait et que la cravate n'était pas assez serrée.

Il se demanda si c'était fait exprès ou pas, et en conclut que ce n'était pas important. Grâce à lui, il avait obtenu immédiatement la garde de Bruno, alors qu'une procédure classique aurait pu durer plusieurs mois et faire de son fils l'équivalent d'un pupille de l'État allemand.

Roy s'approcha de lui pour le saluer.

— Merci beaucoup d'être venu.

— C'est tout à fait naturel.

— J'ai suivi votre conseil et nous sommes en contact avec le cabinet de Brighton Family Law Partners, qui nous a été recommandé par un ami. Apparemment, ils sont spécialisés dans le droit collaboratif. J'ai appelé Alan Larkin, le fondateur, et nous avons rendez-vous avec lui, Cleo et moi. Je vous dirai comment ça se passe.

— Volontiers. Et n'hésitez pas à lui donner mes coordonnées.

— Je n'y manquerai pas.

Roy rejoignit Cleo et Bruno.

La tombe fraîchement creusée était profonde et sombre. Les côtés et le tas de terre étaient couverts d'une pelouse artificielle vert pomme. Deux planches en croix couvraient la fosse. Insensible aux intempéries, le révérend Smale attendait que la fin du cortège se rassemble autour de lui, sous des parapluies.

Roy aurait bien aimé que Pewe le laisse seul avec son fils, au lieu de tourner autour d'eux. Il fut d'autant plus surpris quand son supérieur s'adressa soudain à Bruno en allemand.

Celui-ci leva ses yeux humides et répondit d'une voix quasi inaudible. Le commissaire principal poursuivit sa conversation et l'enfant lui répondit de nouveau, jusqu'à l'arrivée du cercueil.

Grace songea qu'il y avait quelque chose de presque primitif dans les enterrements. Des pelles, des planches, des cordes, une boîte en bois, un tas de terre… La scène aurait pu se dérouler cent ans, voire mille ans plus tôt. En comparaison, les crémations étaient plus lisses, plus high-tech.

En même temps, il était tiraillé entre ses propres pensées et ce que pouvait ressentir Bruno.

Sandy aurait détesté cette mise en scène, en particulier la pelouse artificielle, elle qui ne supportait pas le factice. Se serait-elle mise en colère ?

Il fut surpris de se sentir si content que ça ne lui eût pas plu. Puis refoula cette émotion. Ce n'était ni l'heure ni l'endroit pour ressasser son amertume. Qu'elle repose en paix. Il avait passé des années à se demander si elle était encore vivante, et maintenant, il devait accepter que son corps soit dans ce cercueil.

Peut-être qu'il aurait pu empêcher cela.

La sauver.

Peut-être…

S'il avait réagi différemment lors de leur dernière conversation, à l'hôpital, à Munich, quelques semaines auparavant. S'il avait entendu son désespoir. Désespoir quant à ses blessures et son avenir. Que se serait-il passé s'il l'avait prise dans ses bras, s'il lui avait dit qu'il l'aimait encore, qu'il était prêt à tout recommencer avec elle ?

Et quoi ? Détruire tout ce qu'il avait construit avec Cleo ?

Hors de question. Ce qu'il possédait était trop précieux. Sa relation avec Cleo était plus profonde et plus honnête que ne l'avait jamais été celle qu'il avait eue avec Sandy. Il lui avait fallu des années pour comprendre que Sandy était maniaque, qu'elle voulait toujours tout contrôler, qu'elle était froide et dure.

Le Rubicon avait été franchi. Le point de non-retour atteint. C'était fini.

La voix chaleureuse du révérend Smale l'interrompit dans ses pensées.

— Je suis la résurrection et la vie, dit le Seigneur. Celui qui croit en Moi, même s'il meurt, vivra ; quiconque vit et croit en Moi ne mourra jamais.

Il fit une pause et reprit.

— Chers amis, bienvenue parmi nous, pour accompagner Sandy en sa dernière demeure. Les Écritures nous rappellent que nous n'avons rien apporté dans ce monde, et que nous n'emportons rien non plus. L'Éternel a donné et l'Éternel a ôté ; que le nom de l'Éternel soit béni. Inclinons-nous et récitons ensemble la première prière.

Roy Grace regarda le cercueil descendre centimètre par centimètre. Puis il jeta un coup d'œil à son fils, qui serrait fort le bouquet, et se souvint de ce que Marcel Kullen lui avait dit à Munich : « La dernière chemise n'a pas de poche. »

Sandy aurait aimé cette expression. Elle détestait l'avarice, notamment les patrons prêts à tout pour s'enrichir sur le dos de leurs employés. Au-delà de ses défauts et de ses difficultés personnelles, c'était quelqu'un de juste et de droit. Une bonne personne.

Que portait-elle dans ce cercueil qui disparaissait lentement de sa vue ? Une chemise sans poche ?

Il passa un bras autour de Bruno. L'espace d'un instant, celui-ci se pencha légèrement vers lui, comme s'il cherchait de la chaleur et du réconfort. C'était la première fois que son fils ne refusait pas le contact physique.

Une fois que les cordes eurent été retirées, Bruno s'avança en bougeant les lèvres, comme s'il parlait à sa mère. Voyant son fils en larmes, Roy ne put retenir les siennes.

Celle qui avait été l'amour de sa vie gisait devant lui, en train de se décomposer.

Dans quelques années, elle ne serait plus qu'un squelette.

Bruno fit un pas de plus vers la tombe, jeta les fleurs et s'immobilisa, les yeux rivés vers le cercueil.

Au bout de deux longues minutes, Grace le rejoignit, passa un bras autour de ses épaules, puis s'agenouilla pour ramasser une poignée de terre qu'il laissa s'égrener sur le couvercle.

À court de mots, il sortit un mouchoir et son fils l'imita.

Il chercha ensuite la main de Bruno, la trouva et la serra. Le garçon pressa légèrement la sienne.

Puis Cleo les rejoignit au bord de la tombe.

Le révérend Smale entama la dernière prière.

— Dieu tout-puissant, dans Son infinie miséricorde, a rappelé à Lui l'âme de notre sœur bien-aimée, c'est pourquoi nous confions son corps à la terre. Souviens-toi que tu es né poussière et qu'à la poussière tu retourneras. Dans la certitude de la vie éternelle.

L'assemblée murmura : « Amen. »

— Veux-tu rencontrer tes grands-parents ? lui proposa Grace.

— Non, je veux rester ici avec maman. Tout seul avec elle encore quelques minutes, merci.

Roy et Cleo reculèrent. Cleo se tourna vers Glenn Branson, qui se dirigeait vers eux. Roy se sentit obligé d'aller saluer ses anciens beaux-parents.

— C'est une bien triste journée, fit-il en leur tendant la main.

Aucun des deux ne la serra. Derek semblait aussi fuyant que d'habitude et Margot le fusilla du regard.

— Une bien triste journée que celle où notre fille vous a rencontré.

— Je l'ai aimée, protesta Grace.

— Vous appelez ça de l'amour ? siffla Margot. Si vous l'aviez aimée convenablement, elle ne vous aurait jamais quitté. Vous étiez trop obsédé par votre carrière pour pouvoir aimer notre fille. Après vous avoir quitté, elle n'a pas arrêté de nous répéter qu'elle était plus heureuse qu'avant.

Grace encaissa cette nouvelle comme un uppercut.

— Vous lui avez parlé après sa disparition ?

— Oui, Roy. Régulièrement.

— Et vous saviez où elle était, pendant tout ce temps ?

— Bien sûr, elle nous contactait de temps en temps.

La voix de sa belle-mère débordait d'arrogance et son mari se fendit d'un sourire suffisant. À ce moment précis, Grace lui aurait volontiers mis son poing dans la gueule.

— Je n'arrive pas à y croire. Vous saviez qu'elle était vivante et vous m'avez laissé vivre ce cauchemar ? Et vous n'avez rien dit quand je vous ai prévenus pour son accident ?

— Elle nous a dit de ne rien vous dire, intervint Derek d'un ton pointu.

Cet ingénieur à la retraite, qui passait son temps à fabriquer des avions miniatures de la Royal Air Force, semblait coincé dans cette époque fantasmée.

— Quand elle a découvert qu'elle était enceinte, elle a choisi une meilleure vie pour elle et son enfant, asséna Margot.

— Et vous avez laissé la police faire des fouilles dans mon jardin à la recherche de son corps alors que vous saviez qu'elle était vivante ?

— Avec vous, notre fille a vécu un enfer. Qui sème le vent récolte la tempête, répondit-elle, avant de tourner les talons.

— Hé, j'ai encore d'autres choses à vous dire, protesta Grace, ulcéré.

Derek Balkwill tourna la tête et lâcha, de façon presque désinvolte :

— Pas nous.

78

Jeudi 28 avril

Quittant le cimetière au volant de sa voiture, Grace garda le silence, plongé dans ses pensées. Pendant des années, il avait consulté des médiums au sujet de sa disparition. Une voyante lui avait dit que Sandy travaillait pour une guérisseuse, dans le monde des esprits, et qu'elle était heureuse d'être de nouveau en contact avec sa mère. Le problème, c'est que sa mère n'était pas morte du tout.

A posteriori, cette femme ne s'était pas totalement trompée, car Sandy communiquait bel et bien avec sa mère. Mais pas dans le monde des esprits.

Certains, dont un dénommé Ross, que Roy avait trouvé particulièrement crédible, lui avaient assuré que Sandy n'était pas décédée.

Il ne s'était pas trompé.

Et cette connasse de Margot qui savait tout depuis le début… Il se sentait trahi.

Une demi-heure plus tard, ils arrivèrent au pub Elephant and Castle, à Lewes, où une salle avait été privatisée pour eux. Bouillonnant de rage, il s'efforça d'être le plus aimable possible avec les invités.

Ils étaient donc au courant. Était-ce la vérité ? Derek était un menteur invétéré. Faisaient-ils semblant de savoir ? Non. Ils ne pouvaient pas avoir deviné que c'était parce qu'elle était enceinte que Sandy était partie. Elle avait dû leur dire.

Il était midi passé. Avec un peu de chance, ça ne durerait pas longtemps, une heure peut-être, et il pourrait retourner travailler. Il avait de nouvelles pistes, dans l'affaire Lorna Belling, et voulait les mettre en place rapidement. Assis sur une chaise, dans un coin, avec une assiette de sandwichs sur les genoux, Bruno semblait absorbé par son téléphone. Grace chercha des proches de Sandy pour les présenter à Bruno.

— Joli costume, Roy.

Grace se retourna et sourit à Glenn Branson, qui palpa le tissu d'un air approbateur. Deux ans plus tôt, avant que Roy ne commence à sortir avec Cleo, Glenn avait insisté pour l'emmener faire du shopping et le relooker avec des vêtements de qualité. Et il se considérait désormais comme son styliste personnel.

— Je l'ai acheté à La Nouvelle-Orléans.

— Je sais, et il te va encore très bien, avoua-t-il. C'était où, déjà ? Sur Canal Street, non ? Chez Rubenstein ?

— Tu t'en souviens ?

— Tout est là-dedans, dit-il en tapotant son crâne. Je connais les boutiques de mode du monde entier. Je suis une encyclopédie vivante du bon goût.

— Et moi qui pensais que tu ne réfléchissais qu'avec ta bite !

— Très drôle. Bon, je ne vais pas pouvoir rester longtemps, il faut que je retourne bosser.

— Éclipse-toi quand tu veux, je ne vais pas faire long feu non plus.

En passant en revue l'assemblée, pour n'oublier de saluer personne, il fut surpris de voir que Pewe était toujours là.

Il s'approcha discrètement et constata qu'il discutait de nouveau avec Bruno en allemand. Il ne put s'empêcher de remarquer son comportement bienveillant à l'égard de son fils. Offensive de charme ? Si oui, pourquoi ?

À sa droite, Cleo discutait avec Dick et Leslie Pope, ses vieux amis qu'il lui avait présentés à la sortie de l'église. Il les rejoignit pour prendre de leurs nouvelles. Cela faisait plus de deux ans qu'ils ne s'étaient pas vus. Du coin de l'œil, il surveilla Pewe et Bruno, qui semblaient engagés dans une conversation animée. Son fils était-il heureux de pouvoir parler allemand avec quelqu'un ? Ce que Grace ne comprenait pas, c'était pourquoi son supérieur n'était pas encore retourné travailler.

Nicola Roigard et Lesley Manning s'étaient excusées juste après la cérémonie religieuse et il s'attendait à ce que Pewe fasse la même chose. Or, celui-ci avait assisté à la mise en terre et à la réception en petit comité. Dans quel but ?

Pewe n'avait pas pour habitude d'être particulièrement aimable avec les gens. Grace suspectait qu'il avait ses raisons, sans savoir lesquelles. Sans doute lui demanderait-il de lui rendre un service. Il le saurait bien assez tôt.

— Vous tenez le coup, chef ? lui demanda soudain Norman Potting, la bouche pleine.

Grace hocha la tête sans quitter Pewe du regard.

— C'est gentil de me demander, Norman, et je voulais moi aussi prendre de tes nouvelles. Comment va la santé ?

Potting avait été diagnostiqué d'un cancer de la prostate quelques mois plus tôt. À deux reprises, il avait demandé conseil à Grace, puis ne lui en avait plus reparlé.

— Merci pour votre intérêt, chef. J'ai encore des tests à faire, mais je lis pas mal de trucs qui disent que, parfois, la chirurgie n'est pas nécessaire. Que si la tumeur se développe lentement, on a plus de risques de mourir d'autre chose que du cancer. Et si je passe sur le billard, peut-être que je ne pourrai plus lever Popaul… ajouta-t-il avec une grande tristesse.

Les deux hommes gardèrent le silence quelques secondes.

— J'espère que cette journée ne t'a pas trop fait penser à Bella.

Le capitaine secoua la tête, puis, visiblement bouleversé, se fraya un chemin à travers la pièce. Du coin de l'œil, Grace vit Guy Batchelor et Jon Exton s'approcher de lui.

— Je vais devoir m'excuser, Roy, il faut que j'y retourne, dit Batchelor.

— Moi aussi, dès que possible. Il faut que je vous parle, à Glenn et à toi. On dit 15 heures dans mon bureau ?

— Ça me va.

Guy lui tendit une poignée de main ferme et leurs regards se croisèrent.

— On va trouver le coupable, chef, lâcha-t-il avec un sourire rassurant.

— On n'a pas d'autre choix, Guy.

Jon Exton s'approcha à son tour de lui, les traits tirés. Il sentait la transpiration, comme s'il avait dormi dans son costume. Grace le trouva nerveux et se demanda s'il n'avait pas des problèmes d'alcool, en sentant son haleine chargée. Certes, il y avait du vin et de la bière à disposition, mais Exton n'était pas censé boire pendant son service.

— Tout va bien, Jon ? lui demanda-t-il à voix basse.

— Oui, chef, très bien.

— Vraiment ? insista Grace en fronçant les sourcils.

— Eh bien, entre vous et moi, c'est un petit peu tendu avec ma compagne en ce moment.

— Tu n'es pas le seul. Bienvenue au club, Jon !

— Ha ha, oui ! Mais je pense qu'on va trouver une solution. On a des soucis depuis qu'on est rentrés de vacances. Je suis… je suis sûr que ça va aller. Je vais… je vais suivre Guy, si ça ne vous dérange pas.

— Surtout, n'hésite pas à venir me parler, d'accord, Jon ?

— Je vous remercie, mais tout va bien se passer.

Grace regarda autour de lui. Pewe discutait toujours avec Bruno. Les parents de Sandy n'avaient pas fait le déplacement. Tant mieux. Ce n'était ni le moment ni l'endroit pour les incendier, même si c'était ce dont il avait envie. Mais s'ils étaient au courant que Sandy était vivante, qui d'autre l'était ? Une pensée saugrenue lui traversa l'esprit. Pewe ?

Impossible.

Un accent écossais le fit se retourner.

— Roy, tu te souviens de nous ? On est des cousins de Sandy, on était là à votre mariage ! Bill et Helen Ross, d'Aberdeen !

Grace découvrit un couple âgé, visiblement en pleine forme.

— Oui, bien sûr, ravi de vous revoir, dit-il poliment en leur serrant la main.

À la vérité, lui qui avait une mémoire photographique ne les remettait que vaguement.

— Quelle triste histoire, murmura Helen. On est de tout cœur avec toi.

Il bavarda quelques minutes avec eux, tout en constatant qu'il y avait de moins en moins de monde. Pewe avait enfin disparu. Cleo l'informa que la sœur de Roy allait les raccompagner chez eux, elle et Bruno, puis qu'elle ferait un petit tour avec lui pour acheter des Pokémon et peut-être discuter avec lui.

Roy se mit en route vers le QG de la police. Autant il avait ressenti du chagrin à l'église et au cimetière, autant il était désormais en proie à de la colère et de l'incompréhension. Furieux contre les parents de Sandy, désarçonné par le comportement de Cassian Pewe.

Était-il possible que Sandy, qui n'avait jamais été proche de ses parents, ait partagé son secret avec eux ? Pour ne pas les faire souffrir, peut-être ?

Où avaient-ils, sans qu'il le sache, reçu eux aussi une simple lettre d'adieu leur expliquant ce qu'elle avait vécu ? Essayaient-ils de le désarçonner ? Si oui, pourquoi ? Par mépris ? Pour marquer un point dans leur bataille imaginaire ?

Lui qui pensait qu'en enterrant Sandy il pourrait enfin tourner la page… Il venait d'hériter, non seulement d'un fils dont il n'avait jamais entendu parler, mais aussi d'un nouveau mystère.

Passant la barrière de la Malling House, il rangea ses problèmes personnels dans un coin de son cerveau et se concentra sur l'opération Bantam. Quelque chose le tracassait.

Comme une ombre.

Une ombre qui l'accompagna jusqu'à son bureau, où il trouva un message qui l'inquiéta au plus haut point.

79

Jeudi 28 avril

Grace fixa le Post-it jaune collé en évidence sur son bureau. Sa secrétaire avait noté, à la main, le nom d'une commissaire de l'inspection générale.

L'inspection générale, ce n'était jamais bon signe. Cela signifiait qu'un civil ou un policier avait porté plainte contre un officier. Dans certains cas, la personne incriminée était suspendue de ses fonctions le temps de l'enquête, voire destituée, ce qui était rare.

Comme chaque fois qu'il était convoqué par un supérieur, il ressentait le trac d'un collégien dans le bureau du principal. Si c'était à propos de la mort de Corin Belling, pourquoi était-ce si urgent ?

Si l'inspection générale souhaitait des informations sur un sujet moins grave, un officier moins gradé que la commissaire Paula Darke l'aurait contacté. Il décrocha son téléphone, pour le savoir au plus vite. Il tomba sur un répondeur qui l'invitait, d'une voix claire et autoritaire, avec un léger accent du nord de Londres, à laisser un message.

Merde.

Ce petit carré jaune l'avait complètement décon-centré. Vu qu'il avait passé la matinée à l'extérieur, il trouva une cinquantaine d'e-mails dans sa boîte. Il les passa rapidement en revue, au cas où l'un d'eux contiendrait des informations sur l'objet de sa convoca-tion. Quelques minutes plus tard, son téléphone sonna et il entendit la voix de la commissaire.

— Roy, merci pour ton appel. Je sais que tu étais à l'enterrement de ton ex-femme ce matin, mais je dois te parler d'un sujet délicat. Tu as le temps cet après-midi ?

Il regarda l'heure à son ordinateur : 14 h 30.

— J'ai une réunion à 15 heures, mais je peux passer avant.

— Je pense que ça durera plus longtemps que ça, dit-elle d'un ton neutre.

— Je peux aussi venir après.

Il était pressé de savoir. Le fait que ce n'était pas un rendez-vous en coup de vent commençait à l'inquiéter.

— Je peux aussi décaler la réunion et venir immé-diatement, si tu es libre.

— Parfait, merci.

Comme quasiment tous les services de la police du Sussex, l'inspection générale, bien que puissante, dis-posait d'un espace extrêmement restreint. Le bureau de Paula Darke était minuscule. Son unique fenêtre donnait sur une pelouse en pente. Sur son bureau, poussé contre l'un des murs, se trouvait un seul objet personnel : la photo d'un bel homme, crâne rasé, solidement bâti, souriant. Grace connaissait de vue son mari, depuis peu devenu enquêteur, après plusieurs années comme gardien de la paix à la police de Londres. Une grande carte de la région, découpée en secteurs, était accrochée en évidence.

Lorsqu'elle fit pivoter sa chaise pour lui faire face, leurs genoux se touchèrent presque. Cette commissaire était connue pour être bosseuse, dure, mais juste. La petite quarantaine, c'était une jolie femme forte aux traits réguliers, cheveux bruns courts et ondulés. Il fut surpris de la voir en uniforme : pantalon noir, chemise blanche, épaulettes et cravate noire.

— Merci de passer me voir, Roy. Je reviens tout juste d'un conseil de discipline, s'exclama-t-elle pleine d'énergie, prête à relever le prochain défi. Tu portes un très joli costume, ajouta-t-elle en aparté.

— Merci, c'est la troisième fois qu'on me fait un compliment. Il est si extraordinaire que ça ? Je l'ai acheté à La Nouvelle-Orléans, il y a quelques années.

— Il te mincit. Même si tu n'as pas besoin de paraître plus mince que tu ne l'es, s'empressa-t-elle d'ajouter. Et La Nouvelle-Orléans… Quelle chance ! Je rêve d'y aller.

Elle marqua une pause et reprit d'une voix plus grave.

— Roy, il s'agit d'un sujet très délicat.

Grace blêmit.

— De quoi s'agit-il ? demanda-t-il d'une voix étrange, beaucoup trop aiguë.

— D'un membre de ton équipe. Le capitaine Exton.

— Exton ?

Un immense soulagement l'envahit, mais il fit tout son possible pour ne pas le montrer. Il pensait savoir ce qu'elle allait lui dire, mais son intuition se révéla inexacte.

— Tu sais sans doute que l'inspection générale analyse certains ordinateurs, pris au hasard. Les téléphones fonctionnant plus ou moins comme des ordinateurs, nous avons commencé à les passer, eux aussi, au peigne fin. Une source anonyme nous a signalé qu'Exton avait récemment consulté des sites d'escort girls depuis son téléphone professionnel.

Elle fit une pause pour observer la réaction de Grace.

— Je suis abasourdi. C'est l'un des policiers les plus conservateurs que je connaisse.

— Peut-être cache-t-il bien son jeu ?

— Plusieurs sites ou un en particulier ?

— Tu peux en juger par toi-même, dit-elle en lui montrant un relevé.

— Quel imbécile ! Pour tout te dire, je pense qu'il a un problème en ce moment, et j'avais prévu d'en discuter avec lui cet après-midi.

— Quel genre de problème ? dit-elle d'une voix douce.

Au-delà de sa réputation de forte tête, Paula Darke était aussi d'une grande bienveillance, et Grace le savait.

— Il arrive au bureau décoiffé, parfois pas rasé, et il semble préoccupé. En temps normal, il est particulièrement soucieux de son apparence, plutôt collet monté et très fiable. On le surnomme Monsieur Réglo parce que ses instructions sont toujours très détaillées. J'ai l'impression qu'il est en train de craquer. Ce n'est pas du tout son genre de visiter des sites comme ça, et c'est bien sûr inacceptable depuis son téléphone professionnel.

— Il est marié ?

— Divorcé. Si j'ai bien compris, il a une fille et s'entend bien avec son ex. Il entretient depuis plusieurs années une relation sérieuse avec une Australienne. Une certaine Dawn, très gentille, que j'ai rencontrée lors d'un événement caritatif pour la police l'année dernière. J'essaie d'en savoir plus et je te tiens au courant ?

Elle hésita.

— Je pensais plutôt demander à quelqu'un de l'inspection générale de lui parler.

— Je peux discuter avec lui d'abord ? C'est un type bien, j'en suis convaincu.

Elle lui jeta un regard interrogateur.

— Fais-moi confiance, je crois en lui.

— OK, Roy, dit-elle sans conviction. Mais on ne peut pas laisser passer ça.

— Je lui parle dès que possible cet après-midi.

— Merci. C'est toujours inquiétant quand quelqu'un se comporte de façon imprévisible. Surtout en cette période de sécurité renforcée.

— Entièrement d'accord.

Il quitta le bureau de la commissaire, extrêmement soucieux.

Son collègue et ami Jon Exton avait-il un problème plus sérieux qu'il ne le pensait ?

80

Jeudi 28 avril

Glenn Branson et Guy Batchelor se dirigeaient déjà vers son bureau quand Grace entra dans le bâtiment, préoccupé par la discussion qu'il venait d'avoir avec Paula Darke. Il leur fit signe de s'asseoir au petit bureau qu'il utilisait comme table de conférence. Il attrapa ses notes et les rejoignit, décidé à ne rien leur dire au sujet d'Exton pour le moment.

— Bon, j'aimerais qu'on discute stratégie en vue de la réunion de ce soir sur l'opération Bantam. Nos suspects sont tous susceptibles d'avoir tué Lorna Belling. Le mari décédé, Seymour Darling, Kipp Brown et Greg, le mystérieux amant. Seymour Darling nous en a fait une vague description, mais je ne considère pas celui-ci comme un témoin fiable.

Les deux enquêteurs acquiescèrent.

— Entièrement d'accord, confirma Batchelor. Rien de ce qui sort de la bouche de ce fumier ne mérite notre confiance. Et il ne faut pas non plus abandonner la piste du suicide, d'autant que l'on sait maintenant que l'électrocution figure parmi les causes de la mort.

— Bien vu. Et il y a autre chose que l'on n'a pas considéré, annonça Grace. On sait qu'elle vivait avec un mari violent, qu'elle travaillait chez elle comme coiffeuse et qu'elle avait un pied-à-terre. Sa sœur nous a dit qu'elle prévoyait de quitter son mari pour s'installer en Australie et qu'elle était en train de mettre de l'argent de côté. D'où la vente de sa voiture, sans doute. J'aimerais faire une supposition. Aussi inimaginable soit-elle. Et si son studio n'était pas destiné à recevoir ses amants, mais à mener une activité d'escort girl, par exemple ? Cela pourrait expliquer l'absence de téléphone et d'ordinateur. Le meurtrier les aurait emportés, conscient de figurer dans ses fichiers.

— Intéressant, chef, opina Glenn Branson.

— Je pense qu'on a la personne idéale pour enquêter sur les sites d'escort girls : Monsieur Excel, notre comptable de formation, Donald Dull, avança Batchelor.

— Quelqu'un sur qui l'on peut compter, railla Glenn.

— C'est bien ce que j'escomptais, renchérit Batchelor.

Grace ne releva pas. Il resta concentré.

Kate Harmond, une amie de Lorna, leur avait dit que celle-ci avait un amant, le fameux Greg, sans s'attarder sur lui. Était-ce un moyen de lui cacher qu'elle vendait son corps pour s'envoler vers l'Australie ? Il relut ses notes.

— Glenn, je voudrais que tu constitues une petite équipe pour approfondir ce que l'on sait de chacun des suspects. Rassemble tous les témoignages et renseignements dont on dispose. Vérifie si certains fréquentent ou fréquentaient des escort girls. J'aimerais aussi un classement des suspects.

— Je m'y mets tout de suite.

— Guy, il nous faut une nouvelle stratégie médias pour mobiliser la communauté locale. La résidence Vallance Mansions est entourée d'immeubles et Kingsway est très passante. Quelqu'un a peut-être vu quelque chose l'après-midi ou le soir où elle a été tuée. Il faut qu'on revoie notre stratégie et qu'on demande à tous les agents de proximité du quartier de vérifier si on a bien récupéré les bandes de vidéosurveillance. À Brighton, on ne peut pas faire dix mètres sans être filmé. Si jamais Darling a raison, et si ce Greg existe, il doit avoir été filmé.

— Je m'en occupe, chef, dit Batchelor.

Il sembla hésitant. Branson et Grace l'encouragèrent d'un mouvement de tête.

— Il y a autre chose, admit-il. J'ai fait une recherche par plaques d'immatriculation. Shorty m'a aidé à créer une matrice, le FBI a pas mal d'expérience en matière de sécurité intérieure, quand il s'agit d'anticiper les itinéraires possibles des terroristes. On a utilisé ce genre d'algorithme pour identifier les véhicules se rendant régulièrement dans le quartier de Vallance Mansions sans appartenir à des résidents. Et on a trouvé un truc intéressant. Ce serait plus parlant si je vous montrais depuis mon ordinateur, mais en résumé, le capitaine Exton s'y est rendu plusieurs fois en soirée, voire des nuits entières. Dont le soir du mercredi 20 avril.

Il fixa Grace pour voir sa réaction.

Celui-ci fronça les sourcils. Cette histoire ne lui plaisait pas du tout. D'abord les escort girls, et maintenant cette géolocalisation le jour de la mort de Lorna. Un officier connu pour son calme, sa discrétion et son sérieux...

Était-ce possible que ce scénario tourne au cauchemar ? Il devait y avoir une explication toute simple, sinon, le pire était à envisager.

— Il vit où, Exton ? demanda-t-il à Batchelor.

— À Hailsham, chef.

— Avec sa compagne, Dawn ?

— Je crois.

Hailsham se trouvait à une petite trentaine de kilomètres de Brighton.

— Quelqu'un lui a parlé ?

Batchelor secoua la tête.

— Il n'y a que Glenn au courant.

— Qu'est-ce que tu en penses, Glenn ?

— J'en sais rien. Peut-être que c'est une coïncidence, mais en ce moment, il est bizarre.

— Il m'a dit qu'il avait des soucis, mais sans entrer dans les détails, confirma Grace.

— Je crois avoir compris que son couple battait de l'aile, ajouta Batchelor.

— L'autre jour, je lui ai proposé qu'on prenne une bière ensemble, pour discuter, et il m'a renvoyé dans mes buts, compléta Branson.

— Ça fait longtemps qu'il est comme ça ?

— Un petit bout de temps, oui.

— OK, les gars, je m'en occupe.

Les deux enquêteurs partirent et Grace réfléchit quelques minutes.

Devait-il envisager l'impensable ? Il n'en avait pas la moindre envie. Malgré les problématiques actuelles, abstraction faite des emmerdeurs comme Cassian Pewe, il aimait la police, et plus particulièrement la sienne, celle du Sussex. Mais il n'y avait rien de pire que les flics véreux, qui, en interne, ruinaient la confiance nécessaire dans une équipe. Les flics devaient se soutenir les uns les autres, jamais se méfier les uns des autres.

C'est le cœur lourd qu'il composa le numéro d'Exton.

81

Jeudi 28 avril

Agenouillée dans le salon, Cleo encourageait Noah, qui, depuis son tapis de jeu, s'amusait à toucher les animaux du mobile suspendu au-dessus de lui.

— Chien ! articula-t-elle. Canard.

Noah tendit la main et frappa un éléphant, qui percuta un cochon, qui claqueta. Le bébé gloussa. Humphrey dormait sur la couverture qu'il emportait partout avec lui. Il devait être en train de rêver, car Cleo l'entendit gémir et le vit tressaillir.

— Tout va bien, Humphrey, murmura-t-elle.

Elle entendit soudain des bruits sourds en provenance de l'étage, comme un roulement de tonnerre. Noah leva la tête, surpris. Humphrey se mit immédiatement à aboyer. Les sons, tantôt mats, tantôt métalliques, montèrent en puissance.

— Bon sang !

Cleo monta jusqu'à la chambre de Bruno, d'où provenait le vacarme.

La veille, quand elle l'avait aidé à assembler sa batterie, il lui avait expliqué avec le plus grand sérieux à quoi servait chaque élément. Il y avait cinq fûts : la caisse claire, la grosse caisse et trois toms. Deux d'entre eux étaient à plat, les trois autres inclinés vers lui. Tous étaient marqués d'une croix au gaffer et les cymbales étaient siglées de la marque Paiste.

Assis sur un tabouret, en tee-shirt, bas de jogging et chaussettes blanches, un casque audio sur les oreilles, il frappait comme si sa vie en dépendait, tout en utilisant les pédales de la grosse caisse et de la charley. Perdu dans son monde, il souriait en dodelinant vigoureusement de la tête. Cleo remarqua un ballon de foot rouge et blanc près de la batterie.

En observant la pièce, Cleo vit un cahier à spirale ouvert sur le lit. Les deux pages étaient remplies de carrés rouges, orange, bleus, verts et jaunes. Les cases du haut étaient intitulées « semaine A » et celles d'en dessous « semaine B ». Verticalement, les repères étaient numérotés de 1 à 5. Il s'agissait d'un emploi du temps. Elle repéra les mots « Espagnol », « Sciences », « Maths » et « Musique ».

Elle fut agréablement surprise et impressionnée qu'il l'ait rempli avec tant de soin. Était-il organisé comme son père ? Avec le temps, elle s'était rendu compte que c'était une qualité que tout bon enquêteur se devait d'avoir.

Bruno n'avait pas remarqué sa présence.

Elle s'approcha pour lui taper gentiment sur l'épaule.

Il souleva son casque.

— Bruno, tu as oublié de mettre les sourdines ! Ça fait beaucoup de bruit en bas, tu aurais réveillé ton frère, s'il dormait.

Bruno s'excusa et lui promit de les installer tout de suite.

Elle sortit et ferma doucement la porte, même si elle aurait pu la claquer, vu qu'il avait repris ses exercices.

Elle redescendit et s'assit à côté de Noah, qui ne semblait plus dérangé par le tintamarre. Humphrey, en revanche, grognait en fixant le plafond.

Elle caressa la tête du chien.

— Tout va bien, mon grand !

Tout en jouant avec Noah, elle repensa à un livre qu'elle avait lu, enfant : *Le Tambour* de Günter Grass. Dans son souvenir, c'était l'histoire d'un garçon autiste qui s'appelait Oskar, qui ne pouvait se remémorer son enfance qu'en entrant en transe en jouant du tambour.

Mais Bruno ne lui ressemblait pas du tout. Peut-être s'imaginait-il en train de jouer dans un groupe de rock.

Il n'avait, de toute évidence, pas mis les sourdines. Malgré les deux étages qui les séparaient, le son se réverbérait dans toute la maison. Il l'avait ignorée et elle allait devoir en parler avec Roy.

Noah mit un mouton en plastique dans sa bouche. Quand elle le retira, il se mit à pleurer pour protester. Ses cris couvrirent presque la batterie. Enfin… presque.

Elle prit Noah dans ses bras et celui-ci tendit désespérément les mains vers le mouton, en hurlant de plus belle.

Entre les sanglots de l'un et le tintamarre de l'autre, elle songea, un peu égoïstement, qu'elle préférerait être au travail. Le silence de la morgue lui manquait.

82

Jeudi 28 avril

Quelques minutes après 17 heures, on tapa discrètement à la porte de Roy Grace.

— Entrez !

Jon Exton apparut.

Ses yeux étaient encore plus cernés que d'habitude et il se tenait légèrement voûté.

— Bonjour, chef, dit-il avec un sourire nerveux.

Grace lui fit signe de s'asseoir et le regarda droit dans les yeux.

— Jon, dis-moi ce qui se passe, s'il te plaît.

— Comme je vous l'ai confié, chef, la situation est tendue avec ma chère et tendre.

Grace remarqua que ses mains tremblaient.

— Dawn ?

— Oui.

— Je ne suis pas là pour te juger, mais il faut que tu me dises toute la vérité. L'inspection générale m'a demandé de discuter avec toi, dit-il en observant son regard. Ou plutôt, j'ai réussi à les convaincre de me laisser te parler avant qu'ils ne le fassent, si tu vois ce que je veux dire... Alors, n'essaie pas d'esquiver mes questions.

— L'inspection générale ? À quel sujet ?

— Jon, as-tu fait appel à des prostituées ? lui demanda Grace en le fixant.

Il put lire dans ses yeux que son étonnement était non feint.

— Quoi ? Moi, des prostituées ? s'exclama-t-il d'un ton sincère.

— Tu as entendu ce que je t'ai demandé. As-tu utilisé ton téléphone pour obtenir des services à caractère sexuel ?

— Jamais de la vie. Et je peux vous dire que je n'ai pas la tête à ça depuis plusieurs semaines. Roy, euh, chef, vous pouvez me croire. Pourquoi est-ce que vous me demandez ça ?

— Parce que ce n'est pas ce qu'on m'a dit.

— Qui ça, « on » ?

Grace lui présenta le relevé que lui avait remis la commissaire Darke.

— Voici les appels que tu as passés depuis ton téléphone professionnel la semaine dernière. Regarde bien, prends ton temps.

Exton parcourut le document. Plusieurs numéros étaient entourés en bleu.

— Je n'en reconnais aucun, dit-il en secouant la tête.

— Jon, ces numéros ont été composés depuis ton téléphone. Quelqu'un y a-t-il eu accès ? insista Grace d'une voix calme.

— Impossible.

— Même pas Dawn ?

— Non, ils ont tous été composés après notre séparation. On ne se voit plus, précisa-t-il, ému.

Il lui fallut quelques secondes pour reprendre ses esprits.

— Je n'ai pas contacté de travailleuses du sexe, Roy. J'ai failli appeler les bons samaritains, mais le sexe… honnêtement, c'est très loin de mes préoccupations actuelles. Tout ce que je veux, c'est me remettre en couple avec Dawn.

— Il faut que tu me dises la vérité, Jon. As-tu rencontré Lorna Belling ? lui demanda Grace en le regardant droit dans les yeux.

— La victime ?

— Oui, la victime.

— Si je l'ai rencontrée ?

— Oui.

— Jamais.

— Tu ne l'as pas contactée via une agence d'escorts ?

Exton eut l'air franchement dépassé.

— Chef, je n'ai jamais contacté de travailleuse du sexe de ma vie. Attendez, si…

Il hésita.

— Un soir, j'étais un peu saoul… j'ai passé quelques coups de fil, mais pas sur mon téléphone professionnel. C'était juste après que Dawn m'eut mis à la porte.

— Alors pourrais-tu m'expliquer pourquoi tu étais dans le quartier de Vallance Mansions chaque soir, ces six dernières semaines ? Et en particulier le jour où elle a été assassinée ?

Exton pâlit, visiblement déstabilisé.

— Je… Je…

— Je t'écoute…

Exton garda le silence, comme s'il s'avouait vaincu.

— Des caméras de vidéosurveillance ont repéré ta BMW trente-sept nuits consécutives, la dernière étant celle où elle est décédée. Peux-tu m'expliquer pourquoi ?

Exton, qui était pâle comme un linge, vira soudain au rouge tomate.

— Oui, je peux vous expliquer, chef.

Il retomba dans le silence.

— Je suis tout ouïe.

— Elle m'a mis à la porte, elle me reproche de ne pas être assez impliqué dans notre couple, d'aimer mon boulot plus qu'elle, finit-il par avouer, les yeux baissés. J'ai essayé de lui expliquer ce que ça signifie de travailler à la police judiciaire, mais…

Il haussa les épaules.

— Vous voyez ce que je veux dire, chef, mieux que quiconque, peut-être.

Grace acquiesça. Il l'avait appris à ses dépens.

— Donc depuis plusieurs semaines, je dors dans ma voiture. Il y a un parking gratuit derrière le centre sportif King Alfred. J'y vais tous les matins, à l'ouverture, pour faire ma toilette. C'est juste en face de la résidence Vallance Mansions. Il y a une semaine, j'ai dû changer d'endroit à cause de la forte présence policière.

Grace hocha la tête. Il avait observé les yeux de son collègue, et en concluait qu'il lui disait la vérité. Sauf qu'Exton, qui connaissait cette technique, faisait peut-être semblant.

— C'est une sacrée coïncidence, non ?

— Peut-être, enfin oui, d'une certaine façon, mais je vous promets…

Il laissa sa phrase en suspens.

— Tu me promets quoi ?

— Que je vous dis la vérité. Je suis un policier, Roy, pas un meurtrier, nom de Dieu !

Grace ressentit de la sympathie pour son interlocuteur, dont les nerfs étaient en train de lâcher. Mais il ne devait pas se laisser influencer.

— Tu t'es regardé dans un miroir aujourd'hui, Jon ?

— Oui, euh… Je crois.

— Tu crois ? Tu n'es ni coiffé ni rasé, à moins que tu suives la mode de la barbe de trois jours, et sans rentrer dans les détails, je te conseille de prendre une douche et de trouver du déodorant. N'oublie pas de mettre des habits propres, aussi. Dans l'état où tu es, il serait hors de question de te demander de mener un interrogatoire, par exemple.

— Je suis désolé, chef, dit-il d'un ton sincère. Je ne veux pas vous décevoir, mais c'est ce que je suis en train de faire, n'est-ce pas ?

— Je vais devoir te confisquer ton téléphone professionnel pour qu'il soit examiné. J'aimerais aussi que tu me confies volontairement tes autres appareils électroniques. Tu es d'accord ?

Surpris et effrayé, Exton lui tendit son téléphone professionnel.

— Oui, bien sûr. Il faut me croire, chef, je vous en prie.

— Je te crois, Jon, mais ton relevé téléphonique raconte une tout autre histoire. Et ce n'est pas moi le juge, dans cette affaire. Je devrais te suspendre de tes fonctions, mais je n'en ai pas envie, et je suis inquiet pour toi. Tu me sembles très stressé. Les problèmes relationnels peuvent avoir cet effet-là. Si tu tombes trop bas, tu n'arriveras plus à prendre les bonnes décisions. Je veux t'aider, tu es un bon enquêteur, je t'apprécie beaucoup, mais je ne peux pas prendre de risques avec les membres de mon équipe. Ce que tu as fait, c'est une erreur particulièrement stupide. Tu as autre chose à me dire ? Je n'aime pas les surprises. On te soutiendra, mais il faut que tu me dises toute la vérité.

Exton haussa les épaules, désemparé.

Grace réfléchit.

— Est-ce que tu serais partant pour aller voir le Dr Bell, le médecin de la police ? Il n'est pas loin, à Ringmer. Peut-être qu'il te mettra en arrêt maladie pendant quelques jours. Peut-être même qu'il t'enverra dans le centre de repos de la police, dans le Dorset. Ça te dirait ?

— Euh… Oui, enfin pourquoi pas ? Je vais aller le voir, je n'ai rien à cacher.

— Je pense qu'il serait inapproprié que tu restes sur cette enquête, je vais te transférer provisoirement à la préparation du procès de l'opération Araignée.

— Je comprends, chef, merci. Je vais aller chercher mon téléphone et mon ordinateur.

Peu après que le capitaine eut quitté son bureau, Grace vit débarquer Ray Packham, qui exultait.

— Roy, excuse-moi de t'interrompre comme ça, mais j'ai sans doute quelque chose pour toi !

83

Jeudi 28 avril

Ray Packham, du service de cybercriminalité, s'assit en face de Grace et posa sur son bureau un scellé contenant une minuscule carte mémoire bleu et noir.

— Elle provient d'une GoPro. Je crois qu'on a des images du meurtrier de Lorna Belling.

Dans quasiment chaque enquête, Grace avait la sensation de faire du surplace pendant des heures, des jours, des semaines ou des mois, et puis tout d'un coup, eurêka, tout se débloquait. Il s'agissait parfois d'un coup de fil inattendu, d'un ADN, d'une empreinte digitale, voire d'un promeneur qui tombait sur un cadavre. À ce moment-là, il avait une poussée d'adrénaline et tous ses efforts, qui jusqu'alors avaient semblé vains, étaient récompensés.

— Vraiment ?

— Je pense bien.

Grace fit signe à Packham de patienter et décrocha son téléphone pour appeler Batchelor.

— Guy, est-ce que tu peux venir dans mon bureau immédiatement ?

Son bureau étant à deux portes du sien, le commandant arriva dans la minute, plein d'espoir.

— Assieds-toi, Ray a quelque chose pour nous.

Batchelor regarda la pièce à conviction, puis interrogea du regard Ray Packham.

— Depuis le début de la semaine, je collabore avec l'équipe chargée du porte-à-porte dirigée par le lieutenant Alexander et Shorty.

— Arnie Crown, du FBI, le corrigea Grace en souriant.

— Oui, chef, désolé, c'est d'ailleurs un type très sympa. On a passé au peigne fin les rues autour de la résidence Vallance Mansions pour identifier les appartements, bureaux et bed and breakfast possédant des routeurs professionnels. Comme je vous l'ai déjà expliqué, ces appareils interceptent les téléphones portables des gens qui passent dans la rue grâce au wi-fi. Ça a été plus compliqué que prévu, parce que ce sont des immeubles d'habitation. Il nous a fallu deux jours pour couvrir entièrement la zone, car nous devions attendre que les gens rentrent du bureau. Bref. Hier soir, on a décroché le jackpot, dit-il en tapotant le scellé sur la table.

— Et c'est quoi, au juste ? lui demanda Grace.

— Des images de l'entrée de la résidence Vallance Mansions. Bon, peut-être que c'est une fausse piste, mais…

Il sortit un téléphone de sa poche et plissa les yeux.

Grace attendit patiemment.

— 38, Vallance Street. Appartement 4. Chris Diplock gère une agence de création de sites Internet et possède un routeur de ce type. Entre 18 h 30 et 22 h 30, mercredi 20 avril, un téléphone portable est passé cinq fois à proximité.

— Le soir où Lorna Belling est morte.

— Exactement ! s'exclama Packham avec un sourire triomphant.

— On a le numéro ? demanda Batchelor.

— Oui.

Il le leur donna et reprit :

— J'ai vérifié auprès de l'opérateur Vodafone. C'est malheureusement un téléphone à carte. Mais en y regardant de plus près, on s'est rendu compte que le routeur de M. Diplock avait intercepté le signal de ce téléphone à plusieurs occasions, la plupart du temps en journée ou en début de soirée. J'ai demandé une triangulation du téléphone pour connaître ses mouvements, au cas où ça pourrait nous être utile.

Il posa son portable pour que Grace et Batchelor puissent mieux voir l'écran. La plupart des bornages se situaient autour de la résidence de la victime, à Brighton et Hove, mais un autre attira l'attention de Grace. Il s'agissait d'une antenne-relais de Lewes, très proche de la Malling House, le QG de la police, où ils se trouvaient actuellement.

Il pensa immédiatement à Jon Exton et composa son numéro. Avant même qu'il n'ait eu le temps de dire quoi que ce soit, celui-ci le rassura, à bout de souffle :

— J'arrive dans une minute, chef, je suis en route.

— Pourrais-tu me donner le numéro de ton téléphone personnel, Jon ?

Grace le nota. Ce n'était pas celui que Packham venait de leur communiquer.

Il raccrocha et se concentra sur le rapport et la triangulation.

— C'est intéressant de constater que cette personne s'est trouvée à proximité de la résidence Vallance Mansions et du quartier général de la police.

— Je ne pense pas qu'on doive trop s'attarder là-dessus, chef. Le téléphone pouvait se trouver à peu près n'importe où à Lewes, intervint Batchelor.

— Exact, mais s'il possède un téléphone supplémentaire qu'il nous cache, ça peut être important.

Batchelor hocha la tête, pensif, puis fixa le scellé en pianotant sur la table du bout des doigts.

— Ray, tu pourrais nous laisser seuls un instant ? demanda Grace à Packham.

— Bien sûr, chef, dit celui-ci en se levant.

— Mais ne t'éloigne pas trop.

— Je vais patienter dans le couloir.

— Je ne sais pas ce qui se passe avec Jon, mais il y a un certain nombre d'éléments qui ne me plaisent pas, confia Grace à son adjoint une fois qu'ils furent seuls. Entre nous, nous sommes à deux doigts de l'interroger, mais je n'ai pas du tout envie de lui faire ce coup-là tant qu'on n'a pas de certitudes, et on est loin d'en avoir.

Les deux enquêteurs discutèrent des nouvelles informations dont ils disposaient, puis demandèrent à Ray Packham de les rejoindre.

— Donc, Ray, reprit Batchelor quand celui-ci se rassit, on sait que quelqu'un est passé à plusieurs reprises devant l'immeuble de Lorna Belling le soir où elle est morte, mais on n'a aucun moyen de connaître son identité ?

— Pas exactement, Guy, répondit-il en tapotant la pièce à conviction. Le Chris Diplock en question possède une grosse voiture, une BMW M4, qui a été vandalisée à deux reprises devant chez lui. La première fois, la carrosserie a été rayée, et la seconde, les pneus ont été crevés. Il a caché une caméra GoPro dans un faux appui-tête. Il l'allume tous les soirs en mode *timelapse* et jette un coup d'œil aux images le lendemain matin. Le mercredi 20 avril, il est rentré vers 19 heures, et quand il a regardé la bande, le lendemain, il a remarqué que quelqu'un avec un comportement étrange était passé plusieurs fois devant sa voiture.

— L'a-t-il décrit ? demanda Batchelor.

— Oui, même si l'image n'est pas bonne, car il avait plu ce soir-là et le pare-brise était flou. Le gars portait une casquette qui lui mangeait une bonne partie du visage. Dans l'obscurité, il n'a vu que son nez et son menton. Selon lui, le type était grand.

Exton est grand, songea Grace. *Kipp Brown aussi. Mais ils ne sont pas les seuls.*

— On voit le gars entrer dans la résidence par l'entrée latérale, et en sortir peu après. Puis revenir bien plus tard. Diplock affirme que les heures correspondent au bornage sur son routeur.

— Très intéressant, conclut Grace.

Batchelor acquiesça.

— Guy, demande à quelqu'un de confier cette carte à Maria O'Brien, du service de cybercriminalité de Guilford. Ils vont pouvoir agrandir l'image. Préviens-la, elle ou Chris Gargan, que c'est une priorité absolue. Tu peux t'en occuper tout de suite ?

— Absolument, chef.

On toqua à la porte. Exton entra et tendit son téléphone personnel et son ordinateur.

— C'est ton seul téléphone ? lui demanda Grace en le regardant droit dans les yeux.

— Vous voulez dire, à part celui de la police ?

— Oui.

— C'est le seul.

Grace le remercia. Exton dévisagea ses deux supérieurs avec anxiété et s'empressa de se diriger vers la porte.

— Jon ! cria soudain Batchelor.

— Oui, chef ?

— Tu es occupé en ce moment ?

— Je… euh… Oui, mais ça peut attendre.

— Parfait, je passe te voir dans un instant.

Grace confia le téléphone de l'enquêteur à Packham.

— Prends-le avec toi, Ray. Tu pourrais le cloner et le rendre à son propriétaire, afin qu'il ne soit pas coincé sans téléphone ? Ce travail doit être effectué dans la plus stricte confidence et je suis ton unique interlocuteur, OK ?

— C'est noté, je m'en occupe tout de suite. Si on obtient une image de bonne qualité du service de cyber-criminalité, on pourrait faire appel à l'un des « superphysionomistes » de Scotland Yard. Tu as déjà travaillé avec eux ?

— Non, mais je suis d'accord avec toi, je pensais justement à eux.

Quelques semaines plus tôt, Grace avait participé à un séminaire sur le très récent service des superphysionomistes de Scotland Yard. Le commandant chargé de la présentation avait expliqué qu'un être

397

humain reconnaît en moyenne 23 % des visages déjà vus. Un policier ayant développé ses capacités d'observation n'atteint, quant à lui, que 24 %. Mais un minuscule pourcentage de la population, les super-physionomistes, est capable d'atteindre 90 %.

Le phénomène avait été découvert après les émeutes de Londres, en 2014. Des enquêteurs de Londres avaient alors découvert que certains de leurs collègues étaient capables d'identifier des casseurs ayant dissimulé leur visage derrière des casquettes, lunettes de soleil et écharpes, à partir d'un seul trait caractéristique. Une oreille. Un nez. Un menton.

L'un des meilleurs super-physionomistes, un officier de police prénommé Idris, avait permis l'arrestation de centaines de personnes. Sous l'impulsion de Sir Bernard Hogan-Howe, commissaire général de la police de Londres, une équipe de super-physionomistes avait été créée. La plupart de ses membres n'étaient pas des policiers. Certains travaillaient depuis le commissariat de Charing Cross, mais la majorité dans les locaux de New Scotland Yard.

— J'ai un contact là-bas, ajouta Packham. Un vieil ami qui a commencé sa carrière comme lieutenant à Brighton. Jonathan Jackson.

— Je me souviens bien de lui. Très sympa. Attendons de voir ce qu'on reçoit.

— Je t'envoie le contact de Jonathan, proposa Packham.

Quand Batchelor et Packham furent partis, Grace se plongea dans ses pensées. Il fut momentanément distrait par l'arrivée d'un e-mail à propos de sa soirée poker du jeudi, qu'il n'arrêtait pas de rater, d'ailleurs. Il consultait son agenda quand son téléphone sonna.

— Commissaire Grace, j'écoute.

— Roy, tu veux bien me dire ce qui se trame avec le capitaine Exton ?

C'était Cassian Pewe et son amabilité légendaire.

— Je viens de m'entretenir avec la commissaire Darke. Pourquoi est-ce que tu ne m'as pas immédiatement appelé quand tu as appris qu'il avait fait un usage abusif de son téléphone professionnel ?

— Parce que la commissaire Darke m'a demandé de discuter avec le capitaine Exton, pour voir ce que je pouvais obtenir de lui, chef.

— J'imagine que tu as demandé sa suspension, n'est-ce pas ?

— Eh bien, chef, je pense qu'il traverse une mauvaise passe. Sa compagne vient de rompre et il accuse le coup, selon moi. J'ai discuté avec lui et il a accepté de consulter le médecin de la police. Je lui fais confiance, je pense qu'il a besoin d'être soutenu plutôt que sanctionné. À mon avis, ça ne ferait qu'empirer les choses.

— En espérant que tu aies pris la bonne décision, Roy, car tu es en première ligne.

— J'en suis conscient, chef.

— Bien.

— Oh, et il y a quelque chose dont je voulais vous parler, poursuivit Grace. Je ne savais pas que vous parliez allemand.

— Quel rapport ?

— Vous avez longuement discuté avec mon fils, Bruno, en allemand.

— Où veux-tu en venir, Roy ?

399

— C'était très aimable de votre part de prendre sur votre temps.

Le commissaire principal proféra un étrange grognement et raccrocha.

Grace se demanda pourquoi Pewe était mal à l'aise avec cette histoire.

Mais il avait d'autres chats à fouetter.

84

Vendredi 29 avril

C'est le bordel total. Rien de nouveau sous le soleil.

C'est du moins ce que pourrait penser un observateur lambda. Sauf que je ne suis pas un observateur lambda. Je suis malheureusement partie prenante.

Très prenante.

C'est le merdier. J'ai l'impression que ma vie m'échappe. À la fois chasseur et chassé. Mais je vais trouver une solution. J'en trouve toujours une. Il faut juste que je retourne la situation, que je crée un écran de fumée. Que j'accède à cet état décrit dans le droit britannique comme « au-delà de tout doute raisonnable ».

Innocent ?

Au-delà de tout doute raisonnable.

Coupable ?

Au-delà de tout doute raisonnable.

Je dispose d'un avantage : je connais la vérité.

Mais bon, je n'ai pas toujours été comme ça. Avant, j'étais honnête et droit. Je n'ai jamais voulu être un tueur. Je ne suis même pas sûr d'avoir tué, mais je suis traqué comme si j'en étais un.

Juste une chose, commissaire : je ferai n'importe quoi pour ne pas être démasqué, pour éviter que ma vie ne soit détruite. N'importe quoi.

J'ai besoin d'aide. Vraiment.

Mais je ne suis pas certain de pouvoir être aidé.

Je suis en vrac. Tout est en vrac. Il faut que je remette les choses en place. Que je garde un coup d'avance.

L'avantage, c'est que je suis bien placé pour ça.

85

Vendredi 29 avril

Comme tous les matins, quelle que soit l'heure à laquelle il arrivait au bureau, Grace consulta ses mails, Twitter et le fil d'information de la police pour prendre connaissance des délits répertoriés dans la nuit. Agressions, bagarres, cambriolages, accidents de la route, vols de véhicule, trafic de drogue, personnes portées disparues, etc. Même si ces délits le concernaient rarement directement, il était curieux de savoir ce qui se passait à Brighton et Hove, cette ville qu'il aimait tant.

Une information attira son attention. Il se raidit et jura à voix haute.

Une heure plus tard, à 8 h 30, il participait à la réunion de l'opération Bantam. Il aurait pu laisser Batchelor s'en occuper seul, mais, d'un autre côté, l'enjeu était trop important et il avait le sentiment que Guy avait besoin d'être guidé. Il n'était que son adjoint, après tout.

Mais l'information qu'il avait lue l'empêchait de se concentrer.

L'équipe avait beau compter une vingtaine de personnes, il y avait aujourd'hui un absent notable : le capitaine Exton. Grace, qui avait toujours fait confiance à cet enquêteur, commençait à douter. Et ses doutes n'avaient pas fini de grandir.

Son téléphone sonna. C'était Chris Gargan, du service de cybercriminalité. Il semblait dubitatif.

— Chef ?

— Une seconde, Chris.

Grace sortit dans le couloir.

— Je t'écoute.

— Un gars de ton équipe, Jon Exton, nous a confié hier soir la carte mémoire d'une GoPro en nous demandant d'améliorer les images.

— Oui, vous avez réussi ?

— Je ne sais pas s'il s'agit d'une erreur, mais la carte est vide, chef.

— Vide ? répéta Grace, en sentant son cœur se serrer.

— Oui, il n'y a rien dessus.

Gargan parlait toujours d'une façon directe. Avec le temps, Grace avait pu constater que c'était quelqu'un d'une grande loyauté.

— Il n'y a pas eu confusion, Chris ?

En prononçant ces mots, Grace se rendit compte qu'ils étaient superflus, le service de cybercriminalité du Surrey et du Sussex, à Guilford, étant connu pour sa rigueur et son efficacité.

— Non, désolé, Roy, pas de notre côté. Ce qu'on nous a donné, c'est une carte mémoire vide.

— Elle a été effacée ?

— Soit ça, soit c'est une carte neuve, jamais utilisée, ce qui me semble plus probable.

— Elle n'est pas simplement défectueuse ?

— Non, on l'a testée, elle enregistre normalement.

Grace le remercia et raccrocha. Merde. Le scénario catastrophe était en train de se concrétiser.

Sur le fil d'information interne, l'incident qui avait retenu son attention était un vol avec effraction dans un véhicule. En temps normal, il ne s'arrêtait pas sur ce genre d'infraction. Il s'agissait la plupart du temps de toxicomanes, qui dérobaient un sac, un GPS, ou tout autre d'objet de valeur laissé en évidence pour s'acheter leur dose.

Le voleur avait, comme souvent, cassé l'une des vitres arrière de la BMW, en pleine nuit. La voiture avait été mise à sac. Parmi les objets disparus figurait une caméra GoPro.

Le véhicule était garé dans Vallance Street.

Le propriétaire s'appelait Christopher Diplock.

Au lieu de retourner à la réunion, il se rendit dans son bureau et appela Ray Packham pour l'informer que la carte mémoire était vide et que la caméra avait été volée.

— Est-ce possible que le gars, Diplock, t'ait donné une mauvaise carte mémoire par erreur ?

— J'en doute, Roy. Il m'a l'air plutôt fiable et organisé.

— Donc comment ça se fait qu'elle soit vide ? Un accident ? Est-ce qu'un téléphone portable ou tout autre appareil électronique est susceptible d'effacer une carte ?

— Non, Roy, il faudrait quelque chose de très puissant, comme un aimant industriel. Et il y aurait sans doute des traces, car il est extrêmement difficile d'effacer complètement une carte mémoire.

Grace réfléchit.

— Bon, Diplock t'a donné la carte et tu l'as mise toi-même sous scellés. C'est bien ça, Ray ?

— Oui.

— Est-ce que tu as visionné les images ?

— Non. M. Diplock m'a décrit ce qu'il a vu et j'ai estimé qu'il y avait assez d'éléments pour qu'on approfondisse. Penses-tu que le vol de la GoPro puisse être en lien avec cette enquête, Roy ?

— Peut-être que quelqu'un tente d'effacer ses traces. Peut-être pense-t-il que les images étaient aussi enregistrées dans la caméra.

— Sauf que ça ne marche pas comme ça, Roy. Les images ne sont jamais que sur la carte mémoire.

— Bien sûr.

Et si la personne en question commençait à paniquer ? songea-t-il. Quelqu'un dans l'état d'Exton, de plus en plus désespéré, prêt à tout pour détruire les pièces à conviction ?

86

Vendredi 29 avril

Peu après avoir raccroché, Grace se demanda pourquoi Batchelor avait décidé d'envoyer Exton à Guildford. Il lui envoya un SMS.

Guy, viens me voir juste après la réunion.

Puis il passa les faits en revue. Jon Exton pouvait-il avoir effacé la carte ou, plus simple encore, l'avoir remplacée par une carte vierge ? La plupart des enquêteurs se baladaient avec des scellés dans leur poche. En route pour Guildford, il avait sans doute eu l'occasion d'acheter une carte neuve.

Il appela le service de lecture automatique des plaques d'immatriculation, sur John Street, et demanda à l'opérateur de garde, Jon Pumfrey, de lui fournir un rapport sur les déplacements de la voiture de Jon Exton entre 17 heures et minuit, la veille. Pumfrey lui communiqua immédiatement les résultats, qui ne révélèrent rien de suspect. Exton s'était rendu directement à Guildford, depuis le quartier général de la police à Lewes. Il était ensuite retourné dans le quartier de Vallance Mansions et, bien plus tard, une caméra l'avait repéré sur l'A23, près du stade de Withdean.

Même s'il était possible de suivre les mouvements d'un véhicule d'un bout à l'autre du pays, la couverture n'était pas particulièrement détaillée. Exton pouvait s'être arrêté pour acheter une carte mémoire sans être repéré. Était-il possible que, paniqué, il ait décidé d'aller voler la GoPro pour mettre toutes les chances de son côté ?

Grace alla se préparer un café. À l'instar de l'eau dans la bouilloire, son cerveau était en ébullition. Il n'arrivait pas à croire que Jon Exton soit impliqué de quelque façon que ce soit, mais les preuves s'accumulaient contre lui. Il refusait toujours de le considérer comme un meurtrier potentiel et pourtant…

Il fallait qu'il prenne du recul. Aucun tueur ne se baladait avec un tatouage « Meurtrier » sur le front. Souvent, c'étaient des gens calmes. De gentils docteurs comme Harold Shipman ou Edward Crisp. Ou encore le charmant Ted Bundy. Quand on voyait sortir de chez lui un suspect menotté, les médias trouvaient toujours une adorable vieille dame, une voisine, pour déclarer que c'était un homme bien sous tous rapports, qui nourrissait ses chats en son absence. Ces types-là étaient en général les plus dangereux.

De retour dans son bureau, Grace ouvrit une nouvelle page de son carnet et prit des notes.

Selon son relevé téléphonique, le capitaine Exton avait consulté des sites de travailleuses du sexe, même s'il le niait farouchement. Ces dernières semaines, il avait dormi dans sa voiture dans le quartier de Lorna Belling. Pure spéculation : était-il possible qu'il l'ait contactée via l'un de ces sites ? Et si cette théorie était correcte, la victime l'avait-elle menacé de chantage ?

Exton se trouvait près de son appartement le soir où elle était morte.

Quand on lui avait confié une carte mémoire susceptible de l'incriminer, elle était arrivée vide.

Quelqu'un avait volé la GoPro que Christopher Diplock avait dissimulée dans un appui-tête de sa BMW.

Qui ?

C'était une sacrée coïncidence que cette caméra soit volée quelques heures après qu'Exton avait livré une carte mémoire vide.

Et si c'était lui, comment savait-il qu'elle était cachée là ? Comment trouve-t-on un objet dissimulé, d'ailleurs ?

Il réfléchit. Quand elle était en mode « enregistrement », un voyant lumineux rouge s'allumait sur la GoPro qu'il possédait. Le voleur l'avait peut-être repérée ainsi. Surtout s'il était à sa recherche, comme ç'aurait été le cas d'Exton.

Il nota que toutes les preuves contre Exton étaient circonstancielles. Mais étaient-elles trop nombreuses pour être ignorées ? Devait-il le mettre en garde à vue ? Le service de cybercriminalité était en train d'analyser ses deux téléphones, professionnel et personnel, ainsi que son ordinateur. Devait-il attendre les résultats pour voir s'il y avait, ou non, un lien avec Lorna Belling ? Il fut interrompu dans sa réflexion par un nouvel appel de Packham.

— Roy, j'ai une bonne nouvelle. Notre gars, Diplock, n'est pas tombé de la dernière pluie. Il a fait une copie de la carte mémoire sur son disque dur avant de nous la donner.

Grace ressentit une immense vague de soulagement.

— Génial ! Tu pourrais lui demander de la dupliquer et l'apporter à Guildford toi-même, aussi vite que possible, sans en parler à personne ? Cette mission reste entre nous.

— Volontiers ! J'ai une nouvelle Audi Q3 Quattro TDi toute neuve, automatique avec boîte de vitesses robotisée et 177 ch. Je vais me régaler.

— Sacrée bagnole !

— Tu préfères les Alfa Romeo, toi, non ?

— Absolument. Mais je suis aussi amateur d'Audi.

— Le seul problème, chef, c'est que Diplock est chez un client à Dorking et qu'il ne rentrera chez lui qu'en milieu d'après-midi.

— Pas plus tôt ? On pourrait lui faire faire un aller-retour avec sirène et gyrophares.

— Non, il installe un nouveau système et ne peut pas s'arrêter au milieu de la procédure.

— OK, demande-lui de faire au plus vite.

Il raccrocha et repensa à Exton. Pourquoi n'était-il toujours pas arrivé ? Quelques minutes plus tard, il reçut un appel de police secours.

C'était à propos d'Exton.

87

Vendredi 29 avril

— Commissaire Grace ?

— Oui.

— Je suis la lieutenante DuBois, de la police de la circulation.

Grace pensa d'abord qu'elle allait lui parler de l'accident de Corin Belling.

— Je pense qu'on s'est croisés il y a quelques années, chef, lors d'une enquête que vous meniez sur une personne tuée à moto.

— Ah, oui, ton prénom, c'est Sharka, c'est ça ?

— Tout à fait.

— Je me souviens de toi. Tu vas bien ?

— Très bien, merci, chef. Je vous appelle parce que je suis sur les lieux d'un accident près de Hailsham. Il semblerait que le véhicule, une BMW, ait raté son virage et fait deux tonneaux dans un champ. Le conducteur est un capitaine de la police judiciaire du Surrey et du Sussex et, selon police secours, il travaille actuellement avec vous sur l'opération Bantam. Il s'appelle Exton.

— Merde ! Dans quel état est-il ?

— Il est dans l'ambulance. Selon les urgentistes, ses blessures ne sont pas graves. Il est surtout sous le choc. On en saura plus quand il aura fait une radio, mais à première vue, il aurait quand même deux côtes de cassées.

— Il est conscient ?

— Oui.

— Vous l'avez fait souffler dans l'alcootest ?

— Oui, chef, négatif.

— À quelle heure a eu lieu l'accident, Sharka ?

— Un routier nous a appelés il y a une heure, mais il est probable que l'accident ait eu lieu dans la nuit ou au petit matin, car ses phares étaient allumés.

— On a une idée de la cause ou c'est trop tôt ?

— Le virage est serré et le dévers négatif, chef. Ce n'est pas la première fois, à cet endroit. Il y a pourtant des panneaux qui signalent le danger. Peut-être s'est-il endormi au volant.

Hailsham… C'était là-bas qu'Exton vivait avec sa compagne, avant leur rupture. Était-il en route pour aller la voir ? Soudain, une pensée incongrue lui traversa l'esprit. Et si Exton avait décidé de quitter le territoire ? Et s'il se dirigeait vers l'Eurotunnel, qui n'était qu'à deux heures de là ?

— Il n'y avait personne d'autre dans le véhicule ?

— Non, chef, mais la voiture était bien chargée et des objets sont éparpillés un peu partout. Un sac de couchage, de la nourriture, des affaires de toilette et des vêtements dans des sacs-poubelle. Avant de trouver son badge, on pensait qu'il s'agissait d'un sans-abri. Il ne sent pas très bon, pour être tout à fait honnête, et sa voiture non plus.

— Ils vont le conduire à quel hôpital ?

— Eastbourne, chef. Vous pourriez faire prévenir ses proches ?

— Oui, et je veux que sa voiture et tout ce qu'elle contient soient confisqués. Considérez désormais le lieu de l'accident comme une scène de crime.

— D'accord, chef, dit-elle, surprise.

— J'imagine que vous n'avez rien trouvé d'intéressant pour le moment, si ?

— Pas vraiment, chef. Comme je vous l'ai dit, des habits, des conserves, des produits de toilette… Et une GoPro dans la boîte à gants.

88

Vendredi 29 avril

Quinze minutes après son coup de fil avec la lieutenante DuBois, Roy Grace reçut un appel de Ray Packham.

— Roy, je viens de recevoir la confirmation de Christopher Diplock à propos du numéro de série de la GoPro retrouvée dans la voiture d'Exton.

— Et ?

Packham avait une voix neutre, dénuée d'émotions. Avec lui, il était difficile de savoir à l'avance s'il allait vous annoncer une bonne ou une mauvaise nouvelle. Cette fois, Grace pensait qu'il allait lui dire que ce n'était pas le même, mais il se trompait.

— C'est la sienne, celle qui a été volée.

Grace le remercia et raccrocha. Jon Exton cachait-il bien son jeu ? C'était la dernière personne qu'il aurait suspectée et pourtant, un scénario commençait à se dessiner. Il s'était séparé de sa compagne, Dawn. Pourquoi ? Il allait falloir qu'ils l'interrogent, elle aussi. Avait-il une autre femme dans sa vie ? Lorna Belling ?

Exton était-il l'amant secret dont Lorna avait parlé à son amie Kate Harmond ? Le mystérieux Greg, dont elle avait découvert, juste avant sa mort, que ce n'était pas son vrai nom ?

Il relut ses notes. *Jon Exton...*

Les enquêtes criminelles sont comparables à des puzzles constitués de dizaines, de centaines, voire de milliers de pièces. Et à l'heure actuelle, quelque chose l'empêchait de crier victoire.

Était-ce parce qu'il ressentait de la sympathie pour son collègue ? La compassion n'avait pas sa place ici, et il en était conscient. Impossible de défendre un officier qui discrédite les forces de l'ordre.

Mais il y avait autre chose qui se jouait. Une pièce manquait : la charnière.

Vu les preuves dont il disposait à présent, il se devait cependant de prévenir la commissaire divisionnaire Lesley Manning. Il appela sa secrétaire, mais tomba sur sa boîte vocale. Il essaya ensuite de joindre le commandant Tess Duffield, qui l'informa que la commissaire était en réunion et proposa de lui laisser un message. Grace demanda simplement que la commissaire le rappelle le plus rapidement possible. Quinze minutes plus tard, son téléphone sonnait.

— Bonjour, Roy, tout va bien ?

Lesley Manning était une femme intelligente et posée. Il l'appréciait beaucoup.

— Pour ne rien vous cacher, on a un souci, Lesley.

— On peut en parler au téléphone ou tu préfères venir me voir ? Je pars à Londres dans cinq minutes. Je peux te proposer un rendez-vous après 17 heures, si ce n'est pas trop tard.

Grace lui exposa la situation au téléphone. Elle l'écouta sans l'interrompre. Quand il eut terminé, il se demanda s'ils n'avaient pas été déconnectés. Après un long silence, elle lui demanda :

— Et il est à l'hôpital, c'est ça ?

— Oui.

— Il est conscient d'être dans notre radar ?

— Pas comme suspect, mais j'ai insisté pour qu'il voie le médecin de la police pour un bilan psychiatrique. Il ne va pas bien du tout, il est à deux doigts de craquer, si ce n'est pas déjà le cas.

— On sait où il allait, quand il a eu cet accident ?

— Non, mais je vais l'interroger dans la journée, si tout se passe bien. Il roulait en direction de Hailsham, où habite son ex-compagne. Peut-être allait-il lui rendre visite.

— Peut-être avait-il l'intention de l'agresser, fit remarquer Manning.

— Étant donné son état psychologique, tout est possible. Je me suis aussi demandé s'il ne se dirigeait pas vers l'Eurotunnel.

— Tu penses qu'il pourrait s'enfuir ?

— Son comportement est imprévisible, j'ai l'impression qu'il panique. J'ai fait mettre un officier devant la porte de sa chambre, à l'hôpital, en lui ordonnant de ne pas quitter son poste, mais sans lui donner de raison.

— Pourtant tu ne l'as pas encore arrêté, n'est-ce pas ?

— Non, j'attends une information importante qui devrait tomber cet après-midi, et je voulais vous en parler d'abord. Je veux être certain que ce soit lui. Quand on l'arrêtera – si on l'arrête –, on aura droit à un déchaînement médiatique. L'arrestation d'un flic ne passe jamais inaperçue, et ça sera encore pire si on doit le relâcher dans la foulée. Je pense qu'il faudrait préparer une stratégie médias, histoire de limiter les dégâts pour la réputation de la police du Sussex.

— J'aimerais que tu préviennes aussi le commissaire principal Cassian Pewe et l'inspection générale. Et je pense qu'on devrait se retrouver tous ensemble pour une réunion à mon retour, en fin d'après-midi. Tu penses qu'il y aura du nouveau d'ici là ?

— C'est fort probable, dit-il en pensant à la piste des super-physionomistes.

Il raccrocha, respira profondément, et appela Pewe en espérant tomber sur sa boîte vocale. Mais la chance n'était pas de son côté.

— Dis-moi : je ne t'aurais pas conseillé de le suspendre de ses fonctions hier, par hasard ? lâcha son supérieur avec dédain.

— Avec tout le respect que je vous dois, je ne vois pas ce que ça aurait changé, chef, répliqua Grace en luttant pour garder son calme.

— J'ai l'impression qu'il y a beaucoup de choses que tu ne vois pas, Roy. Peut-être que tu devrais faire un tour chez cet opticien dont on voit la pub à la télé. Viens dans mon bureau immédiatement… si tu trouves ton chemin.

89

Vendredi 29 avril

Assis à son bureau, le commissaire principal taillait méticuleusement un crayon jaune à l'aide d'un minuscule taille-crayon argenté. Son bureau se trouvait dans le même couloir que celui de la commissaire divisionnaire. Cassian Pewe était impeccablement coiffé, aucun cheveu ne dépassait de sa minivague blonde. Sa chemise et son uniforme étaient repassés à la perfection et ses épaulettes toujours aussi lustrées. Monsieur Parfait. Monsieur Immaculé. Grace songea, de façon plutôt irrévérencieuse, que ses étrons étaient sans doute en forme de smiley.

— Assieds-toi, Roy, dit-il sans lever les yeux.

Grace opta pour l'un des deux fauteuils en cuir devant son bureau.

— Si j'ai bien compris, le capitaine Exton passera la nuit en observation à l'hôpital. Il a deux côtes cassées, une commotion cérébrale et la rate contusionnée. Les médecins redoutent une hémorragie interne et décideront demain matin de sa date de sortie. C'est bien ça ?

— Oui, chef.

Pewe observa la mine, la pressa contre son index et rangea le crayon dans un pot noir.

— Contrairement à notre ami M. Tooth, dont l'état est stable, Exton doit, selon moi, être surveillé jour et nuit. Tu gères ça ?

— Oui, chef. J'ai demandé aux commandants Glenn Branson et Kevin Hall de procéder à une arrestation officielle dès qu'Exton sera hors de danger. Il sera suspendu de ses fonctions à ce moment-là.

— Tu te vois le faire ? lui demanda son supérieur d'un ton sarcastique, en le regardant droit dans les yeux.

— Oui, chef, répondit Grace, les dents serrées.

— Pour éviter tout embarras devant ses collègues et pour lui garantir un traitement impartial, il devra être interrogé dans un commissariat en dehors du Sussex. J'ai discuté avec l'ancienne adjointe du commissaire divisionnaire de la police du Sussex, Olivia Pinkney, qui, comme tu le sais, est aujourd'hui la commissaire divisionnaire du Hampshire, et qui nous a gentiment proposé Portsmouth.

— C'est très bien vu, concéda Grace. Pour tout vous dire, je suis déjà en contact avec la police du Hampshire. En attendant, avant qu'Exton ne sorte de l'hôpital, je fais comparer ses empreintes digitales à celles prélevées sur la scène de crime.

— Tu as une stratégie médias ?

— Notre service de la communication est dessus.

— Excellent. Tu peux disposer, dit-il en agitant la main. À moins que tu n'aies autre chose à me dire ?

Grace envisagea de poursuivre leur conversation à propos de Bruno. Il décida cependant d'aborder ce sujet à un autre moment.

— Pour tout vous dire, oui. Nous avons obtenu des images d'une GoPro cachée dans une voiture face à une entrée latérale de la résidence Vallance Mansions. Il semblerait qu'un homme, le visage en partie dissimulé sous une casquette, a eu un comportement suspect au moment où nous estimons la mort de Lorna Belling. L'équipe de Maria O'Brien est en train d'améliorer les images et je prévois de demander aux super-physionomistes de Scotland Yard d'y jeter un coup d'œil.

— Pourquoi ?

— Un super-physionomiste sera possiblement en mesure d'identifier le meurtrier à partir d'un trait de son visage, expliqua-t-il patiemment.

— Et tu t'attends à identifier le capitaine Exton ?

— Si c'est le cas, cela viendra étayer les preuves contre lui.

— Bien. Tu me tiens au courant ?

— Oui, chef.

Au courant ? Je te mettrais volontiers les doigts dans une prise électrique, songea-t-il par association d'idées.

Savourant cette scène imaginaire, il sortit du bureau.

90

Vendredi 29 avril

Alors qu'il retournait dans son bureau, son téléphone sonna. C'était Kevin Hall.

— Chef, ça n'a peut-être rien à voir, mais je voulais quand même vous parler d'un truc. Je viens de discuter avec Keith Wadey, ingénieur au port de Shoreham. Toutes les deux semaines, il scanne la zone à l'aide d'un sonar pour repérer d'éventuels obstacles, comme des véhicules tombés à l'eau, susceptibles d'endommager les hélices ou les coques des navires. Ce matin, il a récupéré un MacBook Pro dans le bassin d'Arlington. C'est un modèle récent, 15 pouces, écran optique, et, selon lui, il n'est pas là depuis longtemps. Il l'a signalé, car il a trouvé ça suspect. Peut-être s'agit-il d'un appareil volé. Un collègue qui savait qu'on cherchait un ordinateur et un téléphone dans le cadre de l'enquête sur Lorna Belling a contacté notre équipe, c'est moi qui l'ai eu au téléphone.

— Il pense qu'il a été jeté quand ?

— Ces deux dernières semaines, vu qu'il n'était pas là lors de son précédent scan.

Grace sentit son cœur s'accélérer.

— Il faut demander au service de cybercriminalité d'essayer de récupérer les données.

— C'est fait, chef. Ray Packham a récupéré l'ordinateur à Shoreham. Il va le mettre dans du riz. Il pense pouvoir commencer à travailler dès qu'il sera sec, dans vingt-quatre heures environ. J'ai demandé le numéro de série. Je devrais pouvoir remonter jusqu'au revendeur et au propriétaire.

— Bien joué, Kevin. Tiens-moi au courant dès que tu as du nouveau.

— Oui, chef !

Grace ferma la porte de son bureau et se posa pour réfléchir. Il fit une recherche Google en entrant « MacBook Pro 15 pouces ». Les offres tournaient autour des 3 000 £. Il fit la même recherche sur eBay. D'occasion ce modèle se vendait relativement cher, autour de 1 500 £.

La personne qui l'avait volé en aurait tiré plusieurs centaines de livres au marché noir. Pourquoi l'avoir jeté dans le port ?

Pour s'en débarrasser. Pourquoi s'en débarrasser ?

Pour éliminer des preuves ?

Possible. Fort probable ?

Cette histoire avait-elle un lien avec leur enquête ? Il en avait le pressentiment.

Avec un peu de chance, ils le sauraient bientôt.

Il ouvrit son carnet d'adresses et chercha le numéro du contact dans l'équipe des super-physionomistes, que Ray Packham lui avait envoyé la veille.

Cela faisait bien dix ans, sinon plus, que Jonathan Jackson avait quitté la police du Sussex. À l'époque, Londres recrutait en proposant des salaires très intéressants et des horaires de travail relativement décents.

Grace avait alors été attristé de perdre Jackson, qui était un membre important de son équipe.

Il composa son numéro et Jackson décrocha à la deuxième sonnerie.

— Content de vous entendre, chef ! Que me vaut l'honneur de cet appel ?

— On m'a dit que tu travaillais avec l'équipe des super-physionomistes, c'est vrai ?

— Très vrai.

— Si j'avais besoin d'aide le plus vite possible, ils pourraient intervenir quand ?

— Tout de suite, chef. Je peux vous mettre en contact avec eux, ils mettront quelqu'un à votre service.

— De quoi ont-ils besoin pour travailler ?

— Des photos ou des vidéos. Dans l'idéal, de bonne qualité, pour optimiser les chances de faire une identification.

— Il faudrait qu'on vous envoie les images ou quelqu'un pourrait venir chez nous ?

— En général, ils préfèrent se déplacer.

— Super. Je peux te rappeler quand, Jonathan ?

— Je suis comme vous, chef. Disponible vingt-quatre heures sur vingt-quatre, sept jours sur sept.

Grace le remercia et raccrocha.

Jon Exton, leur principal suspect, se trouvait à l'hôpital d'Eastbourne, sous surveillance policière. Dès que son état de santé le permettrait, il serait arrêté et transféré au commissariat de Portsmouth.

Malgré tout ce qu'il avait appris à son sujet, Grace avait du mal à considérer Exton comme un suspect. Son collègue lui semblait tellement rigoureux... Mais il savait, par expérience, que cette qualité permettait à de nombreux meurtriers d'échapper à la justice pendant des années.

C'est presque à contrecœur qu'il appela la commissaire Darke, le chef du service communications et le chef de la brigade criminelle pour organiser une réunion en fin d'après-midi avec le commissaire principal et la commissaire divisionnaire afin de discuter d'une stratégie médias.

91

Vendredi 29 avril

Il était près de 17 heures quand Christopher Diplock rentra chez lui et fut enfin en mesure de faire une copie de l'enregistrement de la GoPro, afin que Packham puisse la déposer à Guildford.

La réunion avec la commissaire divisionnaire se termina une heure plus tard. Le lendemain dans la matinée, Exton sortirait de l'hôpital et, avec un peu de chance, ils récupéreraient de bonnes images de la GoPro et les données de l'ordinateur jeté dans le port. La journée s'annonçait importante.

Grace décida de rentrer tôt, pour une fois. Il avait hâte de revoir Noah et de savoir comment la journée de Bruno s'était passée. Il n'avait pas non plus oublié qu'il lui avait promis de lui montrer quelques techniques d'armes à feu. Et, une fois n'est pas coutume, il passerait une soirée tranquille avec Cleo.

Chez lui, tout allait bien. Noah avait été grognon dans l'après-midi. Selon Cleo, il faisait ses dents. Bruno était en train de faire ses devoirs. Roy monta dans sa chambre et bavarda avec lui. Il lui demanda s'il s'était fait de nouveaux amis, puis l'aida, non sans difficulté, à résoudre quelques problèmes de maths. Cette matière n'avait jamais été son fort. Lors de son concours d'entrée dans la police, il avait échoué deux fois. Par chance, il avait réussi son troisième test. Sans cela, il n'aurait jamais pu devenir officier.

Bruno le remercia poliment et se remit au travail.

En quittant la pièce, Roy se rendit compte qu'il n'avait pas encore totalement intégré le fait que cet enfant était son fils.

À 2 heures du matin, il constata qu'il n'avait pas non plus accepté les preuves qui s'étaient accumulées contre Jon Exton.

Alternant insomnie et phases de sommeil agité, il n'arrêtait pas de se retourner et de tapoter son oreiller en faisant le moins de bruit possible, pour ne pas réveiller Cleo.

Son horloge numérique lui indiqua 2:03, puis 2:17, puis 2:38.

Le flot de ses pensées était ininterrompu.

Soudain, il vit Lorna Belling, les yeux grands ouverts, qui le fixait depuis sa baignoire. *Trouve celui qui m'a tué.*

Tu me promets que tu ne t'es pas suicidée ?

C'est ça… J'ai effacé la carte mémoire et j'ai mis la GoPro dans la voiture de Jon, histoire de brouiller les pistes, depuis l'au-delà.

Il eut soudain la certitude qu'il pouvait abandonner la piste du suicide.

Vers 4 heures du matin, il plongea dans un profond sommeil, dont il fut tiré vingt minutes plus tard par les pleurs de Noah.

92

Samedi 30 avril

Un peu avant midi, Roy Grace reçut un e-mail de Chris Gargan : ils avaient fait de leur mieux pour améliorer les images de la GoPro, mais le pare-brise humide ne leur avait pas facilité les choses. Il les lui enverrait dans quelques minutes par WeTransfer.

Grace appela Guy et lui demanda de le rejoindre dans son bureau pour qu'ils les regardent ensemble.

Batchelor arriva quelques minutes plus tard avec une tasse de café. Il en voulait toujours à son supérieur, qui lui avait reproché d'avoir confié la carte mémoire à Exton, alors que celui-ci était clairement dans un état instable. Batchelor s'était excusé et avait justifié sa décision en avançant que c'était urgent et qu'Exton était disponible.

— Du nouveau, Guy ? lui demanda Grace en attendant que les fichiers arrivent.

— Exton est en route pour Portsmouth. Glenn Branson et Kevin Hall l'accompagnent. Comme vous l'avez suggéré, chef, ce sont eux qui feront l'interroga-toire. L'avocate d'Exton est en route aussi.

— C'est qui ?

— Nadine Ashford, du cabinet Lawson Lewis Blakers, à Eastbourne.

Grace avait habilement choisi ses deux interrogateurs. Glenn était doué pour lire le langage corporel, comme il le lui avait d'ailleurs appris, et Kevin Hall avait une main de fer dans un gant de velours. Grace avait mené de nombreux interrogatoires à ses côtés : personne n'était aussi bon que lui dans le rôle du *good cop*.

Quand le téléchargement fut terminé, Grace ouvrit le premier fichier.

— Voyons ce qu'on a…

La qualité de l'image n'était pas exceptionnelle, mais Grace la trouva bien meilleure que prévu. Il s'agissait d'une rue résidentielle, éclairée par des lampadaires. Après s'être orienté, Grace comprit que la caméra était tournée vers le pare-brise de la BMW, orientée vers le nord, dans Vallance Street, avec le bord de mer dans le dos. À gauche, de l'autre côté de la route, s'élevaient la façade est de la résidence Vallance Mansions et son entrée secondaire.

Quelques secondes plus tard, une jeune femme appa-rut à l'écran, en train de faire son jogging. Les images saccadées conféraient à sa course un aspect presque comique. Puis un homme sortit de la résidence.

L'heure à l'image indiquait 21 h 01.

Il portait un imperméable et une casquette comme celle qu'affectionnent les golfeurs, qui lui mangeaient la moitié supérieure du visage. Sa bouche et son menton étaient quasiment indiscernables. Il semblait cacher quelque chose sous son manteau. Il portait également deux sacs-poubelle et un bouquet de fleurs.

— Qu'est-ce qu'il protège ? s'interrogea Grace.

— L'ordinateur ? suggéra Batchelor.

— Possible.

Sur l'image suivante, il apparut un mètre plus loin, sur le trottoir. Puis un mètre plus loin encore. Et il disparut du cadre.

Grace appuya sur pause, revint en arrière, au moment où l'homme faisait sa première apparition, et agrandit l'image. Plus elle était grande, plus elle était floue.

— Il a la taille d'Exton, fit remarquer Batchelor.

Grace hocha la tête, dubitatif.

— La taille oui, pas la corpulence. Mais peut-être que c'est dû à l'image, à la distorsion à travers les gouttes de pluie.

— J'ai entendu dire que la télévision, ça grossit, ajouta Batchelor sans détacher ses yeux de l'écran.

Diplock avait fait un bon travail de montage. Sur les images suivantes, l'horloge indiquait 22 h 22. Cette fois, l'homme apparut sur le trottoir opposé. Il portait un parapluie d'une main et un sac-poubelle de l'autre. Sur trois plans consécutifs, ils le virent regarder autour de lui, puis disparaître du cadre.

— Salut, toi ! On est ravis de te revoir ! lança Batchelor.

— Plus d'ordinateur ? s'étonna Grace.

— On dirait bien. Il aurait eu le temps de faire un aller-retour au port de Shoreham et de le jeter.

— Dix minutes en voiture, compléta Grace.

— Mais d'un autre côté, une demi-heure pour un aller simple à pied, calcula Batchelor, pensif.

Sur les images suivantes, ils revirent l'homme descendre de nouveau la rue, de l'autre côté, avec son parapluie cassé.

— Il sort les poubelles de ses voisins au milieu de la nuit, c'est le bon samaritain du quartier, plaisanta Grace.

Ils regardèrent l'homme retourner dans l'immeuble.

L'homme arriva au niveau de l'entrée, sortit ce que les enquêteurs présumèrent être une clé, ouvrit la porte et entra.

— Tu connais la différence entre les éboueurs et les politiciens ?

— Non, chef.

— Les éboueurs nettoient les ordures et les politiciens sont des ordures !

Batchelor esquissa un sourire.

— Qu'est-ce qu'il fait donc, notre cher Exton, à entrer en pleine nuit avec un sac-poubelle dans l'immeuble de Lorna Belling ?

Batchelor fixa longuement l'écran. Grace remarqua qu'il était pâle et que ses mâchoires tremblaient sporadiquement. Il ressentit de la compassion pour lui. Il n'y avait rien de plus dur que de devoir arrêter un collègue, surtout quand c'était aussi un ami.

— Peut-être qu'il a fait des courses ?

— Non, les courses, on les met dans un sachet plastique, pas dans un sac-poubelle, objecta Grace. Peut-être qu'il vient placer de fausses pièces à conviction pour incriminer quelqu'un d'autre. Peut-être qu'il transporte des outils pour la découper en morceaux.

— Cela dit, on ne sait toujours pas si c'est Exton, ni si ce type a un lien avec Lorna Belling.

— Tout à fait exact, Guy. Il faut qu'on le fasse identifier.

— Ça ne prouvera rien de toute façon, n'est-ce pas, chef ? Si c'est Exton, on peut en conclure qu'il s'est trouvé dans l'immeuble de Lorna Belling, mais si c'est quelqu'un d'autre, il ne se rendait pas forcément dans l'appartement de Lorna. Peut-être que c'est juste un individu qui se comportait de façon erratique.

— Très erratique.

Grace composa le numéro de Jonathan Jackson. Il lui précisa que les images n'étaient pas terribles, ce qui ne sembla pas rebuter son interlocuteur, et lui demanda quand ils pouvaient leur envoyer un super-physionomiste.

— On devrait pouvoir dépêcher quelqu'un dans les heures qui viennent. Je vous rappelle.

Grace le remercia et raccrocha. Puis ils observèrent de nouveau la silhouette à l'écran. L'homme aux sacs-poubelle.

Son allure ne collait pas. Du moins pas avec Exton. Exton était mince, il avait d'ailleurs perdu du poids ces dernières semaines, et ce type était relativement costaud. Cela dit, les images étaient vraiment de mauvaise qualité.

Grace interrogea son collègue du regard.

— Tu remarques quelque chose, Guy ?

— Non, vous oui ?

— À mon avis, il efface ses traces. Et il a fait du bon boulot, vu que les techniciens en identification criminelle n'ont rien trouvé.

Batchelor réfléchit.

— Bon, je vous appelle dès que j'ai du nouveau, finit-il par dire.

— Je vais relancer Ray, pour savoir s'il arrive à réanimer l'ordinateur.

Quelques minutes après que Batchelor eut quitté le bureau de Grace, son téléphone sonna. C'était Jonathan Jackson.

— Roy, l'un de nos super-physionomistes n'est pas très loin de chez vous en ce moment. Il s'agit du capitaine Tim Weatherley. Il connaît bien la police judiciaire du Sussex, il a déjà travaillé avec l'un de vos collègues, le commissaire Sloan. Il bosse actuellement avec la police du Surrey. Il enquête sur le meurtre d'une famille britannique et d'un cycliste français, vers Annecy, en 2012. Apparemment, de nouvelles images auraient été trouvées.

— Oui, je m'en souviens bien, fit Grace. Un touriste britannique d'origine irakienne, sa femme et sa belle-mère, ainsi qu'un cycliste, ont été tués sur le bord d'un chemin forestier. Les deux enfants, des petites filles, ont miraculeusement survécu, mais n'ont pas pu apporter grand-chose à l'enquête. C'est l'une des affaires non résolues les plus tragiques de notre époque.

— Il pourra vous rejoindre entre 16 et 17 heures. Je lui ai donné votre numéro, il vous appellera quand il connaîtra son heure exacte d'arrivée.

— Génial, merci, JJ.

— Avec plaisir, Roy. On devrait prendre un verre ensemble.

— Tu habites toujours à Saltdean ?

— Ouais, fais-moi signe quand tu as le temps.

— Sans faute.

Après avoir raccroché, Grace se demanda si, étant donné l'identité du principal suspect, il ne valait pas mieux qu'il visionne les images avec le super-physionomiste et Guy Batchelor uniquement, sans le reste de l'équipe.

Puis il eut soudain une meilleure idée.

93

Samedi 30 avril

Il avait l'impression de nager sous l'eau. Il y avait de la lumière au-dessus de lui. Des visages flous. Son esprit flottait. Il avait des vertiges, la nausée.

Il remonta momentanément à la surface et vit un chien au bord de la piscine. Une créature trapue, particulièrement laide avec un œil rouge et l'autre gris. C'était un bâtard, moitié dalmatien, moitié carlin.

Il lui jetait un regard noir, lourd de reproches. *Tu es en train de m'abandonner, comme mon précédent maître ?*

— Yossarian ! cria-t-il.

Il aimait bien ce chien, qu'il avait trouvé dans une rue de Beverly Hills. C'était d'ailleurs la seule chose à laquelle il tenait. Il lut dans ses yeux que l'animal était affamé.

— Yossarian ! répéta-t-il.

Aucun son ne sortait de sa gorge intubée.

L'infirmière du service de réanimation de l'hôpital royal du Sussex accourut vers le lit 17 et observa le petit homme trapu au crâne rasé, sous perfusion et respirateur. Il était agité comme s'il faisait une crise et ses yeux s'ouvraient et se fermaient rapidement.

Ce patient, qui se faisait appeler Tooth, était jusqu'à récemment sous surveillance policière vingt-quatre heures sur vingt-quatre, sept jours sur sept. Tout ce que l'infirmière savait de lui, c'est qu'il avait été mordu par une araignée, piqué par un scorpion et une vipère, et qu'il avait transité par le service des maladies tropicales du Guy's Hospital de Londres. La police s'intéressant à lui, elle s'était dit qu'il avait dû être impliqué dans le cambriolage d'un zoo qui aurait mal tourné.

Elle envoya immédiatement un message au médecin de garde.

Dix minutes plus tard, Roy Grace fut interrompu dans sa préparation du procès de Jodie Bentley par un coup de fil. Son interlocuteur avait un accent étranger.

— Bonjour, je suis le Dr Imran Hassan, soins intensifs de l'hôpital royal du Sussex. On a comme consigne de vous prévenir si l'état d'un de nos patients, M. Tooth, vient à évoluer.

Il ne manquait plus que ça, songea Grace.

— Tout à fait. Merci, docteur Hassan.

— Il est en train de sortir du coma. Il tente de s'exprimer. Quand nous avons retiré le tube de sa gorge, il a immédiatement crié un nom. Quelque chose comme Yossarian.

— Yossarian ?

— Il se faisait visiblement du souci pour ce Yossarian. Sans ouvrir les yeux, il a hurlé que Yossarian devait être nourri. Ça vous évoque quelque chose ?

— Oui, docteur. Yossarian est le nom de son chien. Il est dans les îles Turques-et-Caïques. Tooth est suspecté d'avoir commis plusieurs meurtres. Quelqu'un s'occupe de son chien. Il n'a pas de souci à se faire pour lui.

Grace, lui, s'en faisait, du souci.

— C'est bon à savoir. Son comportement peut être considéré comme un signe que son état semble s'améliorer.

— À quel point ? s'enquit Grace.

— Pour le moment, c'est minime. Il ne peut toujours pas bouger.

— Docteur, si vous ou vos collègues veniez à penser qu'il peut se lever et marcher, prévenez-moi immédiatement.

— Oui, commissaire, c'est écrit dans la note de service.

Grace le remercia et envoya un e-mail à Pewe. Il ne suggéra pas le rétablissement d'une surveillance policière, mais conclut son message sur ces mots :

Comme vous le savez, nous avons affaire à un homme aux ressources inépuisables. Ce serait embarrassant pour la police du Sussex s'il venait à disparaître. À l'heure actuelle, le personnel de l'hôpital pense que c'est peu probable et ils me préviendront si la situation venait à changer.

Son message n'appelait pas de réponse. Il n'en reçut d'ailleurs pas.

94

Samedi 30 avril

Tim Weatherley, le super-physionomiste de Scotland Yard, se présenta dans le bureau de Grace un peu avant 18 heures en s'excusant pour son retard. Grace remarqua qu'il avait sans doute eu une longue journée. Son costume gris froissé, sa chemise rose, sa cravate de travers, ses cheveux bruns en bataille et son air de famille avec l'humoriste Michael McIntyre lui plurent immédiatement.

Grace, qui, pour une raison ou une autre, s'attendait à accueillir un geek, fut conquis par son attitude avenante et sa voix de stentor.

— J'ai un message pour vous de la part du commissaire Sloan.

— Ah bon ?

— Il m'a demandé de vous rappeler que vous lui deviez une bière !

Grace sourit.

— Il a du culot, pour quelqu'un qui ne paie jamais sa tournée…

Weatherley sourit à son tour.

— Thé ? Café ? lui proposa Grace.

— Non merci. C'est mon anniversaire de mariage, aujourd'hui. Je dîne avec la patronne à Londres, à Battersea, donc sans vouloir vous brusquer, plus tôt on finit, mieux c'est.

Grace lui résuma la situation en soulignant son caractère délicat. Puis il ajouta :

— Je travaille systématiquement avec mon équipe au complet, c'est ma façon de procéder. Notre prochaine réunion est à 18 h 30. J'aimerais que vous regardiez la vidéo avant, puis que vous présentiez votre spécialité. Peut-être a-t-on, sans le savoir, un ou une super-physionomiste parmi nous. Si vous identifiez formellement le capitaine Exton sur la vidéo, je vous serais reconnaissant de ne pas communiquer cette information à l'équipe.

Weatherley fronça les sourcils.

— Comme vous voulez.

Puis il consulta sa montre.

— Vous serez parti d'ici 19 heures. Vous arriverez à Battersea à 20 h 30 au plus tard.

— Vous avez des images du capitaine Exton, pour que je me familiarise avec son visage ?

Grace lui montra une photocopie de son badge et quelques images du système de vidéosurveillance interne à la Malling House. Il l'accompagna ensuite dans le couloir, où se trouvaient les portraits de tout le personnel de la police judiciaire, et désigna Exton.

Son téléphone sonna. C'était Ray Packham.

— Roy, j'ai une bonne nouvelle pour toi.

— Je t'écoute.

— L'appareil est en train de sécher. C'est d'ailleurs moi qui m'y colle, avec un foutu sèche-cheveux ! En attendant, j'ai reçu une réponse concernant le numéro de série. L'ordinateur a été acheté à l'Apple Store de Churchill Square, à Brighton, le 22 novembre dernier par… Lorna Belling.

— Génial ! Bien joué, Ray.

— J'étais sûr que ça te plairait. Je t'appelle dès que j'arrive à l'allumer.

— Super.

Weatherley était en train d'observer les photos au mur quand Guy Batchelor arriva.

— Chef, elle est à quelle heure, la réunion de ce soir ? demanda-t-il avant de se tourner vers le visiteur, l'air interrogateur.

— Ah, oui, Guy, je te présente Tim Weatherley, membre de l'équipe des super-physionomistes. Et voici le commandant Batchelor, mon adjoint sur cette enquête. Tim, vous pouvez partager toutes vos découvertes avec lui.

Les deux hommes se serrèrent la main.

— Ravi de vous rencontrer, fit Weatherley.

— De même. Merci de venir jusqu'à nous, on est ravis. Je n'ai entendu que du bien de votre service.

— Parlez-en autour de vous. Trop peu d'enquêteurs connaissent notre existence, dit Weatherley avec un grand sourire.

— Absolument !

— On a du nouveau, intervint Grace. Ray Packham vient de m'appeler, il a identifié le propriétaire du MacBook Pro.

— Et ?

— C'est Lorna Belling.

— Nom de Dieu.

— Il espère pouvoir le faire marcher ce soir. Ça pourrait débloquer notre enquête !

— Génial, dit Batchelor, légèrement gêné.

Grace aussi était mal à l'aise. Il n'avait pas envie qu'Exton fasse de la prison, et il avait remarqué que Batchelor, malgré les apparences, était sensible et doué d'empathie.

— Le capitaine Weatherley doit partir à 19 heures. On va avancer la réunion. Tu peux dire à tout le monde qu'on commence dans un quart d'heure ?

— Oui, chef.

— Merci.

Grace accompagna Weatherley dans son bureau et le laissa visionner les images seul, avant de se joindre à la réunion.

95

Samedi 30 avril

À 18 h 20, l'équipe au complet se trouvait dans la salle de conférences, exception faite de Glenn Branson et Kevin Hall, qui interrogeaient Jon Exton à Portsmouth. Roy entra dans le vif du sujet en présentant Tim Weatherley et en lui demandant de définir le travail des super-physionomistes de Scotland Yard.

Quand il eut terminé, le commissaire annonça :

— Nous allons maintenant regarder une image fixe tirée d'une vidéo réalisée depuis un véhicule garé dans Vallance Street, la nuit du mercredi 20 avril, celle où Lorna Belling a trouvé la mort. L'image est floue, en partie parce que le pare-brise est couvert de gouttes, en partie parce qu'il fait nuit.

Il fut momentanément distrait par le téléphone de Velvet Wilde, qui bipa.

— Si vous reconnaissez la personne, qui n'est d'ailleurs pas forcément le coupable, manifestez-vous. Voyons si certains ont un don de super-physionomiste !

Il fit un signe de la tête à Weatherley et alluma le rétroprojecteur. Tout le monde se tourna vers une silhouette qui semblait porter deux sacs-poubelle.

— Je sais, chef, s'exclama Norman Potting.

— Ah bon ?

— Vu ce qu'il porte, c'est une ordure.

Certains éclatèrent de rire.

— Merci, Norman. Très constructif, ajouta-t-il, sarcastique.

— Il devrait venir dans mon quartier, les éboueurs sont encore en grève.

— Norman, ça suffit ! asséna Grace.

— Désolé, chef, dit le vieil enquêteur en essuyant ses lunettes à la mode avec les pans de sa chemise, révélant sa bedaine.

Grace se tourna vers Weatherley, qui semblait pensif.

— Ça me rappelle un épisode de *La Vipère noire*, lança Norman Potting.

— *La Vipère noire* ? l'interrogea Grace.

— Comme dirait Rowan Atkinson : « Autant mettre un aveugle dans une pièce sombre et lui demander de chercher un chat noir qui n'est pas là. »

— Où est-ce que tu veux en venir ? intervint EJ Boutwood.

— Ce que je veux dire, mademoiselle, c'est qu'on nous demande d'identifier M. Flou, alors que tout ce qu'on voit, c'est un sac-poubelle. À moins que ta vision ne soit meilleure que la mienne ?

Roy Grace regarda Weatherley et remarqua qu'il avait une étrange expression sur le visage. Quand leurs regards se croisèrent, le super-physionomiste lui fit un signe très discret. Personne ne le remarqua, à part Guy Batchelor qui ne quittait pas Weatherley du regard.

96

Samedi 30 avril

Personne n'ayant d'avis sur la photo, Grace mit un terme à la réunion, conscient que Weatherley devait rentrer à Londres.

Il accompagna le super-physionomiste dans son bureau. Batchelor leur emboîta le pas et les trois hommes s'assirent.

— Alors ? le pressa Grace.

Weatherley avait l'air mal à l'aise.

— Je peux d'ores et déjà vous dire que ce n'est pas le capitaine Exton. Mais, comme vous le savez, la vidéo est de mauvaise qualité. Si ça vous va, j'aimerais essayer de l'améliorer avec mon équipe.

— On peut vous faire une copie sur CD-ROM ou vous l'envoyer.

Weatherley regarda l'heure à sa montre. 18 h 45.

— Par mail, ça me va, je m'y mettrai demain matin, première heure.

— Merci beaucoup, j'apprécie votre aide, Tim.

— Je vais vous raccompagner à votre voiture, lui proposa Batchelor. Quand vous arrivez au portail, la barrière se lève automatiquement.

— Merci.

Les deux hommes quittèrent le bureau, laissant Grace perplexe. Weatherley avait vu quelque chose, il en était persuadé, alors pourquoi se montrait-il si réticent à en parler ?

Cinq minutes plus tard, il reçut une réponse, mais ce n'était pas celle qu'il souhaitait. Il s'agissait d'un SMS.

Vous m'avez demandé d'être discret, donc je n'ai rien dit après la réunion. Appelez-moi dès que vous êtes seul.

Grace sentit la panique monter. Avait-il identifié quelqu'un qu'il avait croisé dans les locaux ou pire : un membre de son équipe ?

Il composa immédiatement le numéro de Weatherley, mais tomba sur sa boîte vocale. Il laissa un message lui demandant de le rappeler de toute urgence, et lui envoya également un texto.

97

Samedi 30 avril

Avant de rejoindre le service des super-physionomistes, Tim Weatherley avait passé sept ans à la circulation, à Londres. Comme la plupart de ses collègues, il était intervenu sur de nombreux accidents mortels, ce qui lui avait permis de constater que certains véhicules résistaient mieux aux chocs que d'autres. C'est pourquoi il avait acheté une Volvo pour sa famille, et demandait à en avoir une à disposition, quand il utilisait une voiture de fonction.

C'est en patrouillant, à la recherche d'individus fichés, par exemple, qu'il s'était rendu compte de ses dons d'observation. Constatant qu'aucun délinquant ne lui échappait, quelles que soient la visibilité et la luminosité, ses collègues l'avaient surnommé Œil de lynx. Au bout de deux ans, le commandant divisionnaire Mick Neville, qui recrutait alors pour Scotland Yard, avait eu vent de ses talents.

Alors qu'il arpentait la campagne du Sussex, suivant les instructions du GPS, traversant sous la pluie carrefours, ronds-points, puis un tunnel, avant de rejoindre l'A27, il était tourmenté par la vidéo qu'il avait visionnée.

À la forme de son nez et de son menton, il avait formellement identifié l'homme sur les images. Les conséquences seraient terribles.

Les essuie-glaces chassaient tant bien que mal les trombes d'eau qui se déversaient. Perdu dans ses pensées et concentré sur la route, il ne prit pas le temps de regarder dans son rétroviseur. S'il l'avait fait, il aurait peut-être remarqué qu'une voiture le suivait depuis le quartier général de la police, trois véhicules derrière lui, tandis que la nuit commençait à tomber.

Il avait vu et entendu qu'il avait reçu un texto, mais, ne sachant que trop bien combien d'accidents avaient lieu quand le conducteur jetait un coup d'œil à son téléphone, il l'avait ignoré. Il s'arrêterait pour le lire quand l'occasion se présenterait. Il bâilla.

La semaine avait été longue. Il avait hâte de passer une soirée agréable en compagnie de Michelle, sa femme. Dans l'après-midi, alors qu'il attendait le commissaire Sloan, il avait lu le menu du restaurant qu'ils avaient réservé pour leur anniversaire de mariage et décidé de ce qu'il dégusterait : des coquilles Saint-Jacques au boudin noir et un faux-filet de bœuf Angus maturé ou un carré d'agneau.

Cette perspective le fit saliver.

Comme ils avaient prévu d'y aller en taxi, il s'octroierait un verre ou deux. Une flûte de prosecco, puis un vin rouge puissant – pourquoi pas un rioja ?

Arrêté à un rond-point, il appela son épouse grâce à son kit mains-libres.

Quelques secondes plus tard, alors qu'il accélérait pour sortir du rond-point, celle-ci décrocha.

— Comment vas-tu, chéri ?

— Je suis en route. D'après le GPS, je serai là à 20 h 23.

— Génial !

— Je t'aime, j'ai hâte !

— Sois prudent sur la route.

— Je pensais plutôt rouler à 150 pour arriver plus vite.

— Tu es fou.

— Et c'est pour ça que tu m'aimes, pas vrai ?

Soudain, alors qu'il prenait un virage à gauche à une certaine vitesse, il entendit un bruit sourd qui résonna dans toute la voiture, et sentit une violente secousse. Ça venait de derrière. Son volant se mit à tourner vers la droite, sans qu'il puisse le retenir.

Merde ! Que s'était-il passé ? Était-il rentré dans quelque chose ? Quelqu'un l'avait-il percuté ?

La voiture fit des embardées, le volant se mit à tourner vers la gauche, puis de nouveau vers la droite.

La Volvo enchaînait les queues de poisson. Elle glissa latéralement vers la glissière de sécurité centrale, la heurta et rebondit. Il tenta reprendre le contrôle, mais la voiture se dirigea vers l'autre côté de la route, le projetant contre la portière. Il fonçait tout droit dans une haie.

Et soudain…

Merde.

Les pneus qui hurlent.

La haie qui fonce vers lui.

La voiture qui lui échappe.

La haie.

Les pneus qui s'agrippent.

Il sentit de nouveau la portière contre son épaule, mais autrement. *Merde, merde, merde.* Il était en train de faire des tonneaux. Roulement de tambour. Asphalte. Ciel. Asphalte. Herbe. Ciel. Verre qui se fendille. Ciel. Asphalte. Herbe.

Mon Dieu.

Il allait mourir.

Froissement de tôle.

Ciel.

Grincement.

Silence.

Silence complet. Exception faite d'un tic-tac. Désorienté, il ne bougea pas.

Se contenta de cligner des yeux.

Je suis vivant.

Il était suspendu à sa ceinture de sécurité.

— Tim ? Tim ? Tim ?

C'était la voix de sa femme. Elle semblait paniquée. Où se trouvait-elle ?

— Tim, qu'est-ce qui se passe ? Tout va bien, mon amour ? Tim ?

La voix venait d'en haut. Était-il en train d'halluciner ?

Puis il se rendit compte que son téléphone était sur le sol, qui était à présent le toit de la voiture.

Il essaya de l'attraper, mais sa ceinture de sécurité l'en empêcha.

— Ça va ! cria-t-il d'une voix tremblante. Ça va aller, ma chérie. J'ai juste…

Il faut que je sorte de là, se dit-il soudain, pensant au risque d'explosion. Même s'il savait que, à part dans les films, les véhicules prenaient rarement feu après des tonneaux.

— Je te rappelle dans deux minutes, ma chérie.

Il chercha à décrocher sa ceinture de sécurité.

Ne fais surtout pas ça, imbécile !

Il s'arrêta net.

Trop souvent, ils avaient vu des victimes d'accident paniquer, tomber sur la tête de quinze centimètres et se briser les cervicales.

Il entendit de nouveau le cliquetis.

C'était la pompe à carburant. Il éteignit le contact.

Il entreprit ensuite de prendre appui sur son bras droit, contre le toit du véhicule. Quand il eut l'impression qu'il arriverait à soutenir son poids, il détacha la ceinture de sa main gauche. Il était en train de se retourner doucement quand il entendit de nouveau la voix de sa femme :

— Tim ? Tu m'entends ?

Par la fenêtre, il vit des gens accourir.

— J'ai fait une petite sortie de route, ma chérie. Tout va bien !

Un jeune homme s'agenouilla et tira sur la portière côté conducteur pour essayer de l'ouvrir. Une femme entre deux âges se baissa à son niveau et l'observa, inquiète.

— Je suis secouriste, dit-elle avec assurance. Êtes-vous blessé ?

— Je… Je ne pense pas.

Il avait cependant l'impression d'avoir un objet pointu planté dans la poitrine.

— Ne bougez pas, l'ambulance arrive.

Il regarda s'il pouvait mobiliser ses orteils, ses jambes et ses doigts.

— Je vais bien, je n'ai pas besoin d'une ambulance. J'ai rendez-vous à Londres avec ma femme. C'est notre anniversaire de mariage.

— Vous pouvez faire une croix dessus, jeune homme. Vous n'allez plus nulle part.

Il fit un léger mouvement et poussa un cri. Il reconnut la douleur. Il en avait déjà fait l'expérience lors d'un match de rugby. Il devait avoir une côte cassée.

Il entendit une sirène approcher.

Il entendit la voix rauque d'un homme indigné.

— J'ai tout vu ! C'était incroyable. Il a fait exprès de lui rentrer dedans ! Comme dans les films ! J'ai failli le percuter, moi aussi.

La sirène s'arrêta. Il entendit des pas.

— Il y a des blessés ? demanda une voix masculine.

— Y a-t-il des témoins ? lança une femme.

Quelques instants plus tard, une policière en gilet jaune fluo se pencha vers lui.

— Tout va bien, monsieur ?

— Oui, merci. Je crois que ça va. J'ai peut-être une côte fêlée.

— On vérifiera tout ça.

— Je suis officier de police, précisa Weatherley.

— Vraiment ?

— Oui, à Londres.

— Quelle coïncidence ! s'exclama Sharka DuBois. Vous êtes mon deuxième flic en deux jours.

— Ravi pour vous.

98

Samedi 30 avril

Assis à son bureau, Grace relut le message du super-physionomiste.

> Vous m'avez demandé d'être discret, donc je n'ai rien dit après la réunion. Appelez-moi dès que vous êtes seul.

Il repensa au comportement étrange d'Exton ces derniers jours. Au fait qu'il avait été localisé dans le quartier de la victime le soir de sa mort. À la carte mémoire qui avait été effacée ou remplacée. À la GoPro retrouvée dans la boîte à gants de sa voiture.

Mais Weatherley lui avait dit qu'il n'était pas l'homme sur les images. Qui cela pouvait-il bien être ? Un autre policier ?

Il espérait que Weatherley se trompait. Comment était-il possible d'identifier formellement quelqu'un à partir d'images aussi peu lisibles ? Lui qui n'était pas particulièrement physionomiste, tout ce qu'il aurait pu dire à la barre, c'était que la personne qui entrait et sortait de l'immeuble avait une corpulence similaire à celle du capitaine Exton. Rien d'autre.

Peut-être qu'en visionnant de nouveau la pièce à conviction demain matin, Weatherley parviendrait à cette même conclusion. Qui avait la même taille ? Guy ? Jack ? Donald ? Kevin ? Il fut interrompu dans ses pensées par la sonnerie de son téléphone. C'était Ray Packham et il semblait nerveux.

— Roy, je suis dans les locaux du service de cyber-criminalité à Haywards Heath et on a réussi à redémarrer l'ordinateur de Lorna Belling. Il faut que je te montre quelque chose.

— Quoi ?

— C'est un sujet délicat, Roy. Très délicat. Je ne veux pas prendre le risque d'en parler au téléphone.

— Tu veux me faire un mail ?

— Non, trop risqué. Je vais te rejoindre. Tu es où, là ?

— Dans mon bureau.

— Il faut que tu voies ça dès que possible, mais à l'abri des regards.

— On sera à l'abri des regards dans mon bureau.

— Non, Roy, trop dangereux.

— Ray, qu'est-ce que tu veux me montrer, bordel ?

— Crois-moi, tu ne t'attends pas du tout à ça.

Grace se retourna et regarda par la fenêtre. Il faisait presque nuit.

— On se retrouve devant le portail d'entrée ?

— Non, encore trop près.

Roy réalisa que son collègue avait peur, en fait. Nom de Dieu, qu'avait-il découvert ?

— Et sur le parking du Tesco, au bout de la zone industrielle, ça irait ?

— Bonne idée.

— Quand tu rentres, tu vas tout au fond, tu tournes à gauche et tu continues jusqu'à l'autre bout. Tu conduis quoi, comme voiture, déjà ?

— Une Audi Q3 noire.

— Je t'attendrai dans une Ford Mondeo break banalisée.

— Je serai là dans une demi-heure, peut-être moins. Et surtout, Roy, ne dis rien à personne, d'accord ?

— OK, concéda-t-il, hésitant.

Il raccrocha dans une grande confusion. Qu'allait-il découvrir ? En temps normal, il en aurait parlé à la seule personne en qui il avait entièrement confiance, Glenn Branson, mais celui-ci se trouvait toujours à Portsmouth avec Exton. Batchelor, en tant qu'adjoint sur cette enquête, devait être tenu au courant que la situation était sur le point de prendre un tournant. Il composa son numéro, mais tomba sur sa boîte vocale. Il lui demanda de le rappeler de toute urgence.

Il envoya ensuite un SMS à Cleo pour lui dire qu'il ne savait pas à quelle heure il rentrerait et qu'il essaierait de la joindre de nouveau dans une heure. Il prit les clés du véhicule et se dirigea vers la sortie.

99

Samedi 30 avril

Je ne vois rien à travers le pare-brise. Tout est flou, comme sur cette vidéo où on voit un type entrer et sortir de l'immeuble de Lorna Belling.

Je n'y vois rien, et pourtant, il ne pleut même pas fort. Ce sont mes yeux qui n'arrivent pas à faire le point. C'est ça, le problème avec ce que certains appellent la « sélection naturelle ». On a évolué n'importe comment. Notre biologie n'a pas changé au même rythme que nos conditions de vie. Quand on était chasseurs-cueilleurs, c'était bien pratique d'avoir une montée d'adrénaline pour fuir les animaux sauvages. Mais si on ne brûle pas cette énergie en piquant un sprint, on se met à trembler, notre esprit s'embrouille et nos yeux ne fonctionnent plus correctement.

Et aujourd'hui, les sources de stress sont différentes. Face à l'inspecteur des impôts, on devrait pouvoir garder notre calme, mais non. Cette foutue adrénaline débarque. Et parfois, comme dans mon cas maintenant, elle se fait la malle.

C'est elle qui m'a empêché de me concentrer.

J'ai paniqué. J'ai raté mon coup.

J'aurais dû attendre que le type de Londres soit sur la M23 et qu'il roule à 130, voire 140, vu qu'il était pressé. Et il aurait fait complètement nuit, dans une demi-heure. J'ai été impatient, je l'ai chopé alors qu'il ne faisait que du 90. J'ai fait la manœuvre classique, celle que j'ai apprise. Je l'ai percuté latéralement, au point le plus sensible, juste derrière les roues arrière. Il a fait de beaux tonneaux, je les ai vus dans mon rétroviseur, mais peut-être que ça ne suffira pas. Peut-être qu'il survivra.

Si j'avais attendu l'autoroute, une sortie de route de ce genre à 130, ça ne pardonne pas.

Et maintenant, je suis perdu. Où est-ce que je pourrais aller ?

Il sait. Ce qui veut dire que Roy Grace va bientôt savoir. Si Weatherley survit.

Je n'arrive pas à réfléchir correctement.

Je déraille depuis le 20 avril. Depuis que...

Depuis que Lorna Belling a été tuée.

Peut-être par moi.

Peut-être pas.

Le super-physionomiste, il sait qui l'a tuée.

J'imagine que c'est à ça que ressemble l'enfer. Tous ceux que tu connais, que tu aimes, que tu respectes, sont sur le point de découvrir que tu as fait quelque chose d'horrible. Le pire truc que puisse faire un être humain. Et tu es sur le point de tout perdre.

Il va falloir que je prenne de l'essence, que je m'arrête à une station et que je fasse attention à ce que personne ne remarque les dégâts sur la voiture. Je vais faire le plein et payer. La personne derrière le comptoir me fera sans doute un sourire et me demandera si je veux un reçu. Elle ne saura pas qu'elle vient de croiser la route d'un meurtrier. D'un récidiviste, si Weatherley meurt. Et demain ou après-demain, elle l'apprendra dans le journal ou à la télé. Elle sera choquée, et un jour, elle racontera à ses petits-enfants : « Tu ne devineras jamais ce qui est arrivé à papi (ou mamie) ! Un jour, quand je travaillais dans une station-service, j'ai rendu la monnaie à un meurtrier ! »

Mon Dieu !

Il y a des gyrophares dans mon rétroviseur.

100

Samedi 30 avril

À 20 h 45, un samedi soir, le parking était quasiment désert. Grace regarda une femme manger un donut tout en poussant un chariot plein vers sa voiture, garée face à la sienne. Cela faisait environ quarante minutes que Packham l'avait appelé. Il lui avait envoyé un texto pour s'excuser d'un probable retard – à la suite d'un accident, le trafic était ralenti sur l'A27. Surpris que Weatherley ne l'ait pas encore recontacté, Grace était sur le point de composer son numéro quand il vit une Audi noire approcher et lui faire un appel de phares. C'était Packham.

Grace sortit discrètement de son véhicule, regarda autour de lui, puis monta dans celui de son collègue, côté passager. L'habitacle sentait le neuf.

— Désolé pour le retard, Roy. Il y a un gars qui a fait des tonneaux dans le sens inverse et les curieux ont ralenti le trafic dans ma direction.

— Il y a tout le temps des accidents sur cette route-là. Bon, qu'est-ce que tu as à me montrer ?

Packham se retourna pour attraper l'ordinateur posé sur la banquette arrière.

Il vérifia qu'ils étaient bien seuls avant de l'ouvrir.

— J'ai copié les données de Lorna Belling sur mon disque dur.

— C'est génial que tu aies réussi à les récupérer, et en si peu de temps.

— Le riz, c'est magique. Si tu fais tomber ton téléphone dans les toilettes, mets-le dans du riz pour le sécher.

— J'y penserai, répondit Grace.

Packham entra son code secret, le bureau apparut et une photo s'ouvrit. Il s'agissait d'un bar de plage ombragé par des palmiers ou des cocotiers. À l'arrière-plan, une eau turquoise, calme. Un couple se regardait dans les yeux, bras dessus, bras dessous. L'homme portait des lunettes de soleil et un panama incliné et la femme, une casquette blanche sur laquelle était juchée une paire de lunettes de soleil.

— Pourquoi est-ce que tu me montres ça ? demanda Grace à Packham.

— Regarde de plus près, Roy. C'est Guy Batchelor et sa femme Lena.

— Je sais bien. Qu'est-ce qu'elle faisait sur l'ordinateur de Lorna Belling, cette photo ? S'ils se connaissaient, il me l'aurait dit.

— Sachant ce que je viens de trouver, Roy, ils se connaissaient et il ne te l'a pas dit.

— Qu'est-ce que tu veux dire ?

Il n'avait pas besoin de réponse à sa question. La vérité était tellement insupportable que son cerveau avait du mal à la traiter.

— Merde, dit-il en se mettant soudain à trembler. Je n'arrive pas à y croire. Merde, merde.

Un appel de police secours vint confirmer son mauvais pressentiment.

101

Samedi 30 avril

— Chef, je voulais vous prévenir immédiatement : un véhicule alloué à la brigade criminelle vient d'être impliqué dans un accident avec délit de fuite, lui annonça la commandante Kim Sherwood.

— Un de nos véhicules ? Lequel ? Qu'est-ce qui s'est passé exactement, Kim ? bafouilla Grace, dérouté.

— Il s'agit d'un break Ford Mondeo, chef. L'accident a eu lieu il y a quarante-cinq minutes sur l'A27, au niveau de Lewes.

— Qu'est-ce qu'on sait d'autre ?

— Un témoin dans un véhicule, qui a assisté à l'accident – un taxi de la compagnie Brighton Streamline –, a déclaré aux officiers présents sur les lieux qu'une Ford Mondeo gris métallisé avait déboîté à une vitesse dangereuse sur la voie extérieure pour le doubler, le forçant à freiner brusquement. Qu'elle avait ensuite entrepris de dépasser une Volvo sur la voie intérieure, avant de percuter le coin arrière du véhicule de façon apparemment délibérée. Cela ressemble à la manœuvre classique que fait la police pour arrêter un véhicule lors d'une course-poursuite. La Ford a heurté la Volvo sur le côté, celle-ci a fait des embardées, le conducteur a perdu le contrôle de son véhicule, heurté la glissière de sécurité centrale, puis enchaîné les tonneaux, pour finir sur le toit. Le conducteur est blessé, mais vivant.

— Mon Dieu ! s'exclama Grace.

— Le taxi dispose d'une caméra. Toute la scène a été filmée et on a récupéré la plaque d'immatriculation de la Ford.

— Elle était utilisée par qui ?

— Ce véhicule a été assigné au commandant Batchelor, il y a dix jours, dans le cadre de l'affaire Bantam.

— Guy Batchelor ?

— Oui, chef.

— Le commandant Batchelor ? répéta-t-il, hébété.

— C'est ça.

— On en est certain ?

— Il a l'usage exclusif de ce véhicule actuellement.

Grace sentit une vague de nausée l'envahir.

Les pièces du puzzle commençaient à s'assembler.

— On n'a pas d'images du conducteur, il est possible que le véhicule ait été volé, chef.

L'espace d'un instant, Grace s'accrocha à cette possibilité. Il pensa également qu'il était envisageable que Batchelor ait perdu le contrôle de son véhicule, stressé comme il semblait l'être aujourd'hui.

Mais il savait qu'il tentait simplement de se rassurer, refusant de regarder l'horrible vérité en face.

— Quelqu'un a vérifié le registre des sorties de véhicules ?

— Vous devez le faire de votre côté, le fichier n'est pas numérisé.

— Oui, bien sûr, je… je vais…

Il se souvint soudain qu'il n'arrivait pas à joindre Weatherley depuis une demi-heure, et que celui-ci ne répondait ni à ses appels ni à ses messages.

— Que sait-on sur l'état de santé du conducteur de la Volvo ?

— Les secours sont sur place. Il est conscient, il semblerait que ses blessures ne soient pas trop graves. Il s'est d'ailleurs présenté lui-même comme officier de police.

— Pardon ? Il fait partie de la police judiciaire ?

— Non, il vient de Scotland Yard. Il s'appelle…

Grace n'avait pas besoin qu'elle lui dise son nom. Il ne le connaissait que trop bien.

— Weatherley ? C'est le capitaine Tim Weatherley ? répéta-t-il en jetant à Packham un regard horrifié.

102

Samedi 30 avril

Les deux officiers de la police de la circulation avaient beau rouler à vive allure, ils patrouillaient sereinement sur cette route de campagne, bien installés dans leur confortable Audi A6 noire.

C'était un samedi soir comme les autres. La mortalité routière ayant atteint des records ces dernières années dans le Sussex, les officiers étaient invités à faire redoubler de vigilance. C'est pourquoi les lieutenants Pip Edwards et Richard Trundle circulaient en voiture banalisée. Ils étaient là pour appréhender les conducteurs en état d'ivresse, ceux commettant des excès de vitesse, les personnes qui téléphonaient au volant et celles qui ne portaient pas leur ceinture de sécurité. Ils étaient tous deux fatigués. Ces derniers jours, ils travaillaient plus pour pallier le manque de personnel, de nombreux collègues ayant été réquisitionnés pour lutter contre le terrorisme.

Edwards, un homme taciturne, était au volant, tandis que son fidèle collègue Trundle, plus jovial, observait ce qui se passait autour d'eux. Ils cherchaient actuellement une voiture qui leur avait fait une queue de poisson, quelques minutes plus tôt. Elle ne devait pas être loin, et comme il n'y avait ni croisement ni carrefour sur plusieurs kilomètres, ils finiraient par la trouver.

Ils avaient sorti le gyrophare, qui projetait des éclats bleus sur les haies. Cent trente kilomètres-heure. Même s'il faisait entièrement confiance à son collègue, Trundle n'était pas tout à fait à l'aise. Il faisait nuit, il y avait un peu de brouillard, les conditions n'étaient pas idéales pour se lancer dans une course-poursuite sur une route de campagne, mais le type qui les avait doublés était un danger public et il devait être intercepté.

Tout s'était passé si soudainement qu'ils n'avaient pas réussi à identifier la marque et le modèle de la voiture, ni relevé la plaque d'immatriculation. Ils étaient tombés d'accord sur un break, sans doute une Ford Mondeo. Edwards avait parié qu'il s'agissait d'un gamin de Brighton ou de Crawley, sous l'emprise de stupéfiants, dans une voiture volée.

Ils entendirent soudain la voix neutre, officielle, d'un opérateur de police secours :

— À tous les véhicules sur l'A27 et l'A23, nous recherchons une personne impliquée dans un grave accident avec délit de fuite sur l'A27. Aperçue pour la dernière fois roulant vers l'ouest à hauteur de Worthing. Il s'agirait d'une Ford Mondeo break gris métallisé immatriculée Golf Yankee Un Quatre Golf Romeo X-ray. Si vous la repérez, n'approchez pas, contactez-nous immédiatement. Heure estimée de l'accident : 20 h 45. Sierra Oscar, je vous écoute.

Trundle appuya sur le bouton du talkie-walkie pour répondre :

— On s'est fait doubler par un véhicule de ce genre roulant à grande vitesse, on essaie de le rattraper. On vous tient au courant.

Il nota la plaque sur le dos de sa main, tandis que son collègue continuait à accélérer. Puis il passa un coup de fil pour connaître l'identité du propriétaire du véhicule. Non sans une certaine surprise, il découvrit que celui-ci faisait partie de la flotte de la police du Sussex.

— Hotel Tango Deux Huit Un, pourriez-vous me donner votre position exacte ? leur demanda l'opérateur.

Ils froncèrent les sourcils. Les voitures de la police et les talkies-walkies étant géolocalisés, le centre d'information et de commandement aurait dû savoir exactement où ils se trouvaient et pouvoir suivre leurs déplacements sur les moniteurs de la salle de contrôle.

— Vous ne voyez pas où on est ? s'étonna Trundle.

— Notre système est encore hors service, soupira son interlocuteur.

— On est à un kilomètre environ à l'ouest de l'A23, près de Bolney.

Soudain, il aperçut une Ford Mondeo break à une centaine de mètres devant eux, bloquée à l'intersection avec la route principale vers Cowfold. Tandis qu'ils s'en approchaient à vive allure, Trundle put constater que la plaque d'immatriculation était bien GY14 GRX.

Bingo !

C'était dans ces moments-là qu'il se rappelait pourquoi il aimait tant son boulot.

— Police secours, on est derrière Golf Yankee Un Quatre Golf Romeo X-ray.

— Allez-y, relevez l'identité du conducteur, sauf si vous jugez que c'est dangereux.

Edwards fit des appels de phares et lança la sirène pour indiquer au conducteur qu'il devait s'immobiliser. Trundle détacha sa ceinture. Il était sur le point de courir vers la Ford Mondeo quand celle-ci accéléra. Au milieu du croisement, elle faillit se faire percuter par un poids lourd. Edwards s'engagea à son tour, conscient que, malgré ses deux gyrophares, à l'avant et à l'arrière, ils n'étaient pas aussi visibles qu'une voiture de police.

— Il est parti de quel côté ? demanda-t-il.

La circulation était dense dans les deux sens. Ils étaient sur le point de le perdre de vue.

— À droite, asséna Trundle, sûr de lui.

Edwards accéléra et se glissa entre deux véhicules. Trundle retint son souffle, puis appuya sur le bouton de son talkie-walkie.

— Police secours, ici Hotel Tango Deux Huit Un, lieutenant Trundle, annonça-t-il.

— Hotel Tango Deux Huit Un, je vous écoute.

— Le suspect a pris la fuite. Mon collègue est habilité pour les courses-poursuites, notre véhicule est adéquat, avons-nous l'autorisation de le suivre ?

Trundle avait les yeux rivés sur les feux arrière des trois voitures qui le précédaient, notamment celle juste devant lui. Il connaissait bien cette route et savait qu'il n'y avait pas beaucoup de possibilités de doubler.

— Quelles sont les conditions routières ?

— Bruine, chaussée glissante, visibilité correcte, circulation normale. Selon moi, les risques sont faibles.

— Bien reçu, analyse en cours, je préviens la commandante de permanence.

— OK.

Quelques minutes plus tard, ils reçurent un appel de Kim Sherwood.

— Hotel Tango Deux Huit Un, ici la cheffe de centre, vous êtes autorisés à entamer une course-poursuite.

— Merci, cheffe.

— Nos écrans remarchent. On a deux voitures dans votre secteur, une troisième à l'approche et une quatrième, banalisée, qui descend de Gatwick. On vous envoie aussi des patrouilles habilitées pour les courses-poursuites.

Trundle retint de nouveau son souffle quand Edwards dépassa une voiture sans visibilité, au sommet d'une côte. Une fois passé le sommet, il en doubla une autre, pour se retrouver juste derrière la Ford Mondeo, à moins de cent cinquante mètres d'elle. Un virage à gauche se profilait. La Ford se rapprochait dangereusement d'une camionnette. Ils roulaient à 141 km/h et Trundle surveillait à la fois la route et le compteur de vitesse.

— Hotel Tango Deux Huit Un, on roule à 140 km/h sur une route limitée à 90.

Edwards continuait à accélérer.

— 150… 160, annonça-t-il.

Et soudain, il se figea. Le break qu'ils suivaient était en train de doubler et un véhicule arrivait en face.

103

Samedi 30 avril

Il y a un truc qui me fonce droit dessus. Les phares sont énormes, très hauts. Pourvu que ce soit un camion. Un semi-remorque, avec une cabine en hauteur, afin que le chauffeur ne soit pas blessé.

Il m'aveugle. Il klaxonne. Voilà, c'est comme ça que ça finit.

Un grand blanc. Un grand noir. Voilà comment ça se passe. Un dixième de seconde et...

Il y eut un tout petit choc qui ébranla à peine sa voiture. Comme si un caillou avait été projeté contre sa portière. Le camion avait réussi à le croiser, il ressentait les turbulences de son passage.

Son rétroviseur latéral n'était plus là. Arraché.

Le camion l'avait frôlé. Il aurait dû lui foncer droit dessus.

Il transpirait tant que sa sueur l'aveuglait. Son pare-brise était sale. La route serpentait à l'horizon.

Je ne suis même pas foutu de me tuer, nom de Dieu !

Il martela son volant, de colère et de frustration.

Je n'ai plus d'essence et je suis incapable de me suicider.

J'en ai pas le courage.

Il regarda l'aiguille. Le réservoir était quasiment vide. Un voyant lumineux orange était allumé. Il ne savait pas combien de litres d'essence il restait. Pas beaucoup.

Il vit des lumières bleues dans son rétroviseur. La voiture de police était en train de doubler les voitures entre eux, de gagner du terrain.

Hors de question que je me fasse arrêter. Hors de question que je me fasse humilier.

— Vous ne m'aurez jamais ! cria-t-il à pleins poumons.

Il pleurait. Que se passerait-il quand sa femme et sa fille sauraient ?

Il cherchait en vain une solution. Ses pensées partaient dans tous les sens.

Qu'est-ce que je fais ? Je vais où ? J'essaie de me cacher ? Je fonce dans un arbre ?

Les flics qui le poursuivaient avaient, eux, un but précis.

— Eh bien, vous savez quoi ? Quel que soit votre plan, je vais le faire foirer ! hurla-t-il.

Il ne laisserait pas Roy Grace le mettre derrière les barreaux. Personne ne claquerait la porte de la cellule de garde à vue de Hollingbury sur lui.

Il ne leur donnerait pas cette satisfaction.

D'autant qu'il n'y a pas de liberté sous contrôle judiciaire, dans les affaires de meurtre.

On passe directement par la case prison, à Lewes ou ailleurs.

Et les flics en prison… On sait ce que leurs codétenus leur font endurer. La pisse dans la soupe, les lames de rasoir dans les fruits, le sucre bouillant sur les testicules…

Jamais de la vie.

La voiture de police se rapprochait.

Un œil rivé sur le rétroviseur, l'autre sur la route, il tentait en vain de réfléchir. Leur véhicule était plus rapide que le sien. Ils semblaient prêts à le bloquer d'un moment à l'autre. Sans doute allaient-ils essayer de lui faire perdre le contrôle de son véhicule par la manœuvre qu'il avait effectuée précédemment.

Il fallait qu'il trouve quelque chose, et vite.

Il se souvint d'une pratique qu'il avait apprise en passant son permis de conduite d'urgence, il y avait quelques années de cela. Son formateur s'appelait Joseph Huns. « Jo F1 », avait-il alors plaisanté.

Sur l'aérodrome de Dunsfold, il lui avait appris comment faire un virage au frein à main. Et ce dont il se souvint, c'est que les feux ne s'allument pas, quand on utilise le frein à main. La voiture qui vous suit ne peut pas savoir que vous allez ralentir brutalement.

Il savait qu'il y avait un chemin sur sa droite, dans quelques centaines de mètres. Il faisait souvent du vélo dans la région, le week-end.

La voiture de police, qui était désormais juste derrière lui, lui signalait clairement de s'arrêter sur le bas-côté. Un véhicule arrivait à vive allure dans l'autre sens. Les flics attendraient sûrement qu'elle passe pour le doubler.

Il agrippa le frein à main et attendit de longues secondes que le véhicule en question soit passé, puis il tira dessus de toutes ses forces. Les roues arrière se bloquèrent et sa voiture se mit à zigzaguer. Le conducteur de l'Audi donna un violent coup de volant et le doubla à vive allure, en ayant visiblement du mal à garder le contrôle de son véhicule.

Il distingua alors vaguement l'entrée du chemin, cachée par des arbustes. Par miracle, il réussit à prendre le virage. Il appuya sur l'accélérateur tout en jetant des coups d'œil inquiets dans son rétroviseur.

Puis à la jauge à carburant.

Et de nouveau dans le rétroviseur.

Deux petits points lumineux apparurent droit devant lui. Un cerf se trouvait sur le chemin, pétrifié par les phares. *Merde !* Il écrasa la pédale de frein et frôla l'animal.

Et maintenant, je vais où ?

Station-service ?

Surtout pas.

Il faut que je me débarrasse des flics. Et c'est pas en tombant en panne d'essence au milieu de nulle part que je vais y arriver.

Qu'est-ce que je fais, bordel ?

Il se sentit soudain aussi vide que son réservoir. Plus de jus. Ça arrive à tout le monde, tôt ou tard. L'aiguille entre dans le rouge, le petit voyant s'allume et adieu. C'est l'heure de rencontrer le Créateur. Ou le Grand Rien.

Les arbres se succédaient à toute vitesse : 140, 160, 180. Un coup de volant à gauche suffirait.

Mais réussirait-il à se tuer ? Et si l'arbre n'était pas assez gros ? Et s'il se retrouvait paralysé ?

Les gyrophares bleus réapparurent dans le rétroviseur.

De plus en plus nets. De plus en plus gros.

104

Samedi 30 avril

Richard Trundle, le passager d'Hotel Tango Deux Huit Un, évaluait en permanence les risques, tout en restant en contact avec le centre d'information et de commandement. Depuis quelques mois, à la suite d'une nouvelle directive, il appartenait désormais aux officiers sur le terrain de décider des tactiques les plus efficaces et les moins dangereuses pour forcer un suspect à s'arrêter lors d'une course-poursuite.

Un cerf traversa soudain devant eux. Edwards freina brutalement, mais Trundle ne quitta pas des yeux les feux arrière du véhicule qu'ils poursuivaient. Ils n'étaient plus très loin.

— Je vois toujours la cible. On roule à 170 sur un tronçon à 90, dit-il en jetant un coup d'œil à la carte de la région, qui montrait leur position actuelle et les routes environnantes.

Il savait plus ou moins où se trouvaient les trois patrouilles appelées en renfort. Ce qu'il essayait de déterminer, c'étaient leurs chances de bloquer la

Mondeo grâce à un barrage routier ou à un stop stick. Le problème, c'est qu'il n'avait pas assez d'informations sur la position de ses collègues. S'il parvenait à coordonner la stratégie, et si leur cible roulait sur une route assez large, il leur demanderait de tenter de la coincer avec leurs véhicules.

— La cible tourne à gauche, je répète, à gauche, annonça-t-il tandis qu'Edwards freinait. A281 vers le sud, elle passe devant le pub Ginger Fox.

Il y avait un rond-point à un kilomètre. Si elle tournait à gauche, la Mondeo rejoindrait l'A23, avec une multitude de possibilités vers Londres ou vers Brighton. Ses collègues seraient-ils susceptibles de l'intercepter ? Il n'avait que quelques secondes pour se décider. Si la Ford continuait tout droit au rond-point, elle s'engageait dans trois kilomètres de virages vers Devil's Dyke, avec deux possibilités de bifurcation uniquement. Avec un peu de chance, leurs collègues de Brighton parviendraient à se positionner au bout de chacune de ces routes.

Il transmit ses deux requêtes au centre. La Mondeo n'était plus très loin du rond-point et une centaine de mètres seulement les séparait.

— Et si on réquisitionnait un hélico ? suggéra Edwards.

— Je pense qu'on peut faire sans, lui répondit Trundle.

Leur cible s'engagea sur le rond-point.

— La Mondeo passe la première sortie, la deuxième, la troisième… Merde ! Il fait le tour complet et revient sur ses pas !

C'était la seule option qu'il n'avait pas anticipée.

Trundle agrippa la poignée de plafond pendant qu'Edwards dérapait sur le rond-point, accélérant à sa sortie.

— Tu es prêt pour *Top Gear*, le félicita Trundle.

Edwards sourit.

— Putain, pas ça ! cria soudain Trundle. Recule, espèce d'imbécile !

Un semi-remorque était en train de sortir d'une jardinerie. Leur cible passa devant sans ralentir, mais le chauffeur, ignorant leurs gyrophares et leur sirène, poursuivit sa manœuvre, bloquant complètement la route.

Ils n'eurent pas d'autre choix que de patienter.

— Un poids lourd vient de s'intercaler entre nous, on a perdu le contact visuel, annonça-t-il au centre.

Quand le camion eut enfin fini de tourner, Edwards appuya sur l'accélérateur, puis dut se raviser, car une Range Rover arrivait en sens inverse. Lorsqu'il réussit enfin à doubler, il n'y avait plus personne dans leur champ de vision.

Juste un long ruban anthracite bordé de bois, de part et d'autre. Leur suspect avait disparu.

Samedi 30 avril

Il faut que je rejoigne Brighton.

Que je trouve un moyen.

Il savait que s'il tombait en panne d'essence au milieu de nulle part, les flics trouveraient rapidement sa voiture. Avec un hélicoptère et des jumelles de vision nocturne, ils le cueilleraient facilement. En ville, il aurait plus de caches à sa disposition et les brigades canines auraient du mal à le localiser.

Quinze kilomètres.

Je dois avoir de quoi faire quinze bornes.

Il regarda dans son rétroviseur.

Tout était sombre.

Il approchait d'un croisement qu'il connaissait bien, au niveau du Ginger Fox, où il allait parfois bruncher avec Lena le dimanche.

L'A23, vers la droite, était l'option la plus rapide vers Brighton, mais les flics l'attendaient sûrement sur ce tronçon.

En continuant tout droit, il s'enfoncerait dans la campagne, ce qui n'était pas une bonne idée.

Il fallait qu'il opte pour la route principale. Il constata avec soulagement qu'il n'était toujours pas suivi. Dans un virage à gauche, sa voiture dérapa sur la chaussée humide et glissante. Il enchaîna avec une épingle à cheveux à droite, freina et réussit à bifurquer vers un chemin qu'il avait souvent emprunté à vélo, dans le passé. Cette petite route, Clappers Lane, le conduirait à Brighton via Shoreham. Avec un peu de chance, les flics n'avaient pas anticipé cet itinéraire.

S'il ne tombait pas en panne.

S'ils ne le localisaient pas.

Il vérifia de nouveau le niveau d'essence. Serra le volant, regarda dans le rétroviseur, puis droit devant lui, puis derrière, puis devant.

Je ne sais pas ce que je suis en train de faire.

Il faut que je continue. Tant que j'avance, je suis vivant. Si je m'arrête, je suis mort.

106

Samedi 30 avril

— Merde, merde, merde ! s'exclama le lieutenant Trundle.

Même s'ils connaissaient la région comme leur poche, ils s'étaient arrêtés au niveau du Ginger Fox pour regarder les panneaux et essayer de deviner quelle route leur cible avait prise. Tout en sachant que chaque seconde de réflexion était une seconde de perdue dans leur course-poursuite, Trundle se demanda ce qu'il aurait fait à sa place.

— L'A23 ? suggéra Pip Edwards. Moi, j'aurais pris cette route-là.

— S'il avait voulu passer par là, il l'aurait fait plus tôt, objecta Trundle en secouant la tête.

— Il préfère les routes de campagne, et apparemment, il les connaît bien.

— OK, réfléchissons. Où est-ce qu'il veut aller ?

— Aucune idée.

— Tu as volé une voiture, les flics sont sur le coup, il faut que tu te débarrasses de la caisse, de préférence à un endroit où tu peux en piquer une autre.

— Sur le parking d'un pub ?

Edwards haussa les épaules.

— S'il en a la présence d'esprit, peut-être, mais à sa place, totalement paniqué, je continuerais à rouler, ce qu'il a fait jusqu'à présent. Peut-être pour nous semer dans une ville. Crawley ? Haywards Heath ? Burgess Hill ? Brighton ? On n'en sait rien. Je continue tout droit ou je prends à droite ?

— Je ne pense pas qu'il ait tourné. Je pense qu'il a continué tout droit, vers Henfield, trancha Trundle.

— Pile ou face ?

Trundle pressa le bouton de son talkie-walkie.

— On a perdu Golf Yankee Un Quatre Golf Romeo X-ray. Fin de la course-poursuite.

Il leur communiqua les trois routes sur lesquelles le suspect était susceptible de se trouver.

— OK, Hotel Tango Deux Huit Un. Restez où vous êtes, on va voir s'il a été repéré sur l'un de ces tronçons. Vous êtes bien placés pour l'intercepter s'il revient sur ses pas. Ne bougez pas.

— On ne bouge pas, répéta Trundle avec humilité, conscient, à la voix de Kim Sherwood, qu'elle considérait qu'ils avaient merdé.

Quelques instants plus tard, ils entendirent de nouveau la commandante, beaucoup plus enthousiaste, cette fois.

— La cible a été repérée !

Samedi 30 avril

Roy Grace était retourné dans son bureau, d'où il suivait la course-poursuite par talkie-walkie. Installé face à lui, Ray Packham analysait le contenu de l'ordinateur portable de Lorna Belling.

Il avait appelé les numéros 1 et 2, le chef de l'opération et le chef du dispositif, pour leur expliquer qu'il s'agissait vraisemblablement d'un membre de son équipe soupçonné de meurtre, et avait également prévenu l'inspection générale.

La Ford Mondeo de Batchelor était désormais recherchée par toutes les patrouilles, qui avaient pour consigne de ne pas utiliser leurs gyrophares et sirènes afin de ne pas alerter le suspect.

— Roy, j'ai trouvé un message agressif de Seymour Darling à Lorna Belling, lâcha soudain Packham.

— Je t'écoute.

— « Madame Belling, si vous considérez comme honnête une femme qui trompe son mari, alors je suis la reine d'Angleterre. SD. »

Roy esquissa un sourire, sans arrêter de penser à Guy Batchelor.

— Charlie Romeo Zéro Cinq, la cible vient de prendre la troisième sortie du rond-point de Shoreham, en direction du centre-ville.

L'interlocuteur, qui était engagé dans la course-poursuite, communiqua sa vitesse, qui était sans doute aussi celle de sa cible.

— 110 sur un tronçon à 50... 130 sur un tronçon à 50.

Grace connaissait bien cette route. Il s'agissait d'une deux-voies dans un quartier résidentiel, avec la possibilité de se garer des deux côtés. Tout juste la place pour se croiser.

— Mon Dieu, il conduit comme un fou ! Il vient de croiser un véhicule en montant sur le trottoir du mauvais côté !

— Charlie Romeo Zéro Cinq, arrêtez la course-poursuite, c'est trop dangereux, leur ordonna le centre de commandement. Continuez à suivre le suspect si vous pouvez, mais cessez la poursuite.

— Bien reçu, on vient de s'arrêter et d'éteindre nos gyrophares.

— L'hélicoptère est disponible ? s'enquit Roy.

— Déjà vérifié, il est réquisitionné pour un grave accident de la circulation. Il ne sera pas libre avant une heure, au plus tôt.

— Et le drone ?

La police de Brighton utilisait un drone pour compléter son réseau de vidéosurveillance.

— Je l'ai demandé, mais on a des restrictions : on ne peut survoler que la côte, pas la ville.

— Vous pouvez le faire survoler Shoreham ?

— Oui, on l'a réquisitionné.

— Bon sang ! s'exclama Packham.

— Qu'est-ce qu'il y a, Ray ?

— Dans cet autre message, il la menace explicitement.

— Le véhicule suspect vient de passer devant un appareil de lecture automatique des plaques d'immatriculation sur Albion Street, il roule vers l'est, lança Kim Sherwood.

Vers Brighton, songea Grace.

— Une autre patrouille l'a aperçu en train de prendre un rond-point en sens inverse, puis de griller un feu rouge.

Roy se demanda ce qu'il pouvait bien se passer dans la tête de son collègue pour qu'il se comporte ainsi. Si tant est que ce soit lui au volant, ce qui n'avait toujours pas été confirmé. Il était encore possible d'imaginer que sa voiture ait été volée ou qu'il ait été kidnappé. Grace refusait de croire que c'était le Batchelor qu'il connaissait.

Et cette histoire était en train de mal tourner.

Il se leva, enfila sa veste et attrapa les clés de sa voiture.

— Je me mets en route pour Brighton, je reste en contact par radio.

— Il se trouve au niveau des lagons de Hove. Il roule du mauvais côté de la deux-voies. Deux véhicules venant en sens inverse ont fait une sortie de route et se sont percutés en voulant l'éviter.

Merde.

Sans écouter ce que Packham avait à lui dire, Grace sortit de son bureau en courant.

108

Samedi 30 avril

Tout ce qu'il voulait, c'était rentrer chez lui. Expliquer la situation à Lena. Mais ce n'était pas possible et il en était conscient. Il fallait qu'il se cache, qu'il fasse profil bas, qu'il laisse l'agitation retomber.

Des phares se rapprochaient, fonçaient vers lui. Il entendit une sirène.

Dites-moi que je rêve.

Dans une minute, je me réveillerai, comme si de rien n'était.

Je serai dans mon lit, chez moi.

Dans mon immense lit confortable.

Avec un verre de vin et une cigarette, on en rira.

Et pourquoi est-ce que j'ai trompé Lena avec Lorna, pour commencer ?

J'étais bien avec Lena.

Pourquoi ?

Il se pencha en avant pour allumer la sirène et les gyrophares de son propre véhicule, en se demandant comment il n'y avait pas pensé plus tôt.

Il évita un taxi et dépassa la voiture qui le précédait. Il se fit flasher par un radar.

C'est ça, envoyez-moi l'amende. Je suis flic, bordel !

Il roulait à 110 km/h.

Il passa le centre sportif King Alfred et des souvenirs lui revinrent. Vallance Mansions, là où son cauchemar avait commencé. Il arriva au niveau des lagons de Hove, avec la Manche, sombre, à l'arrière-plan. Brighton était sa ville. Sa mission était de la protéger. Mais aujourd'hui, il était traqué. Ça ne collait pas.

Ils finiraient par comprendre.

Tu es tellement intelligent, Roy Grace. Je pensais que tu étais mon ami. On fait tous des erreurs. Tout peut basculer du jour au lendemain.

Le feu passa au rouge.

Soudain, son moteur hoqueta.

Non, pas ça !

Une voiture se présenta au carrefour. Lui refusant la priorité, il tourna à droite, ignorant les coups de klaxon. Son véhicule crachota de nouveau.

Ne me fais pas ce coup-là, pas maintenant. J'ai besoin d'un plan B ou C.

Plan D.

Ne pas s'arrêter.

Plan E.

Trouver un endroit où se cacher.

Plan F...

Soudain, il entendit une voix familière dans son talkie-walkie. Sauf que le ton était froid et distant, contrairement à d'habitude. Comme s'ils étaient deux étrangers, ce qu'ils avaient sans doute toujours été.

— Guy ? C'est Roy. Tout va bien ?

Il réussit à accélérer, mais son moteur hoqueta de nouveau.

Deux policiers sur le bord de la route lui firent signe de s'arrêter. Il eut l'impression de rouler sur une barre, entendit quatre déflagrations et perdit le contrôle de son véhicule.

Il serra le volant et accéléra, malgré les tête-à-queue. Il entendit un claquement et comprit.

Les bâtards.

Il avait roulé sur un stop stick. Ses quatre pneus étaient crevés. Il roulait sur les jantes.

Cela ne l'empêcha pas de pousser jusqu'à 80 km/h et de griller un feu rouge.

Il passa devant l'hôtel Métropole, puis le Grand Hôtel.

À sa droite, il vit la toute nouvelle tour, haute de deux cent soixante-deux mètres, baptisée i360. La plus haute tour d'observation mobile du monde, ou quelque chose comme ça. Elle était composée d'un énorme donut en verre, qui montait et descendait. Beaucoup la trouvaient horrible. Lui l'aimait plutôt bien.

Et pourquoi ne pas sauter d'en haut ? Ça lui servirait de leçon, à Roy Grace.

Mais quel genre de leçon ?

Il faut que tu comprennes que les gens font des erreurs, OK ? T'en as jamais fait, toi ?

La circulation était désormais bloquée.

Il envisagea de tourner à gauche après le Grand Hôtel, mais vit qu'une voiture de police était garée devant l'entrée.

Et soudain, il se retrouva au point mort.

Il pompa plusieurs fois. En vain.

Il roulait toujours, mais de plus en plus lentement.

Merde, merde, merde.

Il détacha sa ceinture, ouvrit sa portière et se laissa tomber par terre. Il heurta la route beaucoup plus fort que prévu et fit plusieurs tonneaux. Tout à coup, il entendit un choc. En levant les yeux, il vit que sa Ford Mondeo avait embouti le coffre d'un autre véhicule. Ses gyrophares, eux, tournaient toujours.

Il se leva et retomba, comme si son oreille interne était déréglée. Quand il réussit à se remettre sur pied, il traversa en évitant de peu une voiture, puis un bus. Les lumières du Palace Pier brillaient à sa gauche. Côté promenade, un cycliste klaxonna furieusement et passa comme une flèche. En se retournant, il vit un policier qui courait vers lui.

Il tourna à droite et piqua un sprint, paniqué. L'i360 se trouvait droit devant lui, sa pointe transperçant la brume. À la base, il remarqua le logo de la British Airways sur un mur de verre.

Deux jeunes gens, un homme et une femme en uniforme de la compagnie aérienne, vérifiaient les billets. Il les bouscula en hurlant : « Police ! »

Il se retrouva sur une terrasse moderne. Les visiteurs patientaient, certains protégés par des parapluies. L'impressionnante structure tubulaire s'élevait devant lui. La soucoupe en verre, illuminée, descendait lentement avec son lot de passagers.

En regardant par-dessus son épaule, il vit qu'un policier parlementait avec le personnel de l'entrée.

Une façade transparente circulaire délimitait l'espace où le donut était sur le point d'atterrir.

Soudain, une porte s'ouvrit au pied de la tour et un ouvrier avec un casque jaune en sortit.

Batchelor sauta par-dessus la barrière et atterrit lourdement quatre mètres plus bas. Il ressentit une douleur aiguë à la jambe gauche, mais l'ignora et poussa l'ouvrier, qui ne put que protester.

— Police, cria-t-il de nouveau en passant la porte.

Une fois à l'intérieur, il se retrouva dans une sorte de tunnel vertical.

Il vit une échelle en métal juste devant lui, avec de part et d'autre des câbles fixés à la structure, et entama son ascension.

— Hé ! Vous vous croyez où ? cria quelqu'un.

— Police ! se contenta-t-il de répondre.

Il continua à grimper.

Puis il regarda vers le bas et vit un ouvrier casqué qui le dévisageait.

Dieu que c'était fatigant ! Il n'était pas monté bien haut et l'échelle s'élevait à perte de vue.

Il arriva à une petite plate-forme sécurisée par une rambarde. Il fit une pause et respira des odeurs d'huile ou d'essence. *Mais qu'est-ce que je fais là ?* Il regarda de nouveau vers le bas. Il devait être à une bonne trentaine de mètres. Suffisamment haut pour envisager une chute mortelle.

Et soudain, il vit un homme aux cheveux blonds, en costume sombre, arriver en courant et se tourner vers lui.

Merde, merde, merde.

— Guy ! Mais qu'est-ce que tu fous ! lui cria Roy Grace.

Le commissaire se jeta sur l'échelle comme un possédé.

Batchelor reprit son ascension.

— Mais arrête-toi, Guy, bordel !

109

Samedi 30 avril

Batchelor continua à grimper. Il avait tellement mal aux bras qu'il arrivait à peine à s'accrocher, mais il était déterminé. Désespéré. Et il n'avait pas le choix.

— Guy ! cria Roy Grace, qui gagnait du terrain, comme s'il montait deux fois plus vite que lui. Guy, il faut qu'on parle !

Batchelor vit un panneau « 50 mètres ». Même pas la moitié du parcours.

— Va te faire foutre, Roy ! Laisse-moi tranquille !

Son cœur battait à toute allure. Ses prises étaient de plus en plus incertaines, mais il était hors de question qu'il arrête.

Roy Grace, qui s'acharnait à le rattraper, se trouvait à présent à environ cinq mètres.

Batchelor vit une autre plate-forme juste au-dessus de lui et une porte avec une poignée. Il utilisa ses dernières forces pour s'y hisser. Puis il menaça son supérieur en tendant la jambe vers le bas.

— N'essaie pas de me rejoindre. Je n'hésiterai pas à t'envoyer mon talon dans la gueule.

Grace s'arrêta.

— Du calme, Guy. On va trouver une solution, OK ?

— Impossible, lâcha-t-il avant de reprendre son ascension.

Il passa le panneau « 100 mètres » et se retourna.

Roy s'était arrêté pour reprendre son souffle. Il s'agrippa pour éviter que ses mains moites ne glissent et lâchent l'échelle.

— L'endurance, c'est pas ton fort, pas vrai, Roy ? le provoqua son collègue avant de reprendre sa fuite en avant.

— Mais qu'est-ce qui t'arrive, Guy ?

Arrivé à son tour au niveau des 100 mètres, Grace sentit qu'il était à bout de forces. Sujet au vertige, il n'osa pas se tourner vers le bas. Pour se convaincre qu'il n'était pas très haut, sa technique consistait à regarder droit devant lui. Il ne sentait plus ses doigts, il avait du mal à respirer et il commençait à avoir la nausée, mais il fallait, lui aussi, qu'il continue.

Batchelor n'était plus qu'à quelques centimètres. Ses chevilles étaient à portée de main. Mais Roy ne se sentait pas en mesure de se battre. Il ne savait pas où cela allait les mener, mais il fallait qu'il grimpe.

En levant les yeux, il vit le panneau « 150 mètres » et Batchelor qui reprenait sa respiration sur la plate-forme, juste au-dessus de lui. Un faisceau les éclaira d'en dessous, mais il ne baissa pas les yeux.

— Raconte-moi, Guy, raconte-moi, souffla-t-il.

— Qu'est-ce que tu veux que je te raconte ?

— Ce qui s'est passé, putain !

— Lâche l'affaire, Roy, c'est trop tard pour moi.

Batchelor reprit son ascension, Grace atteignit la plate-forme et souffla. Lorsque le faisceau de lumière les balaya de nouveau, il fit l'erreur de regarder vers le sol.

Il perdit l'équilibre, comme emporté par une vague. *Merde.*

— Guy ! grogna-t-il.

Nom de Dieu.

Dépassé par les événements, effrayé par le vide, il décida malgré tout de se remettre à la poursuite de Batchelor pour avoir le fin mot de l'histoire.

Soudain, le commandant souleva une trappe d'inspection et sortit de la structure tubulaire.

— Non, ne fais pas ça ! hurla-t-il.

Il monta jusqu'à l'ouverture, sentit un courant d'air lui rafraîchir le visage et découvrit Guy Batchelor, debout sur une sorte de plate-forme, nimbé de brouillard, malmené par le vent qui faisait claquer les pans de son manteau.

— Ne bouge pas, Roy, dit-il d'une voix menaçante.

— Guy, explique-moi.

— Tu veux parler ? Eh bien, parle !

Se rappelant les principes de sécurité qu'il avait appris en formation, Grace se rassura en constatant qu'il avait les deux mains et les deux pieds sur l'échelle.

— Laisse-moi te rejoindre sur la plate-forme, Guy. Je ne peux pas rester suspendu comme ça, je suis épuisé, bordel.

— Ne bouge pas, je vais m'en griller une dernière. Tu savais que certains condamnés à mort n'avaient même plus droit à une dernière clope ?

— J'arrive, je vais m'en fumer une aussi.

— C'est pas bon pour ta santé, Roy, dit Batchelor en levant une jambe, menaçant.

— Ce qui sera pas bon pour ma santé, c'est de tomber de cette putain d'échelle, haleta-t-il.

— Personne ne t'a demandé de me suivre.

— Mais on est amis ! Qu'est-ce qui s'est passé ?

— Je suis foutu, Roy. Tu perds ton temps. N'oublie pas que je suis formé à la négociation de crise, moi aussi. Je connais toutes les ficelles. Ça ne marchera pas avec moi.

Grace entendit un cliquetis et respira une odeur de cigarette.

— On n'est pas amis, Roy. Tu n'es l'ami de personne. Tu es flic et tu mettras ton meilleur pote derrière les verrous si ça te permet de boucler une enquête.

— Écoute-moi, Guy.

— C'est fini pour moi.

Kim Sherwood, du centre d'information et de commandement, se manifesta soudain.

— Un drone est à l'approche de la tour i360. La visibilité est mauvaise. De quoi as-tu besoin, Roy ?

Le commissaire ne savait pas combien de temps il tiendrait ainsi. Il décida de changer de prise en passant ses bras autour de l'échelon.

— Je n'ai pas besoin d'aide pour le moment, ça va.

— Il n'y a rien de pire qu'un flic véreux, pas vrai, Roy ? Rien de pire que quelqu'un qui trahit la confiance de ses coéquipiers.

Grace entendit des sanglots dans sa voix.

— Parle-moi, Guy. Dis-moi la vérité et je verrai ce que je peux faire pour toi.

— Je n'ai pas fait exprès de la tuer. On s'est disputés et ça a dérapé. Elle s'est cogné la tête et j'ai paniqué. Le reste, tu le connais. J'ai vraiment cru que je passerais entre les mailles du filet, mais Weatherley m'a reconnu, je l'ai lu sur son visage. C'est pour ça qu'il n'a rien voulu dire. Il savait que c'était moi.

— Si tu n'as pas fait exprès de la tuer, il faut que tu donnes ton point de vue. Un bon avocat pourra plaider la légitime défense, par exemple. C'est certain que tu ne pourras pas rester flic, mais je n'ai pas l'impression que ce soit un meurtre. Peut-être un homicide involontaire ? Tu sais comment ça marche. Tu pourras peut-être convaincre le jury que tu as paniqué, que c'était un accident. Au pire, tu iras en prison, mais pas longtemps.

— Et je leur explique comment que le flic de Londres a failli mourir à cause de moi ? On sait très bien, tous les deux, que je vais prendre plusieurs années. Je peux dire adieu à ma carrière et à ma famille. Soit je me rends, soit je saute.

— Pense à ta famille. Continue à me parler.

— Il n'y a rien d'autre à dire, soupira Batchelor avec un calme inattendu. Je t'ai trahi, j'ai trahi la police du Sussex en essayant de faire croire que Jon Exton était coupable. Je me suis pas mal débrouillé, hein ? J'ai essayé de tuer un flic. J'ai bafoué toutes mes valeurs.

— Ce que tu as fait est très grave, je vais pas te dire le contraire, mais tu auras droit à un procès équitable. Il y a une vie après la prison. Tu as une femme adorable, une fille, tu es jeune... C'est pas si compliqué. On descend, il te suffira de dire la vérité.

— Jamais de la vie !

— Laisse-moi te rejoindre sur la plate-forme, il faut que je m'en grille une !

— Il n'y a pas de cendrier, c'est une zone non-fumeurs. Je ne voudrais pas que tu vives dans l'illégalité, toi aussi.

Soudain, Batchelor disparut.

— Guy ! hurla Grace.

Rien.

— Guy !

Animé par l'énergie du désespoir, il gravit les derniers échelons et se hissa, par la trappe, sur la petite plate-forme grillagée.

Batchelor n'était plus là.

Un silence ahurissant l'entourait.

— Guy !

Il remarqua un mégot de cigarette encore incandescent, puis entendit la voix de Kim Sherwood.

— Roy, le drone est arrivé. Tu es où ?

Pendant quelques secondes, il ne trouva rien à répondre. Il était dégoûté d'avoir eu son collègue à portée de main et de l'avoir laissé chuter.

— Un homme à terre, finit-il par répondre.

— Un homme à terre ? répéta-t-elle, surprise.

Il se raccrocha à l'échelle et entama l'interminable descente.

110

Samedi 30 avril

Quinze minutes plus tard, au bord de l'évanouissement, Grace arriva enfin sur la terre ferme. Trois policiers et deux ouvriers l'attendaient.

Il fit un pas en avant et vacilla. L'un des techniciens l'attrapa.

— Ça va aller ?

— Il est où ? souffla Grace.

— Qui ça ?

Il sentit la nausée monter en imaginant le corps méconnaissable de son collègue. Il avait déjà été témoin de ce genre d'accident. En général, les organes internes explosent et les membres se détachent.

— Il est toujours là-haut, chef ? lui demanda un officier qu'il ne connaissait pas.

— Qui est toujours là-haut ?

— Le commandant Batchelor, chef.

— Il n'est plus là-haut, dit-il d'une voix blanche. Je suis désolé. Il a sauté.

Au bord des larmes, il détourna le regard. Il aurait pu gravir ces derniers échelons, l'attraper et le mettre K.-O.

— Personne n'a sauté, chef.

— Ah si, j'en suis sûr ! Vous ne l'avez pas vu tomber ? Personne ne l'a trouvé ?

Une sirène approchait. Sa radio grésilla.

— Roy, tu peux nous dire où on en est ? lui demanda Kim Sherwood.

— Je reviens vers toi dans une minute, lui répondit-il.

Il vit une porte et s'empressa de sortir de la structure.

— Il ne doit pas être loin.

En regardant en l'air, il vit la gigantesque plate-forme d'observation en verre.

— Une dizaine d'officiers sont postés au pied de la tour. S'il était tombé, chef, on le saurait.

Grace entendit un léger bruit de moteur et vit le drone de la police qui planait au-dessus d'eux.

— Kim, organise une recherche au pied de la tour à l'aide du drone, lança-t-il.

— C'est le capitaine Anakin qui le contrôle. Il a déjà effectué la manœuvre et n'a rien vu qui s'apparente à un corps.

— Mais Kim, il a sauté, nom de Dieu ! Il était sur une plate-forme, devant mes yeux, et il a disparu. Dis-lui de mieux chercher.

L'appareil s'éleva dans le brouillard.

— Il s'appelle pas Superman. Il ne s'est pas envolé dans la nuit, je vous le dis.

Le véhicule d'urgence éteignit sa sirène.

— Roy, on l'a localisé. Le drone est en train de filmer la scène.

— Enfin.

— Il semble empêtré dans une sorte de filet, près du sommet.

— Quoi ?

— C'est le filet de sécurité qu'on installe pour l'équipe de maintenance et d'inspection, intervint l'un des techniciens.

— Un filet de sécurité ? s'étonna Grace.

— Il permet d'éviter les accidents, la nuit notamment.

— Kim ? Il est vivant ?

— Il bouge, mais avec difficulté. Je te connecte, tu peux visionner la vidéo en direct depuis ton téléphone.

— Comment on fait pour le sortir de là ?

— Ce sera pas facile. On n'a jamais rencontré ce cas de figure.

L'ouvrier se tourna vers son collègue, qui acquiesça.

— Il faudrait un hélicoptère. Sachant que la visibilité est mauvaise.

Grace appela Batchelor sur son téléphone. Il fut surpris d'entendre la voix de son collègue, qui semblait souffrir.

— Guy ? dit-il en levant les yeux au ciel.

— Tu veux pas me laisser tranquille ?

— Si j'en avais rien à faire de toi, sans doute. Ne bouge pas, on va demander à l'hélicoptère des gardes-côtes de te sortir de là.

— J'en ai rien à foutre d'un hélico.

— Bon, qu'est-ce que tu veux, alors ?

— Il est prévu pour supporter quel poids, ce putain de filet ?

— Celui d'un éléphant.

— Alors, envoie-moi un éléphant, je ferai un tour sur son dos, c'est exactement ce qu'il me faut.

— Ne bouge pas, on va trouver une solution.

— Je suis coincé, Roy. Je ne vais nulle part. Je suis un minable. J'ai même pas réussi à me suicider.

— Un jour, tu seras content de pas être mort.

— C'est ça… J'attendrai que tu viennes me le dire.

— Tu peux compter sur moi, Guy.

— Tu pourras pas me manquer, je serai le détenu avec des cicatrices, des hématomes et les dents de devant cassées.

— Il paraît que les flics sont mieux protégés qu'avant, en prison.

Batchelor laissa échapper un rire amer.

111

Dimanche 1ᵉʳ mai

Neuf ! Roy Grace se réjouit de trouver neuf œufs dans le poulailler. Il était 6 heures du matin et il était courbaturé comme jamais. La pluie avait cessé et l'aube était magnifique, l'air agréablement chaud. Un soleil rougeoyant teintait les champs plongés dans la brume. Humphrey l'attendait patiemment devant la porte du poulailler.

Chaque matin, il prenait avec lui un bol rempli de maïs, chou, pain, vers, coquilles d'huîtres, raisins, myrtilles et autres fruits commençant à pourrir, et il éparpillait son contenu dans les deux enclos. En général, il trouvait six œufs. Neuf, c'était un record !

Peut-être était-ce un heureux présage, se dit-il en les plaçant délicatement dans le bol vide. Après un passage par la cuisine, il entama sa demi-heure de jogging matinal à travers champs, toujours en compagnie d'Humphrey, obsédé par Guy Batchelor.

Comment ce collègue bosseur, qui semblait heureux en amour, pouvait-il avoir si mal tourné ? N'importe qui était-il susceptible de se transformer en monstre ? Ça pouvait lui arriver à lui aussi ?

L'hélicoptère l'avait secouru et Grace l'avait accompagné en ambulance à l'hôpital royal du Sussex. Il n'avait rien de cassé, juste quelques bleus. Malgré la douleur, il avait insisté pour être interrogé immédiatement.

Grace l'avait formellement arrêté et transféré à Worthing, où personne ne le connaissait. Accompagné de son avocat, Batchelor s'était confié, avait baissé la garde et raconté sa relation avec Lorna Belling. Qu'elle s'était mise en colère quand elle avait découvert la vérité.

Son collègue ne lui avait vraisemblablement pas tout avoué, mais il était clair qu'il avait paniqué, et qu'après la dispute qui avait causé la mort de Lorna il avait tenté de sauver sa peau à tout prix. Il avait essayé, en vain, de la ressusciter. Il acceptait sa responsabilité, sans savoir si c'était le traumatisme crânien ou l'électrocution qui avait coûté la vie à la jeune femme.

Humainement, Grace ressentait de la compassion pour Batchelor, mais les flics qui enfreignent la loi n'ont que ce qu'ils méritent. Guy Batchelor serait condamné à plusieurs années de prison.

Peut-être se reverraient-ils dans un avenir lointain. Peut-être parleraient-ils du passé. N'importe qui peut basculer du côté obscur. N'y avait-il qu'un pas entre le Bien et le Mal ?

Alors qu'il traversait un champ en courant, Humphrey revint vers lui avec un faisan vivant dans la gueule.

— Lâche ça ! cria-t-il, horrifié. Lâche, Humphrey !

Le chien lui jeta un regard de défiance, tandis que le faisan se débattait. C'était la saison des amours, pour eux. Humphrey finit par relâcher sa proie.

Grace se précipita pour ramasser l'oiseau, mais il mourut entre ses mains.

— C'est pas bien ! Il ne faut pas faire ça !

Le chien le dévisagea sans comprendre, puis disparut entre les semailles.

Roy avait de la peine pour la pauvre créature.

— Je suis désolé, dit-il en la déposant sous une haie.

Il reprit sa course, mais constata, de retour chez lui, qu'il était toujours contrarié.

Cleo devait être encore endormie. Noah et Bruno aussi.

Humphrey lui signala qu'il voulait sa récompense post-jogging.

— Pas aujourd'hui, c'est pas bien, ce que tu as fait !

Pris de remords, Roy ne put s'empêcher de lui tendre un biscuit à mâcher, qu'Humphrey avala en une bouchée.

Il monta à l'étage et prit une douche aussi chaude que possible pour détendre ses muscles endoloris. Obnubilé par l'affaire, il n'avait quasiment pas fermé l'œil de la nuit.

Quel gâchis.

Il n'avait pas vu la vidéo de l'accident avec Weatherley, mais, d'après ce qu'on lui avait dit, c'était sans équivoque. Le super-physionomiste avait deux côtes cassées et plusieurs contusions, et ça aurait pu être bien pire. Il était toujours en observation à l'hôpital. En plus de la mort de Lorna, une tentative d'homicide volontaire serait sans doute retenue. Ils en sauraient davantage grâce à l'analyse de son ordinateur et de son téléphone, et à ce qu'ils trouveraient à son domicile, qui était actuellement perquisitionné. Grace avait de la peine pour la femme et la fille de son collègue.

Jon Exton avait été libéré la veille au soir. Roy Grace ferait tout pour que cette erreur judiciaire ne lui porte pas préjudice. Il avait rendez-vous avec son collègue dans la matinée. Si Guy avait réussi à passer entre les mailles du filet, Exton aurait-il été traduit en justice ? Reconnu coupable ? Le désespoir des uns peut avoir des conséquences désastreuses sur la vie des autres.

Il enfila un costume et avala un bol de céréales avec des fruits, la télévision allumée pour connaître les dernières nouvelles. Il jeta un coup d'œil nostalgique vers l'aquarium vide, posé au bout du plan de travail, dans lequel Marlon, son poisson rouge, avait vécu pendant onze ans. Cela ne faisait pas longtemps qu'il était mort. Ni lui ni Cleo n'avait eu le courage de se débarrasser du bocal. Ils avaient évoqué la possibilité d'acheter des poissons tropicaux pour faire plaisir aux enfants.

Il monta embrasser Cleo. Elle s'étira vaguement, puis grimaça.

— Qu'est-ce qu'il y a, ma chérie ?

— Mal au dos, j'ai dû dormir dans une mauvaise position, murmura-t-elle d'une voix ensommeillée.

— D'ailleurs, j'ai oublié de te demander : tu as choisi ton nouveau fauteuil ergonomique ?

— Oui, le type de la boîte est très sympa et il te connaît !

— Ah bon ?

— Il a joué une fois contre l'équipe de rugby de la police.

— Comment il s'appelle ?

— Ian. Euh… Fletcher-Price. Sa boîte s'appelle Posture quelque chose… Posturite.

Grace réfléchit.

— Ça me dit vaguement quelque chose. Il faut que je file, ajouta-t-il avant de l'embrasser de nouveau.

— Grosse journée ?

— Oui, et j'ai l'impression qu'il va faire super beau.

— Essaie de rentrer tôt, mon chéri. On pourrait profiter du jardin, peut-être faire un barbecue… Et n'oublie pas qu'on va à un concert ce soir.

— Ah oui, où ça, déjà ?

— Au Hope and Ruin, sur Queens Road. C'est Kaitlynn qui garde les enfants.

— Je vais faire au mieux.

Elle lui prit la main.

— Je sais que tu fais tout ton possible, mais tente l'impossible, pour une fois !

— Tu as un truc en tête ?

— Tu pourrais passer du temps avec nous. Ta famille. Moi.

Elle posa son index à hauteur de nombril et descendit lentement le long de sa fermeture Éclair avec une moue boudeuse.

— D'ailleurs, on est le 1er mai. On va pouvoir recommencer à faire l'amour dehors. Et si tu te dépêchais de revenir ?

Il l'embrassa sur la bouche et elle passa ses bras autour de son cou.

— Bruno passe la journée avec Stan Tingley et Noah ne nous dérangera pas. On aura la maison pour nous jusqu'au début de la soirée. Ce serait dommage de ne pas en profiter…

— Je vois où tu veux en venir et ça me plaît, chuchota-t-il.

Elle caressa son entrejambe et le sentit durcir.

— Je vois bien que ça vous plaît, commissaire.

112

Dimanche 1ᵉʳ mai

À midi, la salle de conférences du quartier général de la police judiciaire bruissait de rumeurs quand Grace entra. Personne n'aimait apprendre qu'un de ses collègues avait mal tourné.

La commandante Fiona Ashcroft, de l'inspection générale, ainsi que Neil Fisher, du service de presse, étaient présents afin de discuter de la stratégie médias.

— Si certains de vous ont encore des doutes, je suis au regret de vous dire que Ray Packham va les dissiper, dit-il en donnant la parole au spécialiste en cybercriminalité.

Packham bâilla, visiblement épuisé.

— Désolé, je n'ai pas encore pu dormir. On a retrouvé un téléphone à carte et un ordinateur chez Guy ce matin. Je suis sur le coup. Je n'ai fait que survoler les données, comme vous pouvez l'imaginer, mais j'ai déjà trouvé des preuves accablantes.

Il marqua une pause pour boire une gorgée de café.

— Pour commencer, il a créé un compte Hotmail au nom de Greg Wilson et correspondait depuis dix-huit mois avec Lorna Belling. L'ordinateur de celle-ci, récupéré dans le port de Shoreham, le confirme.

— Greg Wilson ? s'étonna Norman Potting.

— C'est un pseudo, précisa l'informaticien.

— Souviens-toi, Norman. Quand tu as interrogé Kate Harmond, elle t'a dit que l'amant de Lorna s'appelait Greg, ajouta Grace.

Le capitaine hocha la tête.

— Deuxièmement, reprit Packham, le week-end suivant la mort de Lorna Belling, il s'est rendu sur un certain nombre de sites d'escort girls. Je n'ai pas eu le temps de tous les vérifier, mais ceux que j'ai analysés correspondent aux appels à des travailleuses du sexe passés depuis le téléphone professionnel du capitaine Exton. À mon avis, ça ne peut pas être une simple coïncidence.

— Il aurait trouvé un moyen de subtiliser le téléphone de son collègue pour passer ces coups de fil ? s'interrogea Donald Dull.

— Vraisemblablement, confirma Grace.

— Quel pervers ! s'exclama Dull.

Il y eut un long silence.

— N'y aurait-il pas une autre explication possible, chef ? intervint Kevin Hall.

— Si tu en as une, je suis tout ouïe, l'invita Grace.

Kevin Hall secoua la tête.

— On a trouvé autre chose au domicile de Guy, ajouta Grace, abattu. L'agenda professionnel de Lorna Belling, dans lequel elle notait les rendez-vous avec ses clients. Il était sous scellés, caché sous une caisse de bouteilles de vin, dans son garage.

— Mais quel crétin ! lâcha Potting.

Il y eut un long silence, que Jack Alexander finit par briser.

— Et où se trouve le capitaine Exton à présent, chef ?

— Je l'ai vu il y a une heure. Dawn est venu le chercher et ils sont repartis ensemble. Je crois que c'est la seule bonne nouvelle de la journée.

— Que va-t-il se passer pour Batchelor ? demanda Arnie Crown.

— Il va devoir se faire tout petit ! plaisanta Potting en se tournant vers Velvet Wilde pour avoir son approbation.

Mais personne n'avait le cœur à rire. Grace lui jeta un regard réprobateur. Il avait beau apprécier ce vieux routard, à certains moments il se demandait si ce dinosaure ne devrait pas être à la retraite. Mais Potting leur était parfois indispensable, comme il l'avait prouvé sur cette opération.

— Pour répondre à ta question, Arnie, il va être transféré dans un commissariat hors du Sussex et du Surrey – sans doute dans le Hampshire – pour être soumis à de nouveaux interrogatoires. Il sera ensuite placé en détention provisoire jusqu'à son procès.

— Mais quel idiot ! murmura Potting, visiblement effaré par les actions de son ancien collègue.

Grace lut ensuite le rapport définitif du légiste. La première cause de la mort était la blessure à la tête, qui avait causé une hémorragie cérébrale, et la seconde, l'électrocution. Grace expliqua à son équipe que l'hémorragie aurait suffi à la tuer, mais que c'était l'électrocution qui avait entraîné un arrêt cardiaque. Batchelor avait été reconnu responsable des deux gestes par le ministère public, qui prévoyait de retenir les chefs d'accusation d'homicide involontaire concernant Lorna et de tentative de meurtre à l'égard de Tim Weatherley.

Quarante minutes plus tard, après avoir délégué la partie administrative du dossier, Grace remercia les membres de son équipe et leur proposa de rentrer chez eux pour se reposer. Ils se retrouveraient le lendemain à 18 heures.

Quoique préoccupé, Grace était content à la perspective de passer du temps chez lui. On était le 1er mai. L'après-midi s'annonçait radieux. Et quelqu'un lui avait fait une promesse…

113

Dimanche 1er mai

Jason Tingley raccompagna Bruno peu avant 17 heures. Grace avait déjà préparé le barbecue et ils se régalèrent de maïs, ailes de poulet, saucisses, burgers et pommes de terre à la braise. Bruno demanda du rab, ce que Grace considéra comme un bon signe.

Après le dîner, Bruno demanda à monter dans sa chambre pour jouer en ligne avec Erik. Il rappela au passage à son père qu'il lui avait promis de lui apprendre des techniques de tir. Celui-ci lui confirma qu'il n'avait pas oublié.

Roy fit griller quelques morceaux supplémentaires une heure plus tard, quand Kaitlynn arriva pour s'occuper des enfants, puis, avec Cleo, ils se mirent en route pour le concert de Blitzen Trapper à Brighton.

Une fois n'est pas coutume, il ne pensait plus à Guy Batchelor. Il était heureux et détendu, ravi de passer la soirée avec Cleo et d'écouter ce groupe de rock qu'ils avaient vu dans le même pub, un an plus tôt, et dont il aimait beaucoup la musique.

Quand ils arrivèrent au Hope and Ruin, en bas de Queens Road, ils découvrirent que le concert commencerait avec une heure de retard. Depuis l'entrée, il ne put s'empêcher d'observer la salle pleine à craquer. C'était un réflexe de flic. Il n'avait pas envie de découvrir, le lendemain, qu'il avait, sans le savoir, passé une heure coude à coude avec un truand ni d'entrer dans un endroit où les esprits commençaient à s'échauffer. Il commanda un verre de chardonnay pour Cleo et une pinte de Guinness pour lui, et ils repérèrent une petite table libre au fond du bar. L'une des chaises était face au mur, l'autre dos au mur.

— Tu veux t'asseoir où, ma chérie ?

Elle choisit la place face au mur.

— J'imagine que tu veux pouvoir garder un œil sur toute la pièce, je me trompe ?

Il sourit. Elle le connaissait bien et savait que, comme de nombreux flics, il n'aimait pas être dos à la salle.

Il leva son verre et trinqua avec elle.

— Santé !

— Santé ! Je suis super contente de passer un après-midi et une soirée entière avec toi.

Elle semblait particulièrement heureuse.

— Tu ne m'as pas dit ce que ça t'a fait de grimper à ce genre d'échelle. Franchement, je t'admire.

Il haussa les épaules.

— Tu n'as pas eu peur, toi qui as le vertige ?

Il but une gorgée de bière.

— C'est drôle, j'en ai souvent parlé avec des collègues… À un moment de sa carrière, un policier se retrouve inévitablement en situation de danger. Sur le coup, on n'y pense pas, c'est l'entraînement professionnel qui prend le dessus. Ce n'est qu'après qu'on se dit : « Merde, pourquoi est-ce que j'ai fait ça ? » Mais on sait pourquoi : on a signé pour.

— *À un moment de sa carrière* ?

— Yep.

— Mon amour, tu t'es retrouvé en danger plus d'une fois. Chaque matin, je me demande si tu vas rentrer le soir.

— On fait tous les deux un boulot difficile. Toi, tu bosses sur des cadavres toute la journée. C'est pas facile, mais tu fais avec.

— C'est pas pareil, Roy. Les morts ne sont pas dangereux. Les personnes que tu recherches, si. Regarde, l'un de tes collègues représentait une menace sans que vous le sachiez. Tu as deux enfants, maintenant. Je sais que je ne te changerai jamais, et je n'en ai pas l'intention. Je sais que tu es un homme bien et que tu fais de ton mieux. Je n'ai simplement pas envie que tu deviennes un héros posthume. Tu sais ce que c'est, mon pire cauchemar ?

— Non.

— Que tu arrives à la morgue les pieds devant.

— C'est sans doute mon pire cauchemar aussi.

— Sur ce, trinquons !

114

Dimanche 1er mai

Confortablement installée devant la télévision, avec un petit pot de glace à la pistache que Cleo avait laissé pour elle, Kaitlynn zappait de chaîne en chaîne. Une heure plus tard, alors qu'elle regardait un épisode de *Californication*, l'une de ses séries préférées, elle entendit Noah pleurer dans le babyphone. Quelques secondes après, ce n'était pas un simple appel, mais des hurlements.

Elle mit le programme sur pause et monta l'escalier quatre à quatre. Juste avant qu'elle n'arrive, les cris cessèrent comme ils avaient commencé. En entrant doucement dans la chambre, elle fut surprise de trouver Bruno avec Noah dans les bras. Il se tourna vers la baby-sitter et lui sourit.

— Tout va bien. Je pense qu'il faisait un cauchemar. Les bébés, ils peuvent faire des cauchemars ?

— Je ne me souviens pas, j'étais trop petite, dit-elle en plaisantant.

Il essaya de comprendre la blague.

— Je crois que moi aussi j'étais trop petit pour m'en souvenir, répondit-il le plus sérieusement du monde. Mais tout va bien maintenant. Pas vrai, Noah ? Tout va bien, hein ?

Noah gloussa.

— Tu veux que je le prenne ? lui proposa-t-elle.

— Je vais le remettre dans son lit, peut-être qu'il va se rendormir, suggéra Bruno.

Elle le regarda poser tendrement son demi-frère et remonter la couverture sous son menton. Noah mit son pouce dans sa bouche et ferma les yeux.

— Magique ! chuchota-t-elle.

— Je ne crois pas, mais il va bien, se contenta de répondre Bruno.

Tous deux se dirigèrent vers la porte.

— Tu m'as l'air d'avoir un effet apaisant sur lui, dit Kaitlynn à voix basse.

— Peut-être, je ne sais pas, dit-il en baissant l'intensité lumineuse de la chambre.

Ils sortirent de la pièce.

Cinq minutes plus tard, alors que Noah s'était rendormi, une araignée de cinq centimètres de diamètre grimpa lentement dans son lit. Elle avait l'abdomen brun et brillant, et une marque blanche en forme de crâne. C'était une fausse veuve noire. L'araignée la plus dangereuse du Royaume-Uni. Elles avaient proliféré, dernièrement, à cause d'une hausse sensible des températures.

Heureusement pour Noah, sa morsure était rarement mortelle. Et elle n'attaquait que si elle se sentait menacée. Noah continua à dormir, sans savoir qu'il partageait son berceau avec cette créature.

115

Dimanche 1ᵉʳ mai

Grace et Cleo se tenaient l'un contre l'autre, au premier étage du pub plein à craquer. Sur une petite scène qui avait pour toile de fond le logo de Jack Daniel's, le groupe Blitzen Trapper jouait leur tube *Furr* et la foule ondulait au rythme de la musique.

Roy avait passé son bras autour des épaules de Cleo et tous deux chantaient les paroles.

When suddenly a girl, with skin the colour of a pearl,
Wandered aimlessly, but she didn't seem to see,
She was listenin' for the angels, just like me.

Il l'embrassa sur la joue et elle le serra fort contre elle. Un concert avec la personne qu'on aime, des gens heureux qui partagent les mêmes vibrations… c'était ce genre de moments qui lui faisaient oublier l'existence même de la criminalité.

Il repensa à une interview de Neil Armstrong, le premier homme à avoir marché sur la Lune. L'astronaute avait déclaré que la Terre était tellement belle, vue du ciel, qu'il était difficile d'imaginer ce qui pouvait s'y passer. Pourquoi l'humanité ne pouvait-elle pas vivre en paix ?

Son téléphone vibra.

Il le sortit de sa poche. C'était un message de Glenn Branson, son adjoint.

Appelle-moi ASAP, c'est urgent.

Il l'ignora et enfonça l'appareil dans sa poche, mais quelques instants plus tard, il reçut un appel. Il s'excusa auprès de Cleo, se fraya un chemin vers le fond de la salle et colla le portable contre son oreille.

— Roy Grace, j'écoute.

N'entendant rien, il descendit rapidement au rez-de-chaussée et sortit sur le trottoir.

— Désolé !

— Tu es où ? lui demanda Glenn.

— À un concert.

— À ton âge ?

— Va te faire ! J'espère que tu ne me déranges pas pour rien.

— C'est important. Je viens de recevoir un appel de Panicking Anakin, du commissariat principal. Il a...

Une voiture de police passa, sirène allumée, ce qui l'empêcha d'entendre quoi que ce soit.

— Désolé, je n'ai plus rien entendu après Panicking Anakin.

— Normal, mec, ça rend sourd.

— Ouais, bon, je suis en train de rater un excellent concert. Qu'est-ce qui s'est passé ?

— Il a reçu un appel de l'hôpital.

Grace redouta que Batchelor ait tenté de mettre fin à ses jours.

— Notre copain Tooth. Il est parti. Disparu.

— Quoi ?

— Il allait mieux, et comme ils manquaient de lits en soins intensifs, ils l'avaient transféré dans un autre service. Il y a deux heures environ, une infirmière lui a apporté ses médicaments, mais il n'était plus là.

Malgré la gravité de la situation, Roy Grace ne put s'empêcher de sourire. Lors des funérailles de Sandy, son supérieur lui avait annoncé qu'il supprimait la surveillance policière de ce dangereux criminel.

— Ils ont fouillé l'hôpital ?

— De fond en comble. Il s'est évanoui dans la nature, comme la fois où il nous a échappé, dans le port de Shoreham. Mais tu n'as pas l'air inquiet. Tout va bien, Roy ?

— Inquiet, moi ? J'ai pris ma soirée !

— Eh bien, tu devrais annuler.

— Hors de question. La vie est courte. Tu t'en occupes. N'oublie pas de lancer l'alerte auprès des ports et aéroports.

— Tu plaisantes ?

— Pas du tout.

Il raccrocha et retrouva Cleo à l'étage.

— Tout va bien ? lui demanda-t-elle, tandis que le groupe jouait *Not Your Lover*.

Il sourit. Ce n'était pas très politiquement correct, mais il ressentait une intense satisfaction à l'idée d'annoncer la nouvelle à Cassian Pewe, une fois la chanson terminée.

Alléluia, Dieu existe !

GLOSSAIRE

Chef de centre – Gradé de permanence au centre d'information et de commandement (police secours), qui dispatche les interventions à des équipages. Il dirige le début des opérations lors des incidents graves.

Chef de l'unité spéciale de recherches – Officier formé et habilité à superviser les équipes de recherches.

Commission des plaintes contre la police – En Angleterre et au Pays de Galles, un organisme supervise le système des plaintes contre la police. Ses décisions sont prises en toute indépendance.

Europol – Office européen de police. Aide les pays membres de l'UE à lutter contre la criminalité internationale et le terrorisme.

Flash – Message court, envoyé directement sur les ordinateurs, principalement dans le CIC, pour alerter les opérateurs et le chef de salle d'un incident grave ou d'une mise à jour importante dans un incident en cours. Il clignote, pour alerter immédiatement ses destinataires.

Force locale d'intervention – Brigade qui assure l'ordre public, les recherches et les techniques de surveillance à faible responsabilité.

HOLMES – Base de données nationale recensant tous les homicides. Contient les messages, les initiatives, les décisions et les comptes rendus permettant l'analyse de renseignements, le suivi et la vérification de l'enquête. Peut permettre aux enquêtes d'être reliées entre elles, si nécessaire. Correspond en partie au TAJ (Traitement des antécédents judiciaires), autrefois appelé le STIC (Système de traitement des infractions constatées).

Inspection générale – Service interne qui enquête sur les plaintes contre la police, qu'elles proviennent de la communauté publique ou de la police elle-même. Distincte de la commission indépendante des plaintes contre la police, elle travaille cependant en étroite collaboration avec celle-ci.

Investigateur en cybercriminalité – Spécialiste qui analyse les ordinateurs et autres appareils électroniques et numériques.

Lecture automatique des plaques d'immatriculation – Appareil placé sur des véhicules ou au bord des routes, capable d'enregistrer et d'identifier automatiquement la plaque minéralogique des voitures qui passent. Ce système peut être utilisé pour savoir quelle voiture passe devant quelle caméra, mais aussi lancer des alertes pour des voitures volées, des voitures sans assurance, des véhicules sous surveillance, etc.

Manuel de criminologie – En Angleterre et au Pays de Galles, l'Association britannique des chefs de police publie chaque année un ouvrage de référence qui fournit des conseils en matière d'enquêtes criminelles.

Médiation sociale – Spécialistes indépendants en médiation, ils aident à résoudre les conflits entre voisins, entre locataires et propriétaires et dans des contextes professionnel ou familial.

Ministère public – Service chargé des poursuites judiciaires. En droit français, il est également appelé parquet ou procureur général.

Numéro 1 – Le numéro 1, chef de l'opération, définit la stratégie.

Numéro 2 – Le numéro 2, chef de dispositif, coordonne le volet tactique en fonction de la stratégie définie par le numéro 1.

Numéro 3 – Le numéro 3, chef d'équipe, est responsable de la mobilisation des ressources humaines pour répondre aux besoins du numéro 2.

Police judiciaire – Désigne habituellement les enquêteurs, plutôt que les brigades spécialisées.

Police municipale – Agents de police de proximité en tenue. Ils ne peuvent pas arrêter, fouiller, faire usage de la force, etc.

Police secours ou centre d'information et de commandement – Tous les appels à police secours sont enregistrés. En cas d'intervention, l'identité des équipages de police et le bilan de l'intervention sont archivés.

Spécialiste de l'aide aux familles – Officier formé et spécialisé dans l'aide aux familles endeuillées pour leur rapporter des informations et participer à l'enquête.

Spécialiste des violences conjugales – Personne formée à améliorer la sécurité des victimes de violence domestique et celle de leurs enfants. Ces spécialistes interviennent normalement dès le début de la crise afin d'évaluer les risques, de discuter des options disponibles et d'élaborer des plans pour la mise en sécurité.

Stop Stick – Dispositif utilisé pour arrêter un véhicule en lui crevant les pneus. Lorsqu'il est déployé par des officiers entraînés, depuis le bord de la route, devant le véhicule cible, il permet de mettre fin à une course-poursuite de façon contrôlée.

Système d'immatriculation des véhicules – Fichier recensant numéros d'immatriculation et certificats d'immatriculation. Importante source de renseignements pour les enquêteurs.

Super-physionomiste – Personne ayant des capacités exceptionnelles à reconnaître les visages.

Technicien en identification criminelle – Autrefois appelée technicien de scène de crime, il s'agit d'une personne qui se rend sur les scènes de crime pour relever empreintes digitales, traces d'ADN, etc.

REMERCIEMENTS

On pense souvent que le métier d'auteur est solitaire. Or, comme le prouve la longueur de mes remerciements, il y a derrière chacun de mes livres une grande équipe, quasi invisible, sans laquelle mes romans n'existeraient pas. Je tiens à exprimer ma profonde gratitude envers toutes les personnes mentionnées ci-dessous – et pardonnez-moi si je vous ai oublié.

Un mot, une pensée, peut avoir sur un livre un effet aussi puissant qu'une page entière de critiques. Je me sens redevable envers chacun d'entre vous, qui m'avez aidé, et je ne vous remercierai jamais assez pour votre gentillesse et votre soutien.

J'aimerais d'abord citer les officiers ou anciens officiers de la police du Surrey et du Sussex, de Londres et de Munich, entre autres, qui contribuent grandement au réalisme de mes romans.

La commissaire générale Katy Bourne, le commissaire divisionnaire décoré par la Reine Giles York, les commissaires Nev Kemp, Steve Whitton, Mike Ashcroft, Nick Sloan, James Collis, Jayne Dando, Jason Tingley, les commandants divisionnaires Miles Ockwell et

Katherine Woolford, les commandants Mick Richards, Bill Warner, Andy Wolstenholme, Roy Apps, James Biggs, Gareth Davies, Keith Ellis, Adele Tucknott, les capitaines Lee Alvin, Dave Groombridge, Russell Phillips, Phil Taylor, Andy Newman, Chris Thompson, Peter Billin, Kelly Nicholls, de la brigade économique et financière, et les lieutenants Hilary Bennison, Philip Edwards, Andy Eyles, Jason Hill, Maz Knight, Graham Lewendon, Dale Nufer, Fran Parsons, Matt Smith, Nick Smith, Paul Smith, Richard Trundle, Mark White et Pete Williams.

Katie Perkin, Jill Pedersen, Oliver Lacey et Suzanne Heard.

Maria O'Brien, James Stather, Chris Gee, James Gartrell, Annabel Galsworthy et Call Taker. Julian Quigley, Peter Johnson et Jolene Thomas du laboratoire LGC Forensics. Les commissaires généraux de la police de Londres Adrian Leppard et Christopher Greany, la commissaire de la police de Londres Paula Light, le commandant divisionnaire Mick Neville, le super-physionomiste de Scotland Yard, les commandants Richard Haycock, Matt Mountford, Paul Davey, le capitaine Grant Webberley et les lieutenants Jonathan Jackson et Martin Light.

Mark Howard, Michelle Websdale et Sean Didcott.

L'ancien commissaire Graham Bartlett, le commandant divisionnaire Trevor Bowles et le commandant Andy Kille.

M'ont aussi aidé dans mes recherches : les bons samaritains de Beachy Head, Gail Gray, de Rise, Anne Goddard et Graham Hill, qui apportent leur soutien aux victimes, Ross Birch, Jeanie Civil, Andrew Collins,

Sigrid Daus et la clinique de Munich Krankenhaus Schwabing, Andy Dickenson, Chris Diplock, Mike Gilson, Jon Goddard, James Hodge, Anette Lippert, Ian et Georgie Maclean, Lee Marshall, Rachel Millard, Gordon Oliver, Mike Parish, Judith Richards, Moira Safaer, Richard Skerritt, Hans Jurgen Stockerl, le révérend Stephen Terry, Ian Tompson, IG Segmantics, Stan Tingley et Stuart Young.

Les personnes qui, dans l'ombre, s'occupent de la publication, du marketing et des ventes sont tout aussi essentielles. J'aimerais remercier ici mes agents Isobel Dixon et Julian Friedmann, et toute l'équipe chez Blake Friedmann. Mon éditeur Jeremy Trevathan, mon formidable relecteur Wayne Brookes, mon incroyable mentor et ami Geoff Duffield, et tout le monde chez Pan Macmillan, notamment Sarah Arratoon, Jonathan Atkins, Anna Bond, Stuart Dwyer, Daniel Jenkins, Sara Lloyd, Charlotte Williams, Alex Saunders et Jade Tolley. Brooke O'Donnell et toute l'équipe de Trafalgar House aux États-Unis. Elena Stokes, Tanya Farrell et Taylan Salvati de Wunderkind et le reste de la Team James dans l'ensemble du pays, ma relectrice Susan Opie et mes attachés de presse Tony Mulliken, Sophie Ransom et Alice Geary.

J'ai la chance d'avoir une formidable équipe qui m'aide à peaufiner mon manuscrit bien avant qu'il ne parvienne entre les mains de mon agent et de mes éditeurs, et qui m'aide à gérer la Team James UK : mon extraordinaire assistante personnelle Linda Buckley, grâce à qui je garde la tête hors de l'eau, mon incroyable comptable Sarah Middle, et l'équipe éditoriale qui m'accompagne et m'aiguille dès le premier jet, Anna

Hancock, Helen Shenston, Martin et Jane Diplock et Susan Ansell.

Je ne suis pas sûr que j'aurais créé le personnage du commissaire Roy Grace si je n'avais pas eu la chance de rencontrer le commandant – à l'époque – David Gaylor, en 1995. Il est devenu non seulement la source d'inspiration de mon personnage principal, mais aussi l'un de mes meilleurs amis. Un homme sur lequel je peux compter en toutes circonstances, infatigable et d'une générosité inépuisable. Pour chaque livre que j'écris, il vérifie les aspects techniques, mais pas que, et met tout en œuvre pour que je comprenne bien les rouages policiers. Je lui suis immensément redevable.

Et surtout, je remercie ma femme Lara, qui me soutient pendant ces longues plages d'écriture, m'encourage grâce à son enthousiasme permanent et me fait part de ses critiques bienveillantes. Qui plus est, brillamment assistée de l'adorable Danielle Brown, c'est elle qui gère tous mes réseaux sociaux et s'occupe de notre ménagerie, de plus en plus impressionnante, nos trois nouveaux compagnons étant des émeus !

Nos deux chiens Oscar et Spook préféreraient que je passe plus de temps avec eux dans les champs qu'à mon bureau, et nos cinq alpagas, Al Pacino, Jean-Luc, Fortescue, Boris et Keith, aimeraient bien que je leur apporte plus souvent des carottes et des pommes.

Carole Blake, mon incroyable agent, amie de seize ans, nous a quittés de façon inattendue. Que son âme repose en paix. Telle une étoile, elle brille au firmament des éditeurs.

Enfin, merci à vous, chers lecteurs ! Vos e-mails, tweets, commentaires sur Facebook, Instagram, sur mon blog et ma chaîne YouTube me remplissent de joie. Continuez à m'écrire, j'adore vous lire !

Peter James
Sussex, Angleterre
scary@pavilion.co.uk
www.peterjames.com
www.youtube.com/peterjamesPJTV
www.facebook.com/peterjames.roygrace
www.twitter.com/peterjamesuk
www.instagram.com/peterjamesuk
www.instagram.com/peterjamesukpets

La traductrice souhaiterait remercier David Nichols, traducteur, et Anne-Sarah Hozé, avocate.